# Cruel Castaways
# #1 – Rival

L.J. SHEN

# CRUEL CASTAWAYS
# #1 – RIVAL

*Traduit de l'anglais (États-Unis) par*
TIPHAINE SCHEUER

ROMANCE CONTEMPORAINE

*Titre original :*
RUTHLESS RIVAL (CRUEL CASTAWAYS #1)



HARPERCOLLINS FRANCE
83-85, boulevard Vincent-Auriol, 75646 PARIS CEDEX 13.
www.harlequin.fr

ISBN 979-10-339-2220-9 — ISSN 2271-0256

*Pour Ivy Wild, mon amie avocate, qui m'a appris que rester du bon côté de la loi était l'option la plus correcte, mais aussi la plus économique.*

Une personne est, entre autres, une chose matérielle qui se déchire facilement et se répare difficilement.

Ian McEWAN, *Expiation*

# Prologue

*Christian*

*Ne. Toucher. À. Rien.*

C'était la seule règle que ma mère avait jamais imposée, et je savais qu'il valait mieux ne pas l'enfreindre, sauf si j'avais envie de me prendre des coups de ceinture et de manger du blé aux cafards jusqu'à la fin du mois.

C'étaient les vacances d'été, alors que je venais juste d'avoir quatorze ans, qui avaient craqué l'allumette qui allait ensuite tout consumer. L'étincelle orange s'était propagée, dévorant ma vie pour ne laisser que des cendres dans son sillage.

Ma mère me traînait sur son lieu de travail. Elle avait de solides arguments pour justifier le fait que je ne pouvais pas rester glander à la maison, le principal étant qu'elle ne voulait pas que je finisse comme les autres jeunes de mon âge : à fumer de l'herbe, à forcer des cadenas et à livrer des colis suspects pour les trafiquants de drogue du coin.

Hunts Point était l'endroit où les rêves allaient mourir, et même si ma mère n'avait jamais été une idéaliste, elle me considérait comme un boulet. Payer ma caution pour me sortir de prison ne figurait pas dans ses projets.

De plus, rester à la maison pour être rappelé à ma réalité n'était pas non plus pour me plaire.

Je l'accompagnais tous les jours dans son trajet jusque Park Avenue, à une condition : je ne devais pas poser mes mains sales sur quoi que ce soit dans le *penthouse* de la famille Roth. Ni sur les meubles hors de prix, ni sur les baies vitrées, ni sur les plantes importées des Pays-Bas et certainement, certainement pas sur la fille.

— Celle-là, elle est spéciale. Faut pas l'abîmer. M. Roth l'aime encore plus que la prunelle de ses yeux, me rappela ma mère.

En tant qu'immigrée biélorusse, son anglais comportait un accent prononcé et résonnait dans le bus, dans lequel se serraient comme des sardines d'autres femmes de ménage, portiers et jardiniers.

Arya Roth avait été le fléau de mon existence avant même que je la rencontre. Un joyau intouchable et précieux comparé à mon existence sans valeur. Avant de la rencontrer, elle était une idée désagréable. Un avatar aux nattes brillantes, pourrie gâtée et pleurnicharde. Je n'avais aucune envie de faire sa connaissance. En fait, j'avais souvent pensé à elle la nuit, allongé dans mon lit, en me demandant quel genre d'aventures excitantes, coûteuses et adaptées à son âge elle pouvait vivre et en lui souhaitant toutes sortes de malheurs. Accidents de voiture ou d'avion, chute d'une falaise, scorbut. Tout était permis et, dans mon esprit, Arya Roth la privilégiée était soumise à toute une série de terreurs pendant que je me prélassais en riant avec du pop-corn.

Tout ce que je connaissais d'Arya à travers les récits émerveillés de ma mère, je détestais. Pour ne rien arranger, on avait exactement le même âge, ce qui rendait la comparaison de nos vies à la fois inévitable et exaspérante.

C'était la princesse de la tour d'ivoire de l'Upper East Side, qui vivait dans un *penthouse* de cinq cents mètres carrés, le genre d'espace que je ne pouvais même pas imaginer, encore moins concevoir. De mon côté, j'étais coincé dans un studio d'avant-guerre à Hunts Point, et la bande-son de mon adolescence était composée des disputes bruyantes entre les prostituées et leurs clients sous ma fenêtre et Mme Van qui réprimandait son mari au rez-de-chaussée.

La vie d'Arya avait un parfum de fleurs, de boutiques de luxe et de bougies fruitées – l'odeur s'accrochait aux vêtements de ma mère quand elle rentrait à la maison – tandis que la puanteur du marché aux poissons près de notre appartement était si persistante qu'elle imprégnait nos murs en permanence.

Arya était jolie – ma mère ne cessait de parler de ses yeux émeraude – alors que moi, j'étais gauche et maigrelet, avec des genoux et des oreilles qui saillaient d'une silhouette dessinée n'importe comment. Ma mère affirmait que mes traits finiraient par se dégrossir, mais, vu mon manque de nutrition, j'avais quelques doutes. Apparemment, mon père était comme ça aussi. Dégingandé dans sa jeunesse, mais beau une fois mûr. Comme je n'avais jamais rencontré ce salaud, je n'avais aucun moyen de confirmer cette affirmation. Il était marié à une autre femme et vivait à Minsk avec ses trois enfants et deux horribles chiens. Le billet d'avion aller simple pour New York avait été le cadeau qu'il avait offert à ma mère lorsqu'elle lui avait annoncé sa grossesse, assorti de l'ordre de ne plus jamais le recontacter.

Ma mère n'ayant aucune famille – la sienne était décédée des années plus tôt –, cette solution semblait parfaitement sensée pour toutes les personnes concernées. À part moi, bien sûr.

Nous nous retrouvâmes donc seuls dans la Grande Pomme, à aborder la vie comme si elle nous prenait à la gorge. Ou peut-être qu'elle nous avait déjà étranglés et privés d'air. On avait toujours l'impression de courir après quelque chose : l'air, la nourriture, l'électricité ou le droit d'exister.

Ce qui m'amenait au dernier péché d'Arya Roth, le plus accablant de tous, et à la principale raison pour laquelle je n'avais jamais voulu la rencontrer : Arya avait une famille.

Une mère. Un père. Des oncles et tantes à foison. Elle avait une grand-mère en Caroline du Nord, à qui elle rendait toujours visite à Pâques, et des cousins dans le Colorado avec qui elle faisait du *snowboard* chaque Noël. Sa vie avait un contexte, une direction, un fil rouge. Elle était encadrée, entièrement tracée, chaque pièce individuelle soigneusement colorée, alors que la mienne semblait dépouillée et décousue.

J'avais ma mère, mais elle et moi semblions avoir été réunis par accident. J'avais des voisins qu'elle n'avait jamais pris la peine de connaître, les prostituées qui me faisaient des avances pour midi, et la police de New York qui venait deux fois par semaine pour dérouler du ruban adhésif jaune en travers des vitres brisées. Le bonheur, c'était une chose qui appartenait aux autres. Des gens que nous ne connaissions pas, qui vivaient dans des rues différentes et menaient des vies différentes.

J'avais toujours eu l'impression d'être un parasite – un voyeur. Mais si je devais observer la vie de quelqu'un d'autre, autant que ce soit celle des Roth, qui menaient une existence parfaite.

Ainsi, pour échapper à l'enfer dans lequel j'étais né, tout ce que j'avais à faire, c'était suivre les instructions.

*Ne. Toucher. À. Rien.*

En fin de compte, je ne me suis pas contenté de toucher quelque chose.

J'ai touché à ce qu'il y avait de plus précieux chez les Roth.

*La fille.*

# Chapitre 1

*Arya*
*Présent*

Il allait venir.

Je le savais, même s'il était en retard. Ce qui ne s'était jamais produit, jusqu'à aujourd'hui. Nous avions rendez-vous tous les premiers samedis du mois.

Il arrivait armé d'un sourire narquois, de deux bols de biryani et des derniers potins scandaleux du bureau, qui valaient mieux que n'importe quelle télé-réalité.

Je m'étirai sous un cloître surplombant un jardin gothique, remuant mes orteils dans mes escarpins Prada, mes semelles posées sur une colonne médiévale.

Quel que soit mon âge, ou ma maîtrise dans mon rôle de femme d'affaires impitoyable, lors de nos visites mensuelles aux Cloîtres, je redevenais toujours une gamine de quinze ans, boutonneuse et impressionnable, reconnaissante des miettes d'intimité et d'affection qu'on voulait bien me jeter.

— Pousse-toi, chérie. Le plat dégouline.

*Il est venu !*

Je repliai mes jambes sous mes fesses pour laisser à mon père l'espace nécessaire pour s'installer. Il sortit deux récipients huileux d'un sac en plastique et m'en tendit un.

— Tu as une mine affreuse, fis-je remarquer en ouvrant mon récipient.

L'odeur de noix de muscade et de safran me mit l'eau à la bouche. Mon père était rouge et avait les yeux dans le vague, le visage marqué par une grimace.

— Et toi, tu es superbe, comme d'habitude.

Il m'embrassa sur la joue et s'installa contre la colonne en face de moi.

Je touillai la nourriture avec ma fourchette en plastique. Des morceaux de poulet moelleux se détachèrent sur un lit de riz. J'en pris une bouchée et fermai les yeux.

— Je pourrais manger ça trois fois par jour tous les jours.

— Je veux bien te croire, étant donné que tu as passé un an à te nourrir exclusivement de macaronis au fromage, s'esclaffa-t-il.

— Comment avance la domination du monde ?

— Lentement mais sûrement.

Je rouvris les yeux. Il jouait avec sa nourriture dans son bol. Il était en retard, et quasiment méconnaissable. Ce n'était pas sa silhouette ou sa tenue légèrement froissée, ni sa coupe de cheveux mal entretenue qui le trahissaient. C'était son expression, que je n'avais jamais vue en trente-deux ans d'existence.

— Comment tu vas ?

Son téléphone sonna dans la poche avant de son pantalon. L'écran vert apparaissait à travers le tissu. Il l'ignora.

— Bien. Occupé. On est sous le coup d'un contrôle, alors le bureau est sens dessus dessous. Tout le monde court comme des poulets sans tête.

— Oh non, pas encore !

Je tendis ma fourchette vers son bol pour récupérer une pomme de terre dorée cachée sous une montagne de riz, et la glissai dans ma bouche.

— Mais ça explique certaines choses.

— Comment cela ? demanda-t-il, l'air alarmé.

— Je trouvais que tu n'avais pas l'air très bien.

— C'est pénible, mais j'ai déjà vécu ça. Comment vont les affaires ?

— En fait, j'aimerais avoir ton avis sur un client.

Je m'étais lancée sur le sujet quand son téléphone sonna de nouveau. Je plissai les yeux vers la fontaine au centre du jardin, lui indiquant sans mot dire qu'il pouvait répondre.

Au lieu de ça, il sortit une serviette en papier du sac et se tamponna le front. Le papier colla à sa transpiration. Il devait faire zéro degré. Pourquoi cet homme transpirait-il à grosses gouttes ?

— Et comment va Jillian ? demanda-t-il d'une voix aiguë.

Un mauvais pressentiment, telle une légère fissure à peine visible dans un mur, me provoqua des frissons sur les bras.

— Il me semble que tu avais dit que sa grand-mère s'était fait opérer de la hanche la semaine dernière. J'ai demandé à ma secrétaire de lui envoyer des fleurs.

Bien sûr. Mon père était une personne de confiance. Alors que ma mère était le genre de parent pas vraiment à la hauteur - toujours la dernière à comprendre ce que je vivais, indifférente à mes sentiments, absente aux moments cruciaux de ma vie -, lui se souvenait des anniversaires, des dates de remise de diplômes et de ce que je portais à la bat mitzvah de mes amies. Il était là lors des ruptures, des drames, de la création de ma société, pour laquelle il avait passé en revue les petites lignes des contrats avec moi. Il était une mère, un père, un frère et une sœur, un camarade. Une ancre dans la mer agitée de ma vie.

— Mamie Joy va bien. (Je lui tendis mes serviettes en papier en le regardant curieusement.) Déjà en train de mener la mère de Jillian à la baguette. Écoute, est-ce que tu...

Son téléphone sonna pour la troisième fois en une minute.

— Tu devrais répondre.

— Non, non.

Il jeta un coup d'œil autour de nous, blanc comme un linge.

— Celui qui essaie de t'appeler ne laissera pas tomber.

— Vraiment, Ari, je préfère t'écouter me raconter ta semaine.

— Elle a été bonne, mouvementée, et elle est passée. Maintenant, réponds.

Je pointai du doigt ce que je supposais être la source de son étrange comportement.

Avec un gros soupir et une bonne dose de résignation, il sortit enfin son téléphone et le colla si fort contre son oreille que celle-ci blanchit.

— Conrad Roth à l'appareil. Oui. Oui.

Il marqua une pause et son regard dansa frénétiquement. Son bol de biryani lui échappa des doigts et tomba sur la pierre. J'essayai en vain de le rattraper.

— Oui, je sais. Je vous remercie. J'ai déjà un avocat. Non, je ne ferai aucun commentaire.

Un avocat ? Un commentaire ? Pour un audit ?

Des gens passaient sous les arches. Des touristes s'accroupissaient pour prendre des photos du jardin. Une nuée d'enfants tournait autour des colonnes, leurs rires semblables à des cloches d'église. Je me levai pour ramasser le plat tombé par terre.

*Ce n'est rien. Aucune entreprise n'a envie d'être auditée. Et encore moins une entreprise de fonds spéculatifs.*

Mais alors même que j'essayais de me convaincre de cette excuse, je n'arrivais pas à l'avaler vraiment. Il ne s'agissait pas de ses affaires. Mon père ne perdrait pas le sommeil – ni l'esprit – à cause du travail.

Il raccrocha. Nos regards se croisèrent.

Avant même qu'il ne parle, je compris. Je compris que dans quelques minutes je tomberais de haut. Que rien ne pourrait m'arrêter. Que ça me dépasserait. Et lui aussi.

— Ari, il faut que je te dise quelque chose...

Je fermai les yeux et pris une grande inspiration comme avant de faire un plongeon.

Rien ne serait plus jamais pareil.

# Chapitre 2

*Christian*
*Présent*

Des principes ? J'en avais très peu.

Rien qu'une poignée, en fait, et je n'appelais pas ça des principes à proprement parler.

Plutôt des préférences. De fortes partialités ? Oui, c'est à peu près ça.

En tant qu'avocat plaidant, c'était ma *préférence*, par exemple, de refuser les litiges relatifs à la propriété et aux contrats. Non pas parce que j'avais un problème moral ou éthique à représenter l'un des côtés ou l'autre, mais simplement parce que je trouvais le sujet morbidement ennuyeux et tout à fait indigne de mon temps précieux. C'était dans le domaine de la responsabilité civile et de la satisfaction équitable que je m'épanouissais. J'aimais le désordre, l'émotion, la destruction. Ajoutez-y un peu de salace, et j'étais au paradis des litiges.

C'était aussi ma *préférence* de boire jusqu'à frôler le coma avec mes meilleurs amis, Arsène et Riggs, au Brewtherhood en bas de la rue, plutôt que de sourire, d'acquiescer et d'écouter une autre histoire abrutissante sur le match de base-ball du gamin de mon client.

C'était aussi ma préférence – et *non* un principe – de ne pas inviter le Roi des Véreux, également connu sous le nom de

Myles Emerson, à dîner ici. Mais il était sur le point de signer un gros contrat avec mon cabinet d'avocats, Cromwell & Traurig. Je me retrouvais donc, un vendredi soir, sourire carnassier aux lèvres, à glisser la carte de crédit de l'entreprise dans le porte-addition en cuir noir pour offrir à M. Emerson des tartelettes au foie gras, des tagliolini aux truffes noires râpées et une bouteille de vin dont le prix pourrait payer quatre années d'études à l'université de New York à son gosse.

— Je dois dire que je le sens vraiment très bien, les gars.

M. Emerson lâcha un rot en tapotant son ventre digne d'un troisième trimestre de grossesse. Il ressemblait étrangement à un Jeff Daniels bouffi. J'étais ravi qu'il le sente bien car j'étais tout à fait d'humeur à lui faire payer une redevance mensuelle à partir du mois prochain. Emerson était propriétaire d'une grande société d'entretien qui s'adressait principalement aux grandes entreprises et avait récemment fait l'objet de quatre procès, tous pour rupture de contrat et dommages. Il avait besoin non seulement d'une aide juridique, mais aussi de ruban adhésif pour fermer son clapet. Il avait perdu tellement d'argent au cours des derniers mois que je lui avais proposé une avance sur honoraires. L'ironie de la situation ne m'avait pas échappé. Cet homme, qui proposait aux gens des services de ménage, m'avait engagé pour nettoyer derrière *lui*. Contrairement à ses employés, je facturais un taux horaire astronomique et je n'avais pas l'intention de me faire arnaquer sur mon salaire.

Il ne m'était pas venu à l'esprit de refuser de le défendre dans ses multiples et déplorables affaires. Le parallèle évident avec les pauvres agents d'entretien qui le poursuivaient, dont certains gagnaient moins que le smic et travaillaient avec de faux papiers, m'était passé au-dessus de la tête.

— Nous sommes là pour vous faciliter les choses.

Je me levai et serrai la main de Myles Emerson tout en boutonnant ma veste. Il salua d'un signe de tête Ryan et Deacon, les associés de mon cabinet, et se dirigea vers la sortie en lorgnant les fesses de deux serveuses.

J'allais être servi, avec un couillon pareil. Heureusement, j'avais bon appétit quand il s'agissait de gravir les échelons.

Je me rassis et m'adossai.

— Et maintenant, la vraie raison pour laquelle on est réunis ici. Ma nomination imminente au sein du cabinet.

— Je te demande pardon ?

Deacon Cromwell, un expatrié formé à Oxford qui avait fondé le cabinet il y a quarante ans, et qui était plus vieux que Mathusalem, fronça ses sourcils broussailleux.

— Christian pense qu'il a mérité un bureau d'angle et son nom sur la porte après tout le temps et les efforts consacrés, lui expliqua Ryan Traurig, chef du département des litiges et associé, qui se montrait de temps en temps au bureau.

— Tu ne penses pas que c'est quelque chose dont on aurait dû discuter ? demanda Cromwell.

— On en discute maintenant, répondit Traurig avec un sourire bon enfant.

— *En privé,* cracha Cromwell

— Le privé, c'est surfait. (Je bus une gorgée de mon vin en regrettant que ne soit pas du scotch.) Réveille-toi et ouvre les yeux, Deacon. Je suis collaborateur principal depuis trois ans. Je pratique des tarifs d'associé. Mes évaluations annuelles sont impeccables et je ramène les gros poissons. Vous me faites marcher depuis trop longtemps. J'aimerais savoir où j'en suis. L'honnêteté est la meilleure des politiques.

— Un peu fort, de la part d'un avocat, dit Cromwell en me jetant un regard en coin. Aussi, dans l'esprit d'une conversation ouverte, puis-je te rappeler que tu as obtenu ton diplôme il y a sept ans, avec un stage de deux ans au bureau du procureur à la fin de tes études ? Ce n'est pas exactement comme si nous te privions d'une opportunité. Notre cabinet propose un délai de neuf ans pour devenir associé. En termes de temps, tu n'as pas payé tes cotisations.

— En termes de temps, tu as gagné trois cents pour cent de plus dans ce cabinet depuis que je l'ai rejoint, répliquai-je.

On se fout du délai et de la chronologie. Fais de moi un associé en capitaux et en nom.

— Impitoyable jusqu'à la mort. (Il s'efforça de paraître indifférent, mais son front devint moite.) Comment tu dors la nuit ?

Je fis tourner le vin dans mon verre comme un sommelier primé me l'avait appris dix ans plus tôt. Je jouais aussi au golf, j'utilisais la propriété du cabinet à Miami et me coltinais des discussions politiques dans les clubs de gentlemen.

— Généralement, avec une blonde aux longues jambes à côté de moi.

C'était faux, mais je savais qu'un porc comme lui apprécierait.

Il gloussa, en simplet prévisible qu'il était.

— Gros malin. Tu es trop ambitieux pour ton propre bien.

Le point de vue de Cromwell sur l'ambition variait en fonction de la personne qui la possédait. Pour les jeunes collaborateurs qui faisaient soixante heures facturables par semaine, c'était formidable. Pour moi, c'était ennuyeux.

— Trop d'ambition, ça n'existe pas. Maintenant, j'aimerais une réponse.

— *Christian*. (Traurig me lança un sourire qui me suppliait de me taire.) Accorde-nous cinq minutes. Je te retrouve dehors.

Je n'appréciais pas d'être jeté à la rue pendant qu'ils discutaient de moi. Au fond de moi, j'étais toujours Nicky de Hunts Point. Mais ce garçon devait être bridé dans la société convenable. Les hommes bien élevés ne criaient pas et ne renversaient pas les tables. Je devais parler leur langue. Des mots mesurés, des couteaux aiguisés.

Après avoir repoussé ma chaise, j'enfilai mon manteau Givenchy.

— Très bien. Ça me donnera le temps d'essayer ce nouveau cigare Davidoff.

Les yeux de Traurig s'illuminèrent.

— Winston Churchill ?

— Édition limitée, répondis-je avec un clin d'œil.

Cet enfoiré me harcelait pour tout ce qui concernait les cigares et l'alcool, comme s'il ne gagnait pas six fois mon salaire.

— Mince alors. T'en as un pour moi ?

— Tu le sais bien.

— Je te rejoins tout de suite.

— J'y compte bien.

Dehors, je tirai une bouffée de mon cigare en regardant les feux passer du rouge au vert, les piétons défiler en flots compacts comme des bancs de poissons. Les arbres de la rue étaient nus à l'exception des guirlandes lumineuses qui n'avaient pas encore été retirées après Noël.

Mon téléphone sonna dans ma poche.

Arsène : Tu viens ? Riggs part demain matin et il est en train de s'agripper à quelqu'un qui a besoin qu'on lui change sa couche.

Ça pouvait signifier soit qu'elle était trop jeune, soit qu'elle avait des implants fessiers.

Le plus probable, c'était que ce soit les deux. Je calai le cigare au coin de mes lèvres pour répondre.

Moi : Dis-lui de garder son froc. Je suis en route.

Arsène : Tu te fais secouer par papa et papa ?

Moi : On n'est pas tous nés avec un patrimoine de deux cents millions, mon pote.

Je rangeai mon téléphone dans ma poche.

Une tape amicale sur mon épaule. Je me retournai et découvris Traurig et Cromwell. Ce dernier semblait le malheureux titulaire de toutes les hémorroïdes de New York, serrant sa canne d'un air douloureux. Le rictus fin et rusé de Traurig ne révélait pas grand-chose.

— Sheila me harcèle pour que je fasse plus d'exercice. Je pense que je vais rentrer à pied. Messieurs. (Cromwell fit un signe de tête sec.) Christian, félicitations pour avoir amené

Emerson. On se verra à notre réunion hebdomadaire vendredi prochain.

Puis il s'en alla, disparaissant dans la foule des gens emmitouflés et dans la vapeur blanche qui s'échappait des bouches d'égout.

Je passai un cigare à Traurig. Il tira quelques bouffées en se tapotant les poches, comme s'il cherchait quelque chose. Peut-être sa dignité perdue depuis longtemps.

— Deacon pense que tu n'es pas encore prêt.

— C'est des conneries. (Je serrai les dents sur mon cigare.) J'ai un parcours impeccable. Je travaille quatre-vingts heures par semaine. Je supervise toutes les grosses affaires en contentieux, même si c'est techniquement votre travail, et je fais équipe avec une jeune collaboratrice pour toutes mes affaires, comme un associé. Si je pars maintenant, j'emporte avec moi un portefeuille que vous ne pouvez pas vous permettre de perdre, et on le sait tous les deux.

Devenir associé et avoir mon nom sur la porte serait l'apogée de mon existence. Je savais que c'était un grand saut, mais je l'avais mérité. Je le méritais. Les autres collaborateurs ne faisaient pas les mêmes heures, n'attiraient pas la même clientèle et ne produisaient pas les mêmes résultats. De plus, en tant que nouveau millionnaire, j'étais à la recherche d'un nouveau frisson. Il y avait quelque chose de terriblement engourdissant à voir le gros chèque de paie arriver chaque mois et à savoir que tout ce que je voulais était à portée de main.

Cette nomination n'était pas seulement un défi, c'était un doigt d'honneur à la ville qui s'était débarrassée de moi à l'âge de quatorze ans.

— Allons, allons, pas besoin d'être insolent, s'esclaffa Traurig. Écoute, petit, Cromwell est ouvert à l'idée.

*Petit*. Il aimait prétendre que j'étais encore à l'aube de l'adolescence et que j'attendais que mes couilles descendent.

— Ouvert ? répétai-je en ricanant. Il devrait me supplier de rester et m'offrir la moitié de son royaume.

— Et voilà le cœur du problème. (Traurig fit un geste de la main, comme si j'étais une pièce à conviction qu'il présentait.) Cromwell pense que tu as trop pris tes aises, trop rapidement. Tu n'as que trente-deux ans, Christian, et tu n'as pas vu l'intérieur d'un tribunal depuis des années. Tu sers bien les clients, ton nom te précède, mais tu n'as plus la niaque. Quatre-vingt-seize pour cent de tes affaires sont réglées à l'amiable parce que personne ne veut t'affronter. Cromwell veut te voir vorace. Il veut retrouver cette flamme dans tes yeux qui l'a poussé à te cueillir au bureau du procureur quand tu as eu maille à partir avec le gouverneur.

Lors de ma deuxième année au bureau du procureur, une énorme affaire avait atterri sur mon bureau. Theodore Montgomery, alors procureur de Manhattan, avait été critiqué pour avoir laissé s'écouler le délai de prescription dans quelques affaires en raison d'une charge de travail trop importante. Montgomery avait déposé l'affaire sur mon bureau et m'avait demandé de faire de mon mieux. Il ne voulait pas d'un autre scandale sur les bras, mais il n'avait pas non plus de personnel pour s'en occuper.

Cette affaire s'était avéré être celle dont tout Manhattan avait parlé cette année-là. Alors que mes supérieurs poursuivaient des escrocs fiscaux en col blanc et des fraudeurs bancaires, je m'étais lancé à la poursuite d'un baron de la drogue qui avait écrasé un enfant de trois ans, le tuant sur le coup, pour se rendre à l'anniversaire criard de sa fille. Délit de fuite classique. Le baron de la drogue en question, Denny Romano, était armé d'une batterie d'avocats de premier ordre, tandis que j'arrivais au tribunal dans mon costume de l'Armée du Salut, avec un sac en cuir qui tombait en lambeaux. Tout le monde espérait que le jeune du bureau du procureur parviendrait à faire tomber le grand méchant macho. En fin de compte, j'avais réussi à faire condamner Romano à quatre ans de prison pour homicide involontaire. C'était un petit succès pour la famille du pauvre garçon et une grande victoire pour moi.

Deacon Cromwell m'avait coincé dans un salon de coiffure alors que je sortais tout juste de l'école de droit de Harvard. J'avais un plan, qui prévoyait de me faire un nom au bureau du procureur, mais il m'avait dit de me renseigner sur lui si je voulais savoir comment vivaient les grands de ce monde. Après l'affaire Romano, je n'avais rien eu à faire – il était revenu vers moi.

— Il veut que je retourne au tribunal ?

J'avais pratiquement craché les mots. Mon appétit pour la victoire était sain, mais j'avais la réputation d'être impitoyable à la table des négociations et de repartir avec plus que ce que j'avais promis à mes clients. Quand je me présentais au tribunal, je donnais l'autre partie en spectacle. Personne ne voulait avoir affaire à moi. Ni les meilleurs avocats plaidants qui demandaient deux mille dollars de l'heure pour perdre une affaire contre moi, ni mes anciens collègues du bureau du procureur, qui n'avaient pas les ressources nécessaires pour rivaliser avec moi.

— Il veut te voir transpirer. (Traurig fit rouler le cigare allumé entre ses doigts, pensif.) Gagne-moi une affaire de premier plan que tu ne peux pas ficeler dans un bureau climatisé. Présente-toi au tribunal, et le vieux inscrira ton nom sur la porte sans poser de question.

— Je fournis le boulot de deux personnes, lui rappelai-je.

C'était vrai. Je faisais des heures impossibles.

Traurig haussa les épaules.

— C'est à prendre ou à laisser, petit. On t'a amené là où on voulait que tu sois.

Quitter le cabinet à ce stade, alors que j'étais à deux doigts de devenir associé, pouvait faire reculer ma carrière de plusieurs années, et ce salaud le savait. J'allais devoir soit me résigner, soit devenir associé dans un cabinet beaucoup plus petit et moins prestigieux.

Ce n'était pas la façon dont j'aurais voulu que cette soirée se déroule, mais c'était mieux que rien. En outre, je connaissais mes capacités. En fonction du calendrier des audiences et de l'affaire que je choisirais, je pourrais devenir associé dans quelques semaines.

— Considère que c'est fait.

Traurig laissa échapper un rire.

— Je plains l'avocat malchanceux que tu vas affronter pour prouver ta valeur.

Je tournai les talons et me dirigeai vers le bar de l'autre côté de la rue, pour retrouver Arsène et Riggs.

Je n'avais aucun principe.

Et quand il s'agissait de ce que j'attendais de la vie, je n'avais aucune limite non plus.

Le Brewtherhood était notre lieu de prédilection à SoHo. Le bar était à deux pas de l'appartement d'Arsène, où l'on pouvait trouver Riggs chaque fois qu'il était en ville et qu'il ne squattait pas chez moi. On aimait le Brewtherhood pour sa variété de bières légères étrangères, son absence de cocktails à la mode et sa capacité à repousser les touristes par son charme franc et direct. Mais surtout, le Brewtherhood était méconnu : petit, étouffant, niché dans un sous-sol. Il nous rappelait notre adolescence à l'image de la série *Fleurs captives.*

Je repérai immédiatement Arsène. Il se détachait comme une ombre noire dans un carnaval. Perché sur un tabouret de bar, il buvait une Asahi. Arsène aimait que sa bière corresponde à sa personnalité - extra-sèche, avec un air étranger - et il était toujours vêtu des plus belles soies de Savile Row, même s'il n'avait techniquement pas d'emploi de bureau. À bien y réfléchir, il n'avait techniquement pas de travail tout court. C'était un entrepreneur qui aimait fourrer ses doigts dans de nombreuses poches lucratives. Actuellement, il était en relation avec quelques sociétés de fonds spéculatifs qui renonçaient à leurs commissions pour le seul plaisir de travailler avec Arsène Corbin. L'arbitrage de fusions et de convertibles étaient ses terrains de jeu.

Je dépassai un groupe de femmes ivres qui dansaient et chantaient *Cotton-Eyed Joe* en se trompant sur toutes les paroles, et je m'accoudai au bar.

— Tu es en retard, maugréa Arsène, qui lisait un livre de poche sur le comptoir collant, sans même prendre la peine de me regarder.

— Tu es un emmerdeur.

— Merci pour l'évaluation psychologique. Mais en plus d'être impoli, tu es toujours en retard.

Il me tendit une pinte de Peroni. Je trinquai avec lui et bus une gorgée.

— Où est Riggs ? lui criai-je à l'oreille par-dessus la musique.

Arsène fit un geste du menton vers la gauche. Riggs était là, une main appuyée contre le mur en bois décoré façon taxidermie, les doigts probablement enfoncés entre les cuisses de la blonde à travers sa jupe, ses lèvres dans son cou.

*Ouaip. Arsène parlait bien d'implants fessiers.* Elle avait l'air de pouvoir faire la traversée jusqu'en Irlande sur ces trucs.

Contrairement à Arsène et moi, qui étions fiers d'appartenir au club des un pour cent et d'en avoir le look, Riggs adorait arborer celui du milliardaire flemmard et débraillé. C'était un arnaqueur, un escroc et un délinquant. Un homme si peu sincère que je m'étonnais qu'il ne pratique pas le droit. Il avait le charme cliché du mauvais garçon des quartiers défavorisés. Les mèches blondes qui tombent sur le front, le bronzage, la barbichette mal rasée et les ongles sales. Un sourire en coin, des yeux à la fois sans fond et sans profondeur, et l'agaçante capacité à parler de tout, y compris de son transit, avec une voix de braise.

Riggs était le plus riche de nous trois. Pourtant, de l'extérieur, il avait l'air de se laisser porter par la vie, incapable de s'engager dans quoi que ce soit, ne serait-ce qu'un abonnement téléphonique.

— La réunion s'est bien passée ?

Arsène referma son livre de poche. Je jetai un œil à la couverture.

*The Ghost in the Atom : A Discussion of the Mysteries of Quantum Physics.*

Qui avait parlé de *fêtard ?*

Le problème d'Arsène, c'est que c'était un génie. Et les génies, comme nous le savons tous, ont beaucoup de mal à gérer les idiots. Et les idiots, comme nous le savons tous aussi, constituent quatre-vingt-dix-neuf pour cent de la société civilisée.

Comme Riggs, j'avais rencontré Arsène à la Andrew Dexter Academy pour garçons. On s'était tout de suite entendus. Mais alors que Riggs et moi nous étions réinventés pour survivre, Arsène semblait être resté lui-même. Blasé, cruel et sans passion.

— Oui, mentis-je.

— Suis-je devant le nouvel associé de Cromwell et Traurig ? me demanda Arsène avec un regard sceptique.

— Bientôt.

Je m'installai sur le tabouret à côté de lui et fis signe à Elise, la barmaid. Lorsqu'elle s'approcha de nous, je fis glisser un billet de cent sur le bar en bois.

Elle haussa un sourcil.

— C'est un sacré pourboire, Miller.

Elise avait un accent français, aussi doux que tout le reste chez elle.

— C'est parce que tu vas avoir une sacrée mission à accomplir. Je veux que tu t'approches de Riggs et que tu lui jettes un verre au visage comme dans ces films ringards des années 1980, en faisant comme si tu étais son rencard et qu'il t'avait laissée tomber pour Blondie. Il y a un autre billet qui t'attend si tu arrives à sortir des larmes convaincantes. Tu penses pouvoir le faire ?

Elise enroula le billet et le glissa dans la poche arrière de son jean.

— Être barmaid à New York, c'est synonyme d'actrice. J'ai trois spectacles off-off-Broadway et deux publicités pour des tampons à mon actif. *Bien sûr* que je peux le faire.

Une minute plus tard, Riggs avait le visage couvert de vodka-pastèque et Elise était plus riche de deux cents dollars. Riggs s'était fait consciencieusement rappeler à l'ordre pour avoir laissé sa compagne attendre. Blondie s'éloigna et rejoignit ses amies en soufflant de colère tandis que Riggs se dirigeait vers le bar, mi-amusé, mi-fâché.

— Connard.

Riggs saisit le bas de ma veste et s'en servit pour s'essuyer le visage.

— À ton service.

— La pénicilline a d'abord été appelée jus de moisissure. Je parie que tu ne le savais pas. Moi non plus, jusqu'au mois dernier, quand j'ai passé le vol pour le Zimbabwe à côté d'une bactériologiste très sympathique nommée Mary. (Riggs attrapa ma bière et la vida d'un trait avant de claquer sa langue.) *Spoiler alert :* Mary n'était pas vierge.

— Dans les toilettes ? s'exclama Arsène avec une grimace de dégoût.

Riggs laissa échapper un rugissement de rire.

— Tu veux un verre d'eau pour te remettre ?

C'était l'autre aspect de Riggs. C'était un nomade, qui buvait les boissons des autres, s'installait sur leurs canapés, qui voyageait en classe éco comme un païen. Il n'avait pas de racines, pas de foyer, pas de responsabilités en dehors de son travail. À vingt-deux ans, c'était tolérable. À trente-deux, c'était à la limite du pitoyable.

— Ça me fait penser : tu vas où demain ?

Je saisis la bière vide avant qu'il commence à la lécher.

— Karakoram, au Pakistan.

— Tu n'as plus d'endroits à visiter en Amérique ?

— Ça fait déjà environ sept ans, répondit-il avec un sourire bon enfant.

Riggs était photographe et collaborait au *National Geographic* et quelques autres magazines politiques et naturalistes. Il avait remporté un tas de prix et visité la plupart des pays du monde. Tout pour fuir ce qui l'attendait - *ou ne l'attendait pas* - chez lui.

— Combien de temps vas-tu nous gratifier de ton absence ? demanda Arsène.

Riggs se pencha en arrière sur son tabouret, le faisant tenir en équilibre sur deux pieds.

— Un mois ? Peut-être deux ? J'espère trouver une autre mission et m'envoler directement de là-bas. Le Népal. Peut-être l'Islande. Qui sait.

*Pas toi, c'est sûr, espèce de bébé de la taille d'un frigo industriel.*

— Christian a demandé une promotion à Papa et Papa aujourd'hui, et on lui a refusé, dit Arsène d'un ton monotone.

Je saisis sa bière japonaise et la vidai.

— Ah ouais ? (Riggs me donna une tape sur l'épaule.) C'est peut-être un signe.

— Que je suis nul dans mon boulot ? demandai-je d'un ton affable.

— Qu'il est temps de ralentir et de réaliser qu'il n'y a pas que le travail dans la vie. Tu as réussi. Tu ne risques plus de redevenir pauvre. Laisse tomber.

Plus facile à dire qu'à faire. Le pauvre Nicky vivrait toujours en moi, à manger de la *kasha*[1] vieille de deux jours, à me rappeler que Hunts Point n'était qu'à une poignée d'arrêts de bus et d'erreurs de là.

Je donnai un coup de coude dans les côtes de Riggs. Son tabouret se remit en place et il éclata de rire.

1. Bouillie à base de sarrasin, de maïs, de riz, de blé, d'avoine, d'orge ou de millet cuits à l'eau, au lait ou au gras. Elle est surtout consommée en Europe centrale, en Russie, en Ukraine, et dans de nombreux pays de l'Est et d'Asie centrale.

— Et ce n'est pas que je ne l'ai pas eue, répliquai-je pour remettre les pendules à l'heure. Ils veulent que je frappe un grand coup. Une grande victoire éclatante.

Arsène me jeta un sourire cruel.

— Moi qui pensais que ce genre de choses n'arrivait que dans les films avec Jennifer Lopez.

— Cromwell a juste sorti ça de son trou de balle pour gagner du temps. Passer à travers un cerceau de plus ne changera rien. La nomination est pour moi.

Sans moi, Cromwell & Traurig n'était rien de plus qu'une pile de briques et de paperasse grand format sur Madison Avenue. Mais elle possédait toujours ce vernis de cabinet d'avocat bourgeois de Manhattan, et le quitter pour devenir associé ailleurs, même dans le deuxième plus grand cabinet de la ville, soulèverait des questions, ainsi que des sourcils.

— Je suis tellement heureux que le syndrome du mauvais garçon des mauvais quartiers ne soit pas contagieux. (Riggs fit signe à Elise de nous remettre une tournée.) Ça doit être épuisant d'être à votre place. Vous êtes déterminés à conquérir le monde, même si vous devez le brûler en cours de route.

— Personne ne sera brûlé si j'obtiens ce que je veux, dis-je.

Ils secouèrent la tête. Riggs me regarda avec une pitié évidente.

— C'est ce que tu es destiné à faire, Christian. Laisse tes démons se déchaîner et vois où ils te mènent. C'est pour ça qu'on est amis. (Il me donna une tape dans le dos.) N'oublie pas que, pour devenir roi, il faut d'abord détrôner quelqu'un.

Je me rassis sur mon tabouret.

Des têtes allaient tomber, certes. Mais aucune ne serait la mienne.

# Chapitre 3

*Christian*
*Présent*

L'occasion de prouver que j'étais digne de devenir associé se présenta le lundi suivant, enveloppée dans un nœud de satin rouge, attendant simplement que je la déballe.

C'était un cadeau du ciel. Si j'avais été croyant, ce que je n'avais absolument aucune raison d'être, j'aurais renoncé à quelque chose pour le Carême afin de montrer ma reconnaissance au grand bonhomme de là-haut. Rien d'essentiel, comme la viande ou le sexe, mais peut-être mon abonnement au club de vin. De toute façon, je préférais le scotch.

Claire, une jeune collaboratrice, m'annonça :

— Il y a quelqu'un qui veut te voir.

Je la voyais à la périphérie de mon champ de vision, sur le seuil de mon bureau, un épais dossier serré contre sa poitrine.

— J'ai l'air d'accepter les visites sans rendez-vous ? demandai-je sans quitter des yeux le document que j'étudiais.

— Non, c'est pourquoi je l'ai renvoyée chez elle, mais elle m'a dit ce qui l'avait poussée à venir ici, et disons que maintenant je pense que tu devrais ravaler ta fierté et l'écouter.

Je continuai de griffonner en marge du document sur lequel je travaillais sans lever les yeux.

— Fais-moi le topo, aboyai-je.

Claire m'exposa les grandes lignes.

— Un procès pour harcèlement sexuel contre un ancien employeur ? demandai-je en jetant à la poubelle un surligneur rouge qui n'avait plus d'encre, avant d'en décapuchonner un nouveau avec mes dents. Ça a l'air standard.

— Pas n'importe quel employeur.

— C'est le président ?

— Non.

— Un juge de la Cour suprême ?

— Heu... non.

— Le pape ?

— *Christian.*

Elle agita son poignet en ricanant.

— Alors, ce n'est pas une affaire assez importante pour moi.

— C'est un homme de pouvoir. Connu dans tous les grands cercles de New York. Il s'est présenté à la mairie il y a quelques années. Ami de tous les dinosaures de Manhattan. On parle d'un très gros poisson.

Je levai les yeux. Claire passa le bout de son talon aiguille sur son mollet galbé pour se gratter. Sa voix frémissait. Elle essayait de contenir son excitation. Je ne pouvais pas la blâmer. Rien ne m'enthousiasmait plus que de savoir que j'étais sur le point de décrocher une affaire juteuse avec des centaines d'heures facturables et de la gagner. Pour un tueur- né, il n'y avait qu'une seule chose plus excitante que l'odeur du sang - l'odeur du sang bleu.

Détournant mon regard de mes notes, je laissai tomber mon surligneur et m'adossai à ma chaise.

— Tu as dit qu'il s'était présenté à la mairie ?

Claire acquiesça.

— Jusqu'où est-il allé ?

— Assez loin. Il a été soutenu par l'ancien secrétaire de presse de la Maison-Blanche, quelques sénateurs et des élus locaux. Il a mystérieusement abandonné la course pour des raisons familiales quatre mois avant les élections. Il avait une directrice de campagne très jolie, très jeune, qui n'était pas sa femme et qui vit maintenant dans un autre État.

Voilà qui devenait intéressant...

— Peut-on croire à l'excuse familiale ? demandai-je en me caressant le menton.

— Peut-on croire que le Père Noël parvient à garder le sourire après avoir passé la nuit à se faufiler dans des cheminées ? demanda Claire avec une moue, la tête penchée.

Je repris mon surligneur et le tapotai contre mon bureau en réfléchissant. Mon instinct me soufflait un nom et il ne me trompait jamais. Ce qui, techniquement, signifiait que je ne devrais pas toucher à cette affaire. Je connaissais les principaux acteurs *et* j'avais une dent contre l'accusé.

Mais *devoir* et *pouvoir* étaient deux choses différentes qui ne faisaient pas toujours bon ménage.

Claire se lança dans l'énumération de toutes les raisons pour lesquelles je devais accepter cette visite comme si j'étais un charognard de troisième ordre, jusqu'à ce que je lève la main pour l'arrêter.

— Décris-moi la plaignante.

C'est drôle, mon contrôle des impulsions était admirable dans tous les autres domaines de ma vie – les femmes, le régime, l'exercice, l'ego – jusqu'à ce qu'ils concernent une famille en particulier. Riggs avait tort. Pas en ce qui concernait les démons. J'en avais beaucoup. Mais je savais exactement où ils me conduiraient – jusqu'à la porte de cet homme.

Le rougissement de Claire s'accentua tandis qu'elle savourait mes yeux posés sur elle. Je me fis la promesse de me la taper ce soir pour ce regard sulfureux.

— Fiable, digne de confiance et ouverte. J'ai bien eu la sensation qu'elle cherchait un avocat. Ça va être du lourd.

— Donne-moi cinq minutes.

Claire s'apprêta à sortir, puis s'arrêta.

— Hé, il y a un nouveau restaurant birman qui ouvre à SoHo, ce soir...

Elle laissa sa phrase en suspens. Je secouai la tête.

— N'oublie pas, Claire. Pas de relation à l'extérieur.

C'était notre accord.

Elle rejeta ses cheveux en soufflant.

— J'aurais essayé.

Dix minutes plus tard, j'étais assis en face d'Amanda Gispen, expert-comptable.

Claire avait raison. Mme Gispen était la victime parfaite. Si cette affaire allait au procès, le jury serait probablement séduit par elle. Elle était éduquée, sans être condescendante, d'âge moyen, elle s'exprimait doucement, elle était attirante sans être sexy, vêtue de façon classe et élégante de la tête aux pieds. Ses cheveux soigneusement méchés étaient tirés en arrière, ses yeux bruns, intelligents sans être rusés.

Lorsque j'entrai dans la salle de conférences où Claire l'avait fait attendre, elle se leva de son siège comme si j'étais un juge et m'adressa une révérence respectueuse.

— Monsieur Miller, je vous remercie de prendre le temps de me recevoir. Je suis désolée de débarquer à l'improviste.

Non, elle ne l'était pas. Elle aurait pu essayer de prendre rendez-vous. Le fait qu'elle ne s'en soit pas donné la peine, qu'elle ait été convaincue que je la recevrais, me rendit curieux.

Je m'assis en face d'elle dans un fauteuil luxueux, ma dernière dépense de Noël. Le luxe obscène était une constante dans ma vie. Je n'avais pas de famille pour laquelle dépenser de l'argent. Le fauteuil pivotant était censé rester dans mon bureau, mais Claire, qui aimait beaucoup prendre des libertés et chevaucher d'invisibles frontières écarlates, l'emportait parfois dans les salles de réunion et s'en servait comme un signe de notre amitié et de notre intimité. Tous les autres savaient qu'ils ne pourraient jamais faire une chose pareille.

— Pourquoi moi, madame Gispen ? demandai-je en allant droit au but.

— Je vous en prie, appelez-moi « Amanda ». On dit que vous êtes le meilleur dans le métier.

— Définissez « on ».

— Tous les avocats spécialisés que j'ai vus ces deux dernières semaines.

— Un conseil, Amanda, ne croyez pas les avocats, y compris moi. Qui auriez-vous fini par engager ?

Dans le cas d'un procès pour harcèlement sexuel, j'avais toujours conseillé à mes clients de faire appel à un avocat spécialisé dans le droit du travail avant d'agir. J'étais curieux de savoir avec qui j'allais travailler. À New York, on trouvait des avocats à la pelle et la plupart étaient aussi fiables que la ligne E du métro par temps de neige.

— Tiffany D'Oralio.

Elle lissa les plis inexistants de sa robe.

Pas mal. Pas bon marché non plus. Amanda Gispen ne plaisantait pas.

— Je sais que l'homme qui m'a fait du tort va être armé d'un bataillon des meilleurs avocats de la ville, et vous êtes connu comme le plus impitoyable dans votre domaine. Vous avez été mon premier choix.

— Techniquement, j'ai été votre première visite. Maintenant que nous nous sommes officiellement rencontrés, je suppose que vous pensez que je ne pourrai pas représenter votre ancien patron.

Elle sourit d'un air hésitant.

— Si vous le saviez, pourquoi avoir accepté de me rencontrer ?

*Parce que je préférerais endurer une mort lente et méticuleuse flagellé par un million de cuillères en plastique plutôt que de représenter la merde en barre que vous voulez poursuivre.*

Parcourant son visage des yeux, je décidai qu'Amanda Gispen avait tout mon respect. L'ambition était mon langage, l'assurance mon mot préféré. De plus, si mon intuition était bonne, nous avions un ennemi commun à abattre, ce qui faisait de nous des alliés et des amis.

— J'imagine que votre ancien patron sait que vous voulez intenter une action en justice.

Je pris une balle anti-stress que je gardais dans la salle de réunion et la fis rouler dans ma main.

— C'est exact.

*Dommage.* L'élément de surprise constituait la moitié du plaisir.

— Entrez dans les détails.

— L'incident qui m'a amenée ici s'est produit il y a deux semaines, mais il y a eu des signes avant-coureurs.

— Que s'est-il passé ?

— Je lui ai jeté mon verre au visage après qu'il m'eut invitée à jouer au strip-poker dans son jet privé au retour d'une réunion à Fairbanks. Il m'a saisie par les bras et m'a embrassée de force. J'ai trébuché et me suis cogné le dos. Quand j'ai vu qu'il s'approchait de nouveau de moi, j'ai levé la main pour le gifler, mais c'est alors que l'hôtesse de l'air a fait irruption avec des boissons. Elle avait demandé très fort si nous avions besoin de quelque chose. Je pense qu'elle savait. Dès l'atterrissage, il m'a renvoyée. Il a dit que je n'avais pas l'esprit d'équipe. Il m'a accusée de lui envoyer des signaux contradictoires. Et ça après vingt-cinq ans de service. Je lui ai dit que je le poursuivrais en justice. J'ai bien peur que ce ne soit un indice flagrant.

— Je suis désolé que vous ayez eu à subir cela. (Je l'étais sincèrement.) Maintenant, parlez-moi des signes que vous avez évoqués.

Elle soupira en frissonnant.

— Quelqu'un m'a dit qu'il lui avait envoyé une photo de sa... son... *truc.* (Elle frémit.) Et je ne pense pas qu'elle était la seule. Certes, il y avait toute une ambiance dans cette entreprise pour laquelle je travaillais. Les hommes pouvaient faire ce qu'ils voulaient sans être inquiétés, et les femmes devaient se taire et le supporter.

Ma mâchoire se crispa. Son agresseur avait probablement déjà un avocat dans la poche. En fait, je ne serais pas surpris s'il travaillait sur une motion à déposer pour que l'affaire soit rejetée pour des raisons techniques ou procédurales. Toutefois, d'après mon expérience, les princes de fonds spéculatifs aimaient bien s'arranger à l'amiable. Leurs victimes non plus n'étaient pas très enthousiastes à l'idée de se lamenter dans une salle remplie d'étrangers, pour se faire ensuite massacrer par les avocats. Le problème, c'est que je ne voulais pas d'un arrangement à l'amiable. Si c'était celui que je pensais, je voulais le mettre sur le billot et en faire des boulettes de viande devant tout le monde.

Et je voulais faire de lui mon moyen d'arriver à mes fins. Ma victoire la plus précieuse, qui me permettrait d'obtenir enfin mon statut d'associé.

— Vous avez bien réfléchi ?

Je fis rouler la balle anti-stress dans ma paume. Elle hocha la tête.

— Je l'ai vu s'en sortir trop souvent. Il a fait du tort à tant de femmes. Des femmes qui, contrairement à moi, n'étaient pas en position de se plaindre. Elles ont vécu des choses bien plus dures que moi. Je suis prête à mettre un terme à tout ça.

— Et qu'est-ce que vous cherchez ? De l'argent, ou la justice ? demandai-je.

D'habitude, j'incitais mes clients à opter pour la première solution. Non seulement parce que la justice était un objectif insaisissable et subjectif, mais aussi parce que, contrairement à l'argent, elle n'était pas garantie.

Elle remua sur son siège.

— Les deux, peut-être ?

— L'un n'empêche pas nécessairement l'autre. Si vous acceptez un arrangement, il s'en sort indemne et continue à abuser des femmes.

Qu'il soit bien noté que ce n'était pas seulement le monstre sanguinaire qui sommeillait dans mon ventre qui parlait, ni le petit Nicky de quatorze ans, mais aussi un homme qui avait rencontré suffisamment de victimes de harcèlement sexuel pour savoir reconnaître le profil d'un prédateur quand il en voyait un.

— Et si je vais au tribunal ?

Elle cligna rapidement des yeux, essayant d'assimiler tout ça.

— Vous pourriez obtenir votre salaire... ou non. Mais même si nous perdons, ce qui n'arrivera pas selon moi - aucune promesse -, il deviendra plus méfiant et aura plus de mal à s'en sortir avec ce genre de comportement.

— Et si je choisis d'accepter un arrangement ? demanda-t-elle en se mordant la lèvre.

— Alors je ne peux pas, en toute conscience, accepter cette affaire.

Là, c'était Nicky qui parlait. Je ne me voyais pas m'asseoir avec cet homme dans une salle climatisée, égrener des chiffres et des clauses sans signification tout en sachant qu'il s'en sortirait avec une nouvelle atrocité contre l'humanité. Je me penchai en avant.

— Laissez-moi vous reposer la question, madame Gispen : l'argent ou la justice ?

Elle ferma les yeux. Quand elle les rouvrit, il y avait des éclairs dans ses yeux.

— La justice.

Mes doigts se resserrèrent autour de la balle. L'adrénaline afflua dans mon sang.

— Ce sera difficile. Cela vous obligera à sortir de votre zone de confort. Et je veux dire quitter complètement son code postal. En supposant que nous puissions passer outre leur inévitable motion de rejet, nous passerons à la phase de *discovery*. Au cours de cette procédure, les avocats de l'accusé vont envoyer des interrogatoires et des demandes de production dans le seul but de déterrer des informations douteuses et de traîner votre nom dans la boue de mille et une façons. Il y aura des dépositions et des auditions de témoins, et même après tout cela, votre ancien patron déposera certainement une requête en référé pour tenter de faire classer l'affaire sans procès. Ce sera douloureux, peut-être long, et certainement épuisant mentalement. Et quand vous en sortirez, de l'autre côté, vous changerez votre regard sur la race humaine dans son ensemble.

J'avais l'impression d'être un étudiant de fraternité ambitieux qui parait à toutes les éventualités avant de mettre quelqu'un dans son lit - était-elle assez sobre ? Consentante ? Était-elle *clean* et en bonne santé ? Il était important de nous accorder sur nos attentes avant de commencer.

— J'en suis consciente, répondit Amanda en se redressant un peu et en levant le menton. Croyez-moi, il ne s'agit pas d'une réaction hâtive, ni d'un délire autocratique pour me venger d'un ancien employeur. Je veux aller jusqu'au bout, monsieur Miller, et j'ai de nombreuses preuves.

Trois heures et demie facturables et deux réunions annulées plus tard, j'en savais assez sur l'affaire de harcèlement sexuel d'Amanda Gispen pour comprendre que j'avais de bonnes chances de réussir. Elle avait des horodatages et des registres d'appels en abondance. Elle avait des témoins, en la personne d'une hôtesse de l'air et d'une réceptionniste qui avaient été licenciées plus tôt dans l'année, et des messages accablants qui feraient rougir une star du porno.

— Par où on commence, maintenant ? demanda Amanda.

*Par un aller direct en enfer, vu le nombre de règles éthiques que je m'apprête à enfreindre.*

— Je vais vous envoyer une lettre de mission. Claire vous aidera à rassembler toutes les informations et à préparer le dépôt de plainte auprès de l'EEOC[1].

Les doigts d'Amanda se crispèrent sur l'ourlet de sa robe.

— Je suis nerveuse.

Je lui tendis la balle anti-stress comme s'il s'agissait d'une pomme brillante.

— C'est normal, mais ce n'est pas nécessaire.

Amanda prit la balle et la pressa timidement.

1. *Equal Employment Opportunity Commission :* organisme fédéral chargé d'appliquer les lois concernant la discrimination dans l'emploi.

— C'est juste que… je ne sais pas à quoi m'attendre une fois qu'on aura déposé le dossier.

— C'est pour ça que je suis là. N'oubliez pas que vous pouvez accepter un arrangement à l'amiable à tout moment. Avant et pendant le procès.

— Un arrangement à l'amiable n'est vraiment pas ce que j'envisage pour l'instant. L'argent ne m'intéresse pas. Je veux le voir souffrir.

*Et moi donc.*

Elle se mordit la lèvre inférieure.

— Vous me croyez, n'est-ce pas ?

Comme la condition humaine était étrange. Mes clients me posaient souvent cette question. Et même si ma vraie réponse était que ça n'avait pas d'importance – j'étais de leur côté, quoi qu'il arrive –, cette fois, je pouvais l'apaiser tout en continuant à dire ma vérité.

— Bien sûr.

Je m'attendais à tout, de la part de Conrad Roth. Le harcèlement sexuel semblait être dans ses cordes.

Elle me rendit la balle en prenant une inspiration. Je secouai la tête.

— Gardez-la.

— Merci, monsieur Miller. Je ne sais pas ce que j'aurais fait sans vous.

Je me levai et boutonnai ma veste.

— Nous discuterons de vos attentes et je vous ferai part de mes recommandations basées sur les preuves.

Amanda Gispen se leva, une main agrippée aux perles autour de son cou, l'autre tendue vers moi pour me serrer la main.

— Je veux que cet homme pourrisse en enfer pour tout ce qu'il m'a fait. Il aurait pu me violer. Je suis sûre qu'il l'aurait fait sans l'intervention de l'hôtesse de l'air. Je veux qu'il sache qu'il ne pourra plus jamais s'en prendre à quelqu'un d'autre.

— Faites-moi confiance, madame Gispen. Je ferai tout ce qui est en mon pouvoir pour ruiner Conrad Roth.

# Chapitre 4

*Christian*
*Passé*

Comme toutes les choses destinées à mourir, notre relation commença au cimetière. C'était la première fois que je rencontrais Arya Roth. C'était la cinquième ou peut-être la sixième fois que ma mère me traînait à Park Avenue pendant les vacances d'été. Les services de protection de l'enfance avaient fait des descentes dans les appartements de Hunts Point l'hiver précédent, pour retirer les enfants négligés de leur foyer après que Keith Olsen, un garçon de ma rue, était mort d'hypothermie dans son sommeil. Tout le monde savait que son père échangeait les bons alimentaires de la famille contre des cigarettes et des femmes, mais personne ne savait à quel point leur situation était critique.

Ma mère savait que les services de protection étaient sévères. Elle voulait me garder, mais pas assez pour demander à Conrad et Beatrice Roth de m'autoriser à rester chez eux pendant qu'elle travaillait. Maman me laissait donc en bas de leur immeuble six jours par semaine, et je devais me débrouiller seul de 8 heures à 17 heures pendant qu'elle faisait le ménage, la cuisine, la lessive et qu'elle promenait leur chien.

Ma mère et moi avions mis en place une routine. On prenait le bus ensemble tous les matins. J'admirais la ville par la fenêtre, à moitié endormi, pendant qu'elle tricotait des pulls qu'elle vendrait plus tard pour quelques pièces à la friperie Rescued Treasure. Puis je l'accompagnais jusqu'à l'entrée voûtée en briques blanches de l'immeuble, si haute que je devais me tordre le cou pour la voir en entier. Maman, vêtue de son uniforme, polo jaune à manches courtes portant le logo de l'entreprise qui l'employait, tablier bleu et pantalon clair, se penchait un instant pour me serrer l'épaule et me tendre un billet de cinq dollars froissé avant d'être engloutie par les mâchoires de la grande entrée. *C'est pour le petit déjeuner, le déjeuner et le goûter. L'argent ne pousse pas sur les arbres, Nicholai. Dépense-le prudemment.*

En réalité, je ne le dépensais jamais *en totalité*. Au lieu de ça, je piquais des trucs à l'épicerie du coin. Au bout de quelques fois, le caissier me surprit et me dit que je pouvais me servir dans sa réserve de produits périmés, à condition que je n'en parle à personne.

La viande et les produits laitiers n'étaient pas mangeables, mais les chips périmées, si.

Le reste de mon emploi du temps était libre. Au début, je traînais dans les parcs et passais mon temps à observer les gens. Puis je réalisai que ça me mettait vraiment en colère de voir d'autres enfants avec leurs frères et sœurs, leurs nounous et même parfois des *parents* passer du temps ensemble sur les pelouses luxuriantes des parcs, jouer, manger des sandwichs en forme d'étoile, sourire devant les appareils photos, rassembler des souvenirs heureux et les fourrer dans leurs poches. Mon sentiment d'injustice, déjà profond, gonflait dans ma poitrine comme un ballon. Ma pauvreté était tangible et palpable dans ma façon de marcher, de parler et de m'habiller. Je savais que j'avais l'air d'un pauvre type et je n'avais pas besoin qu'on me le rappelle en voyant la façon dont les gens me regardaient. Avec une attention détachée habituellement réservée aux chiens errants. J'étais une plaie dans leur existence immaculée. Une tache de ketchup sur leurs tenues de marque. Un rappel qu'à quelques rues de là, il y avait un autre monde, rempli d'enfants qui ne savaient pas ce qu'était l'orthophonie, les maisons de vacances ou les brunchs sans gluten. Un monde où le réfrigérateur était le plus souvent vide et où recevoir une fessée de temps en temps vous procurait un sentiment de fierté parce que ça signifiait que vos parents se souciaient un minimum de vous.

Les premiers jours avaient été éprouvants. Je comptais les secondes jusqu'à ce que ma mère sorte du travail, lorgnant ma montre-bracelet bon marché comme si elle était délibérément lente juste pour me voir transpirer. Même le hot-dog collant acheté à un vendeur de rue, une fois rentrés dans notre quartier, par culpabilité et par épuisement d'une journée passée à faire les yeux doux à une autre famille, n'avait pas amorti le coup.

Le troisième jour des vacances d'été, je trouvai un petit cimetière niché entre le bord de Central Park et un stand de visites en bus. À l'abri des regards, il était désert la plupart du temps et offrait un point de vue sur l'entrée de l'immeuble des Roth. C'était, ironiquement, le paradis sur terre. Dans les jours qui suivirent, je ne m'aventurai guère plus en dehors du cimetière. Seulement brièvement, lorsque j'avais besoin de trouver un arbre derrière lequel uriner, de chercher des mégots de cigarette à fumer, ou de dévaliser la réserve périmée de l'épicerie, où je remplissais mes poches avec plus que je ne pouvais manger, afin de pouvoir revendre la nourriture restant à moitié prix à Hunts Point. J'emportais le tout et me dépêchais de retourner au cimetière, où je m'appuyais contre la pierre tombale d'un homme nommé Harry Frasier, et je m'empiffrais.

Le Mount Hebron Memorial n'était pas un endroit morbide. Pour moi, il ressemblait au reste du quartier. Soigné, impeccable, avec des roses toujours en fleur, des buissons soigneusement taillés et des allées pavées. Même les pierres tombales brillaient comme le cuir d'une nouvelle paire de Jordan. Les quelques voitures garées près de la guérite étaient des Lexus et des Porsche.

Le cimetière agissait comme une cape d'invisibilité. Parfois, je faisais comme si j'étais mort et que personne ne pouvait me voir. *Personne* ne me voyait. Ça me rassurait. Seuls les idiots voulaient être vus et entendus. Pour survivre dans mon monde, il fallait sortir du système.

Tout se passait bien, jusqu'au quatrième jour. Précisons que je me mêlais de mes affaires et que je faisais une sieste en utilisant la pierre tombale de Harry Frasier comme oreiller. Il faisait chaud et humide. La chaleur montait du sol et les rayons du soleil perçaient à travers les arbres. Je me réveillai en sursaut, une couche de sueur sur le front, légèrement étourdi par la soif. Il fallait que je trouve un tuyau d'arrosage. Quand j'ouvris les yeux, j'aperçus une fille de mon âge, environ six tombes plus loin, sous un saule pleureur géant. Elle portait un short en jean et un débardeur. Elle était assise sur l'une des tombes et me regardait avec des yeux de la couleur d'un marécage crasseux. Ses cheveux bruns partaient dans tous les sens, bouclaient de partout comme les serpents de Méduse.

*Une sans-abri ?* Peut-être. J'étais prêt à la frapper si elle essayait de me voler.

— Qu'est-ce que tu regardes ? grondai-je en mettant la main dans ma poche pour en sortir un mégot de cigarette que je calai au coin de mes lèvres.

Mon jean était trop court de plusieurs centimètres, dévoilant mes brindilles de tibias, mais il était ample au niveau de la taille. Je savais que je ne faisais pas mes douze ans. Dix ans au mieux, dans les bons jours.

— Je regarde un gamin qui dort dans un cimetière.

— Très drôle, Sherlock. Où est Watson ?

— Je ne sais pas qui est Watson. (Elle me regardait toujours fixement.) Pourquoi tu dors ici ?

Je haussai les épaules.

— Je suis fatigué. Pourquoi pas ?

— Tu es flippant.

— Et tu te mêles de ce qui ne te regarde pas.

J'espérais l'effrayer. Ma mère disait toujours que la meilleure défense était l'attaque.

— Et *toi*, qu'est-ce que tu fais là, d'ailleurs ?

— Je me faufile ici pour voir si ma mère se rend compte que je ne suis plus à la maison.

— Et alors, ça marche ? demandai-je.

— Jamais, répondit-elle en secouant la tête.

— Pourquoi ici ? Pourquoi pas ailleurs ?

— Je rends aussi visite à mon frère jumeau.

Elle fit un geste vers la tombe devant laquelle elle se tenait.

Son frère jumeau était mort. Même à douze ans, j'avais une idée précise de ce qu'était la mort. Les parents de ma mère étaient morts, tout comme Keith Olsen, Sergey, le traiteur du quartier, et Tammy, la prostituée qui vivait dans une tente à Riverside Park. J'avais déjà assisté à un enterrement.

Mais cette fille qui avait perdu son frère… ça me fit bizarre. Les enfants de notre âge ne *mouraient* pas comme ça. Même l'histoire de Keith Olsen avait fait des vagues à Hunts Point, et nous étions des gens assez durs.

— Comment c'est arrivé ?

Je me repositionnai sur la tombe de Harry Frasier, plissant les yeux pour qu'elle sache qu'elle n'était pas tirée d'affaire juste parce qu'elle était triste ou je ne sais quoi. Elle pianota sur son genou nu, qui arborait une vilaine entaille. Elle avait dû passer par-dessus la grille pour entrer, comme je l'avais fait. C'était un cimetière privé et on ne pouvait pas crocheter la serrure de l'entrée ; il fallait appeler la guérite pour entrer. La mauvaise impression que j'avais d'elle se mua malgré moi en respect. Même les filles de mon quartier, qui n'avaient rien de très féminin, n'auraient pas franchi cette grille. Elle était munie de pointes en fer forgé et mesurait plus de deux mètres de haut.

— Il est mort dans son sommeil quand on était bébés.

— Ça craint vraiment.

— Ouais. (Elle gratta le sol du bout de sa Converse et fronça les sourcils.) Tu t'es déjà demandé pourquoi on fait ça ?

— Mourir ? Pas sûr que ce soit intentionnel.

— Non. Enterrer les morts ?

— Je ne pense pas vraiment à ce genre de choses, dis-je d'une voix dure.

— Au début, je pensais que c'était comme planter des graines, peut-être pour que l'espoir puisse fleurir.

— Et maintenant ?

J'essuyai la sueur sur mon front. Elle avait l'air intelligente. La plupart des enfants de mon âge avaient l'intelligence d'une plante d'intérieur.

— Maintenant, je pense qu'on les enterre parce qu'on ne veut pas partager le monde avec eux. Ça fait trop mal.

Je continuai de froncer les sourcils en réfléchissant à ma réponse.

Je commençai à avoir vraiment soif, mais je ne voulais pas bouger. J'avais l'impression que c'était un test. Ou une compétition, peut-être. C'était mon territoire. Mon cimetière pour l'été. Je ne voulais pas qu'elle pense qu'elle pouvait entrer ici et me voler ma place, frère mort ou pas. Mais il y avait aussi autre chose. Je ne savais pas quoi. Peut-être que ce n'était pas si mal, après tout, de ne pas être seul.

— Alors ? Tu vas rester là à me regarder ? Fais ce que tu es venue faire ici.

Je tirai sur mon mégot, essayant en vain de le rallumer avec un briquet que M. Van avait laissé tomber dans le couloir l'autre jour.

— Ouais, c'est ça. Ne t'interromps pas, espèce de... *tordu*.

Elle leva un bras impatient vers moi.

Je levai les yeux au ciel. Elle était bizarre. Son frère était un bébé quand elle l'avait perdu, non ? Ce n'était pas comme s'ils étaient proches ou je ne sais quoi. Mais quand même. Qu'est-ce que j'y connaissais, aux frères et sœurs ? Une seule chose, en fait : que je n'en avais pas. Parce que, comme le soulignait ma mère chaque fois qu'un gamin faisait une crise au supermarché : *Les enfants sont ingrats et coûtent cher. Une responsabilité coûteuse.*

*Merveilleux. Merci, maman.*

La fille me tourna le dos et fit face à la tombe. Elle caressa la pierre, qui était plus petite que les autres. En fait, toutes les tombes de cette rangée étaient plus petites. Un frisson me parcourut.

— Salut, Ar. C'est moi, l'autre Ar. Je voulais juste prendre des nouvelles. Tu nous manques tous les jours. Maman a encore eu des mauvais jours. Elle nous ignore complètement, papa et moi. L'autre jour, je lui ai parlé et elle m'a regardée comme si j'étais un fantôme. Elle le fait exprès. Pour me punir. Je me suis dit que tu pourrais peut-être lui rendre visite un peu moins souvent ces prochaines semaines ? Je sais qu'elle te voit tout le temps. Dans ta chambre, sur le canapé où on faisait la sieste, à la fenêtre...

Elle parla pendant environ cinq minutes. J'essayai de ne pas écouter, mais c'était comme essayer de clouer de la gelée sur un mur. Elle était *juste là,* quoi. Je crus qu'elle allait pleurer, mais finalement elle tint bon. Elle ramassa ensuite un petit caillou par terre et le posa contre la tombe avant de se lever.

Elle reprit la direction de la grille.

— Pourquoi tu as fait ça ? demandai-je tout de go.

Elle se retourna pour me regarder avec surprise, comme si elle avait oublié que j'étais là.

— Fait quoi ?

— Le truc avec le caillou.

— Dans la tradition juive, on place une petite pierre sur la tombe pour montrer à la personne que quelqu'un est venu la voir. Qu'elle n'est pas oubliée.

— Tu es juive ?

— Ma jeune fille au pair l'était.

— Alors tu es une gosse de riche.

— Parce que j'avais une jeune fille au pair ?

Elle me regarda comme si j'étais idiot.

— Parce que tu sais ce que ce mot veut dire, pour commencer.

— Toi aussi.

Elle croisa les bras sur sa poitrine, refusant de me laisser l'emporter malgré l'insignifiance du débat.

— Et pourtant, tu ne m'as pas l'air riche.

— Je ne suis pas un exemple.

Je ramassai de la terre et la frottai entre mes doigts. Je consommais le monde en plus grande quantité que la moyenne des enfants. Je consacrais chaque seconde de la journée à lire, écouter, observer. Je traitais la vie avec le même sens pratique que ma montre-bracelet. Je voulais la retourner, la dévisser et voir comment elle fonctionnait, ce qui lui permettait de marcher. Je m'étais déjà promis de ne pas finir comme ma mère. Je ne me ferais pas manger par les riches. C'était moi qui allais les manger, s'il le fallait.

— Il faut croire que je suis riche, alors, dit-elle en ramassant un autre caillou, qu'elle frotta avec son pouce. Et toi, tu ne l'es pas ?

— Est-ce que je ferais une sieste dans un cimetière si j'étais riche ?

— Je ne sais pas.

Elle passa une main dans ses cheveux rebelles. Ils étaient plein de feuilles mortes et de nœuds.

— Disons que je ne crois pas que tout tourne autour de l'argent.

— C'est parce que tu en as. Mais tu n'en as pas l'air. Riche, je veux dire.

— Comment ça ? demanda-t-elle.

— Tu n'es pas toute jolie, répondis-je malicieusement.

C'était le signal pour son départ. J'avais réussi à l'insulter. Avec un doigt d'honneur verbal. Mais au lieu de ça, elle se tourna vers moi.

— Hé, tu veux de la limonade et du chou farci ?

— Tu ne m'as pas entendu ? Je viens de te traiter de moche.

— Et alors ? (Elle haussa les épaules.) Les gens mentent tout le temps. Je sais que je suis jolie.

Seigneur. Et elle restait là à attendre.

— Non, je ne veux pas de limonade et de chou farci.

— Tu es sûr ? C'est super bon. Ma bonne les fait avec du riz et du bœuf haché. C'est un truc russe.

Des alarmes retentirent dans ma tête et tous les panneaux de sortie clignotèrent en néon rouge. Les feuilles de chou farcies étaient la spécialité de maman, quand on pouvait se payer du bœuf haché, ce qui n'arrivait pas très souvent. Et si cette fille proposait d'apporter à manger ici, ça signifiait qu'elle vivait à proximité.

— Comment tu t'appelles ? demandai-je d'une voix mortellement calme.

— Arya. (Une pause.) Mais mes amis m'appellent Ari.

Elle savait qui j'étais.

Elle savait, et elle voulait s'assurer que je me souvienne de ma position dans la chaîne alimentaire. *Ma bonne,* avait-elle dit. Je n'étais qu'une extension de ma mère.

— Tu sais qui je suis ? demandai-je d'une voix rouillée, nouée.

Elle repoussa ses cheveux d'une main.

— J'ai une intuition.

— Et tu t'en fiches ?

— Oui.

— Tu me cherchais ?

Voulait-elle simplement se moquer du garçon qui attendait en bas que sa mère finisse de la servir ?

Elle leva les yeux au ciel.

— Genre. Alors. Limonade et chou farci ?

J'aurais été idiot de refuser. J'étais un arnaqueur avant tout. Les émotions ne faisaient pas partie du jeu. Et elle m'offrait à boire et à manger. Ce que je pensais d'elle n'avait pas d'importance. Ce n'était pas comme si nous allions devenir les meilleurs amis. Un repas n'allait pas éteindre une flamme de haine vieille de six ans.

— Bien sûr, Ari.

Ce fut le début de tout.

# Chapitre 5

*Christian*
*Présent*

— Tu te fous de ma gueule !

Plus tard dans la soirée, Arsène poignardait un morceau de thon ahi avec ses baguettes au poké bar. J'avais été tellement pressé de raconter ma journée à quelqu'un que Claire avait dû se contenter d'un petit coup rapide dans un hôtel voisin à l'heure du déjeuner et n'avait même pas pu manger.

— Tu ne peux pas représenter cette femme. Tu *connais* Conrad Roth. Tu as des sentiments très *forts* pour Conrad Roth. Conrad Roth est l'homme qui t'a pourri la vie.

Je repoussai les algues sur les bords de mon bol en laissant ses raisons - toutes valables et logiques - me passer au-dessus. La vengeance n'avait ni rime ni raison. C'était la sœur sexy et implacable du karma.

Les jours avaient peut-être été longs, mais les années étaient courtes.

Conrad Roth avait façonné et modelé l'homme que j'étais devenu aujourd'hui, et ce n'était pas quelqu'un qu'il avait envie d'affronter. Il était hors de question que je refuse l'occasion de le revoir. De lui montrer que j'étais de retour sur son terrain de prédilection, l'Upper East Side, que je portais ses marques, que je mangeais dans ses restaurants, que je baisais les mêmes femmes bien élevées avec lesquelles sa précieuse fille était allée à l'école et qu'elle appelait ses amies. La pourriture avait surgi de la crasse et sali son monde immaculé, et il était sur le point de voir de près le monstre qu'il avait créé.

Je n'étais plus Nicholai Ivanov, le fils bâtard de Ruslana Ivanova.

J'étais tout neuf, étincelant, réincarné. Paré d'un costume Tom Ford, d'un sourire rusé et du maniérisme bien rodé des gosses de riche. Les gens comme Ruslana Ivanova ne figureraient jamais dans le monde de Christian Miller. Ils étaient invisibles. Des accessoires. Pas même un petit paragraphe dans mon histoire. Pas même une phrase. Un mot entre parenthèses, et seulement s'ils cassaient accidentellement un des vases de prix dans mon salon.

— Il ne me reconnaîtra pas, dis-je en remarquant que les deux jeunes femmes qui nous avaient servis chuchotaient entre elles avec animation, notant leurs numéros de téléphone sur des bouts de papier.

Le visage d'Arsène se contorsionna ave horreur.

— Tu es aussi discret qu'une pyramide, Christian. Un géant de1,90 m avec des yeux turquoise bien distincts et un nez crochu.

L'œuvre de Conrad et de son généreux crochet du droit près de deux décennies plus tôt, rien de moins.

— Exactement. Ce dont il se souvient, c'est d'un gamin maigrelet qu'il a vu quelques fois pendant les vacances d'été, avant que j'aie besoin d'un bon coup de rasoir.

Je pointai mes baguettes vers lui.

Je mentais. Je ne pensais pas que Conrad Roth se souvenait de moi *du tout*. Ce qui rendait la prise en charge de l'affaire d'autant plus facile.

— Tu joues avec le feu, me prévint Arsène.

— Peu importe à quoi je joue, du moment que je gagne toujours.

— D'accord. Je vais te faire plaisir une seconde. Admettons qu'il ne reconnaisse vraiment pas ton misérable visage et qu'il n'ait aucune idée de qui tu es, pourquoi te donner tout ce mal ? Où est la satisfaction ?

— Ah. (Je fis claquer ma langue.) Parce que n'importe qui dans ma situation accepterait un arrangement à l'amiable et s'en tiendrait à ça. Je veux le traîner dans la boue. Le faire souffrir. Points bonus : il m'aidera à devenir associé. À sceller l'accord.

Arsène me regarda comme si j'étais fou. Ce qui, il fallait le reconnaître, n'était pas très loin de la vérité. Je n'étais pas très sensé.

— Cinquante mille dollars qu'il te reconnaît.

Je ricanai.

— Cent mille qu'il ne me reconnaît pas. Je passerai chercher le chèque lundi.

Il n'y avait aucune chance que Conrad Roth sache qui j'étais. J'avais disparu de son radar peu après avoir été diplômé de la Andrew Dexter Academy et avoir changé de nom, d'adresse et de numéro de téléphone. Nicholai Ivanov s'était volatilisé quelques semaines après l'obtention de son diplôme et avait été considéré comme mort par la poignée de personnes qui se souciaient de lui. L'ironie de la situation ne m'échappait pas. Roth avait payé mon éducation jusqu'à l'université – même si c'était tout sauf un acte de charité – et je m'étais servi des connaissances que j'avais acquises comme armes contre lui par la suite.

Après tout, il ne s'était pas gêné pour me hanter, même lorsque je vivais à l'autre bout du pays.

— Écoute, Conrad Roth te reconnaîtra. Il n'y a aucun doute à ce sujet.

Arsène montra ses dents blanches de loup. Il détestait les choses illogiques. La vengeance était l'une des choses les plus rationnelles au monde. Dans quatre-vingt-dix-neuf pour cent des cas, elle ne faisait qu'empirer les choses.

— Et ? (Je haussai un sourcil.) Qui ça intéresse ?

— Ta carrière, répondit Arsène d'un ton pince-sans-rire. Ça intéresse ta carrière. Je constate que ton raisonnement déductif a disparu. Tu risques d'être radié du barreau s'il porte plainte. Est-ce que ça vaut la peine de perdre sa carrière à cause d'un concours pour savoir qui pisse le plus loin ?

— Tout d'abord, on ne se fait pas radier du barreau aussi facilement. Je n'ai pas obtenu mon doctorat dans une pochette-surprise. (Je fourrai un edamame dans ma bouche.) Ensuite, même s'il me reconnaît – ce qui ne sera pas le cas – il n'osera pas. J'ai trop d'influence sur lui. Personne ne sait ce qu'il m'a fait.

— Même si tout ça est vrai (Arsène dessina un cercle dans l'air avec ses baguettes), tu ne seras toujours pas en mesure de gérer cette affaire avec clarté, concentration ni une miette de la santé mentale que tu perds manifestement à flots à chaque minute qui passe. Ces trois éléments te font cruellement défaut quand il s'agit des Roth.

— Il est temps qu'ils paient pour ce qu'ils ont fait, pestai-je.

L'une des serveuses approcha en roulant des hanches comme une pendule, et glissa les deux numéros de téléphone sur le bar avec des bières offertes.

— Faites votre choix, les garçons.

Elle fit un clin d'œil.

— *Ils ?* répéta Arsène en haussant un sourcil sombre et épais. On parle au pluriel, maintenant ?

Il fourra l'un des numéros de téléphone dans sa poche, même si je savais qu'il n'appellerait pas. De nous trois, celui qui était le plus susceptible de finir au lit avec quelqu'un qui n'était pas du même milieu social que lui était Riggs, suivi par moi, et Arsène arrivait loin derrière. C'était un fin connaisseur des femmes de la haute société et de l'ultra-réussite, et il était très pointilleux sur tout : leur goût, leur odeur, leur tenue vestimentaire. Si je devais parier sur qui était un psychopathe entre nous trois, je miserais sur lui.

— Tu t'accroches.

Je me dirigeai vers la poubelle et jetai mon bol à moitié mangé.

— Et toi, tu es dans le déni. (Arsène m'imita.) Tu en veux à une fille de quatorze ans, Christian. Ça ne te donne pas une très bonne image.

— Elle n'a plus quatorze ans.

Je poussai la porte vitrée à deux mains et sortis dans la nuit froide d'hiver. Il tombait des gouttes. Le grondement de la ville me rappelait que je me trouvais sous le même ciel qu'elle et probablement dans le même quartier.

Si proche et pourtant si loin.

Elle m'avait peut-être oublié, mais elle était sur le point de rencontrer une nouvelle version du garçon avec lequel elle avait joué.

Arya Roth était une adulte à présent, et elle allait payer pour ce qu'elle avait fait.

# Chapitre 6

*Christian*
*Passé*

Elle revint, encore et encore, et encore.

Nous passâmes la majeure partie des vacances d'été au Mount Hebron Memorial, à sauter entre les pierres tombales comme s'il s'agissait de flaques d'eau.

Le lendemain de notre première rencontre, elle apporta un livre intitulé *Le Jardin secret,* que l'on lut côte à côte, nos tempes moites collées l'une à l'autre, tenant chacun un côté du livre. On lisait une page chacun son tour et je voyais bien qu'on essayait de s'impressionner mutuellement.

Le lendemain, j'apportai Sherlock Holmes de la bibliothèque du coin et on le lut par intervalles, quand je ne lui criais pas d'arrêter de corner les pages parce que j'étais parano à l'idée de payer les frais de la bibliothèque.

On s'asseyait sur la tombe de Harry Frasier et on lisait. Parfois, on parlait à son frère Aaron comme s'il était là avec nous. On lui avait même attribué une personnalité et tout ça. C'était le rabat-joie qui restait à la traîne et ne voulait jamais rien faire. Le cimetière devint notre jardin secret, avec des trésors et des mystères à découvrir. On explorait tous les coins et recoins et on connaissait par cœur le nom de ses habitants.

Un jour, le gardien nous surprit en train de jouer à cache-cache. On dut courir tous les deux comme si on avait le feu aux fesses. Il nous poursuivit en proférant des injures, le poing brandi. Une fois arrivés à la grille en fer forgé, je fis la courte échelle à Arya pour qu'elle puisse s'échapper avant de sauter par-dessus à mon tour. Le gardien faillit m'attraper, mais Arya me saisit la main et on s'enfuit avant qu'il n'arrache ma chemise à travers les barreaux de la grille. C'était la dernière fois qu'on allait là-bas.

Nous passâmes le reste des vacances à explorer les recoins secrets de Central Park et à nous cacher dans les buissons pour effrayer les coureurs. Arya apportait à boire et à manger, et parfois même des jeux de société. Quand elle commença à descendre avec tout en double – lait chocolaté, barres de céréales, bouteilles d'eau – je sus que sa mère avait tout découvert et qu'elle fermait les yeux.

Un soir, alors que ma mère et moi rentrions à Hunts Point, elle m'attrapa par l'oreille et tira jusqu'à ce que je n'entende plus rien.

— Rappelle-toi que M. Roth te tuera si tu la touches.

La toucher ? Je voulais à peine la *regarder*. Mais quel autre choix avais-je ? Arya faisait passer le temps plus vite, elle m'apportait à manger et du Gatorade.

À la fin de l'été, Arya et moi étions inséparables. À la rentrée scolaire, notre amitié prit fin. C'était rasoir de se parler au téléphone – et manquait aussi de naturel ; on avait essayé – et aucune de nos familles n'allait accepter qu'on aille jouer chez l'un ou chez l'autre, un concept qu'Arya avait essayé de m'expliquer à plusieurs reprises.

Il m'arrivait parfois de lui écrire, mais je n'envoyais jamais les lettres. La dernière chose dont j'avais besoin, c'était qu'Arya pense que je l'aimais bien. En plus, ce n'était même pas vrai.

Puis ce fut le retour des vacances d'été. J'avais pris cinq centimètres. Ma mère, une nouvelle fois, m'emmena avec elle au travail. Cette fois, je fus autorisé à entrer dans le *penthouse*. Non pas parce que ma mère s'inquiétait *pour* moi, mais parce qu'elle s'inquiétait *à cause* de moi. Au cours de l'année, je m'étais mis à faire mes petites magouilles à l'école, en vendant des Jordan de contrefaçon avec une marge de cinq cents pour cent après la commission de Little Ritchie, qui me les avait données. Le principal avait prévenu ma mère que ce serait la maison de correction si je n'arrêtais pas.

La première fois que je mis les pieds dans l'appartement des Roth, la tête me tourna. Tout était à voler. J'aurais abattu les murs et les aurais fourrés dans mes poches si j'avais pu.

L'onyx brillait comme la fourrure d'une panthère. Les meubles semblaient flotter, suspendus à des fils invisibles, et il y avait de grands tableaux imposants partout. La cave à vin à elle seule était plus grande que notre salle de bains. Il y avait des lustres, des statues de marbre et des tapis épais partout. Si c'était ainsi que vivaient les riches, je m'étonnais qu'ils quittent leur maison.

Mais le véritable joyau, c'était la vue sur Central Park. La silhouette des gratte-ciel donnait l'impression d'une couronne d'épines. Et la personne qui portait cette couronne était Arya, assise à un piano à queue d'une blancheur immaculée, le dos bien droit, la vue en toile de fond, vêtue d'une robe du dimanche, l'air solennel.

Mon souffle se bloqua dans ma gorge. C'est à ce moment-là que je remarquai qu'elle était jolie. Je veux dire, je savais qu'elle n'était pas laide. J'avais des yeux, après tout. Mais je n'avais jamais considéré qu'elle était *le contraire* de laide. L'été dernier, Arya était seulement... Arya. Ma complice. La gamine qui n'avait pas peur de sauter par-dessus les barrières et de tendre des embuscades dans les buissons. La fille qui m'avait aidé à trouver des mégots de cigarette à fumer.

Elle releva la tête d'un coup et écarquilla les yeux en m'apercevant. Pour la première fois de ma vie, je me sentis gêné. Jusqu'alors, je ne m'étais jamais soucié de mon grand nez et de mes oreilles de Dumbo, ni du fait que j'avais encore deux ou trois kilos à prendre pour m'étoffer.

Ses parents se tenaient derrière elle et la regardaient jouer son morceau. Son père avait posé la main sur son épaule, comme s'il craignait qu'elle s'évapore dans l'air d'un moment à l'autre. Je savais qu'elle ne pouvait pas me parler, alors je l'ignorai, étalant sur leur sol le chewing-gum dans lequel j'avais marché. Ma mère et moi restâmes à l'entrée comme des sacs de provisions posés là, ma mère triturant nerveusement son tablier en attendant qu'Arya termine son morceau.

Quand elle eut fini, ma mère s'avança. Son sourire était douloureux. J'avais envie de l'effacer de son visage avec l'un de ses chiffons qui empestaient l'eau de Javel.

— Monsieur Roth, madame Roth, voici mon fils, Nicholai.

Beatrice et Conrad s'approchèrent de moi comme des jumeaux maléfiques dans un film d'horreur. Il avait les yeux enfoncés et perçants d'un requin, des cheveux argentés bien soignés et un costume qui puait l'argent. Elle était la femme trophée modèle, avec une crinière blonde et gonflée, des couches de maquillage suffisantes pour sculpter une pièce montée de trois étages, et le regard vide d'une femme qui s'était coincée dans un mariage inextricable. Je voyais le même chez les femmes des mafieux de Hunts Point. Celles qui avaient compris que l'argent avait un prix.

— Comme tu es adorable, dit Beatrice d'un ton sec, mais quand je voulus lui serrer la main, elle me tapota le poignet. Vous avez un garçon charmant, Ruslana. Grand, les yeux bleus. Je n'aurais pas imaginé.

Conrad me jeta un coup d'œil d'une fraction de seconde avant de se tourner vers ma mère. Il semblait sur le point d'exploser. Comme si mon existence était un désagrément.

— Rappelez-vous ce qu'on a dit, Ruslana. Tenez-le à l'écart d'Ari.

Un rocher de la taille du New Jersey me tomba dans l'estomac. J'étais juste *là*, nom d'un chien.

— Absolument. (Elle acquiesça docilement et, à ce moment-là, je la détestai. Plus encore que je ne détestais Conrad, je crois.) Je ne quitterai pas Nicholai des yeux, monsieur.

Derrière eux, Arya leva les yeux au plafond et fit semblant de pointer une arme sur sa tempe. Lorsqu'elle fit semblant de tirer, sa tête tressaillit violemment. Les doutes que j'avais pu avoir sur notre alliance se dissipèrent aussitôt.

J'esquissai un sourire.

Je réalisai que l'espoir était une drogue.

Et Arya venait de me donner mon premier échantillon gratuit.

Maman ne mit pas en application sa promesse de « ne pas me quitter des yeux ». Elle avait trop à faire pour s'en préoccuper. Au lieu de quoi elle me prévint que si je touchais à Arya, j'étais mort.

— Si tu crois que je vais te laisser tout gâcher, tu te trompes. Un pas de travers et c'est terminé, Nicholai.

Malgré ça, l'été de nos treize ans, avec Arya, fut de loin le meilleur de ma vie.

Conrad était un loup de Wall Street qui dirigeait une société de fonds spéculatifs. Arya essaya de m'expliquer ce que c'était. Ça ressemblait dangereusement à des jeux d'argent, alors, bien sûr, je pris note de vérifier tout ça quand je serais plus grand. Conrad faisait des horaires de fou. On le voyait rarement. Et entre ses week-ends entiers passés à assouvir ses frénésies de shopping en Europe et ses déjeuners au country-club, Beatrice ressemblait davantage à une grande sœur volage qu'à une mère. Arya et moi prîmes rapidement nos habitudes. Tous les matins, on allait à la piscine couverte de l'immeuble et on faisait la course dans l'eau (je gagnais) puis on s'étendait sur le balcon d'Arya pour se sécher, le visage levé vers le ciel. Le chlore et le soleil décoloraient la pointe de nos cheveux et on rivalisait pour savoir qui aurait le plus de taches de rousseur (elle gagnait).

On lisait aussi. *Beaucoup.*

On passait des heures chaque jour blottis sous le grand bureau en chêne de la bibliothèque familiale, à sucer des granités, à faire des batailles d'orteils, les jambes tendues sur le tapis persan.

Cet été-là, on lut *Le Magicien d'Oz, l'Île au trésor, Outsiders*, et toute la collection Chair de poule. On dévorait d'épais romans d'espionnage, on parcourait les volumes d'histoire et on rougissait devant deux ou trois livres où il y avait des baisers, ce qui nous avait fait déclarer à l'unisson que toucher quelqu'un de cette façon était super dégueu.

Mais pour être honnête, plus le temps passait, plus l'idée de toucher Arya comme ça ne me paraissait plus super dégueu. Peut-être même le contraire de dégueu. Mais, bien sûr, je n'étais pas assez bête pour me permettre d'y penser.

Notre amitié ne passa pas complètement inaperçue. Conrad nous surprit quelques fois alors qu'on était en train de lire ou de regarder un film. Mais je pense que ce qui était évident pour moi depuis le début avait aussi pénétré sa conscience. À savoir qu'Arya était hors de ma portée. Que sa beauté, sa force et sa sophistication me terrifiaient, et que je pouvais à peine la regarder en face. Elle ne risquait pas d'être corrompue.

— Il ne saurait pas quoi faire d'une opportunité même si ta fille lui en offrait une, avais-je un jour entendu la mère d'Arya dire en laissant échapper un soupir impatient, alors qu'elle pensait que ma mère et moi étions déjà partis.

C'était l'une des rares fois où elle était à la maison. Je trouvais intéressant que Beatrice sache ce qu'Arya avait ou non envie de m'offrir, étant donné qu'elle n'avait pas échangé un mot avec sa fille de tout l'été.

J'étais caché dans l'ombre de leur dressing. Chaque semaine, ma mère me demandait d'aller voler un petit objet pour qu'elle puisse le revendre. Cette fois-ci, les parents d'Arya étaient rentrés avant que je puisse accomplir ma mission. Je serrai la ceinture Gucci dans mon poing en transpirant à grosses gouttes, réfugié derrière les couches de robes accrochées d'un côté du mur.

— L'innocence ne suffit pas. Il n'est pas de notre monde, Bea.

Un rire métallique emplit leur salle de bains.

— Oh ! Conrad. Il est un peu tard pour devenir prude, tu ne crois pas ? Quelle hypocrisie. Qu'y a-t-il d'étonnant à ce que j'arrive à peine à regarder ton visage ?

— Chérie, c'est toi la prude du couple, et tu es aussi trop naïve. Tout ce qui t'intéresse, c'est Aaron, le shopping et tes amies en plastique, dont je baise la moitié dans ton dos.

— Qui ? demanda-t-elle en se tournant brusquement vers lui.

Son visage changea du tout au tout. Elle avait l'air… bizarre. Plus vieille. En l'espace de quelques secondes.

Ce fut au tour de Conrad de s'esclaffer.

— Oh ! tu aimerais bien le savoir.

— Arrête de jouer avec moi, Conrad.

— Le jeu est la seule chose qui me reste avec toi, Bea.

Mes doigts s'enfoncèrent si profondément dans la ceinture que la boucle m'arracha la peau et l'entailla, et que le sang remplit mon poing.

M. Roth ne se doutait pas que son épouse avait raison. La seule fois de tout l'été où Arya et moi nous étions touchés d'une manière qui n'était pas innocente, c'était quand Arya elle-même l'avait initié.

Deux semaines plus tôt, nous nous étions introduits dans le bureau de M. Roth, où il gardait ses cigares cubains. Je voulais en voler un et le partager avec mes amis de Hunts Point, et Arya était toujours prête à faire des bêtises. C'était un après-midi de *farniente* et l'appartement était vide. On trouva la boîte en cuir gravé juste au moment où ma mère revenait du supermarché. Le déclic-surprise de la porte fit tomber l'étui à cigares avec un bruit sourd. Des pas résonnèrent dans le couloir et le son ricocha dans mon ventre comme une balle alors que ma mère approchait pour enquêter.

Arya m'attrapa le poignet et nous entraîna dans l'espace entre les placards et le sol, et on se serra l'un contre l'autre, bras et jambes emmêlés, à l'abri des regards. Nos souffles se mélangèrent, l'air s'imprégna des chewing-gums fruités, des granités et du baiser qui ne pourrait jamais se produire, et soudain, toutes les fois où on m'avait dit de ne pas toucher à Arya prenaient un sens.

Parce que le besoin de la toucher me parcourut la colonne jusqu'au bout des doigts et rendit le creux de mon estomac vide et douloureux.

Ma mère entra dans la pièce. On vit ses baskets usées faire un tour complet pour inspecter les lieux.

— Mademoiselle Arya ? Nicholai ? appela-t-elle d'une voix stridente.

Pas de réponse. Elle jura tout bas en russe et tapa du pied sur le sol marbré. L'adrénaline affluait dans mes veines. Ma mère tenta, sans succès, de donner à son ton un caractère autoritaire

— Ton père sera très en colère s'il apprend que tu es entré ici.

Je croisai le regard d'Arya. Son corps entier se mit à trembler de rire. Je pressai ma paume contre sa bouche pour l'empêcher d'exploser.

Elle sortit sa langue et lécha entre mes doigts. La décharge de plaisir qui traversa mon squelette me donna le vertige. Je la relâchai immédiatement, le souffle court.

Au bout de quelques minutes, ma mère finit par abandonner et s'éloigna. On resta complètement immobiles. Arya me prit la main et la plaqua sur sa poitrine, avec un sourire si grand qu'il menaçait de fendre son visage en deux.

— Waouh. Tu sens comme mon cœur bat vite ?

En fait, tout ce que je ressentais, c'était le besoin de poser mes lèvres sur les siennes. La façon dont mon propre cœur bondissait et se tordait dans ma poitrine, pour essayer de se libérer de ses artères et de ses veines, et le courage qui semblait soudain me manquer à côté d'elle.

— Oui. (Je déglutis.) Ça va ?
— Oui. Et toi ?
Je secouai la tête pour dire oui.
— Merci de m'avoir sauvé la mise.
— Ouais, je te dois encore quelque chose depuis la fois où on a été poursuivis.
Son grand sourire sincère me disait que j'étais définitivement, *définitivement* à deux doigts de la catastrophe.
— Arya ?
— Hmm ?
Sa main était toujours sur la mienne.
*Lâche-moi.*
Mais je ne pouvais pas le dire.
Je ne pouvais rien lui refuser. Même ce qui aurait pu signer mon arrêt de mort.
Au lieu de ça, je gardai la main sur sa poitrine jusqu'à ce que la voie soit libre et qu'elle s'éloigne d'elle-même.
Ce fut ma première erreur parmi tant d'autres.

Le jour de la boîte à cigares avait tout changé.
Nous nous approchions toujours plus dangereusement du bord du gouffre. Non pas parce que je mourais d'envie de l'embrasser - je pourrais probablement me retenir toute la vie de la toucher, même si l'idée ne me plaisait guère. Mais parce que ma capacité à lui résister était inexistante, ce qui signifiait que, tôt ou tard, elle allait me causer des ennuis.
C'était drôle que ses parents soient si inquiets que je puisse la déshonorer, alors qu'elle pourrait probablement me convaincre de tuer un homme rien qu'en agitant ses cheveux de Méduse.
Quelques jours avant la fin des vacances d'été, je surpris de nouveau une conversation des Roth. Cette fois, ce n'était pas un hasard. Je craignais qu'ils ne me laissent pas passer l'été suivant avec Aarya. Je voulais savoir dans quelle direction le vent soufflait. À ce stade, Arya était la chose la plus proche du

bonheur que j'avais jamais atteinte, et j'étais prêt à faire des trucs tordus pour perpétuer notre arrangement.

Je me cachai dans la penderie de Mme Roth pendant qu'elle s'habillait pour un événement. Par le petit espace à côté de la porte coulissante, j'observai M. Roth nouer sa cravate devant le miroir.

— Tu sais que je l'ai surpris en train d'emballer les restes que Ruslana jette habituellement et de les ramener chez lui sans demander ?

Il tourna la queue de la cravate et tira le nœud vers le haut. Je suivis chacun de ses mouvements en prenant des notes. J'avais décidé au début de l'été que j'allais avoir un boulot qui nécessitait de porter autre chose qu'un survêtement.

— Bien sûr, je n'ai rien dit. Tu imagines les gros titres si ça se sait ? *Un magnat des fonds spéculatifs refuse ses miettes à une pauvre garçon* ?

— Mon cher.

Mme Roth se trouvait de l'autre côté de la penderie, je ne pouvais donc pas la voir. Elle n'avait pas l'air intéressée. Elle ne s'intéressait jamais à son mari. Conrad poursuivit malgré tout.

— Tu sais ce que Ruslana m'a dit ? Elle m'a dit que le week-end, il cire les chaussures au coin de la rue devant Nordstrom. Il les met en faillite en faisant payer deux fois moins cher. Et l'année dernière, il a mis la main sur des Nike de contrefaçon et les a vendues dans son école. Ça, elle ne me l'a pas dit. Je l'ai découvert tout seul.

— Tu as enquêté sur lui ? fit en ricanant Mme Roth. (Elle aimait montrer qu'elle détestait son mari.) Chéri, tu as trop de temps libre. Tu devrais peut-être te trouver une autre maîtresse pour t'occuper. Oh ! et ton obsession pour ta fille est tout à fait rebutante. Je suis là aussi, tu sais.

Ce n'était pas bon. Pas bon du tout. Mon prochain été avec Arya était compromis. J'allais devoir ignorer Arya dans les prochains jours, même si ça lui faisait de la peine. Même si ça *me* faisait de la peine.

— Ce gamin a le genre d'ambition qui le mènera soit sur la liste des plus riches de *Forbes*, soit en prison.

La mine renfrognée de Conrad Roth indiquait exactement où il préférait me voir à l'avenir – et ce n'était pas à côtoyer Bill Gates et Michael Dell.

— Où qu'il finisse, ce ne sera pas avec ta fille.

— *Notre* fille, corrigea-t-il.

— L'est-elle ? La nôtre, je veux dire ? demanda Beatrice. Tu sembles avoir l'impression qu'elle n'est qu'à toi.

Elle l'embrassa fort sur la bouche. Les lèvres pincées. Il lui prit les fesses. Je détournai les yeux.

J'aimais beaucoup Arya, mais je détestais ses parents.

# Chapitre 7

*Arya*
*Présent*

Le claquement satisfaisant de mes Louboutin sur le riche sol en marbre résonnait entre les murs de l'immeuble Van Der Hout sur Madison Avenue. Un sourire froid effleura mes lèvres lorsque j'arrivai devant la réceptionniste.

— Cromwell et Traurig ?

Après lui avoir tendu ma carte d'identité, je pianotai sur le comptoir de mes ongles de la même couleur écarlate que le dessous de mes semelles. Je n'arrivais pas à croire que je perdais mon temps pour ça.

La réceptionniste me tendit un badge visiteur ainsi que ma carte d'identité, que je glissai dans mon sac à main.

— Ce sera au trente-troisième étage, madame, ce qui nécessite un contrôle d'accès. Veuillez patienter, je vais demander à quelqu'un de vous accompagner.

— Inutile d'appeler quelqu'un, Sand. Je monte.

Un baryton, si grave et si profond qu'il s'insinua dans mes veines, retentit dans mon dos.

— Hé, patron, couina la réceptionniste, son attitude professionnelle fondant comme neige au soleil. Nouveau costume ? Le gris vous va vraiment à merveille.

Curieuse et un peu décontenancée par ce flirt, je me retournai et tombai nez à nez avec l'un des hommes les plus séduisants de la planète – passé, présent, futur. Un dieu grec sculpté dans un costume Armani. Un menton à fossettes et des yeux de la couleur d'un martin-pêcheur. Un flacon vivant d'ADN de première qualité et, comme si ça ne suffisait pas, il exsudait assez de testostérone pour inonder un terrain de base-ball. Je ne savais même pas si c'était une beauté classique. On aurait dit que son nez avait été remis en place de manière non professionnelle après une fracture, et sa mâchoire était un peu trop carrée. Mais il respirait la confiance et l'argent, deux formes de kryptonite dans le terrain de rencontre de Manhattan. Je me sentis rougir malgré moi. À quand remontait la dernière fois que j'avais rougi ? Probablement à l'adolescence.

— Prête à voir le Van Der Hout de l'intérieur ?

Son ton était léger, son visage impassible.

— Je pourrais survivre sans voir l'intérieur de ce bâtiment, mais le destin m'a amenée ici.

— Vous a-t-il amenée à un étage précis ?

Sa bonne humeur était inébranlable.

— Cromwell et Traurig, répondis-je.

— Avec plaisir.

Il dévoila une rangée de dents nacrées. C'était un bon vieux gosse de riche. Je les reconnaissais à des kilomètres. Les cigares. Le golf. Le sourire qui disait « Papa me sortira de n'importe quelle mauvaise passe. »

En attendant l'arrivée de l'ascenseur, je passai une main sur ma robe en me maudissant d'avoir vérifié si cet inconnu avait une alliance (il n'en avait pas.) J'avais d'autres chats à fouetter. Principalement le fait que je me rendais à la première – et je l'espère, la dernière – réunion de médiation de mon père concernant son affaire de harcèlement sexuel.

*Harcèlement sexuel !* Quelle blague. Mon père était sanguin, mais il n'aurait jamais fait de mal à une femme. Il était sans pitié dans son travail, ça ne faisait aucun doute, mais il n'était pas du genre Harvey Weinstein. Le genre d'homme à glisser une main sous la jupe d'une femme ou à reluquer son décolleté. Je connaissais le monde de l'entreprise et je savais reconnaître les prédateurs avant qu'ils n'ouvrent la bouche pour mordre. Il ne cochait aucune case du patron corrompu. Il n'était pas d'une gentillesse excessive, n'essayait pas de faire du charme dans les cercles sociaux et gardait ses mains pour lui. Ses employées l'adoraient ouvertement et le félicitaient souvent pour son dévouement à mon égard. Il était le parrain du fils de sa secrétaire, pour l'amour du ciel.

L'inconnu sexy et moi regardâmes les chiffres rouges qui défilaient au-dessus de l'ascenseur en descente. Je tapotai du pied.

*Vingt-deux... vingt et un... vingt...*

Cet homme était-il réellement le patron de la réceptionniste ? Il serait donc le gérant de l'immeuble, si ce n'est le propriétaire. Il avait l'air jeune. Entre trente et trente-cinq ans. Mais expérimenté. Avec l'air désinvolte et tranquille de quelqu'un qui sait ce qu'il fait. Les vieilles fortunes ouvraient la porte à de nouvelles opportunités, j'étais la première personne à l'admettre. Par prudence, je décidai de lui demander s'il avait quelque chose à voir avec Cromwell & Traurig.

— Vous êtes un associé du cabinet ?

Il était impossible qu'Amanda ait engagé un collaborateur.

Son sourire en coin s'élargit légèrement.

— Non.

Je poussai un soupir de soulagement.

— Bien.

— Pourquoi ?

— Je déteste les avocats.

— Moi aussi.

Il consulta sa montre de luxe.

Un silence s'installa. Il ne me faisait pas l'effet d'un étranger. Pas vraiment. Debout à côté de lui, j'aurais pu jurer que mon corps reconnaissait le sien.

— Il fait un temps affreux, dis-je.

Il pleuvait depuis trois jours d'affilée.

— Je crois que c'est Steinbeck qui a dit que le climat à New York était un scandale. Vous venez d'arriver en ville ?

Son ton était léger et pourtant impossible à déchiffrer. Mon instinct me dit de me méfier. Mes ovaires lui dirent de se taire.

— Pas du tout. (Je tapotai mon chignon sur ma nuque pour vérifier qu'aucune mèche ne s'en échappait.) On pourrait croire que je m'y suis habituée après tant d'années. Mais non.

— Vous avez déjà pensé à déménager ?

Je secouai la tête.

— Mes parents et mon entreprise sont ici.

Tout comme Aaron. Je lui rendais encore visite plus souvent que je ne voulais l'admettre.

— Et vous ?

— J'ai vécu ici toute ma vie.

— Verdict final ?

— New York est comme une maîtresse inconstante. On sait qu'on mérite mieux, mais ça ne vous empêche pas de rester.

— Vous pouvez toujours partir, soulignai-je.

— Je pourrais. (Il ajusta sa cravate bordeaux.) Mais je ne suis pas du genre à abandonner.

— Moi non plus.

Les portes de l'ascenseur s'ouvrirent en tintant. Il s'écarta et me fit signe de monter. Je m'exécutai. Il passa une carte électronique devant un pavé et appuya sur le bouton du trente-troisième étage. On fixa tous deux les portes chromées des yeux et notre reflet nous fit face.

— Vous êtes là pour une consultation ? demanda-t-il.

J'avais l'impression qu'il m'accordait toute son attention, mais je savais aussi qu'il ne flirtait pas avec moi.

— Pas exactement. (J'examinai mes ongles rouge vif.) Je suis ici en tant que consultante en relations publiques.

— Quel feu éteignez-vous aujourd'hui ?

— Un bâtiment en flammes : un arrangement pour harcèlement sexuel.

Il rangea son téléphone dans sa poche et déboutonna son caban.

— Vous savez ce qu'on dit des gros incendies.

— Qu'il faut de gros tuyaux pour les maîtriser ? dis-je en haussant un sourcil.

Son sourire s'agrandit. Mes cuisses m'informèrent qu'elles étaient convaincues et n'auraient aucun scrupule à s'enfuir avec lui à Paris. Je choisissais généralement mes amants avec le même pragmatisme que je choisissais mes vêtements le matin et j'optais toujours pour le type galant d'allure plutôt quelconque. Ceux qui ne font pas de drames. Mais ce type-là ? Il ressemblait à une *piñata* remplie d'ex-folles, de fétiches de gosse de riche et de problèmes avec maman.

— Incisive.

Il me regarda de haut en bas.

— Vous devriez voir mes griffes. (Je battis des cils.) Ce sera rapide et indolore.

L'homme se tourna pour me regarder. Ses yeux bleu clair devinrent glacials, comme un lac gelé. Il y avait quelque chose en eux. Quelque chose que je reconnaissais aussi chez moi. Un entêtement né d'une déception amère face au monde.

— C'est bien vrai ?

Je me redressai un peu.

— Je ne vais pas laisser cette affaire se transformer en cirque médiatique. Il y a trop de choses en jeu.

Il était impossible qu'Amanda Gispen pense vraiment avoir un dossier solide. Elle en avait manifestement après l'argent de mon père. Nous allions la renvoyer avec un gros chèque et un accord de confidentialité irréprochable, et faire comme si rien ne s'était passé. Ce n'était pas la faute de mon père s'il avait engagé quelqu'un qui avait choisi cette voie lorsqu'il l'avait licenciée. Maintenant, il s'agissait de minimiser la publicité faite à cette affaire. Heureusement, l'avocat de Gispen, ce Christian Miller, n'avait pas attiré l'attention sur le procès. *Pour l'instant.* Sans aucun doute une décision calculée de sa part.

— Je suis désolé.

Son sourire agréable devint carrément glacial.

C'est à ce moment que je réalisai qu'il avait les dents pointues. Que les deux du bas se chevauchaient. Une petite imperfection qui mettait en valeur ses traits par ailleurs si séduisants.

— Je ne crois pas avoir saisi votre nom.

— Arya Roth.

Je me tournai vers lui, et la pression dans mon sternum s'accentua. Mon corps frémissait de danger.

— Et vous ?

— Christian Miller. (Il prit ma main dans la sienne et la serra avec confiance.) C'est un plaisir de faire votre connaissance, madame Roth.

J'eus le souffle coupé. Je savais reconnaître un désastre quand j'en voyais un, et en regardant le sourire narquois de Christian, je sus qu'on s'était joué de moi. Un seul d'entre nous était surpris par la révélation de nos identités, et ce quelqu'un, c'était moi. Il avait déjà pris l'avantage quand il était entré à la réception dix minutes plus tôt. Et j'avais bêtement – *incroyablement* – joué le jeu. Je lui avais montré mes cartes.

— La réceptionniste vous a appelé « patron ».

Heureusement, ma voix était toujours maîtrisée, inébranlable.

— Sandy aime les surnoms. Adorable, non ?

— Vous disiez que vous n'étiez pas associé ? insistai-je.

Il haussa les épaules comme pour dire : « Qu'est-ce que j'y peux ? »

— Vous avez menti ? insistai-je.

— Ce ne serait pas très sportif. Je suis collaborateur.

— Vous êtes donc...

— L'avocat de Mme Gispen, c'est exact, acheva Christian à ma place en retirant son caban, sous lequel il était en costume cinq pièces gris.

Les portes s'ouvrirent à cet instant. Christian me fit signe de passer la première, avec des manières impeccables, un sourire insupportable. C'était à la fois bizarre et étonnant comme il était passé du potentiel père de mes hypothétiques enfants au grand méchant loup en moins de soixante secondes.

— Troisième porte à droite, mademoiselle Roth. J'arrive dans une minute.

— J'ai hâte d'y être, dis-je avec un sourire affable.

Je laissai mes jambes me porter jusqu'à ma destination sans oser regarder en arrière. Je sentis le regard ténébreux de Christian dans mon dos. Calculateur. Évaluateur, comploteur.

Cet homme, je le savais, allait prendre la moindre des faiblesses que je lui montrerai et les utiliser à son avantage.

*Un-zéro pour l'équipe locale.*

— Merci d'avoir pris le temps de venir, ma chérie. Je sais que tu es très occupée, et je suis, eh bien… embarrassé.

Mon père me serra la main tandis que je prenais place à côté de lui. Nous étions assis au bureau ovale de la salle de réunion de Cromwell & Traurig. Les plafonds lumineux, les escaliers d'apparat, le marbre italien veiné d'or rose et les porte-stylos en laiton m'indiquaient qu'Amanda Gispen ne plaisantait pas. Elle avait probablement vendu quelques organes pour avoir le plaisir d'être représentée par M. Miller.

— Ne sois pas ridicule, papa. (Je caressai le dos de sa main avec mon pouce.) Dans quelques heures, tout cela sera de l'histoire ancienne et on pourra reprendre le cours de nos vies. Je déteste te voir obligé d'en passer par là.

— Ça fait partie du boulot, soupira-t-il.

Terrance et Louie, les avocats de papa, étaient assis à sa droite et prenaient déjà des notes. Ils parlaient entre eux de manière animée sans nous prêter attention. Quand tout ça avait commencé, ils nous avaient expliqué qu'une plainte avait été déposée contre mon père auprès de l'EEOC. Apparemment, cette médiation faisait partie de la procédure de conciliation.

La médiatrice, une femme sévère aux cheveux argentés, vêtue d'une robe noire au col Claudine, tapait sur son ordinateur portable en attendant déjà le plaignant et son équipe.

Une femme petite et séduisante, vêtue d'une robe beige en maille, entra dans la salle munie d'un iPad et d'un bloc-notes, accompagnée d'un assistant personnel qui tenait un plateau rempli de boissons. La blonde chic se présenta comme Claire Lesavoy, une collaboratrice junior. À la façon dont elle m'ignora complètement, je compris que Christian ne l'avait pas encore mise au courant de mon lapsus. Je me demandai s'il lui avait raconté autre chose et me maudis de m'en préoccuper. C'était un con. Elle pouvait l'avoir.

— Qu'est-ce qu'il se passe ? (Terrance, qui avait le visage ridé d'un tatou, regarda Claire comme si elle était personnellement responsable de ce retard.) Votre cliente à trente-cinq minutes de retard.

— Je crois que M. Miller est en train de fignoler quelques détails avec Mme Gispen, répondit Claire avec un sourire radieux, amusée par l'impatience manifeste de Terrance.

Elle s'assit en face de nous. En y regardant de plus près, je décidai que Christian avait dû fraterniser avec *ce* membre du personnel. Elle avait une beauté de magazine.

Christian et Amanda Gispen entrèrent quinze minutes plus tard. La réunion avait déjà pris une heure de retard. Je consultai l'heure sur mon téléphone. Jillian et moi avions rendez-vous avec un client potentiel à Brooklyn dans moins de deux heures. Entre la pluie et la circulation, il n'y avait aucune chance que j'arrive à temps.

— Toutes nos excuses pour ce retard. Mme Gispen et moi avons dû revoir une dernière fois les déclarations préalables à la médiation.

Le sourire de Christian était si éblouissant, si bienveillant, qu'il n'y avait aucune chance que cet homme soit sain d'esprit et n'ait pas besoin d'une psychothérapie profonde et prolongée. Qui prenait un tel plaisir à traiter une affaire de harcèlement sexuel ? Même s'il s'agissait d'une affaire bidon ? Un avocat. Voilà qui. Mon père m'avait mise en garde contre eux. Les avocats, pas les psychopathes - bien que les deux soient à éviter autant que possible. Ayant eu affaire à de nombreux avocats au cours de sa vie, il n'avait que du négatif à dire à leur sujet. Conrad Roth était de ceux qui pensaient que la seule chose qui distinguait les avocats des criminels était l'opportunité et la bourse d'études. Il les détestait farouchement. Je commençais à comprendre pourquoi.

— Ça ne fait rien, mon cher Christian.

La médiatrice lui tapota chaleureusement le bras. Merde alors. Il avait déjà l'avantage d'être aimé et respecté. Amanda Gispen et Claire Lesavoy le lorgnaient aussi avec adoration.

Christian s'assit juste en face de moi. Je ne quittai pas des yeux Amanda, que je connaissais depuis toujours. Incrédule, j'essayais de concilier la personne avec laquelle j'avais grandi et la femme qui se trouvait devant moi. C'était difficile de digérer qu'il s'agissait de la femme qui me donnait des biscuits quand j'étais petite, et que je me cachais derrière son bureau les jours où mon père m'emmenait au travail. Celle qui m'avait offert un livre sur les choux et les roses quand j'avais douze ans parce que ma mère avait traité ma sexualité comme une licorne qui ne viendrait jamais. C'était cette même personne qui était assise ici et qui demandait à mon père de payer pour quelque chose qu'il n'avait pas fait.

La médiatrice commença par une brève présentation de ce qui pouvait nous attendre au cours de la procédure. Je jetai un coup d'œil à mon père, qui était pâle et semblait avoir le mal de mer. Il avait toujours été un personnage truculent. Le voir dans cet état était bouleversant. Lorsque nous avions reçu l'appel concernant l'action en justice d'Amanda, la réaction de ma mère avait été pour le moins étrange. Je m'attendais à des claquements de porte, des cris et un véritable numéro de théâtre. Au lieu de quoi elle avait accueilli la nouvelle avec une tranquille résignation. Elle avait refusé de reparler du sujet et, bien sûr, avait réservé une retraite de deux semaines aux Bahamas pour s'éloigner de tout ça. Elle n'avait jamais vraiment été une partenaire pour lui ni une mère pour moi.

Il avait besoin de moi. Maintenant plus que jamais.

Je glissai ma main dans la sienne sous le bureau et la serrai.

— Je suis avec toi, murmurai-je.

Quand je regardai de nouveau devant moi, je remarquai que Christian suivait notre échange, la mâchoire crispée.

*Quel est son problème, maintenant ?*

La médiatrice finit d'expliquer la procédure.

— Qu'il soit noté que nous ne sommes pas du tout impressionnés par votre méthode, à savoir arriver avec une heure de retard, dit Louie en faisant référence à Christian et en griffonnant quelque chose dans la marge du document qu'il avait sous les yeux.

— Qu'il soit noté que je me fous pas mal de ce que vous pensez de moi, répliqua Christian, attirant sur lui tous les regards de la salle.

La mâchoire de mon père tomba. Amanda se tourna vers Christian, horrifiée. Même Claire sembla pâlir légèrement. L'avocat ne sembla rien remarquer et s'installa confortablement dans son siège.

— Si nous pouvions continuer, à présent ?

Chacun des avocats fit sa déclaration. La médiatrice expliqua que nous allions maintenant proposer un arrangement et en discuter en privé dans des salles différentes.

Mon père m'avait dit qu'il n'allait pas réfuter la plainte d'Amanda, sur les suggestions de ses conseillers. Louie et Terrance pensaient que cela pourrait inciter Amanda à frapper encore plus fort. Ça ne me plaisait pas, mais je ne connaissais rien aux affaires de harcèlement sexuel et je voulais en finir. Du point de vue des relations publiques, je savais que la bonne chose à faire et la chose convenable à faire n'étaient pas forcément les mêmes. La chose convenable était de faire discrètement disparaître l'affaire, même s'il fallait ravaler sa fierté et payer une escroqueuse comme Amanda.

Une heure plus tard, il était évident que je ne pourrais pas me rendre à la réunion avec Jillian. Toutes les fourchettes de prix que Louie et Terrance avaient trouvées et remis à la médiatrice avaient été rejetées sur-le-champ par un Christian Miller solennel avant même d'en discuter en privé avec sa cliente. Mon père s'était recroquevillé sur lui-même comme une crevette. Il secoua la tête et ferma les yeux, incrédule. Nous n'arriverions à rien rapidement.

— Je ne comprends pas tout cela, me dit mon père, pâle comme un fantôme. Qu'est-ce qu'elle essaie de faire ? Si nous allons au tribunal, tout le monde va souffrir. Elle doit le savoir.

— Ne t'inquiète pas, papa. Elle connaît la vérité. Elle n'ira pas au tribunal.

Je lui tapotai le bras, mais il ne semblait pas convaincu.

Je rédigeai discrètement un message sous le bureau à Jillian pour lui dire que je ne pourrai pas me rendre à notre réunion à Brooklyn. La réponse de ma meilleure amie ne se fit pas attendre.

Ne t'inquiète pas. Bonne chance à Conrad. Tiens-moi au courant.

— Est-ce qu'on vous ennuie, madame Roth ? attaqua Christian.

Je faillis sursauter et me cognai le genou contre le bureau. Intérieurement, je poussai un cri de douleur. À l'extérieur, je souris.

— C'est amusant que vous me posiez la question, monsieur Miller. La réponse est oui, en fait. Vous, en particulier, m'ennuyez.

Il m'avait prise pour cible depuis que j'étais entrée dans le bâtiment Van Der Hout. Je comprenais bien qu'il s'agissait de *business* et qu'il faisait payer à Amanda une fortune qu'il fallait bien justifier d'une manière ou d'une autre, mais pas sur mon dos.

Christian fit craquer ses articulations sans me quitter des yeux.

— Toutes mes excuses. Mademoiselle Lesavoy, auriez-vous l'amabilité d'apporter à Mme Roth un exemplaire de *Us Weekly* ? Elle a peut-être envie d'un peu de littérature.

Je croisai les bras et le fixai des yeux.

— Plutôt l'*Enquirer,* mademoiselle Lesavoy. Et pourrais-je avoir la version audio ? Je ne suis pas très douée avec les mots, répondis-je du ton le plus léger et le plus stupide possible.

— Vous pourrez peut-être vous livrer à des préliminaires verbaux une fois les négociations *terminées,* me réprimanda Louie. Maître, je...

— Posez votre téléphone sur le bureau, madame Roth, me dit Christian en interrompant Louie, ses yeux plantés dans les miens avec une haine non dissimulée.

*Qu'est-ce qui ne va pas chez cet homme, pour l'amour du ciel ?*

Ce fut au tour de mon père de me regarder. Un sourire hautain de dessina sur mes lèvres.

— Désolée, monsieur Miller, j'ai raté la note de service m'informant que vous pouviez me donner des ordres.

— Arya, lança mon père, choqué. S'il te plaît.

Christian plissa les yeux.

— Je vous suggère d'écouter votre père et de poser votre téléphone. Mon temps coûte de l'argent.

— Vous emmerder vaut la facture, rétorquai-je. Je rajouterai même des devises étrangères et quelques bitcoins si c'est pour vous voir souffrir.

Christian laissa échapper un petit rire métallique.

— Tu n'as pas changé.

— Pardon ?

Son sourire s'évanouit en une seconde.

— J'ai dit, vous feriez mieux de changer.

— Ce n'est *pas* ce que vous avez dit. J'ai des oreilles.

— Et aussi une bouche. Et c'est l'organe que vous semblez avoir besoin de contrôler davantage.

— Qui vous a élevé ?

Je sentis mes yeux s'écarquiller. Il remania les documents devant lui.

— Personne, madame Roth. Vous vous intéressez à l'histoire de ma vie ?

— Seulement si elle a une fin tragique et brutale.

Bon, bon. La situation déraillait vite.

Mon père posa une main sur mon poignet avec un regard implorant.

— Qu'est-ce qu'il t'arrive, ma chérie ?

Je finis par poser mon téléphone sur le bureau, légèrement écœurée. Je n'arrivais pas à détacher mon regard de Christian. Ses iris bleu clair étincelaient. Ils avaient quelque chose d'effrayant.

La négociation se poursuivit vingt minutes supplémentaires, au cours desquelles je restai (amèrement) silencieuse. Chaque fois que nous pensions avancer, nous nous heurtions à un obstacle.

Finalement, Terrance frotta son front en sueur.

— Monsieur, je ne comprends pas. Vous avez la réputation d'être un avocat qui règle ses problèmes en dehors des tribunaux, mais vous avez refusé toutes les propositions que nous vous avons soumises.

— C'est parce que j'estime que cette affaire *doit* être portée devant un tribunal.

Christian se détendit, réajusta sa cravate bordeaux qui, tragiquement, s'accordait parfaitement avec son costume gris pâle. C'était donc vrai. Le diable portait *bel et bien* du Prada.

— Alors pourquoi nous avoir invités ici ? demanda Louie, sa lèvre inférieure tremblant de rage.

— Je voulais prendre la température.

Christian examinait ses ongles parfaits avec l'air d'un prince pourri gâté et boudeur qui s'ennuie à mourir.

— *Prendre la température ?* bafouilla Terrance en même temps que mon père intervenait pour la première fois depuis le début de la réunion.

— Vous ne pouvez pas sérieusement vouloir porter cette affaire devant le tribunal ! Ça va devenir un vrai cirque...

— J'aime les cirques, le coupa Christian en se levant avant de boutonner sa veste.

Yep. Un authentique Prada. Claire et Amanda l'imitèrent et se levèrent de chaque côté de lui, en harem fidèle.

— C'est coloré. Divertissant. Pop-corn et barbe à papa. Que peut-on ne pas aimer dans le cirque ?

— Aucun de nous n'a besoin de l'attention des médias, répliqua mon père.

Il avait les oreilles rouges et une couche de sueur maculait son visage tout entier. Je me retins de passer à l'attaque, consciente qu'il valait mieux que je joue la carte de la froideur et du calcul à présent.

— Parlez pour vous, monsieur Roth. Moi, j'aime qu'on me regarde.

— Cela pourrait devenir compliqué et très risqué pour nos carrières à tous, prévint Terrance à son tour.

— *Au contraire*[1], monsieur Ripp. La mienne en sortira grandie. En fait, je pense que cela me vaudra une place de choix dans ce cabinet.

Sur ce, Christian et Amanda s'en allèrent. Claire et la médiatrice restèrent pour parler à mon père et ses avocats. Incapable de me retenir, je me précipitai dans le couloir pour rattraper Christian. Il accompagnait Amanda vers son bureau. En me voyant arriver, il lui fit signe de l'attendre à l'intérieur et m'attendit en fourrant ses mains dans ses poches. Puis il s'appuya contre le mur.

— Je vous manque déjà ?

— Pourquoi faites-vous ça ?

1. En français dans le texte.

Je me plantai devant lui. J'étais sur les nerfs, en proie à un tourbillon d'émotions. Haine, agacement, désir, exaspération. Cet homme me déstabilisait davantage que mes talons aiguilles de douze centimètres.

Christian se tapota les lèvres en faisant mine de réfléchir à la question.

— Voyons voir. Parce que je suis sur le point de devenir beaucoup plus riche et encore plus célèbre dans mon domaine sur le dos flasque de votre père ? Oui. Ça doit être ça.

Je serrai les poings sur le côté, le corps entier bourdonnant de rage.

— Je vous déteste, murmurai-je.

— Vous *m'ennuyez.*

— Vous êtes un homme ignoble.

— Ah, mais au moins je *suis* un homme. Votre père est une mauviette qui lève la main sur ses employées et doit maintenant en subir les conséquences. Ça craint, quand l'argent ne suffit plus pour se tirer d'affaire, hein ?

Je laissai échapper quelque chose entre l'aboiement et le ricanement.

— Monsieur Miller, ayez au moins la décence de ne pas faire semblant que *vous,* vous n'êtes pas né avec une cuillère d'argent dans la bouche et des scrupules douteux.

Quelque chose passa sur ses traits. C'était bref, mais réel. Je dirais que j'avais touché un point sensible, mais je doutais que cet homme en ait un seul.

— Vous avez des jambes, madame Roth ?

— Vous savez que oui. Vous ne vous êtes pas privé de les reluquer dans l'ascenseur.

— Je vous suggère d'en faire bon usage et d'aller faire un tour avant que la sécurité ne vous raccompagne à l'extérieur. Parce qu'alors le seul feu que vous aurez à éteindre, ce sera celui de votre carrière.

— Ce n'est pas terminé, l'avertis-je, surtout parce que ça sonnait bien dans les films.

— Je suis tout à fait d'accord et je vous conseille de vous tenir à l'écart avant que ça ne vous explose à la figure.

Puis ce salaud me claqua la porte de son bureau au nez.

Sonnée, je retournai dans la salle de réunion. Le temps que j'arrive, mon père et ses avocats étaient déjà partis.

— Mes excuses, madame Roth. Une autre réunion est prévue dans cette salle dans vingt minutes. (Claire m'adressa un sourire venimeux en rassemblant ses documents.) Je leur ai dit qu'ils pouvaient vous attendre dans le hall en bas. Ça ne vous dérange pas, n'est-ce pas ?

Mon sourire fut tout aussi crispé.

— Pas du tout.

Je me dirigeai vers les ascenseurs, la tête haute, mon sourire intact.

Christian Miller allait tomber et je m'en chargerai, jusqu'à l'entraîner dans les fosses de l'enfer.

— L'affaire est conclue, et ils nous aiment plus que les Oscars n'aiment Sally Field.

Plus tard dans la soirée, Jillian fit claquer le contrat signé sur la table de nuit près de mon lit et se mit à effectuer une petite danse. J'étais sous ma couette, cherchant encore à m'enterrer après cet après-midi désastreux chez Cromwell & Traurig. La vision de mon père debout dans une salle d'audience, ratatiné sur lui-même, me faisait froid dans le dos.

Ma vie familiale avait toujours été complexe. J'avais perdu mon frère jumeau avant même d'avoir pu le connaître. Les souvenirs que j'avais de ma mère tout au long de mon enfance étaient une succession de visites en cures de désintox, d'anniversaires, remises de diplômes et autres événements marquants manqués, ainsi qu'un grand nombre de crises en public. Mon père avait été la seule constante dans ma vie. La seule personne sur laquelle je pouvais compter qui ne le faisait pas en échange d'un salaire généreux. Penser qu'il allait devoir subir une chose aussi épuisante mentalement qu'un procès public me donnait envie de hurler.

— You-hou ! Arya ? Ari ? (Mon amie me frotta le dos, penchée au-dessus de moi.) Tu as chopé quelque chose ?

Je gémis, baissai la couette et me retournai vers elle. Jillian eut un hoquet et plaqua la main sur sa bouche.

— Tu as pleuré ?

Je m'adossai à la tête de lit. J'avais les yeux de la taille de balles de tennis, mais je crois que j'étais à court de larmes, d'énergie et de jurons depuis deux heures environ.

— J'ai une allergie, marmonnai-je.

Jillian fronça ses sourcils délicats. Elle avait le teint exaspérant d'une Kardashian après retouche Photoshop, des cheveux noirs bouclés et des yeux couleur caramel. Sa robe, un modèle en tweed lilas, avait été empruntée à ma garde-robe.

— Qu'ont dit les clients ? demandai-je en reniflant.

Jillian et moi avions créé Brand Brigade, notre société de conseil en relations publiques, alors que nous étions toutes deux à la croisée des chemins. Jillian travaillait pour une organisation à but non lucratif en tant que spécialiste des relations publiques et se faisait draguer par tous les crétins privilégiés à l'intérieur comme à l'extérieur de son bureau, ce qui rendait sa vie misérable et son petit ami jaloux, tandis que, de mon côté, j'avais fait mon stage lors de deux campagnes politiques qui s'étaient terminées respectivement par un scandale et une défaite cinglante, que je faisais des semaines de quarante-cinq heures et que j'étais principalement payée en compliments.

Finalement, nous avions toutes deux décidé que nous en avions assez et que nous pouvions faire mieux par nous-mêmes. C'était quatre ans auparavant et nous n'avions jamais regardé en arrière. Les affaires marchaient bien et j'étais fière de pouvoir subvenir à mes besoins, même si ma mère y voyait là un acte de défi.

Maintenant, je faisais ce que je savais faire de mieux : sortir les gens des ornières dans lesquelles ils s'étaient fourrés.

Comme l'avait dit Jillian, il y avait deux choses sur lesquelles on pouvait toujours compter dans ce monde : le fisc pour encaisser nos chèques et le talent unique que possédaient les gens pour commettre des erreurs.

— Ils ont dit qu'on était engagées et qu'ils avaient adoré la présentation de Real Bodies que tu avais faite pour Swan Soaps. (Jillian s'installa à côté de moi, attrapa un de mes oreillers et le serra contre sa poitrine.) Ils veulent une période d'essai de trois mois, mais ils ont signé le contrat et payé l'avance. Ils passeront en revue les petits caractères demain. C'est une énorme opportunité, Ari. Stuffed est la plus grande entreprise de couches réutilisables au monde.

Je félicitai Jillian d'avoir récupéré ce client, mais je n'avais pas le cœur à ça. Il était encore en train de saigner sur le sol du bureau de Christian Miller.

Jillian me donna un petit coup d'épaule.

— Tu vas me dire ce qu'il s'est passé ? Parce qu'on sait toutes les deux que les allergies n'étaient qu'une excuse pour que je te parle du contrat.

Il était inutile d'avoir des secrets pour Jillian. Elle avait l'instinct d'un agent du FBI et la capacité à sentir les mensonges à des kilomètres.

— L'affaire de papa va au tribunal.

— Tu plaisantes ?

Elle se pencha en arrière, bouche bée.

— J'aimerais bien.

— Oh ! chérie.

Jillian se leva et revint quelques instants plus tard avec deux verres de vin rouge. Elle retira ses talons et les jeta dans le couloir.

— Promets-moi une chose : ne te mine pas trop. Ils n'ont rien contre ton père. Tu l'as dit toi-même. On va mettre en œuvre nos talents en relations publiques pour faire passer Papa Conrad pour l'ange qu'il est réellement.

Elle me tendit l'un des verres, qui aurait pu faire office de seau et était rempli jusqu'à ras-bord.

Je bus une gorgée et clignai des yeux vers un point invisible sur mon mur.

— Est-ce que je devrais me pencher un peu plus sur la question ? grommelai-je, principalement pour moi-même. Je veux dire, si on enlève le fait que cet homme est mon père, les allégations contre lui sont assez répugnantes.

Jillian secoua la tête avec véhémence.

— Euh, allô ? J'ai grandi avec toi, tu te souviens ? Je suis allée chez toi tous les jours depuis le collège. Je connais Conrad. C'est le type qui t'emmène aux Cloîtres tous les mois, qui a accordé un an de congés payés à sa secrétaire après son accouchement. Qui se soucie de ce que raconte Amanda Gispen ?

J'avais envie d'imprimer dans ma chair tous les mots de Jillian.

— Si Amanda a menti, pourquoi va-t-elle jusqu'au tribunal ? demandai-je pour me faire l'avocat du diable.

— Parce qu'il l'a repoussée ? Parce qu'ils avaient une relation et qu'il a rompu ? suggéra Jillian. Il peut y avoir une centaine de raisons. Les gens perpétuent des drames tout le temps. Amanda peut dire ce qui lui chante.

— Sous serment ? (Je bus une autre gorgée.) Elle risque la prison si elle se fait prendre.

— Elle pourrait, mais c'est peu probable. Je ne vois pas comment ça pourrait aller au bout, Ari. (Jillian m'adressa un sourire rassurant.) Il s'en sortira.

Je me mordillai la lèvre tandis que dans ma tête se succédaient l'image des yeux remplis de haine de Christian et l'expression de douleur, de gêne et d'incrédulité de papa.

— Soit dit en passant – je ne supporte pas l'avocat qui représente Amanda Gispen.

— Les avocats ne sont pas vraiment connus pour être les labradors du monde professionnel, dit Jillian avec un regard compatissant qui semblait dire : « Tu devrais le savoir. »

— Oui, mais celui-là, c'est un sacré morceau !

— Qui est-ce ?

Elle toucha mes orteils avec les siens par-dessus la couette, comme Nicky avait l'habitude de le faire quand on était enfants en lisant des livres sous le bureau de ma bibliothèque. Un sourire nostalgique se dessina sur mes lèvres. *Oh ! Nicky.*

Je me souvenais du jour où j'avais appelé le détective privé de mon père pour lui demander de retrouver Nicky. De voir s'il allait bien. C'était le premier coup de fil que j'avais passé dès que j'avais eu dix-huit ans. J'avais payé le détective avec l'argent économisé pendant l'été en vendant des souvenirs aux touristes.

*Nicholai est mort, Arya.*

La révélation avait été suivie d'une phase de déni, de colère, de larmes et d'une mini-dépression. Histoire de couronner le tout, le détective privé m'avait expliqué que c'était dans l'ordre des choses. Que les enfants comme Nicky passaient souvent à travers les mailles du système. Qu'il était probablement mort d'une overdose, d'une bagarre au couteau ou d'un accident suite à une conduite en état d'ivresse. Mais j'avais bien connu Nicholai et ce n'était pas un voyou qui préparait des mauvais coups. J'avais du mal à croire qu'il ne partageait plus le même coin de ciel bleu sous lequel je vivais.

— L'homme le plus exaspérant de la planète, grognai-je dans mon verre.

— L'homme le plus exaspérant de la planète a-t-il un nom ? insista Jillian.

— Un nom commun, soufflai-je. Christian Miller. Ou, comme je préfère l'appeler, Lucifer incarné.

Jillian s'étouffa de rire, crachant du vin rouge sur ma robe en tweed et ma couette.

— Répète-moi ça ?

— Je préfère l'appeler Luc...

— Oui, j'ai compris. Mais son nom ?

— Christian Miller, répétai-je, agacée. Merci d'avoir taché mes draps en coton égyptien. Tu es une vraie copine.

Jillian se leva et courut dans le salon, d'où elle revint avec un magazine en papier glacé que je ne reconnus pas, car contrairement à ce que croyait Christian, je ne lisais pas de magazines de mode ou de potins (bien qu'il n'y ait aucun mal à cela).

Elle tourna les pages jusqu'à trouver ce qu'elle cherchait, puis le brandit devant moi d'un geste triomphant. Je reconnus Christian à travers mes yeux bouffis, qui regardait l'objectif dans un smoking luxueux, ses cheveux ébouriffés, un sourire en coin promettant un bon moment et une vilaine rupture.

— Qu'est-ce que c'est ? demandai-je, comme si je n'étais plus en mesure de me servir de mes yeux.

— Lis le titre.

— « Les trente-cinq élus de moins de trente-cinq ans : les célibataires les plus séduisants de New York dévoilés ! »

Génial. Non seulement il était riche, beau et déterminé à ruiner ma famille, il était aussi largement célébré dans la ville que nous partagions. Je parcourus l'article.

*Nom : Christian George Miller.*
*Âge : 32*
*Profession : Avocat chez Cromwell & Traurig.*
*Valeur nette : 4 millions de dollars*
*Taille : 1,90 m.*
*Femme de rêve : Serait-il politiquement incorrect de dire que je préfère les blondes ? Aux yeux bruns et profonds. Grande, avec de longues jambes. Un diplôme scientifique serait un plus. Quelqu'un de sérieux, un must. Qui aime la fête, le bon vin et sortir des sentiers battus.*

Je serrai mon verre de cabernet contre ma poitrine avec le sentiment d'être attaquée personnellement. La femme de ses rêves était l'opposée de moi. C'était comme s'il l'avait conçue en imaginant tout ce que je n'étais pas.

*Détends-toi du slip, Ari. Il ne cherchait pas à te dénigrer. Il ne savait même pas que tu existais il y a encore six heures de ça.*

— Je sais qu'on est censées le détester, mais puisqu'il va perdre ce procès et recevoir une bonne grosse dose d'humilité, peux-tu me dire s'il est aussi beau dans la vraie vie que sur la photo ?

Jillian se rassit sur mon lit.

Malheureusement, il était encore plus beau de près. Bien sûr, je n'eus pas la grâce de l'admettre.

— Il est hideux. À gerber.

Je jetai le stupide magazine dans une poubelle voisine et ne fus pas surprise de voir le visage de Christian qui me souriait toujours. Cet homme allait me hanter tout au long de cette vie et probablement aussi des quatre suivantes si la réincarnation existait.

— Ce n'est que du Photoshop. Il ressemble à un mélange entre un ogre et Richard Ramirez.

— Richard Ramirez est mort depuis des années.

— Exactement.

Jillian pinça les lèvres, manifestement pas dupe.

— En tout cas, qu'il aille se faire voir, même s'il ressemble à un demi-dieu, finit-elle par dire. S'il en a après ta famille, je le considère aussi comme un ennemi.

— Merci.

Je pris une profonde inspiration, soulagée par cette déclaration d'alliance. Au moins, j'avais privé Christian Miller de la possibilité de sortir avec l'une des plus belles femmes de Manhattan. Jill était un bon parti.

— Juste pour être sûre... est-ce que ça veut dire que je peux trouver son numéro sur LinkedIn ? plaisanta Jillian.

Je mis une claque à l'épaule de ma meilleure amie.

— *Traîtresse.*

# Chapitre 8

*Arya*
*Passé*

Il était là. Enfin.

Je le devinai au bruit de pas. La façon dont ils effleuraient le sol. Réguliers, mesurés, précis. Les baskets de contrefaçon qui embrassaient le sol. Je fermai les yeux, appuyée contre une étagère de la bibliothèque, le pouls battant dans ma poitrine comme un papillon.

*Dix mois. Dix longs mois. Viens me retrouver.*

Un frisson me parcourut de l'intérieur. Je n'avais jamais fait ça auparavant. Me rendre indisponible pour Nicholai. J'avais beau vouloir l'attendre à la porte, comme un chiot impatient, avec tous les livres et les histoires que j'avais envie de partager avec lui, je ne le fis pas. Pendant ces vacances d'été, je voulais me réinventer. Être mystérieuse, séduisante, et toutes les autres choses que je lisais dans les livres et qui faisaient des héroïnes des êtres dignes d'être défendues.

J'étais dans la bibliothèque, une édition poche noir et blanc d'*Expiation,* de Ian McEwan, serrée contre moi, vêtue d'une chemise de nuit en satin vert menthe. J'avais lu le livre en février, après l'avoir volé à la bibliothèque de l'école, juste pour savoir ce que ça faisait de prendre quelque chose qui ne m'appartenait pas, et depuis tout ce temps, j'attendais de pouvoir en parler à Nick. On vivait dans la même ville, mais c'était comme si on vivait dans des univers parallèles. Nos mondes ne se touchaient pas, nos vies gravitaient autour d'écoles, de personnes et d'événements différents. Nous n'entrions en collision que pendant les vacances d'été. L'univers explosait en couleurs.

Plusieurs fois au cours de l'année, j'avais eu envie de lui envoyer une lettre ou un email, ou même de décrocher le téléphone et de l'appeler. À chaque fois, j'avais dû me retenir. Il n'avait jamais cherché à me voir entre deux étés – alors pourquoi le ferais-je ? Peut-être que, pour lui, nous n'étions rien d'autre qu'une version minable d'un camp d'été. Peut-être même qu'on n'était pas amis. Juste deux enfants qui passaient l'été dans un espace confiné, négligemment oubliés par les adultes qui nous avaient créés.

Peut-être qu'il avait une petite amie maintenant.

*Peut-être, peut-être, peut-être.*

Alors j'attendais. Je méditais sur le livre. Je m'imprégnais des sentiments qu'il évoquait en moi. Ils me ramenaient toujours à lui. Nicholai. Mon Nicky.

Les pas s'amplifiaient, se rapprochaient.

Je calai une mèche de cheveux derrière mon oreille en essayant de ralentir mon rythme cardiaque. Je craquais pour Nicholai Ivanov depuis le premier jour au cimetière, mais je n'avais jamais mis un nom sur ce sentiment que j'éprouvais pour lui. Jusqu'à cette année, où tout le monde à l'école s'était mis en couple. Avoir un petit ami était passé du jour au lendemain du statut de chose honteuse réservée aux mauvaises filles, à celui d'apogée de l'existence. Et j'avais pris du retard sur la tendance. Aucun de ces couples ne se parlait vraiment pendant les heures de cours ou ne traînait ensemble, mais ils avaient le titre, et chaque fois qu'il y avait une sortie ou un anniversaire, les couples se chuchotaient des mots doux et s'embrassaient.

Le baiser aussi était devenu un rite de passage. Quelque chose à cocher sur une liste. Il n'y avait pas un seul garçon à l'école que j'avais envie d'embrasser.

Les seules lèvres que je voulais sentir sur les miennes étaient celles de Nicholai.

Je tournai les pages d'*Expiation*, mais les mots m'échappaient, comme s'ils se détachaient des pages. Je m'étonnais qu'il n'y ait pas une pile de lettres à mes pieds. C'était sans espoir. Essayer de se concentrer sur quelque chose d'autre que lui.

Et puis... le bonheur. La silhouette de Nicholai emplit l'encadrement de la porte. Des chaussures défraîchies, un jean déchiré aux mauvais endroits et une chemise délavée, effilochée sur les bords. Il devenait plus beau chaque année.

Je fis semblant de ne pas le remarquer.

— Yo.

Il avait un mégot de cigarette éteint au coin de la bouche. Je me demandais ce que penserait la grande Beatrice Roth du fait que je veuille embrasser un garçon qui se mettait dans la bouche des cigarettes usagées trouvées dans la rue. Probablement pas grand-chose, pour être honnête. Tant que je n'apportais pas de maladie à la maison, elle n'aurait pas vu d'inconvénient à ce que je me scie les membres pour suivre la mode.

Je relevai les yeux.

— Oh ! salut, Nicky.

Sa beauté me frappa comme un éclair. Il n'était pas aussi séduisant, deux ans plus tôt. Chaque été, ses traits s'affirmaient. Sa mâchoire devenait plus affûtée, l'entaille entre ses sourcils plus profonde, ses lèvres plus rouges. Mais c'étaient ses yeux les plus beaux. La couleur exacte et saisissante de la topaze bleue. Il était grand et élancé, et surtout, il avait cette qualité qu'on ne pouvait pas nommer. Le charisme et le côté dur à cuire d'un gamin qui sait se débrouiller seul. Se battre pour sa survie. J'avais la nausée de penser que d'autres l'avaient pour eux deux semestres par an. Pour le reluquer, l'admirer, en profiter.

— Ça va ?

Il s'approcha de moi d'un pas léger. Je remarquai que ses bras maigres s'étaient étoffés au cours de l'année écoulée. Des veines parcouraient ses muscles. Il s'arrêta juste devant moi, prit le livre entre mes mains et le feuilleta avec nonchalance.

Il cala sa cigarette derrière son oreille et fronça les sourcils.

— Salut, dis-je.

— Salut.

Il leva les yeux, m'adressa un sourire et reporta son attention sur le livre. J'avais hâte de le voir en maillot de bain cet été.

— Tu l'as lu ? soufflai-je, le visage brûlant.

Il répondit par la négative.

— J'ai entendu dire que certains passages étaient assez osés.

— Oui, mais bon, ce n'est pas le but du livre.

— S'embrasser, c'est toujours le but de tout. (Il croisa mon regard et esquissa un sourire narquois en me rendant le livre.) Peut-être que j'essaierai un jour, si M. Van arrête de me refiler des vieux magazines.

C'était l'occasion de lui dire ce à quoi j'avais pensé toute l'année. Ce dont je rêvais la nuit.

— Félicitations, tu es officiellement devenu dégueu.

Il rit.

— Tu m'as manqué.

— Ouais. Toi aussi.

J'entortillai une mèche autour de mon index avec une impression étrange, comme si mon corps ne m'appartenait plus.

— Je pense prendre des cours de théâtre, maintenant que je vais au lycée.

Ce n'était absolument pas vrai, mais j'avais besoin d'une histoire solide.

— Cool.

Il était déjà en train de parcourir la pièce, d'ouvrir les tiroirs, en quête de nouveaux objets à explorer. Ma maison était comme un parc d'attractions pour Nicholai. Il aimait utiliser les briquets de mon père, croiser les chevilles sur les bureaux en acajou, faire semblant de prendre des appels importants sur le téléphone de bureau vintage.

— J'ai pensé qu'on pourrait peut-être rejouer une scène du livre. Tu sais, pour m'entraîner pour mon audition de septembre.

— Rejouer quoi ?

— Une des scènes osées. Dans le livre. Je dois faire quelque chose de risqué pour mon audition.

— Risqué ? murmura-t-il en ouvrant les tiroirs pour y plonger ses mains.

— Oui. Ils ne vont pas m'accepter si je leur fais un truc facile.

De quoi je parlais, bon sang ? Même moi, je n'en avais aucune idée.

— De quel niveau on parle, exactement ?

Il était trop distrait, en quête de quelque chose à voler.

Je feuilletai le livre avant de m'arrêter à la page 126 et de lui tendre. Il s'arrêta de fouiller et posa les yeux sur le texte. Je retins mon souffle pendant qu'il lisait. Quand il eut fini, il me le rendit et je le rangeai dans la bibliothèque derrière moi.

— Tu plaisantes, c'est ça ?

Je secouai la tête et mon pouls s'emballa. Nicholai s'était figé. Son regard passa d'un des tiroirs du bureau au mien, et l'incrédulité imprégna son regard bleu topaze. Il y avait une lueur perspicace dans ses yeux. De l'insolence et de l'agacement, aussi. Je voulais rejouer cette scène à la bibliothèque, où Robbie plaque Cecilia contre les étagères et l'embrasse comme si c'était son dernier jour sur Terre.

Tous les poils de mes bras se hérissèrent. Je n'avais pas envie de vomir sur mes propres chaussures. En même temps, c'était ce qui semblait être sur le point de m'arriver.

— On va juste s'embrasser, précisai-je en feignant un bâillement. Pas d'autres trucs bizarres, évidemment.

— *Juste* s'embrasser ?

— Hé, c'est toi qui viens de dire que tout commence et se termine par un baiser, dis-je en levant les mains en signe de reddition.

Il esquissa un léger sourire en coin. Mon cœur dégringola en chute libre.

— Tu as fait une descente dans la réserve d'alcool de ton vieux, Ari ?

Il réduisit l'espace entre nous et passa le doigt le long de mon oreille. Un frisson me parcourut.

— On ne peut pas s'embrasser. À moins, bien sûr, que tu veuilles que nos parents me tuent.

— Tu veux dire nous.

— Nan. (Il récupéra la cigarette derrière son oreille et en mordilla le mégot sans cesser d'occuper ses mains.) Avec ton père, tu te tirerais de n'importe quoi. La faute en revient toujours à la personne pauvre qui porte un nom à consonance bizarre. Tu n'as pas remarqué le schéma dans tous les classiques qu'on a lus l'été dernier ?

— Je ne le dirai à personne.

J'avais la gorge nouée. Remplie de cailloux. Soudain, le rejet avait un goût, une odeur, une forme. C'était quelque chose de vivant qui respirait, et la claque qu'il venait de me mettre me brûlait les joues. Je ne pouvais même pas en vouloir à Nicky. J'étais témoin malgré moi de toutes les fois où mon père, ma mère et Ruslana lançaient des menaces comme des flèches qui avaient pour cible Nicky.

*Ne t'avise pas de la toucher.*

*Recule d'un pas, petit.*

*Nicholai, tu ne dois pas aider ta mère à laver la vaisselle ?*

— Je sais, ce n'est pas que je ne te fais pas confiance, acquiesça Nicky. C'est que je ne fais pas confiance à ma chance. S'ils le découvrent, d'une manière ou d'une autre, si cet endroit est sur écoute ou je ne sais quoi... Ari, tu sais que je ne peux pas.

C'était doux, mais définitif. Le sujet était clos. Et même si je le comprenais, je lui en voulais aussi parce qu'il arrivait à garder la tête froide à ce sujet alors qu'en ce qui me concernait, j'avais la cohérence d'un pneu de camion. La bile dans ma gorge remonta dans ma bouche. Mais je n'étais pas ce genre de fille. J'étais fière d'être exactement ce que Nicky voulait que je sois. Je regardais des films d'action, je tapais le ballon contre un mur et je disais « *mec* » au moins quinze fois par jour.

— Hé, on va se baigner ou quoi ?

Nicky empocha une petite boule de cristal posée sur l'étagère derrière moi. Il faisait ça souvent, et ça ne me dérangeait jamais. Peut-être parce que je savais qu'il ne prendrait jamais quelque chose qui m'était précieux.

— Je me suis entraîné à la piscine toute l'année, prépare-toi à te faire écraser, petite fille privilégiée.

La piqûre intense derrière mes yeux m'indiquait qu'il me restait trois secondes, peut-être cinq, avant que les larmes ne commencent à couler.

— Mec, ricanai-je. J'ai l'impression que quelqu'un est stone. Je vais t'achever. Laisse-moi mettre mon maillot.

— Je te retrouve à la porte dans cinq minutes.

Je partis dans ma chambre, dont je fermai la porte derrière moi, puis je cherchai mon maillot de bain dans mon tiroir, m'entaillant le pouce au passage. Je me mis à saigner, mais je ne sentais rien.

Je suçai le sang, me regardai dans le miroir et je fis mon plus beau sourire.

Ce fut ma première leçon d'adolescence.

Les chagrins d'amour devaient se gérer discrètement. Dans les ruelles sombres de son âme. À l'extérieur, j'étais forte. Mais à l'intérieur, je craquais.

Après la compétition de natation – au cours de laquelle Nicky m'écrasa, effectivement –, je l'évitai pendant toute la première semaine des vacances d'été.

Je m'y prenais avec désinvolture. Un jour j'allais avec des amies chez Saks, un autre à la bibliothèque. J'allais même rejoindre ma mère pour bruncher avec ses amies ennuyeuses.

Mais Nicky continuait de venir tous les jours, avec l'expression déterminée et stoïque de quelqu'un qui voulait faire fonctionner notre amitié. Et chaque jour je trouvais quelque chose d'autre à faire. Quelque chose qui ne l'incluait pas dans mes plans.

Je savais que je le punissais de ne pas m'avoir embrassée, même si c'était de façon détournée. Ruslana lui demandait de l'aider pour l'occuper. Elle lui accordait quelques pauses par jour, qu'il prenait sur le balcon du salon, qui jouxtait la terrasse de ma chambre. Sauter de l'un à l'autre était possible mais risqué. La barrière de verre étant trop haute, il fallait passer par-dessus le garde-fou et parcourir un mètre accroché au gratte-ciel pour arriver de l'autre côté.

Une fois, au cours de cette première semaine, alors que Ruslana sortait les poubelles et que je revenais d'une autre sortie inutile pour l'éviter, Nicky se précipita vers la vitre qui nous séparait et y appuya ses mains. Je l'imitai, instantanément attirée par lui comme un aimant.

— Est-ce que tu cherches à me punir ? demanda-t-il sans la moindre trace de colère dans la voix.

Je me mis à rire, incrédule.

— Pourquoi je ferais ça ?

— Tu sais exactement pourquoi.

— Waouh, Nicky. Est-ce que tu n'aurais pas un petit problème d'ego ?

Il m'étudia sans expression. Je me faisais l'effet d'être la pire ordure qui soit. Il essaya une autre tactique.

— Est-ce qu'on est toujours amis ?

Je lui lançai un regard de pitié que je détestais. Le genre de regard que les filles populaires me lançaient à l'école quand je disais quelque chose de trop intello ou de pas cool.

— Ce n'est pas grave si je ne veux pas passer tout l'été avec toi, tu sais.

— J'imagine. (Il m'observait si attentivement que j'avais l'impression qu'il me déshabillait de mes mensonges, l'un après l'autre.) Mais on dirait que tu n'as pas envie de passer une seule minute avec moi.

— Si. On ira nager ensemble demain. Oh ! attends. (Je fis claquer mes doigts.) J'ai promis à papa d'aller à son bureau pour aider ses secrétaires à faire du classement.

— Le *classement* l'emporte sur moi ? fit-il, les yeux écarquillés.

— C'est une expérience professionnelle comme une autre. De toute façon, on devrait tous les deux penser à trouver un job d'été l'année prochaine. On devient trop vieux pour ça.

Il plissa les yeux et jeta un coup d'œil à la balustrade. Je secouai la tête. Je ne voulais pas qu'il meure. Enfin, d'accord, peut-être un petit peu, parce qu'il m'avait rejetée et que j'étais blessée, mais je savais que je ne survivrais pas s'il lui arrivait quelque chose.

— Ne franchis pas la barrière, l'avertis-je.

J'avais l'impression qu'on parlait de bien plus que de la balustrade.

Mais il amorça un geste. Pour traverser. Je me figeai. Sa mère l'appela pour qu'il revienne. Il sourit.

— Pour toi, Arya, je pourrais bien le faire.

Et c'est ce qu'il fit.

Au bout de neuf atroces journées, ponctuées d'un week-end passé à pleurer dans mon oreiller. Je laçais mes baskets pour me préparer à un après-midi à déambuler dans Manhattan sans but précis pour l'éviter. Ruslana était sortie faire des courses et mes parents étaient respectivement au travail et à un cours de tennis. La maison était calme, à l'exception de Fifi, un shih tzu, qui aboyait à tout rompre devant une nouvelle statue que

Beatrice avait gagnée aux enchères le week-end précédent. Ce chien était infiniment mignon et stupide.

Du coin de l'œil, je captai un mouvement sur ma terrasse et, lorsque je tournai la tête pour mieux voir, j'aperçus Nick entre la vie et la mort.

Je me levai de mon lit et bondis vers le balcon.

— Espèce d'abruti ! m'écriai-je, le cœur battant à mille à l'heure.

Mais Nicky était mince et athlétique, il sauta en toute sécurité et s'époussetait les mains avant que je ne déverrouille la porte du balcon.

— Tu aurais pu mourir !

Je le poussai dans ma chambre en vociférant.

— Pas de chance, petite princesse privilégiée.

Je détestais autant que j'appréciais ce surnom. L'attaque était agaçante, mais il me traitait *quand même* de princesse.

— J'aurais pu être toute nue !

— J'aurais pu avoir de la chance, répliqua-t-il doucement.

Il ferma la porte derrière nous et s'appuya contre une crédence, les chevilles croisées. Son visage était à la fois doux et intense. Comme une peinture à l'huile. J'avais envie de pleurer. Ce n'était pas juste qu'il ne soit pas à moi. Et ce n'était pas juste de penser que, même si ça pouvait être le cas, nous devrions toujours garder le secret.

— Il faut qu'on parle, *camarade*.

La façon dont il prononça le mot *camarade* m'indiqua qu'il ne me considérait plus du tout comme telle.

— Fais vite. Je retrouve des amies dans une demi-heure.

— Non, tu ne les retrouveras pas.

Je croisais les bras sur ma poitrine, sur la défensive.

Je me sentais stupide. Jusqu'à présent, Nicky et moi étions des âmes sœurs. Un lien invisible nous unissait. Deux enfants oubliés dans une grande ville.

Même si nous venions d'horizons différents, nous avions tant de choses en commun… Aujourd'hui, tout ça ne paraissait pas normal. Il avait le dessus. Il savait que je l'aimais *comme ça*. L'équilibre avait changé.

— Écoute. (Il frotta l'arrière de ses cheveux noirs.) J'ai paniqué, d'accord ? Ce n'est pas que je ne voulais pas t'embrasser. C'est juste que j'aimerais vraiment garder mes couilles intactes quand j'irai au lycée, et... ben...

— Tu ne peux pas garantir que ce sera le cas si mon père nous surprend ensemble, achevai-je à sa place.

Il sourit, un sourire qui me disait qu'il se fichait éperdument de ce que mon père pensait de lui, mais seulement des conséquences qu'il pourrait subir s'il le contrariait.

— En un mot, oui.

Je fis un pas en avant et laissai mes bras tomber le long de mon corps.

— Je sais que mon père me surprotège. C'est un truc en lien avec Aaron...

— Non, me coupa Nicky sans ambages. C'est un truc d'homme riche et de garçon pauvre.

— Papa n'est pas comme ça, protestai-je.

— Il est exactement comme ça, et pas qu'un peu. Honnêtement ? Si tu étais ma fille, je ne voudrais pas que tu t'approches de moi non plus.

Sa conviction m'indiquait qu'il ne servait à rien d'essayer de le convaincre du contraire.

— De toute façon, je ne l'aurais jamais proposé si j'avais pensé qu'on se ferait prendre. Je suis désolée. J'ai été bête. Et imprudente. Et...

— Arya ?

— Oui ?

— Je n'ai pas fini de parler.

— Oh. (Un ruban invisible se resserra autour de mon cou.) Désolée. Heu, continue.

— Comme je te disais, si tu étais ma fille, je ne voudrais pas que tu t'approches de moi. (Il fit une pause.) Mais comme tu n'es *pas* ma fille, j'ai décidé que ton truc de cours de théâtre valait le coup. *Pas* parce que je veux t'embrasser (il leva un doigt en signe d'avertissement) mais parce que je ne voudrais pas priver le monde de la prochaine Meryl Streep.

Mon corps *entier* frissonna.

— Hé, je n'ai pas envie de t'embrasser non plus. Mais je veux devenir actrice.

J'aurais dû être mortifiée par ce mensonge. Après tout, mon désir de devenir actrice était comparable à mon désir de devenir clown de cirque. C'est-à-dire pas vraiment. Ou pas du tout. Mais, d'une certaine manière, je me disais que la fin justifiait les moyens.

— J'attends deux invitations pour le film dans lequel tu joueras quand tu seras grande. Et une limousine qui m'attend devant chez moi pour m'y emmener.

Nicky agitait toujours son doigt.

— Les limousines, c'est un peu dépassé.

— Mes couilles, mes règles.

— Quoi d'autre ?

— Il vaudrait mieux que ce ne soit pas un navet. Si tu te la joues Demi Moore dans *Tribunal fantôme*, je jure devant Dieu, Ari, que je te renie pour toujours.

Un rire m'échappa.

— D'accord. (J'écartai mes cheveux de mon visage.) J'enverrai une limousine et je te rendrai fier si tu promets d'amener une fille moins jolie que moi.

— Premièrement, il ne s'agit pas d'une négociation. C'est moi qui prends tous les risques. Deuxièmement, c'est fastoche. (Il se balança sur la pointe des pieds, un peu gêné.) Je ne connais personne d'aussi jolie que toi.

Le silence entre nous fut soudain lourd. Empli de choses qu'on n'osait pas dire. Il se racla la gorge.

— En plus, si tu ne me tiens pas compagnie, ma mère va m'obliger à nettoyer ton plafond. Alors tu as intérêt à te barrer de cette pièce ou tout le marché est annulé.

Des éclats de rire hystériques m'échappèrent. C'était en train d'arriver. Nicholai Ivanov allait m'embrasser.

— Attends-moi dans la bibliothèque, lui dis-je.

— D'ac, la casse-couilles.

Il tourna les talons pour partir.

— Oh ! Hé, Nicky ?

Il s'arrêta mais ne se retourna pas.

— Si tu sautes encore une fois par-dessus la balustrade, tu n'auras pas à avoir peur de tomber. Je te tuerai moi-même.

Quand j'entrai dans la bibliothèque, il me tournait le dos.

Quelque chose me poussa à m'arrêter sur le seuil et à m'imprégner de la vue de ce garçon que j'aimais, et qui regardait New York se déployer à ses pieds, les mains jointes dans son dos, la posture droite, l'air tout aussi puissant que la ville qui dévorait chaque jour les rêves et les espoirs.

Il m'apparut soudain avec une clarté terrifiante que Nicholai irait loin, et qu'il ne m'emmènerait pas avec lui. Il ne pouvait pas se permettre d'avoir des bagages. Son dernier arrêt n'était pas Hunts Point.

— Ton père est rentré ? demanda-t-il, toujours le dos tourné.

J'entrai et refermai doucement la porte.

— Il a une collecte de fonds ce soir. Il a dit qu'il ne serait de retour qu'après le dîner. La voie est libre.

Mes genoux étaient comme de la gelée. J'avais vérifié l'heure avant d'arriver ici. Il était quatre heures de l'après-midi. Ma mère faisait une autre retraite de yoga, à un océan de là. Ruslana pouvait revenir des courses, mais elle se faisait toujours remarquer quand elle savait qu'on était ensemble. Elle tapait sur des casseroles, passait l'aspirateur dans le couloir, parlait fort au téléphone. Elle ne voulait pas nous surprendre au cas où nous ferions quelque chose de mal. La connaissance allait de pair avec la responsabilité.

Nicky pivota sur lui-même, le visage à la fois grave et déterminé, comme s'il s'apprêtait à entrer dans le couloir de la mort. Je savais qu'il faisait ça pour moi. Une partie de lui – la plus grande partie, je suppose – redoutait de m'embrasser. Je pouvais encore tout annuler. Lui épargner cet inconfort.

Mais je n'étais pas assez altruiste.

Pas assez vertueuse.

Papa disait que les scrupules étaient le luxe des mendiants. Que je ne devais pas me pourrir la vie avec la morale.

— On paie trop d'impôts pour être bons, avait-il dit un jour en riant.

Je me glissai vers l'une des étagères qui allait du sol au plafond, m'y adossai et fermai les yeux. J'avais l'impression de jouer la comédie, donc au moins cette partie n'était pas un mensonge. Pas à ce moment-là. Le bruit de ses pas résonnait dans mes os. La chaleur de son corps m'indiqua qu'il était tout proche. Lorsqu'il s'arrêta juste devant moi, je rouvris les yeux. Il était si proche que je ne pouvais pas voir son visage en entier. Juste ces yeux turquoise qui scintillaient comme une zone illuminée de l'océan. Je me demandai si j'avais l'air aussi perdue que lui. Il avait l'air effrayé. Il avait l'air... *pas* sexy.

— C'est mon premier baiser.

Ma voix était sirupeuse, embarrassée. Un son étranger à mes oreilles.

— Moi aussi.

Il se mordit la lèvre inférieure. Le rose de ses joues rendit tout plus précieux. Je voulais dévorer ce moment comme une pêche juteuse. En sentir le jus sucré et collant sur mon menton.

— Oh ! tant mieux. Je suis presque sûre que je vais être nulle, gloussai-je.

— Impossible, dit-il gravement et, pour une raison que j'ignore, je le crus.

Il se pencha pour m'embrasser et rata son coup. Nos fronts se heurtèrent maladroitement. On s'écarta pour pouffer de rire. Il réessaya, cette fois en palpant les côtés de mon cou pour guider sa bouche vers la mienne. Ses lèvres étaient chaudes et douces, avaient un goût de tabac, de glaçons et de garçon. On garda tous les deux les yeux ouverts.

— Ça te plaît ? murmura-t-il contre ma bouche.

Il y avait une fine ligne de poils au-dessus de sa lèvre, mouillée par la salive. Il ne s'était encore jamais rasé. Mon cœur martelait mes côtes. J'espérais qu'il se souviendrait toujours de ce moment. De la fille qui l'avait embrassé avant toutes les autres.

Je hochai la tête et capturai ses lèvres.

— Mm-hmm.

— Bien, murmura-t-il. Merde, tu es jolie.

— Tu m'as dit que j'étais moche. Il y a des années.

On s'embrassait. On parlait. On se tenait l'un à l'autre.

— Je mentais. (Il secoua la tête, continuant d'explorer mes lèvres.) Tu es et tu seras toujours belle.

Mon cœur s'emballa. Il m'embrassa de nouveau et entrecroisa nos doigts sur les deux côtés. C'était encore gênant, mais je chassai ce sentiment. L'euphorie d'être embrassée me donnait presque la nausée. Ce n'était pas la sensation qui me plaisait, mais le fait de l'expérimenter avec *lui*. Le fait de savoir tous les risques qu'il prenait pour moi enflammait mon âme. J'avais mal à la poitrine et cette douleur se déployait comme une petite feuille de papier. Elle ne cessait de s'étendre à chaque seconde qui passait.

— Enlève tes sales pattes de ma fille !

La suite se déroula rapidement. Une seconde, le corps de Nicky était pressé contre le mien, et la suivante, il était au sol, blotti dans un nid de gros livres à la couverture rigide, la silhouette de mon père accroupie au-dessus de lui, qui l'empoignait par le col.

Il y eut un claquement, le bruit d'une peau qui en heurte une autre. Ma vision se brouilla sur les bords.

— J'aurais dû m'en douter… espèce de petit merd…

Je ne le laissai pas finir sa phrase. Je me jetai sur lui pour le tirer par le bras.

— Papa ! S'il te plaît !

— Tu vas gâcher ta vie.

Mon père le souleva de terre par le col et l'écrasa contre les étagères. D'autres livres tombèrent sur eux, mais aucun n'y prêta attention. Papa avait le visage rouge, presque violet, tandis que Nicky affichait une expression de défi, presque passive. Il n'essaya pas de nier ou d'expliquer ce qu'il s'était passé. Il ne se dégonfla pas. Il irait jusqu'au bout, comme il le faisait pour tout ce qui concernait sa vie.

Un autre coup de poing fit basculer le visage de Nicky et, cette fois, au craquement, je sus que mon père lui avait cassé le nez.

Ruslana déboula dans la bibliothèque munie d'un balai. J'essayai de m'interposer entre mon père et Nicky, de lui arracher les doigts de sa gorge. J'étais confuse, bouleversée et nauséeuse. Je n'avais jamais vu mon père violent. Il avait toujours été doux et aimant avec moi, compensant tout ce que ma mère n'était pas.

— Qu'est-ce qu'il se passe ici ? s'écria Ruslana.

Lorsqu'elle vit le visage violet de son fils fixer mon père, elle bondit entre eux et repoussa mon père avec son balai.

— Lâchez-le ! Lâchez-le ! rugit-elle. Vous allez le tuer, et c'est moi qui devrai répondre aux autorités.

C'était ce qui la préoccupait à cet instant ? Vraiment ?

— Votre sale idiot de fils a touché mon Arya. Je suis rentré plus tôt pour changer de cravate pour la soirée et...

— Pitié ! s'écria Ruslana en se tournant vers son fils, qui n'était plus qu'un amas de membres enchevêtrés, de sang et de chair tuméfiée. Est-ce que c'est vrai ? Je t'avais dit de ne pas la toucher !

Nicky leva le menton avec audace.

— Dis quelque chose ! exigea-t-elle.

Nicky se tourna vers mon père en souriant. Ses gencives saignaient.

— Elle avait bon goût, monsieur.

Mon père le gifla du revers de la main, utilisant sa bague de fraternité pour causer plus de dommages. Le visage de Nicky vola de l'autre côté et sa joue heurta le rayonnage. C'était ma faute. Ma faute. Il y avait tant de choses que j'avais envie de faire.

Lui dire que j'étais désolée.

Lui dire que je ne savais pas que papa débarquerait.

L'aider.

Tout expliquer à papa, à Ruslana. J'avais besoin de sauver tout ça.

Le protéger.

Mais les mots restèrent coincés dans ma gorge. Comme une boule de vomi qui obstruait mes voies respiratoires. Ma bouche s'ouvrit, mais rien n'en sortit.

*Ce n'est pas sa faute.*

— Va dans ta chambre, Arya, gronda mon père.

Je ne bougeai pas.

— File, bon sang !

Puis je songeai à la façon dont ma vie changerait si mon père décidait de devenir comme ma mère. De me négliger, de détourner les yeux, de me traiter comme un meuble de plus.

Scandaleusement, honteusement, je bougeai mes jambes lourdes comme du plomb.

Je sentais encore les yeux de Nicholai dans mon dos. La brûlure de la trahison. De savoir que je ne serais jamais pardonnée.

Que les choses ne seraient plus jamais les mêmes.

Que j'avais perdu mon meilleur ami.

# Chapitre 9

*Christian*
*Présent*

Je l'ai immédiatement reconnue.

Le cou de cygne. Le regard pur, ses yeux verts et félins. À treize ans, elle était jolie. À trente et un ans, c'était une vraie beauté. Même son halo d'innocence était fissuré mais toujours présent. Elle rayonnait à des kilomètres à la ronde et je voulais éteindre sa splendeur. Étouffer sa lumière et l'entraîner dans les ténèbres avec moi.

Lorsque je l'aperçus à l'entrée de l'immeuble, je ne pus en croire ma chance. Elle avait décidé d'être présente et d'assister aux premières loges à la chute de son père. Je n'avais aucune idée de ce qu'elle faisait là. Ma réaction immédiate fut de la faire parler. Pour voir si elle me reconnaissait. Si j'avais un jour compté pour elle. Ou si j'avais seulement été un membre du personnel qui lui avait volé son premier baiser et l'avait payé avec les intérêts.

Elle n'avait aucune idée de qui j'étais. Ce n'était pas une surprise. Je n'avais toujours été qu'un détail dans son monde. Une anecdote sans importance.

Le besoin de la punir, de lui montrer que cette nouvelle version de moi ne pouvait pas être négligée ou rangée dans un établissement que personne ne pouvait voir ou atteindre, me frappa de plein fouet. Je fus incapable de me retenir.

Ni de lâcher des injures au milieu d'une réunion de médiation comme un rappeur de seconde zone.

Ni de rejeter tous les défraiements qui m'étaient proposés, y compris un accord alléchant à huit chiffres.

Ni de me délecter de son visage avec avidité. Comme si j'étais toujours le même garçon de quatorze ans aux hormones en folie, qui rivalisait pour obtenir des miettes de son attention, la consommer sous toutes les formes qu'elle voulait bien me proposer.

Je bus une gorgée de mon whisky en regardant l'horizon de Manhattan depuis mon appartement de Park Avenue. Il comptait deux pièces, mais il était entièrement à moi, entièrement payé. J'avais toujours préféré la qualité à la quantité.

— Tu viens te coucher ? demanda Claire derrière moi.

Je pouvais voir son reflet dans la baie vitrée, appuyée contre l'encadrement de la porte de ma chambre, uniquement vêtue de ma chemise blanche, ses jambes nues bien en évidence.

— Dans une minute.

— Je suis là, si tu as besoin de parler, dit-elle.

Mais ce n'était pas la peine de parler à Claire. Elle ne me comprendrait pas. Elle ne m'avait jamais compris.

*Je vous déteste,* m'avait dit Arya cet après-midi dans mon bureau, et à la façon dont sa lèvre inférieure avait tremblé des années auparavant en parlant d'Aaron, j'avais compris qu'elle était sincère.

La bonne nouvelle, c'était que je la détestais aussi et que j'étais très heureux de lui montrer à quel point.

*Vous êtes un homme ignoble.*

Sur ce point, je ne pouvais qu'être d'accord avec elle. Surtout après avoir pris cette affaire.

Avec un faible grognement, je jetai mon verre sur le double vitrage et regardai le liquide doré s'écouler le long de la vitre jusqu'au sol, où des éclats de cristal scintillants attendaient d'être ramassés par la personne qui nettoierait cet appartement.

Voilà la personne que j'étais devenue.

Un homme qui ne *connaissait* même pas le nom des personnes qui travaillaient dans son appartement.

Tellement détaché de la réalité dans laquelle j'avais grandi que je me demandais parfois si ma petite enfance avait été réelle.

Puis je me souvins que la seule chose qui me séparait de Nicholai, c'était l'argent.

Arya Roth allait payer dans la monnaie qui lui était la plus précieuse.

Son *père*.

Quelques jours plus tard, tout le monde était au courant du dépôt de plainte d'Amanda Gispen auprès du tribunal du District Sud de New York. Dès que l'EEOC nous avait notifié notre droit d'intenter une action en justice, j'avais fait remettre la plainte en mains propres au bureau du greffier. Les journaux nationaux s'emparèrent de l'affaire. Les chaînes d'information relayèrent l'histoire et en firent leurs gros titres. Je dus prendre un Uber pour rentrer chez moi et passer par le garage pour éviter la presse. Claire et moi avions été associés sur l'affaire. Ses parents m'envoyèrent un énorme bouquet de fleurs au bureau pour fêter l'événement, comme si elle s'était fiancée.

— Ils veulent vraiment te rencontrer quand papa viendra de Washington. (Claire lâcha la bombe alors que je la complimentais sur les fleurs.) C'est la semaine prochaine. Je sais que tu as des dépositions mercredi et jeudi...

— Désolé, Claire. Ça n'arrivera pas.

Amanda avait reçu l'ordre de ne parler à personne de cette affaire. Elle se mit en retrait, déménagea chez sa sœur. Je ne voulais pas que Conrad Roth ou sa fille toxique tirent les ficelles. Cette nuit-là, pour la première fois en presque vingt ans, je dormis comme un bébé.

# Chapitre 10

*Christian*
*Passé*

Il y eut beaucoup de colère passionnée après coup.

Une colère brûlante, impuissante, du genre « Mais qu'est-ce que je vais bien pouvoir foutre de ça. »

Contre Arya, qui m'avait probablement piégé pour que son père nous attrape et qui avait ruiné ma vie en conséquence.

Contre Conrad Roth, le milliardaire de merde odieux et abusif qui pensait (non, rayez ça, qui *savait*) qu'il pouvait s'en tirer avec ce qu'il m'avait fait, comme il s'en tirait avec tout le reste.

Et dans une certaine mesure, contre ma mère, dont j'avais cessé d'attendre grand-chose, mais qui parvenait à me surprendre à chaque trahison, quelle qu'en soit l'ampleur.

Mais je ne pouvais rien faire de cette colère. C'était comme un gros nuage noir qui planait au-dessus de ma tête. Intouchable mais bien réel. Je ne pouvais pas me venger d'Arya – elle avait Conrad. Et je ne pouvais pas me venger de Conrad – il avait Manhattan.

Après que Conrad eut donné son dernier coup de poing, je réussis à m'échapper précipitamment de chez les Roth. Le sang coulait sur le sol du bus et j'attirai des regards gênés, même de la part des New-Yorkais, qui étaient habitués à presque *tout*. Je rentrai en titubant dans mon immeuble, pour m'apercevoir en arrivant que je n'avais pas les clés. Elles étaient restées avec ma mère chez les Roth, et lui brûlaient sûrement les doigts pendant qu'elle nettoyait le sang de son fils sur les sols en marbre étincelant.

Je trouvai donc une solution temporaire à ma rage.

Je donnai un coup de poing dans la porte en bois.

Un, deux, trois avant que mes articulations ne commencent à saigner. Encore et encore, jusqu'à créer un trou dans le bois et me briser les os.

Et encore, jusqu'à ce que le trou soit assez grand pour y glisser ma main pleine de sang et déverrouiller la porte de l'intérieur.

Mes doigts faisaient deux fois leur taille initiale et avaient une forme anormale.

C'était le problème avec les objets cassés.

Ils étaient plus exposés, plus faciles à manipuler.

Je me jurai de me rétablir très vite et de fourrer mes sentiments pour Conrad et Arya Roth au fond de mes poches.

J'y reviendrais plus tard.

Après ça, je ne pouvais plus rester à New York. C'était ce que disait ma mère. Certes, ce n'était pas à moi qu'elle l'avait dit. Je n'étais qu'un gamin inutile, après tout. Elle partagea plutôt cette information avec son amie Sveta lors d'un coup de fil bruyant et houleux. Sa voix stridente traversa le petit bâtiment et fit trembler les bardeaux du toit.

Je n'entendis que des bribes de la conversation depuis l'étage inférieur, où j'étais étendu sur le canapé recouvert de plastique, un sac de petits pois surgelés pressé contre ma mâchoire.

— ... va le tuer... dit que je lui ai fait une promesse... penser à, comment tu appelles ça ? Institution pour mineur ?... dis de ne pas toucher à la fille... peut-être une école ailleurs... ne fais pas d'enfant, Sveta. Jamais.

Jacq, la fille de Mme Van, qui avait dix-sept ans, me caressait les cheveux. J'avais de la chance que M. Van ait été là, avec son magazine d'occasion, quand ma mère m'avait mis à la porte, sinon je n'aurais pas eu d'endroit où dormir ce soir.

— Tu as le nez cassé.

Les ongles longs de Jacq qui ratissaient mon crâne me provoquaient des frissons dans le dos.

— Je sais.

— Dommage. Tu n'as plus aucune chance d'être beau, maintenant.

J'essayai de sourire, en vain. Tout était trop gonflé.

— Merde, je comptais là-dessus pour gagner ma vie.

Elle rit.

— Qu'est-ce que tu crois qu'il va m'arriver maintenant ? lui demandai-je, mais parce que c'était la seule personne au monde qui me parlait.

Jacq réfléchit.

— Je ne sais pas. Mais, honnêtement, Ruslana a l'air d'être une mère de chiotte. Elle va sûrement se débarrasser de toi.

— Oui. Tu as sans doute raison.

— Tu aurais dû garder tes lèvres pour toi, *lover boy*. Hé, quelqu'un t'a déjà dit que tu avais de beaux cils ?

— Est-ce que tu me dragues ?

J'aurais voulu hausser un sourcil, mais je risquais de rouvrir une plaie.

— Peut-être.

Je répondis par un grognement. Après cette journée, j'avais juré de ne plus jamais fréquenter de fille.

— Est-ce que ta mère t'a déjà coupé les cils pour les rendre plus épais ?

Je secouai la tête.

— Elle ne s'est probablement jamais souciée de changer mes couches.

Ce fut ma dernière nuit à New York pendant plusieurs années.

Le lendemain, ma mère frappa à la porte des Van et jeta mes maigres possessions à l'arrière d'un taxi.

Elle ne me dit même pas au revoir. Seulement de ne pas m'attirer d'ennuis.

On m'envoyait à la Andrew Dexter Academy pour garçons dans la banlieue de New Haven, Connecticut. Tout ça à cause d'un stupide baiser.

# Chapitre 11

*Christian*
*Passé*

Elle allait venir. Il le fallait.

Je n'osais plus rêver. Pas souvent, en tout cas. Mais aujourd'hui, je m'y autorisai. Peut-être parce que c'était Noël et qu'une partie de moi – aussi petite soit-elle – croyait encore au baratin de Noël qu'on nous servait à la cuillère quand on était enfants. Je n'étais pas un bon chrétien, loin s'en fallait, mais la rumeur disait que Dieu faisait preuve de miséricorde envers tous ses enfants, même ceux qui étaient foutus.

Eh bien, j'étais un enfant et j'avais bien besoin d'une pause. C'était le moment de tenir sa promesse. De prouver qu'il existait.

Je n'avais pas vu ma mère depuis six mois. Les jours se succédaient, rythmés par les devoirs et l'équipe de natation. Pour mes quinze ans, je m'étais acheté un petit gâteau préemballé dans une station-service et j'avais fait le vœu d'arriver vivant à mon prochain anniversaire. Je n'avais même pas reçu un coup de fil du genre « Tiens, au fait, tu es toujours vivant ? » depuis que j'avais été expédié loin de Manhattan. Juste une lettre froissée, il y a deux mois, tachée de pluie, d'empreintes digitales et d'une sauce non identifiée, dans laquelle elle m'avait écrit de son écriture reconnaissable en italique.

*Nicholai,*
*Nous passerons Noël dans mon appartement. Je louerai une voiture et je viendrai te chercher. Attends-moi à l'entrée à 4 heures le 22 décembre. Ne sois pas en retard ou je partirai sans toi.*
*Ruslana*

C'était impersonnel, froid ; on aurait trouvé plus d'enthousiasme à un enterrement, mais j'étais quand même content qu'elle se souvienne de mon existence.

Tapant mes mocassins troués contre l'escalier en béton de l'entrée d'Andrew Dexter, je jetai un coup d'œil à ma montre. Mon sac à dos était posé entre mes jambes, avec toutes mes possessions à l'intérieur. Attendre que le temps passe me rappelait toutes les fois où j'avais attendu ma mère dans le cimetière devant l'immeuble d'Arya. Mais là, je n'avais pas de jolie fille avec qui tuer le temps. Cette jolie fille en particulier s'était avérée être un nid de serpents. J'espérais que, quel que soit l'endroit où se trouvait Arya Roth en ce moment, le karma la baisait longtemps et durement, sans capote.

Un coup de pied dans le dos me sortit de mon brouillard. Richard Rodgers - Dickie pour les intimes - me gratifia d'une pichenette à l'arrière de la tête alors qu'il dévalait les marches jusqu'à la Porsche noire qui s'arrêtait devant l'entrée de l'internat.

— Maman !

— Chéri !

Sa mère, une femme mondaine, descendit du côté passager, les bras ouverts ; elle portait assez de fourrure pour couvrir trois ours polaires. Mon camarade de classe se jeta dans ses bras. Son père attendait derrière le volant, souriant d'un air morose, comme un enfant à la messe du dimanche. Il était difficile de croire que Richard, dont le titre de gloire était de péter l'alphabet avec son aisselle, était digne de l'amour de cette femme sexy. La mère de Dickie s'écarta pour mieux le regarder, entourant son visage de ses mains manucurées. Mon cœur se serra et tressaillit comme un ver pris au piège. J'avais du mal à respirer.

*Bon sang, mais où es-tu, maman ?*

— Tu as l'air en pleine forme, mon amour. Je t'ai préparé ta tarte crumble aux pommes préférée, roucoula la mère de Dickie.

Mon estomac se mit à gargouiller. Il fallait qu'ils dégagent d'ici et qu'ils arrêtent de bloquer l'allée. Richard sauta dans la voiture et elle démarra.

Elle viendrait. Elle avait dit qu'elle viendrait. Elle devait venir.

Une autre heure s'écoula. Le vent se leva, le ciel passa du gris au noir.

Elle n'était toujours nulle part en vue, et ma confiance déjà vacillante s'effritait comme la tarte rassise que le concierge avait glissée dans ma chambre le lendemain de Thanksgiving parce qu'il savait que j'étais le seul enfant à rester dans l'enceinte de l'école.

Quatre heures et seize claques dans le dos et « À l'année prochaine » plus tard, il faisait nuit noire, il gelait et la neige tombait, épaisse et cotonneuse.

Je ne ressentais pas le froid. Pas plus que le fait que mes mocassins troués étaient trempés, ou que les deux larmes qui s'étaient échappées de mon œil droit avaient gelé en pleine descente. La seule chose qui me frappait, c'était que ma mère m'avait posé un lapin à Noël et que, comme d'habitude, j'étais seul.

Quelque chose de doux et mou atterrit sur ma tête. Avant que je puisse me retourner pour voir ce que c'était, ce garçon que je connaissais de l'équipe de natation, Riggs, s'écroula sur l'escalier à côté de moi, imitant ma pathétique position avachie.

— Quoi de neuf, Ivanov ?

— Ça te regarde pas, rétorquai-je en arrachant le chapeau en velours rouge de ma tête pour le jeter par terre.

— T'as pas froid aux yeux, pour quelqu'un qui pèse dix kilos tout mouillé.

L'enfoiré de beau gosse siffla en me regardant.

Je me penchai vers lui et lui donnai un violent coup de poing sur le bras.

— Aïe. Ducon. Pourquoi t'as fait ça ?

— Pour que tu la fermes, grognai-je. Pour quoi d'autre ?

Qu'est-ce qu'il fabriquait ici, de toute façon ?

— Va en enfer, répliqua Riggs Bates d'un ton joyeux, trouvant la situation infiniment amusante.

— C'est déjà le cas. Je suis ici, non ?

La Andrew Dexter Academy était une institution catholique réservée aux garçons, située en pleine campagne du Connecticut. Elle avait été construite en 1891 par un financier des chemins de fer. Elle était censée devenir l'hôtel de luxe numéro un de la côte Est, mais la construction avait été condamnée pendant quelques années en raison d'échecs financiers, jusqu'à ce qu'un groupe de riches nouveaux arrivants affluant d'Europe après la Première Guerre mondiale n'y investisse de l'argent, y installant quelques prêtres, enseignants et progénitures à problème. L'un de ces prêtres s'appelait Andrew Dexter et c'est ainsi que le premier internat pour garçons des États-Unis avait vu le jour.

Il n'y avait pas à dire, c'était un trou à rats. Pour aller au supermarché le plus proche, on devait marcher seize kilomètres aller-retour. On était isolés du monde, et pour cause. Cet endroit abritait certains des adolescents les plus notoires du pays. Point positif : en cas d'apocalypse zombie, on aurait un peu de répit avant que les mangeurs de cerveaux ne viennent nous chercher.

Il était évident que ma mère ne viendrait pas. Plus encore que j'allais passer Noël tout seul, comme le précédent. La dernière fois, la seule personne à m'avoir tenu compagnie était le gardien, qui s'était contenté de vérifier que je ne m'étais pas suicidé. Ce n'était pas le cas. Au lieu de ça, j'avais lu et imprimé des examens de demande d'inscription à l'université. Le but était de devenir millionnaire. Si tous les idiots autour de moi et leurs parents y parvenaient, pourquoi pas moi ?

— Qu'est-ce que tu fais ici, de toute façon ? demandai-je en serrant mes bras autour de moi.

Il haussa une épaule.

— Je n'ai pas de famille, tu te souviens ?

— Me préoccuper de toi n'est pas mon passe-temps favori.

Je ne parlais presque jamais à Riggs, ni à personne d'autre de l'école. Parler aux gens, c'était s'attacher à eux, et aucune partie de moi ne voulait s'attacher. Les humains étaient peu fiables.

— Ouais. Mon grand-père, qui m'a élevé, a cessé de respirer à Noël dernier.

— Merde.

Je remuai mes orteils dans mes mocassins pour essayer de chasser l'engourdissement. Je commençais à ressentir le froid.

— Je suis sûr que tu peux te racheter un nouveau grand-père ou quelque chose comme ça.

Le bruit courait que Riggs roulait sur l'or.

— Nan.

Il ne sembla pas se formaliser de ma pique, alors que j'aurais mérité des claques.

— L'original était irremplaçable.

— Ça craint.

Riggs souffla en essayant de faire des ronds de fumée.

— Noël est la pire fête du monde. On devrait la supprimer. Si jamais je créais une association caritative, elle s'appellerait À mort le Père Noël.

— Ne t'attends pas à des dons conséquents.

— Tu serais surpris, Ivanov. Je peux être assez persuasif, et les riches aiment jeter leur argent dans des trucs idiots. Grand-père avait un siège de toilettes en or massif. J'avais l'habitude de sortir des étrons royaux.

Il glousa, l'air lointain, désormais. Nostalgique.

— Alors tu ne rentres pas chez toi pour les vacances ? demandai-je, abandonnant lentement l'espoir que ma mère vienne et digérant ce qu'avait dit Riggs. Attends un peu. Tu n'étais pas là pendant les vacances de Thanksgiving.

Il ricana.

— Si. Arsène et moi sommes partis camper dans les bois en cachette. On a fait un feu et des s'mores et, bon, on a provoqué un petit incendie accidentel.

— C'était vous ?

Mes yeux sortirent de leurs orbites. Ils avaient consacré une journée entière à la santé et la sécurité après ça, et on avait tous été punis collectivement pour un week-end.

Riggs sourit fièrement en bombant le torse.

— Un gentleman ne raconte pas les détails.

— Tu viens de le faire.

— Ouais. Alors oui, on a allumé ce feu. Mais les s'mores en valaient la peine, mec. Ils étaient moelleux et sucrés.

Il embrassa le bout de ses doigts.

— Et où est Arsène maintenant ?

Je regardai autour de moi comme s'il allait se matérialiser derrière les pins. Je ne connaissais pas vraiment Arsène Corbin, mais j'avais entendu dire qu'il était très intelligent et que sa famille possédait un tas de quartiers chics à Manhattan.

— À l'étage, il prépare des macaronis au fromage avec des morceaux de bacon et des ramens trouvés dans la kitchenette. Il m'a envoyé chercher ça.

Riggs passa la main dans l'espace entre sa veste zippée et son cou et en sortit une flasque.

— Du bureau du directeur Plath. Puis j'ai vu ta tronche dans l'escalier et je me suis dit que je devais te faire savoir qu'on était là.

— Arsène n'a pas de famille non plus ?

Un frémissement d'espoir passa dans ma gorge. C'était bon de savoir que je n'étais pas le seul. Et mal, aussi, parce qu'apparemment les adultes étaient des ordures.

— Oh si. Mais il la déteste. Il a une grosse dent contre sa demi-sœur ou quelque chose comme ça.

— Cool.

— Pas pour lui.

— Il pourrait toujours l'ignorer et s'enfermer dans sa chambre.

— Ah, je ne pense pas que ce soit aussi simple.

Riggs inclina la flasque dans ma direction, m'offrant une gorgée. Mes yeux passèrent du récipient argenté à son visage.

— Plath va nous tuer, dis-je d'un ton lapidaire.

Je savais que Conrad Roth avait investi beaucoup d'argent dans cet institut pour s'assurer que je ne serais jamais expulsé du manoir hanté en briques rouges. C'était là qu'étaient envoyés tous les enfants qui frappaient leurs professeurs, jouaient les biens de leur famille ou se droguaient. Maintenant, nous étions tous les problèmes du directeur Plath, et non plus celui des gens qui nous avaient envoyés ici.

— Pas si on se tue les premiers. Ce que, pour info, je pense que ça pourrait arriver, entre la cuisine d'Arsène, la quantité d'alcool que j'ai réussi à me procurer et les incendies qu'on provoque. Tu viens ou quoi ?

Il se leva, ses cheveux dorés lui tombant sur les yeux.

C'était la première fois que je voyais Riggs Bates comme l'être humain génial qu'il était et non comme un riche connard qui se croyait meilleur que les autres.

Je jetai un regard hésitant vers la route déserte.

— *Tu te fais du mal,* Ivanov. On surestime les gens. Les parents, surtout.

— Elle a dit qu'elle viendrait.

— Et moi, j'ai dit que je n'avais pas mangé les lasagnes de Dickie la semaine dernière. Et pourtant, j'étais bien en train de chier des pâtes et des aubergines dans les chiottes communes deux heures plus tard.

Je pris appui sur mes genoux et me redressai, imitant Riggs.

— Allez, viens. (Il me donna une tape dans le dos.) Il y a quelque chose de libérateur à réaliser qu'on n'a pas besoin d'eux. Les gens qui nous ont fait.

Peut-être qu'il avait neigé et qu'elle était restée coincée quelque part sans réseau.

Peut-être qu'elle était prise dans les embouteillages de départ en vacances. Peut-être qu'elle avait eu un terrible accident de voiture. Quoi qu'il en soit, une chose était sûre.

Elle n'était pas venue.

Les macaronis au fromage d'Arsène étaient atroces. Grumeleux et mal cuits, avec des boules de poudre orange partout. Ses ramens donnaient envie de boire de l'eau de Javel, et je ne savais même pas qu'il était possible de foirer des ramens. On était pourtant là, à manger des ramens instantanés rassis qui nageaient dans ce qui ressemblait étrangement à de la pisse, dans des gobelets en polystyrène. Riggs avait mélangé ce qu'il y avait dans la flasque avec du Tropicana, ce qui lui donnait le goût dilué mais piquant du liquide vaisselle. Je pense que c'était le point culminant de ma vie. Si Dieu existait, j'allais le poursuivre en justice.

On était tous les trois assis sur le lit d'Arsène. C'était une couchette. On se servait du matelas supérieur de son coloc, Simon, pour caler nos jambes.

— J'adore ce que tu as fait de cet endroit.

Riggs désigna la pièce avec ses baguettes en bois. Arsène avait recouvert un mur entier de milliers de graffitis d'une écriture nette, noire et grasse :

*Je hais Gracelynn Langston. Je hais Gracelynn Langston. Je hais Gracelynn Langston. Je hais Gracelynn Langston. Je hais Gracelynn Langston. Je hais Gracelynn Langston.*

— Qui est Gracelynn Langston ?

J'avalai tout rond une bouchée de macaronis au fromage sans la goûter.

— La demi-sœur maléfique d'Arsène, répondit Riggs en aspirant une nouille.

J'essayais encore de me servir des baguettes. Il y avait des tas de choses que les gosses de riches savaient faire et moi pas. L'utilisation des baguettes en faisait partie.

Arsène me jeta un regard assassin et me scruta des pieds à la tête de ses yeux marron. Je voyais bien que je ne lui plaisais pas. Riggs était du genre à aller de l'avant, mais Arsène n'avait pas l'air très chaud à l'idée d'élargir son cercle d'amis.

— T'es sûr de toi, mec ? demanda Arsène à Riggs. On ne sait rien de lui.

— Ce n'est pas vrai. On sait qu'il est pauvre et que c'est un bon nageur.

Riggs rit, mais rien de ce que disait ce type ne pouvait m'offenser. Il n'y avait aucune malice en lui, ce que je ne pouvais pas dire d'Arsène.

— Et s'il balance pour la flasque ? demanda ce dernier.

— Regarde-le. Est-ce qu'il a l'air de pouvoir faire du mal à quelqu'un ? Il ne tuerait même pas un cafard. Il ne dira rien pour la flasque, répliqua Riggs avec un geste de la main. Alors, Arsène. Qu'est-ce que tu ressens pour Gracelynn Langston ? Et, s'il te plaît, pas de langue de bois.

Riggs gloussa dans son gobelet en polystyrène rempli d'additif alimentaire et d'eau d'égout.

— Je l'assassinerais si elle valait la peine qu'on gaspille une balle, déclara Arsène, les yeux rivés sur sa nourriture. C'est à cause d'elle que je passe Noël avec vous, bande d'abrutis.

— Pas encore ça, dit Riggs en bâillant. Soit tu avoues ce qu'il s'est passé avec elle, soit tu arrêtes de te plaindre.

— C'est *toi* qui as posé la question. (Arsène donna un coup de pied dans le tibia de Riggs.) Hé, ce type a une langue ou pas ?

— J'ai une langue, répondis-je en remuant les nouilles dans ma tasse.

C'était juste que je n'avais pas envie de parler. Il n'y avait pas grand-chose à dire, en fait.

— Je rectifie : est-ce que tu sais te servir de ta langue pour dire quelque chose d'intéressant ?

Arsène me cloua sur place d'un regard.

— Lâche-le un peu. Sa mère vient de lui poser un lapin, expliqua Riggs.

— Pas cool. Alors, c'est quoi ton histoire, belle-de-jour ?

— Comment ça ? demandai-je avec une moue renfrognée.

— Comment tu as atterri dans cette prison pour ados ? Personne n'est venu ici de son plein gré.

Je me forçai à relever les yeux de mes nouilles pour croiser son regard.

— J'ai été pris en train de peloter la fille d'un milliardaire. C'est ma punition. Je n'ai pas vu ma mère depuis plus d'un an. Je ne sais pas si je la reverrai un jour.

Ce ne fut qu'en prononçant ces mots que je réalisai que c'était vraiment le cas. Arsène se caressa le menton en réfléchissant. Il avait l'air d'être capable de tuer quelqu'un pour de vrai. Riggs, lui, avait cet air débraillé et mignon que les filles aiment bien.

— À qui la faute ? demanda Arsène. De s'être fait prendre.

Il posa son gobelet en polystyrène par terre, prit le mien et fit de même. Il ouvrit le tiroir de sa table de nuit et en sortit des chips au vinaigre et du pop-corn. Il ouvrit les deux sachets et je poussai un soupir de soulagement.

— C'est important ? demandai-je.

— Est-ce que la vie est importante ? répliqua-t-il, impassible. Bien sûr que oui. C'est la vengeance qui fait tenir. S'il y a un coupable, il y a une revanche à prendre.

J'y réfléchis.

— C'était sa faute à elle, alors. (Je me servis une poignée de pop-corn.) Plus j'y pense, plus j'ai l'impression que c'était un coup monté. Son père est entré une seconde après que j'aie posé mes lèvres sur les siennes.

— Évidemment que c'était un coup monté, acquiesça Riggs en mâchant bruyamment ses chips, les jambes croisées. Elle était sexy, au moins ?

— Euh.

Je me frottai le menton en cherchant à faire apparaître Arya dans mon imagination. Il me suffit de penser à son nom pour avoir une vision claire d'elle. Ses yeux de la couleur des marécages et sa bouche pulpeuse.

— Oui, je suppose.

— Ça ne suffit pas. Montre-nous, demanda Riggs.

— Comment ?

— Elle doit avoir des réseaux sociaux.

— Sûrement, mais je n'ai pas d'ordinateur, répondis-je.

Ce n'était pas tout à fait vrai. J'avais bien un ordinateur, mais du genre ancien, sur lequel je pouvais à peine utiliser Word. Et encore, c'était parce que la Andrew Dexter Academy exigeait que nous ayons un ordinateur.

Arsène sortit de son sac à dos en cuir un portable flambant neuf et me le tendit.

— Tiens. Utilise mon MyFriends. Tape son nom.

— Tu as un MyFriends ?

Je lui jetai un regard sceptique. Tout ce que je savais d'Arsène Corbin, c'était qu'il était un génie maléfique qui ne suivait pratiquement aucun cours et qui, pourtant, terminait chaque année avec les honneurs. Alors que Riggs passait son temps à essayer de se tuer en grimpant aux arbres, en sautant entre les toits et en se bagarrant, Arsène était plutôt du genre à fabriquer des bombes artisanales et à les vendre en ligne. En y réfléchissant, ils formaient un couple étrange. S'ils étaient si proches, c'était sans doute parce que la solitude les avait poussés l'un vers l'autre.

— À des fins de recherches.

— Tu veux dire de harcèlement.

Arsène me donna un coup avec son pied en chaussette.

— Je te supportais mieux quand tu te taisais.

J'entrai le nom d'Arya dans la barre de recherche. Je sentis le bout de mes doigts devenir moites. Je ne savais même pas pourquoi. J'avais souvent pensé à elle, surtout en mal, mais ce n'était pas comme si je l'aimais encore ou quoi que ce soit d'autre.

Le visage souriant d'Arya apparut dans le fil et je cliquai dessus.

— J'hallucine que son compte ne soit pas privé. (La tête d'Arsène faillit cogner la mienne lorsqu'il jeta un coup d'œil à l'écran.) Ses parents doivent aussi être complètement idiots.

— Sa mère est aux abonnés absents. Elle est toujours en train de faire les magasins. Je crois qu'elle détestait Arya de ne pas être morte à la place de son frère jumeau. Et son père n'a aucune idée de ce qu'il se passe.

Je commençai à faire défiler les photos.

Comme je m'en doutais, Arya s'amusait comme une folle pendant mon absence. Rien qu'au cours des deux derniers mois, elle avait posté des photos d'elle au bal d'hiver de son école, en train de faire du patin à glace à Rockefeller, de passer une soirée avec une amie nommée Jillian, et de lécher des glaces aux Bahamas. Mais l'image sur laquelle mes yeux restèrent bloqués était la dernière photo, postée il y a quatre heures seulement. Le lieu indiqué était Aspen, dans le Colorado. Arya se tenait sur une montagne de neige, en tenue de snowboard, à côté de son père. La colère qui s'empara de moi n'était pas due à la vue de ces deux connards qui s'amusaient comme des fous pendant que j'étais coincé dans un asile pour enfants en difficultés. J'avais l'habitude de me faire entuber, depuis le temps. C'est la personne derrière eux qui fit monter mon pouls en flèche. Elle tenait leurs bâtons de ski et semblait sur le point de basculer, répondant à tous leurs besoins, comme toujours.

*Maman.*

— Nicholai ? (Riggs agita la main devant mon visage.) Tu nous fais une crise de nerfs ?

— C'est elle.

Je parlais de ma mère, mais leur attention était entièrement focalisée sur la plus jeune, Arya.

— Sans déconner. On est pas aveugles. Elle est plutôt sexy, mais pas assez pour se faire jeter à Andrew Dexter à cause d'elle.

Riggs frotta sa barbe du dos de la main.

— Plus sexy que Gracelynn, cracha Arsène comme si sa demi-sœur était ici avec nous et qu'elle pouvait s'offusquer.

Je comprenais pourquoi il était en colère. Tous ces connards étaient partis vivre leur meilleure vie tandis qu'on était tous les trois laissés pour compte, oubliés.

— Non. Je veux dire ma mère. Elle est partie avec les Roth pour leurs vacances à Aspen et ne m'a même pas dit qu'elle avait changé ses plans. La voilà.

Je zoomai sur elle.

C'était stupide de s'énerver pour ça, tout compte fait, pourtant... qu'est-ce que c'était que ce bordel ? Elle ne pouvait pas appeler ? Envoyer un message ? Écrire une autre de ses lettres stupides ? Elle n'était pas coincée dans la neige ou les embouteillages ou victime d'un horrible accident. Elle était là, en chair et en os, en train de choisir ces gens plutôt que moi, encore et toujours.

Ça me rendait fou. À quel point je ne comptais pas pour cette femme.

Avais-je jamais eu la moindre chance ? M'avait-elle abandonné parce que je lui avais toujours rappelé mon père qui n'était pas là ? Ou avais-je tout gâché moi-même ?

Arsène me donna une tape dans le dos. C'était la première fois qu'il me touchait. Que quelqu'un me touchait, en fait, depuis que Conrad m'avait tabassé.

— On dirait que c'est une sacrée ordure. Tu n'as pas besoin d'elle. Tu n'as besoin de personne.

— Tout le monde a besoin de quelqu'un, fit remarquer Riggs. C'est du moins ce que je lis dans les livres de développement personnel que je vole à la bibliothèque.

— Pourquoi tu les voles ? demandai-je.

Riggs rejeta la tête en arrière et se mit à rire.

— Qu'est-ce que tu veux que j'utilise pour rouler mes joints ?

— J'ai besoin des gens, m'entendis-je dire. Je ne peux pas m'en sortir seul.

De cette école. De cette vie. De cette amertume qui me transperçait la peau à chaque fois que je pensais à Conrad et Arya.

— *D'accord*. Alors on sera le quelqu'un des uns et des autres. (Arsène se redressa, laissant retomber le sachet de pop-corn qu'il tenait.) Qu'ils aillent se faire foutre. Nos familles. Nos parents. Les gens qui nous ont fait du mal. J'emmerde les repas de Noël, les sapins décorés, les bougies parfumées et les cadeaux bien emballés. On sera la famille des uns et des autres à partir de maintenant. Tous les trois. Chaque Noël. Chaque Pâques. Chaque Thanksgiving. On va se serrer les coudes et on va gagner, putain.

Riggs tapa dans le poing d'Arsène. Arsène me tendit son poing. Je le regardai fixement. Je sentais que j'étais à l'aube de quelque chose de grand. Monumental. Arsène et Riggs me lançaient un regard rempli d'attente. Je repensai à ce qu'Arya avait dit il y a des années, au Mount Hebron Memorial, sur le fait que l'argent ne faisait pas tout. Peut-être qu'elle avait raison, après tout. Ces gosses étaient riches, et ils ne semblaient pas plus heureux que moi.

Je tendis le bras et tapai contre le poing d'Arsène.

— Bravo ! s'exclama Riggs en riant. Je t'avais dit que Nicholai était l'un des nôtres.

Et à partir de ce moment, ce fut le cas.

# Chapitre 12

*Christian*
*Présent*

— Arya Roth doit être douée de ses mains, parce que c'est une sacrée manipulatrice.

Claire jeta un journal sur mon bureau lundi matin.

J'étais plongé dans les documents que m'avait envoyés Amanda Gispen au cours du week-end. L'étape de la *discovery* était cruciale pour un dossier en béton. Je savais que les avocats de Conrad allaient déposer une motion *in limine* pour que la lettre de détermination de l'EEOC ne soit pas prise en compte dans l'affaire. J'avais été tellement absorbé par les documents pendant le week-end que Claire et moi avions examiné les preuves au lieu de nous engager dans un marathon de baise comme c'était prévu. La seule chose que j'avais envie de me taper, c'était la famille Roth, et dans les règles.

Je jetai un coup d'œil à la une du journal, sourcils froncés, tandis que Claire s'appuyait contre mon bureau, tout près de moi. Sur la photo, on voyait Conrad Roth embrasser des enfants dans un hôpital. Apparemment, il avait offert à chacun d'eux une console de jeu flambant neuve, d'une variété que la plupart des mortels ne pouvaient pas se procurer.

*... Roth a fait don de 1 500 consoles GameDrop à l'hôpital pour enfants Don Hawkins, ainsi qu'une généreuse donation de 2 millions de dollars...*

— C'est n'importe quoi.

Je roulai le journal et le jetai dans la poubelle à côté de moi. Claire sortit son téléphone et fit glisser son doigt sur l'écran.

— Il y a trois articles positifs sur Conrad Roth sur trois différents sites d'information aujourd'hui. Le hashtag #NotRoth est en vogue sur Twitter. D'anciens collègues s'expriment sur sa gentillesse et son professionnalisme. Des femmes de pouvoir. Arya Roth travaille très dur sur l'image de papa.

La seule mention du prénom d'Arya me donna de l'urticaire. Cette femme n'avait pas seulement réussi à m'atteindre, elle avait creusé un chemin jusqu'à mes tripes et y avait allumé un feu de joie.

— #NotRoth est le hashtag le plus idiot que j'aie jamais entendu, et malheureusement j'en ai entendu beaucoup.

— Je suis d'accord, mais ça marche. (Claire soupira.) Qu'est-ce qu'on va faire ?

— Rien. (Je haussai les épaules.) Je ferai mon discours dans la salle d'audience devant un jury qui fera la différence. Les trolls sur Internet ne sont pas mon public cible.

— Est-ce qu'on ne devrait pas être un peu plus stratégiques ? Peut-être l'effrayer un peu ?

Claire se hissa sur le bord de mon bureau et croisa les bras. Je reculai mon fauteuil pour mettre un peu d'espace entre nous. Claire était une jeune femme de vingt-sept ans, belle, ambitieuse et aisée. Mais elle commençait à prendre trop de place, à vouloir des choses comme des week-ends à la campagne et me présenter ses parents. J'avais énoncé les règles dès qu'on avait commencé à coucher ensemble, expliquant que j'étais si ancré dans mon rôle de play-boy que je ne saurais m'y retrouver dans une relation saine même si on me donnait une carte, une lampe de poche et un GPS. Elle m'avait dit qu'elle comprenait, et c'était peut-être le cas à une époque, mais les choses se compliquaient, ce qui signifiait que j'étais à quelques jours d'une rupture.

— Tu veux que je commence à parler à des journalistes de catégorie B ? Porter préjudice à l'accusé est une tactique de gamin.

— Je dis qu'Arya sape notre affaire.

— Non. Elle transpire et ça sent mauvais. Ce n'est pas elle qui m'inquiète.

Claire n'avait pas tout à fait tort. En parcourant l'un des articles sur son téléphone, je réalisai que j'aurais dû prendre en compte le fait qu'Arya était toujours rusée, pleine de ressources et, ce qui était le plus exaspérant, douée dans ce qu'elle faisait. Lorsque la nouvelle de l'affaire de harcèlement sexuel de Conrad Roth était tombée, Arya avait trouvé une centaine de façons différentes de la tourner. Elle avait aussi utilisé tous les coups bas. Amanda Gispen venait de divorcer. Son ex-mari l'avait trompée, disait-on. Arya avait dépeint Amanda comme une femme qui détestait les hommes. Amère au sujet de son divorce, de son ex-mari et du sexe opposé en général. Amanda avait récemment pris du retard dans le remboursement de son prêt immobilier, manifestement à cause de son divorce. Les tabloïds spéculaient maintenant qu'elle s'en prenait à son ancien patron pour essayer de gagner rapidement de l'argent. Ce qui ne pouvait pas être plus éloigné de la vérité, puisque Conrad lui avait offert plus qu'assez pour couvrir sept cents hypothèques afin qu'elle ne porte pas l'affaire devant les tribunaux.

Arya était minutieuse et persévérante, et elle travaillait vingt-quatre heures sur vingt-quatre.

Malheureusement pour elle, moi aussi.

— Claire a raison.

La voix grave de Traurig venait de la porte. Claire se leva promptement en lissant sa jupe crayon. Traurig se redressa du chambranle contre lequel il s'était adossé, faisant comme s'il ne l'avait pas vue jouer les Sharon Stone dans *Basic Instinct*.

— Mme Roth pourrait poser problème. Vous devriez la garder à l'œil. La couverture médiatique, ça fait tout. Tu devrais le savoir, petit. Tu as gagné cette affaire au bureau du procureur parce que tu étais la coqueluche des tabloïds.

Ma mâchoire se crispa. Plus qu'Arya qui minait mon affaire, Traurig sapait mon prestige en m'appelant « petit ». Il n'aurait pas donné le même surnom à Claire, non. Ce serait considéré comme sexiste. Mais j'étais un mâle alpha qu'il voulait remettre à sa place.

— Tout est sous contrôle.

— Tout ce que je dis, c'est que tu ne peux pas te permettre de perdre cette affaire. Il y a beaucoup en jeu.

Traurig endossait le rôle de Captain Obvious. Il parlait de ma chance de devenir associé.

— Un jeu qu'il me revient de gagner. Assieds-toi et bois un cocktail.

— C'est ce que j'aime entendre, petit.

— Et arrête avec tes « petits ».

Il rit et donna un coup de coude à Claire en sortant.

— Il est un peu susceptible. Prends soin de lui, d'accord ?

Traurig quitta mon bureau. Claire s'attarda en jouant avec une mèche de ses cheveux soyeux.

Je haussai un sourcil, narquois.

— Autre chose ?

— Écoute. (Claire se racla la gorge.) C'est peut-être déplacé...

D'expérience, les phrases qui commençaient comme ça précédaient *toujours* quelque chose de déplacé. Ma patience était déjà limitée.

— Mais je n'ai pas pu m'empêcher de percevoir quelque chose de bizarre entre Arya Roth et toi. Évidemment, te connaissant, je sais que tu ne compromettrais jamais une affaire ou que tu ne l'accepterais pas s'il y avait quelque chose...

Elle s'interrompit, espérant que j'allais lui donner quelques informations. Je la fixai d'un regard assassin, la mettant au défi de finir sa phrase. Elle se tortilla.

— *De tordu.* Je me demandais simplement si tu voulais que je prenne plus de responsabilités en ce qui la concerne. Si elle te met mal à l'aise d'une manière ou d'une autre, je pourrais peut-être me mettre en rapport avec elle directement pour que tu n'aies pas à t'en occuper personnellement, ou...

— Ce ne sera pas nécessaire.

— Oh. (Elle hésita.) Puis-je te demander pourquoi ?

*Parce que j'ai la rage de la vengeance et que je veux être aux premières loges quand Arya aura enfin ce qu'elle mérite.*

— Parce que je peux très bien m'occuper d'une diplômée tout juste sortie d'une fac de troisième catégorie qui a quelques contacts dans des journaux locaux.

La façon dont j'avais réussi à réduire Arya à une simple poupée Bratz me surprenait moi-même. Même si je doutais d'avoir raison sur la plupart de ces points. Son problème n'avait jamais été un manque d'intelligence, mais un manque d'âme.

— J'ai compris, acquiesça Claire avec dignité. Tu sais, tu as l'air différent ce matin. Plus... vivant.

Je déglutis mais ne répondis pas. Que pouvais-je dire ? Que le fait de revoir Arya me donnait une trique d'enfer ?

Claire roula des hanches jusqu'à la porte puis s'arrêta sur le seuil et frappa au chambranle.

— Fais-moi savoir si tu as besoin de quelque chose, Christian.

*Que dis-tu d'Arya étendue en croix sur mon bureau, soufflant mon nom – l'ancien et le nouveau – en me demandant grâce ?*

Bon. Si je commençais à lui répondre ce genre de choses, ne serait-ce que dans ma tête, c'est vraiment que le moment était venu que je rompe avec Claire.

— Absolument.

Dès qu'elle quitta mon bureau, je récupérai le journal dans la poubelle et commençai à souligner les failles potentielles dans le récit soigneusement construit par Arya.

Elle allait découvrir que je ne faisais pas de prisonniers quand je partais en guerre.

— C'est la pire chose qui me soit arrivée, et je reviens d'une zone de guerre, dit Riggs en buvant une gorgée de sa bière, scrutant la salle de ses yeux de faucon.

— C'est une soirée quiz, pas la peste.

Arsène termina sa bière. Nous étions au Brewtherhood. Les coudes posés sur le bar, j'observai les groupes de personnes qui s'agglutinaient autour des tables pour se préparer à l'événement. Un tabouret était placé sur le petit podium habituellement réservé aux étudiantes qui dansaient à moitié nues. L'animateur de cette soirée était une star de la téléréalité du New Jersey qui devait apparemment sa quelconque célébrité à ses coucheries avec l'un de ses concurrents dans une piscine publique. C'était la raison pour laquelle j'avais renoncé à la télévision et aux gens qui y passaient.

La frontière entre la culture et la merde en barre devenait floue en ce qui concernait les divertissements du XXI^e^ siècle.

— Les bars ont été inventés pour se soûler et s'envoyer en l'air, pas pour s'instruire. (Riggs inclina sa bière en direction d'Elise, lui indiquant de nous servir une autre tournée.) J'ai besoin de vacances.

— Tu *vis* pour les vacances, dis-je. Reste en place deux secondes, putain.

— Jamais, jura Riggs.

Je le croyais. Le nomade se tourna vers moi, sourcils froncés.

— À propos de destination de vacances, Alice aime-t-elle son nouvel appartement en Floride ?

Alice était la femme la plus importante de ma vie. De toutes nos vies, pour être honnête. Mais j'étais considéré comme le « bon » garçon. Celui qui se souciait de tout et qui envoyait des fleurs pour les anniversaires et des cartes de Noël chaque fois que je ne pouvais pas y aller.

— Elle en est folle. Entre toutes les sorties organisées et les cours de tai chi, tu peux imaginer comme elle est zen, confirmai-je. Je lui ai parlé il y a quelques jours.

— On devrait lui rendre visite, dit Riggs.

— Si quelqu'un est capable de me faire quitter New York, c'est bien elle, acquiesça Arsène.

— Je regarderai les dates avec elle, dis-je, tout en sachant qu'il était hors de question que je parte avant d'avoir gagné l'affaire Conrad Roth.

— Hé, on devrait faire cette connerie de quiz.

Arsène tourna le dos à une femme qui approchait avec précaution sur des talons hauts. Il était impensable qu'il puisse avoir une conversation avec quelqu'un qui ne soit pas bénéficiaire de la bourse MacArthur.

— J'ai la tête remplie d'informations inutiles et j'aime gagner.

— Même si c'est pour gagner un séjour de deux nuits dans un hôtel trois étoiles de Tacoma ? (Je bus une gorgée de whisky.) Parce que c'est tout ce que tu remporteras ici.

— *Précisément.*

Arsène accepta la bière fraîche d'Elise et lui glissa un pourboire sans la regarder dans les yeux. Cet homme détestait les femmes avec une telle passion que je le soupçonnais de faire partie de ces gens qui meurent seuls et laissent tous leurs millions au chien du voisin ou à quelqu'un à l'autre bout du monde.

— Ça m'aide à voir comment vit l'autre moitié du peuple.

— Tu te fous pas mal de comment vit le reste du peuple.

Arsène trinqua avec moi.

— Mais le reste du peuple n'a pas besoin de le savoir.

— Je retire tout ce que j'ai dit sur la soirée quiz. Apparemment, elle a ses mérites.

Riggs tourna les yeux vers l'entrée. Je suivis son regard et me mordis la langue jusqu'à sentir le goût métallique du sang dans ma bouche.

*C'est une blague !*

Trois semaines s'étaient écoulées depuis que j'avais retrouvé Arya à mon bureau. Trois semaines entières pendant lesquelles je m'étais ressaisi, repris en main, et que j'avais réussi à oublier sa grande gueule et son corps délectable. Et maintenant, voilà qu'elle débarquait sur mon territoire, vêtue d'une petite robe noire avec un collier de perles et de talons aiguilles Balenciaga. Trois autres femmes l'accompagnaient, toutes portant des écharpes de concours de beauté sur lesquelles était écrit « *The Sherlock Holmesgirls* ». Apparemment, elle n'était pas seulement froide et méchante, elle était aussi rasoir.

— Ramasse ta mâchoire par terre, mec, avant que quelqu'un ne marche dessus. (Riggs me donna une tape sur l'épaule en gloussant.) Bon, je vois que tu mates la petite Audrey Hepburn, là-bas. Heureusement pour toi, je ne suis pas difficile. Je vais prendre Blondie.

— Et si t'allais voir ailleurs si j'y suis ? (Je repoussai sa main.) Je me tire d'ici.

— Dure journée au bureau ? demanda Riggs avec un sourire tout en fossettes et barbe mal rasée.

Pas étonnant qu'il fasse fondre les culottes et les cœurs par sa seule existence.

— Laisse-moi deviner, un Dan Brown et des flocons d'avoine pour le dîner ?

D'un point de vue maturité, mon meilleur ami n'était pas plus vieux que la brique de lait dans mon frigo, et il n'était même pas aussi sophistiqué.

— Cette femme est la fille d'un accusé dans une affaire sur laquelle je travaille, imbécile.

— Et alors ? (Arsène fronça les sourcils.) C'est une soirée quiz, pas une orgie publique.

— Riggs serait bien capable de la transformer.

J'enfilai mon caban. La dernière chose dont j'avais besoin était de reluquer Arya Roth. Le contrôle des impulsions était ma forme d'art préférée. Je maîtrisais toujours mes besoins. Je n'avais pas fait de recherches sur elle depuis l'âge de quinze ans. J'ignorais complètement son existence depuis ma première année de fac. Pour moi, c'était comme si elle était morte. La voir toute belle, heureuse et *vivante* n'était pas à mon ordre du jour. Pas si je pouvais l'éviter.

— Essayez de ne pas vous attirer d'ennuis et assure-toi que ce type mette une capote, dis-je à Arsène en lui donnant une tape dans le dos.

— Merci, papa. Oh ! et au fait, fit Riggs en me bloquant le passage. (Il jeta un coup d'œil dans mon dos.) Audrey Hepburn vient vers nous et, contrairement à toi, elle a l'air très contente de te voir.

— Bien sûr. (Le regard d'Arsène se porta sur moi avec curiosité, et un sourire se dessina sur ses lèvres.) *Arya Roth.*

Je fourrai mon portefeuille et mon téléphone dans mes poches, la mâchoire crispée.

— C'est une bombe, lâcha Riggs.

— En tout cas, elle a fait exploser ma vie, marmonnai-je. Je me tire d'ici.

Je me retournai et heurtai quelqu'un de petit. Ce quelqu'un, bien sûr, était Arya. Je faillis la renverser. Elle trébucha en arrière et l'une de ses amies, sans doute celle que Riggs voulait ajouter à son tableau de chasse, la rattrapa.

— C'est sympa de tomber sur vous. Littéralement.

Arya se redressa, son sourire acéré intact. Est-ce qu'elle me suivait ? Parce que c'était illégal en plus d'être contraire à l'éthique. Je la regardai avec un mépris non dissimulé.

*Contrôle tes impulsions. Tu es Christian, pas le petit Nicky. Elle ne peut pas te faire de mal.*

— Mademoiselle Roth.

— Vous partez déjà ?

— Je vois que rien ne vous échappe.

— Apparemment, *vous* m'échappez. Est-ce que les quiz ne sont pas votre point fort, monsieur Miller ?

Tout sourires, je penchai la tête pour chuchoter à son oreille :

— Je n'ai *aucun* point faible, mademoiselle Roth. Vous feriez bien de vous en souvenir.

En me redressant, je remarquai une lueur qui passa dans son regard.

Un souvenir ? De la confusion ? Se souvenait-elle de moi ? Quoi qu'il en soit, la lueur disparut, remplacée par un sourire glacial.

— En fait, votre gestion des médias aurait bien besoin de quelques ajustements. J'ai la chance d'être ici avec mon associée, Jillian, et notre *dream team*, Hailey et Whitley. Passez-nous un coup de fil quand l'affaire sera terminée. Nous vous donnerons quelques conseils.

Arya sortit une carte de visite noire avec des lettres cursives en or rose et me la tendit. Je saisis les mots *Brand Brigade.* Tiens, tiens. Elle avait sa propre entreprise. Mais elle avait aussi un papa qui lui achèterait un vaisseau spatial si l'envie lui prenait de jouer les astronautes.

— Merci, mademoiselle Roth, mais je préfère demander conseil à l'homme au coin de Broadway et Canal, celui qui crie dans un mégaphone que des extraterrestres l'ont enlevé et qu'il est devenu immortel.

Je jetai sa carte directement dans la poubelle derrière le bar.

— Bonne idée, monsieur Miller. Il en connaît toujours plus que vous sur la gestion des médias.

Son sourire ne vacilla pas, mais je vis à la lueur dans ses yeux qu'elle n'était pas habituée à ce que les hommes la regardent autrement que si elle était en or massif.

— Vous êtes encore là, soupirai-je en constatant qu'elle ne faisait aucun geste pour libérer le passage. Expliquez-moi pourquoi, je vous prie.

— Vous avez vu qu'ils avaient assigné le juge Lopez au procès ? dit-elle en battant des cils.

— Je ne discuterai pas de l'affaire avec vous.

Je la contournai. Au dernier moment, elle leva la main pour me toucher le bras. Le contact envoya une flèche brûlante directement dans mon aine. Mon corps avait toujours une façon de me trahir quand il s'agissait d'elle.

— Restez, dit-elle au moment même où l'animateur de téléréalité annonçait au micro que tous les groupes devaient s'inscrire et s'asseoir avant le début de la partie. Voyons ce que vous valez.

J'enfonçai mes poings dans mes poches.

— Quoi que je vaille, vous n'en avez pas les moyens.

— Bien. Montrez-moi ce que je rate.

— Je doute que vous acceptiez la défaite avec élégance.

— Je suis quelqu'un d'honorable, dit-elle.

Je ricanai.

— Chérie, le mot honneur et vous ne devriez même pas exister sur la même planète, encore moins dans la même phrase.

Arya tourna les talons et s'éloigna, ses sous-fifres lui emboitant le pas sur leurs talons aiguilles.

— Riggs, inscris-nous, on reste, aboyai-je.

Je ne quittai pas Arya des yeux. Riggs se dirigea vers la scène. J'étais sûr que le nom qu'il avait choisi pour notre équipe était à la fois offensant et au moins un peu sexuellement dégradant pour les femmes.

Le Trouduc de téléréalité, qui se présenta lui-même comme Dr Tombeur Italien (qualification à confirmer) annonça qu'il y avait huit équipes, dont la MSTeam, comme Riggs nous avait surnommés.

Il n'y avait que lui pour réussir à m'associer à l'herpès devant quelqu'un que j'étais censé affronter au tribunal la semaine suivante.

— Je te traiterais bien d'idiot, mais ce serait insultant pour tous les idiots du monde entier.

Je me tournai vers mon ami, résistant à l'envie de lui frapper la tête contre la table coloniale. Je m'efforçai de ne pas regarder Arya, mais c'était difficile. Elle était juste là. Belle, brillante et destructrice. La version humaine du bouton rouge.

À la fin des premiers tours, il ne restait plus que quatre équipes. Les Quizzitch, une bande de *nerds* aux lunettes rondes et coupes de cheveux à la mode ; les Girl Squad, un groupe d'étudiantes ; les Sherlock Holmesgirls, l'équipe d'Arya, et Arsène, Riggs et moi.

Les questions d'échauffement pour le deuxième tour nécessitaient le QI d'un bouchon de bouteille. Nommer la capitale des États-Unis, le nombre de pointes que comptait un flocon de neige. Bien que les questions ne requissent que deux neurones en état de marche, le Girl Squad se fit éjecter pour ne pas avoir su répondre dans quel pays se déroulait *La Mélodie du bonheur*, confondant l'Autriche avec l'Australie.

— Ça me rappelle la fois où tu as dit à une fille que tu avais une licence d'astronomie et qu'elle t'a répondu qu'elle était Taureau et t'a demandé si c'était vraiment vrai qu'ils étaient perfectionnistes, lança Riggs à Arsène en ricanant.

À contrecœur, et seulement pour moi-même, je dus admettre que les Sherlock Holmesgirls étaient douées. Arya et Jillian en particulier. Malheureusement pour elles, entre Arsène et moi, elles n'avaient aucune chance. Pendant les jours de congé, alors qu'Arya peaufinait son bronzage à Maui ou skiait à Saint-Moritz, Arsène nous traînait à la bibliothèque de l'académie et nous lisions des encyclopédies entières pour tuer le temps.

Quarante minutes après le début de la soirée, l'équipe Quizzitch s'effondra pour s'être trompée sur le mois où les Russes avaient célébré la révolution d'octobre (la réponse était novembre), nous laissant en tête à tête avec les Sherlock Holmesgirls.

— Ça chauffe par ici.

Le Dr Tombeur se frotta les paumes avec excitation, parlant trop près du micro. Il avait assez de cire dans les cheveux pour sculpter une statue grandeur nature de LeBron James et des dents aussi grandes et blanches que des touches de piano. Son look fait de jean déchiré et de T-shirt ringard n'aidait pas, son haut collant à un corps qui avait vu plus de stéroïdes qu'une unité de soins intensifs. J'étais encore surpris qu'il soit assez lettré pour lire les questions.

— Selon vous, les Holmesgirls, qui va gagner ? demanda-t-il en se tournant vers Arya, assise à l'autre bout de la salle.

Elle replaça des mèches de ses cheveux châtains derrière ses oreilles et, une fois de plus, je me surpris à la reluquer.

— Nous, sans le moindre doute.

— Et vous, les gars ?

Le Dr Tombeur s'efforça d'arracher ses yeux d'Arya. Arsène lui jeta un regard de pitié.

— Je ne vais même pas répondre à cette question.

À l'expression du Dr Tombeur, je pouvais affirmer que son cœur était avec les Holmesgirls, ainsi que d'autres organes.

— Très bien, il y a de la compétition dans l'air. Nous entrons dans la phase finale. Rappelez-vous, une erreur et vous êtes éliminé. Place à l'argent ! Ou pour être exact, place au bon d'achat Denny's ! Cent dollars, messieurs dames !

— J'ai du mal à contenir mon excitation, dit Arsène d'une voix sèche en buvant une gorgée de bière.

— Quel est le deuxième prénom de Joe Biden ? Les Holmesgirls, vous avez la main et elle passera aux MST si vous ne pouvez pas répondre à la question.

Les femmes se regroupèrent et se mirent à chuchoter entre elles, puis Arya releva la tête et annonça :

— Robinette. C'est notre dernier mot.

— Vous avez raison. *Hum.* Je ne le savais pas.

Le Dr Tombeur gratta ses cheveux raides. Je doutais qu'il sache sur quel continent il se trouvait, je ne fus donc pas surpris. Il se tourna vers nous. La salle était toujours bondée de clients qui voulaient voir quel groupe allait emporter le jackpot.

— La prochaine question concerne les MST : à quelle vitesse la terre tourne-t-elle ?

— Mille six cents kilomètres par heure, répondit Arsène en bâillant.

— Les Holmesgirls, qu'est-ce que les romains utilisaient comme bain de bouche ?

— De l'urine ! s'exclama Jillian en bondissant pratiquement de son siège, renversant une partie de leurs cocktails.

— Exact ! Les MST, dans quel but le cornet de glace a-t-il été inventé ?

— Pour tenir des fleurs, répondis-je sans perdre une seconde.

Le Dr Tombeur siffla.

— Bon sang, je découvre toutes sortes de choses intéressantes ce soir ! Ça me donne presque envie d'ouvrir un livre. (Il se tourna vers nos rivales.) OK, les Holmesgirls, qu'est-ce qu'un guépard ne peut pas faire qu'un tigre et un puma peuvent faire ?

Arya ouvrit instinctivement la bouche pour répondre, mais rien ne vint. Elle fronça les sourcils, décontenancée par l'idée de ne pas savoir quelque chose.

— Vous donnez votre langue au chat ? demandai-je en la scrutant avec amusement, un sourcil haussé.

Elle se tourna vers Jillian. Elles échangèrent des murmures. Je m'adossai et croisai les bras sur ma poitrine. Arya Roth dans tous ses états était l'image que je préférais au monde. Plus encore que le lever du soleil, probablement.

— Je suppose que tu voudras répondre quand elles nous passeront la main.

Arsène vendait des actions sur une application de son téléphone tout en parlant.

— Hé ! s'écria le Dr Tombeur. Vous n'êtes pas censé vous servir de votre téléphone ! Vous trichez.

— Et vous n'êtes pas censé animer un jeu basé sur les connaissances. Vous êtes un abruti, rétorqua Arsène sans quitter son écran des yeux. Et pourtant.

Mais Riggs arracha le téléphone des mains de son ami et l'orienta vers le Dr Tombeur pour lui montrer qu'Arsène était en train de vendre des actions, et non de chercher quoi que ce soit sur Google. Arya se gratta la joue et ma bite tressaillit dans mon pantalon. Je ne la toucherais plus jamais – j'avais retenu la leçon après ma première et dernière erreur avec elle – mais il était tentant de lui faire crier mon nouveau nom et de la priver d'un orgasme.

— Les Holmesgirls ? insista le Dr Tombeur. Encore dix secondes avant que je ne passe la main aux MST.

— Un instant, s'emporta Arya en consultant de nouveau ses amies du regard.

L'espace d'une seconde, je revis l'ancienne Arya. La fille aux genoux écorchés qui poussait des grognements de protestation quand on faisait des longueurs dans sa piscine et que je partais une nanoseconde avant elle. Elle m'éclaboussait puis me poussait à d'autres défis – retenir sa respiration sous l'eau le plus longtemps, faire un boulet de canon le plus loin possible dans la piscine – jusqu'à ce qu'elle gagne *quelque chose*. On était tous les deux têtus comme une mule. Ça n'avait pas changé. Ce qui avait changé, c'était mon envie de l'apaiser. De renoncer à quelque chose juste pour le plaisir de la voir sourire.

Les oreilles d'Arya prirent une belle teinte écarlate. Nos regards se croisèrent. Quelque chose passa entre nous. Un vague souvenir.

— Quatre... trois... deux..., compta le Dr Tombeur.

— Nager ! s'écria Arya.

Le mot me poignarda le ventre.

Je venais de penser à nos moments ensemble dans la piscine.

— Peut-être que les guépards ne savent pas nager ? Et que les tigres et les pumas, si ?

— Votre réponse est incorrecte.

Le Dr Tombeur afficha une grimace exagérément triste et tourna son siège vers nous.

— Je transmets cette question aux MST. Si vous avez la bonne réponse, vous gagnez.

Je fixai Arya droit dans les yeux. L'humiliation irradiait de son corps par vagues.

— Rétracter leurs griffes.

— Pardon ? fit-elle en plissant les yeux.

— La seule chose que les guépards ne peuvent pas faire et dont sont capables les pumas et les tigres, c'est rétracter leurs griffes. Tous les félins ne naissent pas égaux.

— C'est exact ! s'exclama le Dr Tombeur. Les MST, vous l'emportez !

— Non !

Arya se leva en tapant du pied. C'était ridicule, culotté et, surtout… stupidement adorable.

Parce que ça prouvait qu'elle était toujours la même petite princesse privilégiée que j'aimais détester.

L'excitation était à son comble. Le Dr Tombeur lança même un canon à confettis et nous fit monter sur scène pour recevoir notre prix et une accolade inutile. Arsène jeta une liasse de billets à Elise et se retira sans un au revoir ; il en avait fini avec la race humaine pour la soirée. Riggs s'installa dans un coin du bar et se fit peloter par les filles de la Girl Squad. Arya se dirigea vers les toilettes, les joues rouges, probablement pour pleurer au-dessus du lavabo.

Un homme plus avisé ne l'aurait pas suivie. Pourtant, je me dirigeai vers les toilettes mixtes. Puisqu'il était déraisonnable d'entrer avec elle, je choisis de répondre à quelques emails sur mon téléphone jusqu'à ce qu'elle sorte. Ça restait un peu flippant, mais pas non plus digne d'une ordonnance restrictive. Lorsqu'elle sortit, elle avait le visage humide, les épaules affaissées.

Elle s'arrêta net en me voyant.

— Vous me suivez ?

— C'est drôle, j'étais sur le point de vous demander la même chose. C'est mon bar de prédilection. Il y a plus de vingt-cinq mille établissements nocturnes dans cette ville. Quelles sont les probabilités pour que vous vous pointiez ici pour la première fois de ma vie juste après que la nouvelle du procès est annoncée ?

— Plutôt élevées, si l'on considère que nous vivons probablement dans le même quartier, que nous avons fréquenté les mêmes écoles et que nous évoluons dans les mêmes cercles sociaux.

— Vous m'avez cerné, hein ?

Je me caressai la mâchoire en parcourant son visage des yeux.

Elle dressa le menton.

— Plus ou moins. Mais je dois dire que vous êtes un homme difficile à suivre, monsieur Miller. Il n'y a pas beaucoup d'informations sur vous sur le Net.

Mes lèvres tressaillirent. Elle avait cru à ma mascarade de millionnaire de haut vol. Elle pensait probablement qu'on faisait partie du même yacht club.

— Où en êtes-vous dans vos recherches ?

Je posai un bras au-dessus de sa tête, la coinçant entre le mur des toilettes et moi. Elle sentait Arya. Le shampooing à la pêche mélangé à la douceur de sa peau. Les longs étés paresseux, les baignades spontanées dans la piscine et les livres anciens. Le parfum de ma chute imminente.

Elle me regarda dans les yeux.

— Vous avez terminé vos études de droits à Harvard. Directement attiré par le bureau du procureur. Traurig et Cromwell vous ont recruté après que vous avez résolu une grosse affaire alors que vous étiez du menu fretin ; vous ont attiré vers le côté obscur de la bourgeoisie. Aujourd'hui, vous êtes connu comme le requin qui obtient à ses clients des arrangements généreux.

— Où est le mystère, alors ? (Je me penchai vers elle de quelques centimètres pour mieux la respirer.) On dirait que je suis un livre ouvert. Vous voulez mon numéro de sécurité sociale et mes antécédents médicaux pour compléter le tableau ?

— Vous êtes né à dix-huit ans ? demanda-t-elle en penchant la tête de côté.

— Heureusement pour ma mère, non.

— Il n'y a aucune information sur vous avant votre passage à Harvard.

Je laissai échapper un rire amer.

— Mes réussites avant dix-huit ans consistent en des parties de *beer pong* et du bon temps passé à l'arrière de ma voiture.

Elle m'observa d'un air sceptique en fronçant ses sourcils délicats. Je repris la parole avant qu'elle ne puisse poser d'autres questions.

— Je vous accorde une chose : vous faites passer le tas d'ordures qui vous a engendrée pour un véritable ange dans les médias.

— C'est assez facile. Il est innocent.

Ses lèvres étaient à quelques centimètres des miennes, mais je contrôlais parfaitement la situation.

— Ce n'est pas à vous d'en décider. Si vous continuez à trafiquer le récit avant son procès, je serai amené à demander une obligation de silence sur l'affaire. La tentative de vous faire taire est déjà trop forte.

— Les femmes au franc-parler vous dérangent-elles ? ronronna-t-elle, le regard pétillant.

C'était tellement comparable à nos chamailleries d'il y a quinze ans que je dus me retenir de rire.

— Non, mais les petites filles pleurnichardes, oui.

Elle s'écarta et grimaça d'agacement.

— Êtes-vous venu pour autre chose que me mettre votre insignifiante petite victoire sous le nez ?

*Tu préférerais que je te mette autre chose ?*

— Oui, en fait. (Je m'écartai du mur, nous donnant à tous les deux un peu d'espace.) Tout d'abord, le Brewtherhood est mon territoire. Trouvez-vous un bar à cocktails pour filles qui organisent des soirées quiz. Mieux encore, lisez un livre ou deux avant de réessayer. Votre culture générale aurait bien besoin de quelques *ajustements*.

J'utilisai le mot qu'elle avait employé pour décrire ma gestion des médias.

Elle ouvrit la bouche, sans doute pour me dire d'aller m'enfoncer ma suffisance dans le derrière en cinq langues différentes, mais je continuai avant qu'elle ne puisse me couper la parole.

— Ensuite, je pense que je mérite une information en échange de ça.

Je présentai le bon d'achat Denny's que le Dr Trouduc m'avait remis plus tôt dans la soirée. Ses yeux brillaient d'exaltation. Je savais qu'elle ne s'intéressait pas au bon lui-même. Elle ne s'intéressait qu'à ce qu'il représentait. Rentrer chez elle avec le prix. C'était du Arya tout craché. Elle m'attrapait le pied lorsqu'on faisait la course à la piscine, jouant parfois de manière malhonnête. Tout pour gagner.

— Vous voulez une information ? demanda-t-elle. Vous êtes insupportable. Ça vous va, comme info ? Maintenant, donnez-moi ça. Mes employés méritent des repas gratuits chez Denny's.

Elle tendit la main pour attraper le bon. Je levai la mienne hors de sa portée en gloussant.

— Désolé, j'aurais dû préciser. C'est *moi* qui pose la question.

Elle jeta ses bras en l'air, n'ayant pas l'habitude d'être défiée.

— Balancez.

— Comment dois-je m'adresser à vous - madame ou mademoiselle ?

J'avais mis un point d'honneur à ne pas vérifier l'état civil d'Arya, mais ça ne signifiait pas que je n'étais pas curieux. Elle n'avait pas de bague au doigt. Mais elle n'était pas du genre à exhiber une bague d'apparat. Un sourire se dessina sur ses lèvres.

— Vous êtes intéressé, dit-elle avec de grands yeux.

— Vous vous faites des illusions. (Je réprimai l'envie de repousser une de ses mèches rebelles avec mon pouce.) J'aime savoir les choses. Le savoir, c'est le pouvoir.

Elle se lécha les lèvres en regardant le bon que je tenais entre les doigts. Le ticket d'or de Willy Wonka. Je voyais sa détermination vaciller.

Elle voulait garder le mystère, mais elle voulait encore plus gagner.

— Je suis célibataire.

— Je suis surpris.

Je lui tendis le billet. Elle l'arracha, comme si je risquais de changer d'avis d'un instant à l'autre, et le fourra dans son sac à main.

— Je suppose que vous êtes avec la jolie associée.

— Qu'est-ce qui vous fait dire ça ?

J'étais surpris. J'ignorais complètement Claire pendant les heures de travail, à moins qu'elle ne soit liée à une affaire sur laquelle nous travaillions.

Arya haussa les épaules.

— Appelez ça une intuition, disons.

— Je peux aussi appeler ça de la jalousie.

Elle sourit tranquillement.

— Tournez ça comme ça vous chante si ça peut aider votre fragile ego, chéri. C'est un pays libre.

Elle tourna les talons, prête à partir.

— Vous avez de bons instincts, petite princesse privilégiée.

Sa tête tourna si vite que je crus qu'elle allait se disloquer de ses épaules.

— *Comment* venez-vous de m'appeler ?

*Merde.* Ça m'avait complètement échappé. Comme si ça ne faisait pas presque deux décennies. Comme si nous étions toujours les mêmes enfants.

— Princesse, répondis-je.

— Non. Vous avez dit *petite princesse privilégiée.*

Ses yeux n'étaient plus que deux fentes.

— Non, mentis-je. Mais ce n'est pas un mauvais surnom.

— Votre petit jeu de manipulation psychologique est minable. Je sais ce que j'ai entendu.

— Eh bien, vu que vous n'avez aucun moyen de le prouver et que je ne bougerai pas, je vous suggère fortement de laisser tomber. Je vous ai traitée de princesse. Rien de plus.

Elle resta songeuse une bonne minute avant d'acquiescer sèchement.

— Rendez-vous à l'audience préliminaire la semaine prochaine.

Elle me salua sans attendre que je confirme ou infirme ma relation avec Claire.

Bien sûr. La semaine prochaine. Je devais attendre sept jours avant de la revoir.

*Ce qui est parfait. Tu la détestes, tu te souviens ?*

— J'ai hâte.

Elle s'éloigna, ses talons aiguilles claquant sur le parquet collant. Classique. Elle laissait toujours des traces où qu'elle aille.

— Oh, et, mademoiselle Roth ?

Elle s'arrêta et se retourna en haussant un sourcil interrogateur. Je passai ma langue sur mes dents.

— Jolies *griffes.*

Ce soir-là, je m'autorisai un écart.

D'accord, d'accord, deux écarts.

D'abord, j'effectuai des recherches sur Arya sur Google. Elle était la directrice et fondatrice de Brand Brigade, avec Jillian Bazin. Elle avait obtenu son diplôme à l'université de Columbia avec mention, avait participé en tant que consultante à plusieurs campagnes politiques et fréquentait des événements caritatifs avec son papa chéri. Deux petits pois dans une cosse tordue, écrasant tout le monde sur leur chemin vers leur cible suivante. Il y avait aussi quelques photos d'elle, cette femme époustouflante qui m'avait fait renoncer à jamais aux brunes aux yeux verts.

Le deuxième écart se produisit sous la douche, alors que j'appuyais mon front contre le carrelage, fermais les yeux et laissais les aiguilles chaudes de l'eau me laver de cette journée. En regardant vers le bas, je surpris ma chair dure comme de la pierre. Ma bite était engorgée et demandait à être libérée.

*Contrôle des impulsions. Souviens-toi que tu la détestes.*

Mais ce que mon cerveau savait très bien, mon idiot de corps refusait de l'accepter. Chaque fois que je pensais à Arya dans cette robe noire et ces perles, me bite tapait contre mes abdominaux pour attirer l'attention.

*Excusez-moi, m'sieur, mais j'aimerais bien être soulagée.*

J'aurais pu appeler Claire pour qu'elle s'occupe du problème, mais elle ne suffirait pas.

Au moment où je me mis à trouver des excuses à ma bite, je compris que ce n'était pas très bon signe.

Comme pour tout, je me soumis des arguments astucieux.

1. *Qu'est-ce qu'une petite branlette, dans le grand ordre des choses ?*

*Je détestais toujours Arya Roth. J'allais toujours les faire tomber, son père et elle, ruiner son univers parfaitement construit. Le plan n'avait pas changé.*

2. *Il valait mieux que je me débarrasse de ça maintenant plutôt qu'avec elle.*

*Je ne pouvais pas l'avoir. Elle était hors limites. Il valait bien mieux céder à la tentation sous la douche que d'y céder en utilisant une boîte entière de préservatifs et de foirer tout mon procès au passage.*

3. *Elle ne le saura jamais.*

Mon préféré des trois.

Arya ne devinerait jamais que l'homme qu'elle avait vu aujourd'hui était le gamin qui l'avait embrassée avec des lèvres tremblantes. Qui comptait les jours chaque mois de septembre jusqu'aux prochaines vacances d'été. Qui se faufilait chez Duane Reade pour renifler le shampooing quelle utilisait lorsqu'elle lui manquait trop.

J'attrapai ma bite et fit coulisser ma paume de haut en bas. Je fermai les yeux, serrai plus fort, imaginai mes doigts remontant le long de ses cuisses, relever sa robe, la plaquer contre mon bureau, l'aplatir contre une pile de documents et mon ordinateur…

Un faible grognement s'échappa de ma bouche. Je n'étais même pas arrivé au moment où j'étais en elle que ma main était déjà recouverte d'un liquide chaud et collant.

Je reculai en titubant, fermai le robinet et poussai la porte vitrée. J'enroulai une serviette autour de ma taille et me dirigeai vers le miroir, m'appuyai contre le meuble et me jetai un regard noir.

*Espèce d'imbécile.* Je secouai la tête. *Elle a déjà creusé son chemin au plus profond de mes veines.*

# Chapitre 13

*Arya*
*Présent*

Il y avait un terme médical pour décrire ce que j'étais en ce moment.

*Pathétique.*

D'accord, ce n'était peut-être pas un terme médical, mais c'était bien la situation à laquelle je faisais face actuellement.

Pourtant, assise à côté de mon père à l'audience préliminaire, je ne laissai rien transparaître. J'avais l'air présentable, avec ma robe de laine grise et mes talons hauts, mes cheveux épinglés en torsade française. Mais je me sentais idiote, mon cœur virevoltait dans ma poitrine parce que je savais qu'il serait là.

*Petite princesse privilégiée.*

Je commençais aussi à m'imaginer des choses maintenant.

C'était déjà suffisant que Christian se soit trouvé au Brewtherhood l'autre jour. Quelles étaient les chances que l'endroit que Jilly et moi voulions essayer depuis si longtemps soit son repaire à lui ? Maintenant, je devais le regarder détruire la seule vraie famille qu'il me restait.

Je serrai la main moite de mon père. Il avait pris dix ans en un mois. Depuis que la nouvelle du procès avait éclaté, il ne dormait et ne mangeait presque plus. La semaine dernière, je l'avais emmené voir une psychiatre. Elle lui avait prescrit un somnifère puissant et une autre pilule censée augmenter son taux de sérotonine. Jusqu'à présent, aucun de ces médicaments ne l'avait aidé.

— Hé. Ne t'inquiète pas. Terrance et Louie sont les meilleurs dans leur domaine.

J'effleurai le dos de sa main. Il tourna des yeux rouges vers moi.

— Les deuxièmes meilleurs du métier. Amanda qui engage Miller, ça n'a aucun sens. J'ai entendu dire qu'il n'acceptait même pas de nouveaux clients.

— Il a vu une affaire énorme et l'a acceptée.

Je balayai la salle du regard. Je n'avais jamais mis les pieds dans une salle d'audience auparavant, je n'avais donc aucun point de comparaison, mais le palais de justice Daniel Patrick Moynihan me semblait chic. Carrément théâtral, même. Des rideaux de velours rouge avec des glands dorés, d'interminables escaliers en marbre et en spirale, des tribunes en acajou et des bancs qui seraient remplis de journalistes, de photographes et d'employés du tribunal dès le début du procès proprement dit. Pour l'instant, il n'y avait que le juge, l'accusé, le plaignant et leurs équipes.

Je sentis la présence de Christian Miller avant de le voir. Ma nuque se hérissa d'une sensation brûlante et tout mon corps s'anima. Des picotements partout. Ma main tremblait dans celle de mon père. La culpabilité me submergea.

— Je n'ai rien fait de mal. Peut-être une blague par-ci par-là, rien de sexuel. (Mon père regarda nos mains entrelacées.) Avec Amanda. C'est mal de faire de moi un exemple. Je veux que ce soit fini, Arya.

— Ce sera bientôt le cas.

— Heureusement que je t'ai, ma chérie. Ta mère est...

— Inutile ? Je sais.

Christian, Amanda et Claire apparurent dans ma vision périphérique. Je n'osai pas le regarder, mais je vis la façon dont il se comportait : un requin, ironique et imperturbable. Une coupe de cheveux récente, un costume sombre bien repassé, une cravate d'un ton plus foncé que ses yeux bleus. Il accapara l'attention de toute la salle.

Les yeux du juge Lopez s'illuminèrent lorsqu'il vit Christian. Il était évident qu'ils se connaissaient.

— Je vous ai vu sur le terrain de golf ce week-end, maître. Jack Nicklaus vous a-t-il donné des leçons particulières ?

— Votre Honneur, sans vouloir paraître modeste, j'ai joué contre Traurig. Vous verrez de meilleurs swings dans une cour de récréation.

À la façon dont mon père, Louie et Terrance se tortillaient sur leurs sièges, griffonnaient des notes et suaient à grosses gouttes, il était évident qu'ils n'aimaient pas cette camaraderie entre Christian et le juge. Mon père me lâcha la main pour se masser les tempes. Je pivotai vers lui.

— Tout va bien ?

Il hocha la tête sans répondre.

Quelques minutes plus tard, lorsque Louie et Christian passèrent à la sélection des jurés, il était évident que Christian était mieux préparé. Claire lui lançait des regards adorateurs, et une pointe de jalousie me transperça. Il était parfaitement évident qu'ils couchaient ensemble et qu'elle était amoureuse de lui.

Il était évident aussi que je devais arrêter de baver sur l'avocat qui voulait détruire mon père.

Le reste de l'audience se déroula dans un brouillard. Les deux parties discutèrent des dates et de la durée prévue du procès – quatre à six semaines. Je passai mon temps à étudier Christian, me demandant pourquoi il me semblait familier.

— Tu vois quelque chose qui te plaît ?

La voix de mon père me tira de ma rêverie.

Je me redressai sur mon siège et me raclai la gorge.

— Je préférerais le pousser du haut d'une falaise.

Ce n'était pas son physique qui était en cause. Je n'avais jamais rencontré un homme aussi beau. C'était plutôt quelque chose dans ses yeux. La façon dont il faisait craquer ses articulations quand il parlait et ce sourire enfantin et timide qu'il laissait apparaître quand il pensait que personne ne le regardait et qu'il prenait des notes pour lui-même.

Lorsque ce fut tout pour la journée, Christian, Amanda et Claire filèrent les premiers. Mon père, Louie et Terrance prirent leur temps. La bouche du premier n'était plus qu'une ligne fine. Je lui tendis une bouteille d'eau.

— Ça ne veut rien dire. Le juge Lopez connaît Miller, et alors ? C'était prévisible. C'est un avocat, après tout.

— Mets-la en veilleuse, Arya. Ça ne serait pas arrivé si tu n'avais pas été là.

Mon père me devança en me donnant un léger coup d'épaule, Louie et Terrance sur ses talons. Je le suivis en fronçant les sourcils. Insérer ici un scratch de disque rayé.

*Qu'est-ce que c'est que ce bordel ?*

— Excuse-moi ?

C'était la première fois que mon père montrait autre chose que de l'adoration envers moi, et ses paroles me déstabilisèrent.

— Toute cette mascarade est un long doigt d'honneur pointé vers nous. Une façon de prouver quelque chose. De nous faire tomber, nous les Roth.

— D'accord, mais en quoi cela me concerne-t-il ?

On suivait les couloirs du palais de justice en direction de la sortie. Il s'arrêta et se tourna vers moi.

— Tu as exaspéré M. Miller à chaque étape de la médiation. Tu *implorais* une réaction. Et tu l'as eue sous la forme d'un procès.

— Tu me tiens pour responsable, *moi ?*

Je plantai mon doigt dans ma poitrine.

— Tu es manifestement fascinée par lui.

— Parce que je lui ai répondu ?

Je sentis mes sourcils toucher la racine de mes cheveux sous l'effet de la surprise.

— Parce que tu as toujours eu un goût pour les fauteurs de troubles, et j'ai toujours été celui qui devait nettoyer après toi.

Oh. *Oh.* C'était plus gonflé que son portefeuille. Je reculai la tête pour éviter les postillons qui s'échappaient de sa bouche. Je n'avais pas été moi-même ce jour-là au bureau de Christian, certes, mais il était arrivé armé et prêt à aller au procès, et cela n'avait rien à voir avec mon comportement.

— Tout d'abord, je suis heureuse que tu aies réécrit l'histoire des années que j'ai passées à m'efforcer de te pardonner pour ce que tu avais fait. Deuxièmement, je vais mettre cette conversation sur le compte du fait que tu n'as pas dormi depuis trois semaines et que tu ne tiens que grâce au café et aux médicaments.

Je sortis une serviette de mon sac et lui tendis. Il la saisit et tamponna la salive qui recouvrait sa lèvre inférieure.

Nous sortîmes du palais de justice et nous glissâmes directement dans son Escalade qui nous attendait.

— Où est-ce que je vous dépose, Ari ? demanda José, le chauffeur, tandis que Louie et Terrance lui donnaient les grandes lignes de ce qui s'était passé aujourd'hui à voix basse.

Je donnai l'adresse de mon lieu de travail et reportai mon attention sur mon père.

— Christian Miller a un compte à régler avec toi. Rien n'aurait pu le faire changer d'avis.

— Pourquoi ? demanda mon père, coupant la parole à Louie et Terrance et me clouant sur place. Pourquoi est-ce qu'il a fait de moi son cheval de bataille ? Il voit tous les jours des cas bien pires que le mien. Tout ce que j'ai fait, c'est quelques petites caresses à Amanda pour tâter le terrain !

— Tu as tâté le terrain ?

J'étais étourdie par la colère.

— *Prétendument.* Pour l'amour du ciel, Arya, prétendument, ajouta-t-il en levant les yeux au ciel.

— Ajouter le mot « prétendument » ne te rend pas innocent, fis-je remarquer. Es-tu *innocent* ?

— Bien sûr que oui ! (Il leva les bras au ciel.) Même s'il y avait une certaine ambiguïté, une liaison consentie n'a rien de comparable avec du harcèlement sexuel. Ce n'est pas comme si ta mère me portait la moindre attention.

— Tu n'arrêtes pas de te contredire.

Tout en disant cela, je savais que je n'allais pas creuser dans le placard à squelettes de la famille, par peur de me retrouver ensevelie sous les os.

— As-tu ou non eu une relation avec Amanda Gispen ? L'as-tu ou non touchée de manière inappropriée ?

— Je n'ai rien fait de mal, s'emporta mon père.

— On tourne en rond, marmonnai-je en fermant les yeux.

— N'hésite pas à te retirer à tout moment.

J'essayai de prendre ses paroles au pied de la lettre. Mais mon père n'avait pas tort. Christian Miller voulait déchirer ma famille et je commençais à craindre qu'il n'ait une bonne raison de le faire.

Jillian et moi avions une réunion avec un nouveau client potentiel dès que José m'eut déposée au travail. J'ai tout foutu en l'air. Jillian faillit me mettre dehors - en passant par la fenêtre - et je ne pouvais pas lui en vouloir. Le P-DG de Bi's Kneads, une chaîne de boulangeries qui allait devenir cotée en Bourse, quitta notre bureau déçu après que j'ai effectué ma présentation en bégayant. Il était évident que le contrat allait nous échapper.

— Je suis vraiment désolée, dis-je à Jillian alors que nous quittions la salle de réunion et que nous nous retrouvions dans notre vaste bureau aux briques apparentes. J'aurais dû mieux me préparer. J'ai revu notre présentation ce matin, mais l'audience a transformé mon cerveau en bouillie.

Jillian fit un signe de la main, fatiguée et agacée.

— Ce n'est pas grave. Tu as eu une très longue journée. Comment allait M. Blaireau ?

— Toujours un blaireau.

— Est-ce que tu as essayé de l'assassiner aujourd'hui ?

— Seulement par télépathie.

— Je suis fière de toi. (Elle soupira et m'adressa un regard compatissant.) Et ton père ?

— Il se comporte comme un adolescent et n'arrête pas de s'embrouiller.

— Il subit beaucoup de pression, fit-elle remarquer.

Je m'approchai de mon bureau et allumai mon ordinateur portable. Je croisai les doigts et m'étirai avant d'entrer le nom de Christian dans le moteur de recherche. Je l'avais déjà fait quand j'avais appris qu'il représenterait Amanda. Mais cette fois-ci, je ne consultai pas sa page LinkedIn ou son profil professionnel et j'allai directement sur ses réseaux sociaux. Il n'y avait pas grand-chose. Juste une page Facebook oubliée qui semblait ne pas avoir été mise à jour depuis l'âge de pierre. Je cliquai sur une photo d'une version plus jeune de Christian, qui souriait à l'objectif avec les deux hommes qui l'accompagnaient à la soirée quiz.

Je fis défiler son profil, mais il n'y avait rien d'autre que des gens qui le félicitaient pour plusieurs promotions et qui le taguaient sur des photos d'entreprise. La seule personne qui semblait *liker* systématiquement la plupart de ses photos était une femme nommée Alice, mais elle n'avait pas de photo de profil. Une ex ? Une admiratrice ? J'étais sûre que Claire ne devait pas beaucoup aimer cette Alice.

La dernière chose dans laquelle il était identifié était un post datant d'il y a sept mois d'un certain Julius Longoria. Il n'y avait pas de photo, juste une localisation dans une salle de sport chic du centre-ville. Le message disait : *En place pour transpirer !*

Je pianotai sur mon bureau en réfléchissant à ce que j'allais faire. Aller dans sa salle de sport était fou. D'un autre côté, je n'avais jamais prétendu être tout à fait saine d'esprit. Il avait déjà pris pour du harcèlement le fait de me croiser par hasard au Brewtherhood. Cela confirmerait toutes ses théories sur l'attirance fatale qu'il exerçait sur moi, et plus encore.

D'un autre côté, quelque chose me dérangeait chez Christian Miller. Je n'arrivais pas à mettre le doigt dessus, mais quelque chose *ne collait pas*. Cela valait la peine de s'y intéresser étant donné qu'il tenait l'avenir de mon père entre ses mains. De plus, que se passerait-il si je découvrais Christian en train de draguer une jolie coach ou de faire quelque chose de louche lui-même ?

Et puis il y avait Claire. Je les soupçonnais de coucher ensemble. N'y avait-il aucune politique de non-fraternisation pour les personnes qui travaillaient dans la même entreprise ? Ça valait la peine de s'y intéresser.

Tous les avantages que je pourrais obtenir sur lui joueraient en ma faveur à ce stade, et en amour comme à la guerre, tous les coups étaient permis.

— Je connais cette tête. (Jillian fit claquer sa langue à l'autre bout de la pièce en tapant sur son clavier d'ordinateur.) Quoi que tu mijotes, Ari, laisse tomber. Le désastre est annoncé.

Mais la graine était plantée.

Christian Miller allait recevoir une autre visite-surprise.

Solstices était une salle de sport de trois étages sur Columbus Avenue, équipée d'un spa, d'une piscine intérieure, d'un salon de coiffure et d'un salon de beauté. En gros, on pouvait y entrer avec une tête à faire la couverture de l'*Enquirer* et en ressortir prêt pour celle de *Sports Illustrated*.

Je m'inscrivis pour un mois d'essai et payai une somme obscène pour le plaisir.

Contrairement à ce que l'on pourrait croire, j'avais beaucoup dû regarder à la dépense au fil des ans. C'était ainsi quand on devenait financièrement indépendant à l'âge de dix-huit ans (à l'exception des frais d'inscription à l'université, que mes parents avaient pris en charge). J'aimais les marques de luxe et je les achetais dans des magasins de seconde ou troisième main à prix réduit, mais je n'aimais pas dépenser de l'argent inutilement.

Je me rendis au Solstices le matin et le soir pour essayer de croiser Christian. Je faisais du tapis de course en guettant son arrivée. Le troisième jour, je décidai que j'avais tout intérêt à m'entraîner pour de vrai pendant ma mission d'enquêtrice, et j'apportai mon bikini et mon bonnet de bain.

La natation étant le seul exercice que je tolérais, je me rendis à la piscine couverte. Ça me rappelait des souvenirs de ma jeunesse avec Nicky.

Les deux premières longueurs furent atroces. Mes poumons me brûlaient et je bus la tasse. À la troisième, je trouvai mon rythme. À la dixième, je remontai à la surface au bord de la piscine, je pris une grande inspiration et laissai les gouttes d'eau glisser dans ma bouche. Je délirais d'épuisement.

— Regardez un peu ce qu'on a là !

Je relevai la tête et aperçus Christian Miller en chair et en os. Il était en maillot, ses abdos d'adonis bien en évidence. Les poils de son torse luisaient. Je compris alors qu'il avait nagé juste à côté de moi pendant tout ce temps, sans que je m'en rende compte.

— Je n'ai pas le droit d'aller à la salle de sport non plus ?

Je posai un bras sur le bord de la piscine et arrachai mon bonnet de bain.

— Pourquoi ne pas m'envoyer une liste des lieux autorisés ou non ?

Christian réajusta la ceinture de son maillot. Sa ceinture d'apollon aurait fait pâlir plus d'un athlète.

— Ce n'est pas une mauvaise idée. Je vais mettre ma secrétaire sur le coup.

— Si ça peut vous faire plaisir.

Je me hissai sur le rebord et me dirigeai tranquillement vers le banc où j'avais laissé ma serviette et mes tongs. Christian me suivit, jetant un coup d'œil furtif à mes jambes pendant que j'enroulais une serviette autour de ma taille.

— Vous voulez dire que vous n'êtes pas venue ici à cause de moi ?

Il croisa les bras sur sa poitrine.

Je laissai échapper un grognement, comme si l'idée elle-même était absurde.

— Croyez-le ou non, monsieur Miller, le monde ne tourne pas autour de vous.

Il me regarda me sécher.

— Vous nagez souvent ?

*Tiens*. Pas de joute verbale. Peut-être qu'il avait attrapé un virus.

— Je viens de m'y remettre. Et vous ?

— Tous les jours depuis que j'ai douze ans.

Ça se voyait. Il avait le corps musclé, long et mince d'un nageur.

Ses muscles étaient bien définis mais pas saillants.

— C'est un sport sain, dis-je.

Super. Maintenant, je parlais comme ma grand-mère. Bientôt, je lui donnerai une recette de biscuits au muesli.

— Oui, acquiesça-t-il sans me lâcher d'une semelle.

— La natation m'a manqué.

Nouvelles paroles creuses de la part de votre humble servante. Christian se mit à me tourner autour comme un requin, un sourire au coin des lèvres.

— Qu'est-ce que vous faites ici, Roth ? Pour de vrai, cette fois. À quoi vous jouez ?

— Quelque chose chez vous m'est familier. (Je resserrai la serviette autour de moi et me tournai vers lui.) Et j'ai l'intention de découvrir quoi. À part ça, je ne fais que savourer ma nouvelle routine d'entraînement quotidienne.

Ses yeux bleus capturèrent les miens. Pour la première fois, j'y décelai quelque chose d'autre que de la haine ou du dédain. Il y avait de la curiosité, arrosée d'un soupçon d'espoir.

J'avais l'impression que quelque chose m'échappait. Comme si on tenait deux conversations différentes sur deux sujets différents. Surtout, je songeai que ce que nous faisions était mal, en quelque sorte. Interdit.

— Voulez-vous dire que nous nous connaissons, mademoiselle Roth ? demanda-t-il très lentement, presque comme s'il voulait me mettre la puce à l'oreille.

— Je dis que les pièces du puzzle ne collent pas et que je ne renoncerai pas tant que je n'aurai pas une vue d'ensemble.

— Dites-moi, mademoiselle Roth. Que se passera-t-il si vous perdez cette affaire ?

— Je ne perdrai pas, répondis-je rapidement, trop rapidement.

Car ne pas vouloir perdre était une meilleure motivation que de se poser la question à un million : mon père était-il coupable ou non ?

Il y eut un battement. Le silence flotta dans l'air chaud et humide, comme la lame d'une épée au-dessus d'une nuque.

— Retrouvez-moi au sauna humide dans vingt minutes.

On aurait dit que les mots lui avaient échappés malgré lui. Il tourna les talons et s'éloigna. J'observai son dos avec la sensation de l'avoir déjà vu auparavant. Touché, même. Mais ce n'était pas possible. Je me souviendrais d'un homme pareil si j'avais couché avec lui. La seule autre personne qui m'avait fait ressentir un tel désir était partie depuis longtemps. Nicky était mort et, même après l'avoir appris, je le cherchais encore vainement de temps en temps.

Mais Christian était là et Christian était différent. Insensible et rusé, à mille lieues du garçon doux et bourru qui m'avait volé mon cœur.

J'allais faire le nécessaire pour protéger le seul homme de ma vie qui se souciait de moi.

Même si cela signifiait périr par l'épée de mes principes.

# Chapitre 14

*Christian*
*Présent*

« Quelque chose chez vous m'est familier. »

La phrase m'avait foudroyé et je me retrouvais, vingt minutes plus tard, assis sur le banc en bois du sauna humide, à attendre Arya.

Son corps délectable dans son bikini rouge n'arrangeait rien. Ni le fait de m'être rendu au Brewtherhood presque tous les soirs en espérant qu'elle y reviendrait pour me défier. Pour reprendre là où nous nous étions arrêtés la dernière fois.

Je posai la tête contre le mur. Des gouttes de sueur glissaient le long de mon torse jusqu'à la serviette blanche enroulée autour de ma taille. Je bandais. Je bandais toujours quand Arya Roth était dans les parages. Et elle semblait être *constamment* dans les parages. Je n'arrivais pas à me débarrasser d'elle maintenant.

J'étais contrarié qu'elle soit venue à l'audience préliminaire. Non seulement parce que j'avais dû gérer une semi-érection tout en échangeant des conseils de golf avec le juge Lopez, mais aussi parce que la voir malheureuse n'avait pas eu l'effet escompté sur moi. Autant je la détestais – et je la détestais vraiment –, autant mon véritable cheval de bataille, c'était son père.

Sans compter que Claire commençait à s'impatienter. Je ne l'avais pas invitée depuis le début de l'audience et le fait qu'elle ait remarqué que je ne pouvais détacher mes yeux d'Arya dès que nous étions dans la même pièce n'arrangeait rien. Je ne devais pas oublier que Claire savait pertinemment que notre relation n'avait jamais été sérieuse. J'avais insisté sur ce point à maintes reprises.

La porte du sauna s'ouvrit et se referma en grinçant. Je gardai les yeux fermés. J'attendais qu'elle dise quelque chose. Après tout, c'était elle qui avait fait des pieds et des mains pour me retrouver.

— Christian.

Sa voix était rauque, chaude.

— Asseyez-vous, ordonnai-je.

— Pas avant que vous m'ayez regardée.

— *Asseyez. Vous,* répétai-je.

— Regardez-moi d'abord.

— Faites en sorte que ça en vaille la peine, dis-je en esquissant un sourire.

C'est alors que je l'entendis. Le souffle doux de la serviette qui tombe sur le sol. Cette folle était-elle complètement nue ? Il n'y avait qu'une seule façon de le savoir.

Je rouvris les yeux. Arya se tenait devant moi, comme chaque fois que je l'imaginais dans mes fantasmes. Ses seins étaient spectaculaires. Ses mamelons étaient petits et roses, ses hanches rondes et soyeuses. Son corps était un sablier ruisselant de sueur. Sa peau lisse et veloutée ne demandait qu'à être caressée.

*Elle ne vaut pas ton statut d'associé, sans parler de la condamnation de son père. Elle fait ça pour te ruiner. Cette femme à le talent unique de séduire pour détruire.*

Elle fit quelques pas vers moi. Nous étions seuls, mais quelqu'un pouvait entrer à tout moment. Le sauna humide était mixte. Je voyais bien que si je n'y mettais pas le holà, elle allait me grimper dessus et me chevaucher. Même si ça faisait mal – et surtout à une certaine partie de mon corps – de la rejeter, je ne pouvais pas céder à ses avances.

Elle se pencha vers moi, appuya un bras derrière mon épaule et planta ses yeux verts dans les miens. Puis posa l'autre main sur mes pectoraux. Ils tressaillirent instinctivement. Ma bite menaçait de dépasser de ma serviette. Soudain, on avait de nouveau quatorze ans.

Je lui saisis le poignet et repoussai sa main.

— Je passe mon tour.

— Pourquoi ?

— Ne jamais exposer son cou à quelqu'un qui veut vous couper la tête.

— C'est un joli cou, pourtant.

Les yeux d'Arya pétillaient. J'eus envie de rire. Elle ne s'écarta pas.

— C'est à cause de Claire ?

*Claire.* Son prénom dans la bouche d'Arya me fit un drôle d'effet. Désagréable. En trente-deux ans, aucune autre femme n'avait pu rivaliser avec la force d'attraction, les capacités et la démolition d'Arya.

— Jalouse ?

Je passai la langue sur ma lèvre inférieure.

— Peut-être.

Elle fit glisser ses mains sur mes épaules. Mon cœur se mit à battre plus vite. Je ne m'attendais pas à cette réponse.

— Ne le soyez pas.

— Êtes-vous en train de dire que vous ne couchez pas avec votre associée ? demanda-t-elle (et je ne pouvais pas mentir, même si c'était tentant).

Je secouai la tête.

— Je dis qu'elle n'a pas d'importance.

Il y avait toujours une chance qu'Arya soit en quête d'un moyen de pression contre moi, et baiser ma collègue ne me donnait certainement pas une bonne image.

— Quel est le problème, alors ? L'alchimie est bien là.

Son ton était professionnel, presque laconique.

— Oui. (Je souris, froid et posé.) Mais la volonté de foutre en l'air mon affaire ne l'est pas. Si je vous touche, je perds, et nous le savons tous les deux. Maintenant, remettez votre serviette et posez votre cul à l'autre bout du banc. Il faut qu'on parle.

Elle recula et obéit. Elle enroula le tissu autour d'elle et se dirigea vers l'extrémité du banc, s'assit en face de moi, calme et posée, comme si elle n'avait pas été rejetée quelques secondes plus tôt.

— Vous devriez vous désolidariser de lui.

Je passai les doigts dans mes cheveux trempés de sueur.

— Non, dit-elle simplement.

— Il est coupable.

— Vous dites ça parce que vous êtes l'avocat d'Amanda Gispen.

— Je dis ça parce que j'ai des yeux et des oreilles. J'ai analysé les réponses à la *discovery* de votre côté. Cela va causer beaucoup de dommages à votre père. Ce n'est pas parce que ça va péter que vous devez forcément vous salir.

— Christian, dit Arya d'un ton presque de réprimande.

Encore un souvenir de nos treize ans. Elle avait toujours été autoritaire.

— Qu'est-ce que vous faites ?

— Je vous donne un conseil.

— Vous allez me faire payer cinq cents dollars à la fin de cette heure ?

— Vous voulez dire deux mille. Et la réponse est non. Ces conseils, je vous les donne gratuitement, mais vous devriez les considérer comme inestimables. Les avocats de votre père font-ils partie de son équipe interne de contentieux ?

Je n'avais aucune idée de ce que je faisais ou de la raison pour laquelle je le faisais. Je savais juste que je devais agir. Je voulais gagner, mais pas par défaut. L'affaire Conrad Roth était faible pour l'instant. Une promenade de santé.

— Non. (Arya secoua la tête.) Ce sont des avocats externes. Il a déjà travaillé avec eux. Ils sont hautement recommandés par son équipe.

— Son équipe ne vaut pas un clou, et son avocat général devrait être licencié. N'importe quel débutant vous dirait qu'en cas de procès lié au sexe, les jurés auraient plus de sympathie à l'égard d'une avocate. Surtout si elle est jeune.

— Comme Claire, souligna Arya.

— Comme Claire. Mais ce n'est pas le sujet.

— Êtes-vous en train de me dire qu'il doit engager une avocate ?

Ses yeux verts pétillaient de curiosité, et voilà la Arya que je connaissais et qui m'obsédait. Apparemment, elle était toujours là sous les couches de vêtements de marque, son comportement de casse-couilles et son esbroufe.

— Exact.

— C'est sexiste.

Je haussai les épaules.

— Ça n'en est pas moins vrai.

— Pourquoi me dites-vous cela ? (Elle plissa les yeux.) Vous n'avez pas la moindre envie que mon père gagne cette affaire.

Lui souriant comme si elle était une gamine stupide, je procédai délibérément à du *mansplaining*.

— Vous pourriez demander à Jésus-Christ en personne de représenter votre père que je gagnerais quand même les doigts dans le nez. Ce serait bien de transpirer un peu. Je vous donne une longueur d'avance.

Le regard d'Arya glissa sur mon torse. J'étais soulagé de ne pas pouvoir faire la même chose, maintenant qu'elle s'était couverte. Mon QI avait baissé de soixante-neuf points quand elle s'était dénudée.

— Vous m'avez l'air de transpirer déjà assez comme ça.

— Au *tribunal*.

Elle allongea ses jambes de bronze et remua les orteils. Je ne pus m'empêcher de jeter un coup d'œil furtif. D'abord ses mollets galbés, puis ces orteils qu'elle avait l'habitude d'entrelacer avec les miens quand on était petits et qu'on lisait sous le bureau de sa bibliothèque.

— Alors dites-moi, Christian, d'où je vous connais ?

Ainsi, on s'appelait désormais par nos prénoms. Ce n'était pas une bonne chose. Cela dit, ça me faisait bizarre d'appeler Arya « madame Roth ».

J'étirai mes muscles.

— Vous m'avez l'air d'être une petite maline. Vous trouverez.

*Tu joues avec le feu,* m'avertit Arsène dans ma tête.

*C'est possible. Comment s'en empêcher, quand la flamme est aussi belle ?*

Le lendemain, j'appelai Claire dans mon bureau.

— Mademoiselle Lesavoy, veuillez vous asseoir.

Claire était toujours jolie, mais elle semblait faire des efforts supplémentaires ces derniers jours. Peut-être pour me rappeler qu'elle avait davantage à offrir que sa vivacité d'esprit.

Elle s'assit en face de moi et me sourit avec désinvolture.

— J'ai essayé de t'appeler hier soir. Ta boîte vocale a fait des heures supplémentaires.

J'étais occupé à me branler en pensant à Arya. Mais elle pouvait se passer de cette information.

— Désolé. (Je lissai ma cravate sur ma chemise.) J'étais occupé. Écoute, Claire, je vais aller droit au but. Tu es magnifique, intelligente, futée comme personne, et absolument trop bien pour moi. Je suis un connard blasé qui ne sait pas dire non quand une bonne chose lui tombe dessus, et en faisant ça, je te ralentis. C'est pourquoi je vais te faire une faveur et tout arrêter avant que tu ne commences à m'en vouloir et que travailler ensemble ne devienne une corvée.

Je trouvai que c'était un beau discours. Surtout que rien de tout cela n'était un mensonge. Elle était trop bien pour moi. J'étais blasé. Et les choses devenaient de plus en plus compliquées, surtout maintenant qu'on s'occupait de l'affaire Roth.

Claire se renfrogna et ne prit pas la peine de paraître indifférente. Je savais que j'aurais dû apprécier ce trait, mais je ne pouvais m'empêcher de regretter les jeux d'esprit d'Arya. Sa fierté arrogante. Son obstination.

— Tu ne crois pas que c'est à moi de décider si tu es assez bien pour moi ou non ? demanda Claire.

— Non, répondis-je doucement. Je simule très bien la qualité.

— Je pense que tu te sous-estimes. (Claire se pencha par-dessus le bureau et me prit la main.) Je t'aime beaucoup, Christian.

— Tu n'as aucune raison de le faire.

— D'autant plus que tu n'as pas conscience à quel point tu es formidable.

Je lui lançai un regard qui signifiait « Ça ne fonctionnera pas. »

— C'est Mme Roth ?

Elle me lâcha la main.

— Ne fais pas ça, Claire.

— Alors c'est ça.

Elle se leva, mais ne quitta pas la pièce. Elle attendait un déni général. Que je change d'avis.

Je masquai mon agacement derrière une préoccupation feinte.

— Tu mérites mieux.

— C'est évident.

Elle sourit sans humour, mais ne fit pas un geste pour sortir. Elle attendait autre chose. Quelque chose que j'étais incapable de lui donner. De l'humanité. Du remords. De la compassion. J'eus envie de tuer Arya et Conrad à ce moment-là. Pour m'avoir privé de toutes les choses que j'aurais pu donner aux autres.

— J'espère que cette affaire est réglée et derrière nous, dis-je.

C'est alors que je la vis. La prise de conscience. La façon dont ses yeux s'éteignirent m'indiqua tout ce que j'avais besoin de savoir. Elle avait compris.

— Oui. Tout est parfaitement clair. Ce sera tout, monsieur Miller ? demanda Claire en dressant le menton.

— Oui, mademoiselle Lesavoy.

Ce fut la dernière fois que Claire me parla ce jour-là.

# Chapitre 15

*Arya*
*Présent*

— Tu es sûre que tu vas manger ce muffin ?

Ma mère – ou juste Beatrice, car elle n'était pas très enthousiaste à l'idée qu'une femme d'une trentaine d'années l'appelle « maman » en public – passa sa tête derrière son menu avec une grimace désapprobatrice.

Mon père, assis à côté d'elle, tartinait en silence du beurre sur son pain grillé. Sans détourner les yeux de Beatrice, je pris une grande bouchée du muffin à l'orange et canneberge que je tenais à la main, les miettes tombant sur ma robe Gucci vert menthe.

— On dirait bien, Bea.

Nous étions attablés au Columbus Circle Inn, un charmant restaurant aux couleurs pastel et aux fleurs en verre soufflé, pour le brunch du dimanche. Beatrice Roth ne me voyait pas souvent. Elle avait des comités, des œuvres de bienfaisance et des déjeuners à organiser, mais elle me voyait une fois par an, quand on se rendait sur la tombe d'Aaron pour l'anniversaire de sa mort. La tradition voulait que l'on prenne ensuite un brunch. Alors que chaque année la perte de mon frère jumeau était ponctuée d'un point d'exclamation, je ne me souvenais pas de la dernière fois où ma mère avait considéré mon anniversaire comme plus qu'une simple virgule.

— Tu dois veiller à garder la ligne, Arya. Tu n'as plus vingt ans.

Elle réajusta ses nouvelles boucles d'oreilles en diamant dans le seul but d'attirer l'attention sur elles.

Je voyais rarement ma mère, alors que j'habitais à deux pas de chez elle. Et à chaque fois elle avait quelque chose de désagréable à dire. Mon refus de devenir une femme entretenue la dégoûtait. Selon elle, je travaillais trop, je faisais trop peu d'exercice et je parlais trop de politique. En somme, j'étais un échec cuisant en tant que femme du monde.

— Je m'en souviendrai quand je chercherai un mari misogyne qui a besoin d'une épouse-trophée sans cervelle et sans appétit.

— Faut-il toujours que tu sois aussi rustre ?

Elle but une gorgée de son gin-tonic light.

— S'il le faut ? Non. Mais je le fais quand même, selon mon humeur.

— Laisse-la tranquille, Bea, avertit mon père d'un air las.

— Ne me dis pas ce que je dois faire. (Elle lui jeta un regard avant de reporter son attention sur moi.) Ton attitude ne rend pas service à cette famille. Ton père m'a dit que tu avais poussé l'avocat d'Amanda Gispen à bout. Tu l'as pratiquement poussé au procès.

— Beatrice ! rugit mon père.

Il m'avait présenté ses excuses pour son attitude, ce jour-là, à l'audience, et j'avais accepté, même si quelque chose s'était brisé entre nous depuis lors. Une confiance fragile qu'on avait restaurée quand j'avais quinze ans.

Je m'étouffai avec mon muffin tandis qu'elle continuait d'un air irrité :

— Franchement, je suis surprise que tu n'aies pas consacré plus d'heures et de ressources à essayer de faire passer cette affaire dans les médias.

— En fait, j'ai travaillé sans relâche pour obtenir une presse positive. Ce n'est pas chose facile, compte tenu des allégations dont il fait l'objet. Je ne peux pas faire grand-chose avant le début du procès. Par ailleurs (je me tournai vers mon père), j'ai parlé à quelqu'un dont j'apprécie l'opinion, qui a suggéré que tu engages une avocate dans ton équipe. Apparemment, les jurés réagiraient favorablement à la présence d'une femme.

Mon père prit une gorgée de sa sangria.

— Merci, Arya. Ta mission consiste à me donner une bonne image, pas des conseils juridiques.

— Tu disais que je devais t'aider davantage.

— Oui, dans ton domaine d'expertise.

— Eh bien, tu ne penses pas que...

Notre conversation fut interrompue par la serveuse, qui déposa nos quiches, bloody mary et œufs Bénédicte sur la table. Nous fîmes une pause, le temps qu'elle soit hors de portée de voix. Puis il reprit la parole avant que je puisse terminer ma phrase.

— Écoute, je n'ai pas envie d'engager un autre avocat, femme ou pas. Ça donnerait l'impression qu'on est désespérés.

Il se mit à couper furieusement sa quiche aux épinards.

— Nous *sommes* désespérés, répliquai-je.

— Ce n'est pas quelque chose dont j'aimerais que Christian Miller s'aperçoive.

— Oh ! *maintenant* tu te soucies de la perception ? m'écriai-je, sachant que tout cela aurait pu être évité si mon père n'avait pas été aussi impétueux quand il avait renvoyé Amanda.

En supposant que tout ce qu'elle avait dit n'était pas vrai, ce qui était une hypothèse qui je trouvais de plus en plus improbable à chaque jour qui passait. Et puis, honnêtement, je ne voulais pas me soucier de ce que pensait Christian. Si c'était le cas, je serais allée me cacher dans un trou et je serais morte d'humiliation après son rejet au sauna de Solstices. Claire et lui en riaient probablement. Ce n'était pas grave. Ce n'était pas comme si l'opinion de Miller m'empêchait de dormir la nuit.

— Il n'y a pas de plus grand péché que l'orgueil, papa. Et c'est un luxe que tu ne peux pas te permettre en ce moment, dis-je avec mesure, essayant un autre angle d'attaque.

— Arya, je ne vais pas faire un changement de dernière minute juste parce qu'un de tes amis anonymes t'a dit que je devrais le faire. (Mon père jeta sa serviette sur la table et se leva.) À ce propos, je pense qu'il est temps que tu te mettes au diapason. Tu m'as suivi partout comme un chien perdu et tu n'as pas fait grand-chose jusqu'à présent pour m'aider à me sortir de là.

*Le sortir de là ?* Il pensait que je tenais cette agence pour le tirer d'affaire ?

— Oh ! au temps pour moi. Je vais aller chercher ma baguette magique « Il-est-innocent-Votre-Honneur ».

Je ne savais pas comment on en était arrivés là, mon père et moi. Ma mère nous regarda comme si nous étions deux étrangers qui interrompaient son brunch.

Il secoua la tête.

— On se retrouve à la maison, Beatrice. Arya.

Il baissa la tête, se leva et partit. Je restai assise, sans voix, tandis que ma mère buvait une nouvelle gorgée de gin tonic. Elle n'était guère affectée par la colère de mon père. Cela dit, je n'avais pas vu mes parents se comporter comme un couple normal ne serait-ce qu'une seule fois. Leur relation ressemblait plutôt à celle d'un frère et d'une sœur qui ne s'aimaient pas beaucoup.

— Tu crois qu'il l'a fait ? laissai-je échapper.

La façade impassible de ma mère ne se fissura pas. En fait, elle continua à disséquer ses œufs avec son couteau et sa fourchette, et prit une bouchée.

— Arya, *je t'en prie*. Ton père a certainement eu sa part de liaisons, mais elles étaient toutes consenties. Ces femmes se sont jetées sur lui sans vergogne. Je suis sûre qu'Amanda et lui ont apprécié la compagnie de l'autre à un moment donné et qu'elle s'attendait à une meilleure compensation après qu'il l'a délaissée pour un modèle plus récent.

— Il t'a trompée ?

Mais je connaissais déjà la réponse à cette question. Ma mère éclata de rire, arracha un minuscule morceau de pain et le glissa entre ses lèvres écarlates.

— Au passé, au présent et au futur. Tu as le choix dans le temps. Mais je n'utiliserais pas exactement ce terme. *Tromper* implique que ça m'importe. Cela fait longtemps que je n'ai plus envie de remplir mes obligations maritales. Il a toujours été entendu que s'il voulait de l'affection, il devait la chercher ailleurs.

— Pourquoi vous ne divorcez pas ? éructai-je, bouillonnante de colère.

Je ne me faisais pas d'illusion sur le bonheur du mariage de mes parents, mais je pensais qu'il était au moins à moitié fonctionnel.

— *Parce que,* marmonna-t-elle, pourquoi devrions-nous passer par ce bazar horrible et vulgaire alors que nous avons un accord ?

— Où est ta fierté ?

— Où est la *sienne ?* demanda-t-elle, presque joyeuse. Les vertus ne vieillissent pas bien dans la haute société. Tu penses qu'entrer et sortir du lit de femmes inconnues comme un voleur est plus honorable que le fait que je reste à la maison en étant au courant ?

Ma réalité telle que je la connaissais s'effondrait. Je ne dirais pas que je mettais mon père sur un piédestal, mais il n'y avait aucun doute que je l'idéalisais. Je me demandais maintenant ce que mes parents me cachaient d'autre.

— Combien de liaisons a-t-il eues ?

Je me tortillai sur mon siège, sentant l'éruption cutanée me guetter.

Maman fit un geste dédaigneux de la main.

— Six, sept ? Des maîtresses sérieuses, je veux dire. Oh ! qui sait ? Je n'étais pas au courant pour Amanda, mais il y en avait d'autres. Son infidélité a commencé très tôt. Avant que ton frère et toi ne naissiez, en fait. Mais après la mort d'Aaron...

Mon cœur se serra, choqué de constater qu'elle était humaine et aimable, à ce moment-là, différente de la femme qui avait ignoré mon existence depuis le jour où elle avait perdu mon frère.

— C'est terrible.

Ma mère sourit délicatement.

— Tu trouves ? Il a été un père merveilleux pour toi toutes ces années, alors que je pouvais à peine te regarder. Tu me rappelles trop ton frère.

C'est pour ça qu'elle me détestait ? Qu'elle ignorait mon existence ?

— Il n'a jamais rien exigé de moi, même quand il était clair que je n'étais plus la femme dont il était tombé amoureux. Est-ce terrible de sa part de chercher l'amour ailleurs ou simplement naturel ?

— Ce qu'on lui reproche n'a rien à voir avec l'amour.

Ma mère réfléchit.

— Ton père est un homme tordu. Il peut l'être, en tout cas.

— Est-ce que tu le crois capable de toutes les choses dont on l'accuse ?

J'essayai de soutenir son regard, mais il était vide. Rien ne transparaissait derrière les yeux vert émeraude de Beatrice Roth.

— D'avoir sexuellement harcelé quelqu'un ?

Ma mère fit un signe pour demander l'addition sans croiser mon regard.

— Il commence à faire froid. Continuons ça une autre fois, d'accord ?

— Ari ? (Whitley, notre responsable administrative, sortit la tête de derrière l'écran de son Mac le lendemain.) Il y a quelqu'un en bas qui veut te voir.

Je cliquai sur mon agenda numérique en fronçant les sourcils.

— Je n'ai pas de rendez-vous avant 15 heures.

Et encore, c'était à SoHo, à quelques rues de mon bureau.

Jillian me jeta un regard inquisiteur de l'autre côté de la pièce, tout comme Hailey, notre graphiste. Whitley se rongea les cuticules en coinçant l'Interphone entre son épaule et son oreille.

— Il est en bas.

— Il a un nom ?

— Je suis sûre que oui.

— C'est le moment de lui demander ce que c'est.

Whitley baissa la tête et demanda à la personne qui sonnait de se présenter.

— Christian Miller. Il dit que tu seras heureuse de le voir.

Mon estomac se noua nerveusement et une boîte de papillons s'ouvrit à l'intérieur, déployant leurs ailes veloutées.

— Il ment.

Elle lui transmit ma réponse, puis écouta la sienne et rit.

— Il dit qu'il savait que tu dirais ça, mais qu'il a des informations que tu aimerais connaître.

— Je descends dans une minute.

Je tapotai mes cheveux pour essayer de les dompter, attrapai mon téléphone et mes lunettes de soleil, puis me dirigeai vers l'escalier. Comme il n'y avait aucune chance que cette conversation me plaise, je décidai d'en finir. Christian était sans doute là pour m'annoncer d'autres mauvaises nouvelles. La question était de savoir comment il savait où je travaillais étant donné qu'il avait jeté ma carte de visite, le jour où nous nous étions retrouvés au Brewtherhood.

Je dévalai les marches de l'escalier deux par deux. Christian attendait sur le trottoir et jouait avec une boîte d'allumettes en parlant au téléphone. En me voyant, il leva un doigt sans se presser de terminer sa conversation. Ce n'est qu'après avoir expliqué en détail à l'un de ses associés comment il voulait qu'ils déposent une requête pour obliger je ne sais quoi au tribunal, qu'il raccrocha et rangea son téléphone dans sa poche de poitrine, et se retourna pour me regarder comme si j'étais un plat moisi vieux de trois jours qu'il venait de trouver au fond de son évier.

— Mademoiselle Roth. Comment allez-vous ?

— Ça allait bien il y a cinq minutes. (J'enfilai mes lunettes de soleil.) Maintenant, je me demande quel enfer vous avez bien pu me réserver.

— Vous me blessez. (Il sortit un cigare, s'exprimant sur un ton qui disait tout le contraire.) Jamais je ne réserverais un enfer *spécialement* pour vous. Bien que ce soit ce qui vous attende malgré tout.

— Finissez-en, Miller.

— Je voulais vous le dire en personne avant que vous ne l'appreniez par la rumeur. Les avocats que votre père a engagés semblent aussi compétents qu'un tas de cailloux et ne parviennent même pas à ralentir l'avancée de la date du procès.

Il alluma son cigare. C'était tragique, mais même en soufflant la puanteur directement sur mon visage, il ressemblait davantage à un modèle de couverture d'*Esquire* qu'à l'antihéros d'un film de mafieux.

— Quatre autres femmes se sont manifestées et ont décidé de se joindre à l'action en justice d'Amanda Gispen. L'une d'entre elles détient des photos pittoresques et très intimes que votre père lui a envoyées. Ce n'est pas quelque chose que vous aimeriez voir de vos yeux, mais je suis obligé de partager cela avec les autres pour représenter consciencieusement mes clientes, ce qui signifie que je dois inclure cela dans les preuves, de sorte que les photos seront présentées, agrandies, dans la salle d'audience pendant le procès.

Je m'appuyai au bâtiment en briques rouges de mon bureau et je pris une inspiration en m'efforçant de ne pas paraître aussi dévastée que je l'étais. La situation devenait incontrôlable. *Cinq* femmes témoignaient contre lui maintenant ? Et il y avait des photos ?

*Est-il coupable ? Est-ce possible ?*

Je savais maintenant pourquoi ma mère avait dit qu'elle ne voulait pas savoir. La réponse était terrifiante. Une plainte, c'était quelque chose que je pouvais réarranger dans ma tête.

Trouver des excuses, en l'absence de contexte et d'autres victimes. Cinq plaintes, c'était problématique. D'autant plus que, étant moi-même une femme, je savais à quel point la perspective d'être assise à la barre devant des avocats chevronnés, d'être interrogée et questionnée sur un sujet aussi traumatisant, était accablante. Je sentis mes genoux faiblir.

Christian m'observa attentivement, comme s'il attendait que ça fasse tilt.

— Cette chose ne va pas disparaître, Ari.

— Ari ?

Je sursautai en écarquillant les yeux.

— *Arya,* modifia-t-il en rougissant légèrement. Votre vie est sur le point d'imploser si vous ne prenez pas vos distances.

— On dirait bien, et vous êtes bien trop impatient de voir le feu d'artifice. Vous vous attendez à ce que je laisse tomber mon propre père en tant que client ?

Je rejetai mes cheveux par-dessus mon épaule.

— Non. Je m'attends à ce que *lui* laisse tomber *votre* agence et qu'il vous épargne une conversation embarrassante. Demandez à Jillian, si vous ne vous sentez pas à l'aise pour le faire.

Comment savait-il pour Jillian ? Pensait-il sincèrement que je le croyais, quand il prétendait s'inquiéter pour moi et les miens ?

— Vous devriez faire ce qu'il faut en prenant un peu de recul. Même si, en y réfléchissant, je ne vois pas pourquoi vous ne l'avez pas déjà fait.

— Ne faites pas comme si vous me connaissiez, répliquai-je. Et ne soufflez pas votre fumée sur moi.

Je pris le cigare entre ses doigts, le cassai en deux et le jetai dans une poubelle voisine.

— Vous êtes folle, dit-il, mais son visage exprimait de l'amusement et non de la colère.

Il aimait me mettre en colère. Il *s'amusait* de ma colère.

— Ce que, soit dit en passant, je trouve étrangement charmant.

— Ne flirtez pas avec moi.

— Pourquoi pas ? demanda-t-il.

*Hum*. Bonne question. L'attirance était exaspérante.

— Claire ? demandai-je d'un air fatigué.

Il secoua la tête.

— C'est du passé depuis la semaine dernière.

— Désolée de l'apprendre, dis-je d'une voix monocorde

Il sourit.

— Non, vous ne l'êtes pas.

— Vous avez raison. Je suis plutôt concentrée sur le merdier qu'est ma vie de famille en ce moment.

— C'est compréhensible.

Il ne pouvait s'empêcher de me fixer, et vice versa.

— Je vous remercie de m'avoir prévenue, monsieur Miller.

— Le procès sera rapide. Le juge Lopez ne veut pas de spectacle. Les preuves sont accablantes. Ça devrait être rapidement bouclé.

— Ce serait le bon moment pour arrêter de parler.

Je pivotai vers la porte d'entrée, prête à partir.

— Arya ?

*Il était sourd ?*

Je me retournai, un sourire factice aux lèvres.

— Oui, Christian ?

— Ne venez pas au tribunal la semaine prochaine. Il y aura des choses que vous ne voulez pas voir. Sans compter que, pour vous, c'est un suicide professionnel.

Sa voix était douce, ses yeux moins froids que quelques jours plus tôt, au sauna.

— Certaines choses en valent cette peine. C'est mon père.

— Oui. Votre père. Pas *vous*. Dès que la demande de jonction sera acceptée, les médias s'empareront de l'affaire et aucune photo mignonne de votre père en train d'embrasser des bébés à l'hôpital ne fera disparaître l'affaire. Les investisseurs retireront leur argent de son fonds spéculatif. Le conseil d'administration l'obligera probablement à démissionner. Les chefs d'accusation ont changé, de même que la sanction, la trame même de l'affaire. Conrad Roth ne reviendra pas à Wall Street. Si vous voulez encore faire carrière, c'est le moment de prendre vos distances avec lui.

— Vous tourneriez le dos à vos parents comme ça ?

Je plissai les yeux, cherchant les siens.

Christian sourit tristement et baissa les yeux. Il fit rouler la boîte d'allumettes entre ses doigts.

— J'écraserais mes parents avec un semi-remorque pour une tasse de thé tiède. Et je n'aime même pas le thé. Je ne suis pas sûr d'être la bonne personne à qui poser cette question.

Quelque chose dans ces phrases me donna l'impression d'être nue, à vif. *Coupable.*

— Vous voulez en parler ? demandai-je.

Il secoua la tête en croisant mon regard.

— Non. Vous avez votre propre famille à gérer.

— Oui. Et je choisis d'accorder à mon père le bénéfice du doute.

— Il n'y a *pas* de doute. Ses crimes sont une réalité objective, entièrement enregistrée et attestée. Je ne suis pas le meurtrier de la bonne réputation de votre père. Je ne suis que le légiste. Le corps était déjà froid quand je suis arrivé. De plus, il y a un autre élément à prendre en compte.

— À savoir ?

— Je ne peux pas vous inviter à dîner tant que vous serez reliée à cette affaire.

Ma mâchoire tomba. Étais-je plus en colère ou choquée ? Je n'aurais su le dire, mais je savais que si ma famille n'avait pas déjà mauvaise presse, je l'aurais frappé. Cela dépassait l'entendement. Son arrogance était choquante.

— Vous voulez *sortir* avec moi ? éructai-je.

— Je n'irais pas aussi loin. J'aimerais coucher avec vous et je suis prêt à cocher toutes les cases civilisées pour aller du point A au point B.

— Vous avez sorti le même baratin à C...

— Non. Je n'ai pas eu à le faire.

Je baissai mes lunettes en souriant à demi.

— C'est drôle, vous n'aviez pas l'air de me désirer autant quand on était dans le sauna ensemble.

— Le sauna, c'était une combine mal ficelée. Sans compter que je ne voulais pas être infidèle. Maintenant que ce n'est plus le cas...

— Vous ne m'appréciez même pas, répliquai-je en levant les bras en l'air, exaspérée.

Je me mis à arpenter le trottoir en ignorant les regards curieux des gens autour de nous. Christian avait l'air plus qu'à l'aise, comme s'il avait l'habitude de pousser les gens dans leurs retranchements.

— Je n'ai pas besoin de vous apprécier pour avoir envie de coucher avec vous. Je pensais que vous connaissiez le concept du *hate-fuck* à votre âge avancé.

— Et comment savez-vous quel *âge avancé* j'ai ?

Je m'arrêtai pour le regarder. Et je la vis. Cette lueur qui voulait dire « Oh ! merde ! » de quelqu'un qui a dit quelque chose qu'il n'aurait pas dû.

— Je sais tout sur tout le monde concernant mes affaires.

— Si vous pensez que je vais coucher avec quelqu'un qui essaie de ruiner mon père, vous avez besoin de revenir sur terre avec une petite psychothérapie.

— Alors c'est oui.

— Ne revenez plus ici, Christian.

Sur ce, je tournai les talons et poussai la porte d'entrée de mon bâtiment.

Je retournai dans mon bureau en trébuchant au moins trois fois dans l'escalier. J'avais l'esprit embrouillé. Par Christian, par mon père, par le cocktail Molotov du mariage de mes parents. En ouvrant la porte, je tombai sur le visage impassible de Jillian. Elle tenait sa serviette, son rouge à lèvres fraîchement appliqué, m'indiquant qu'elle était sur le point de sortir.

— Tu as oublié notre réunion avec ShapeOn. Ils viennent de nous appeler pour nous dire que tu as trente minutes de retard.

Jillian s'efforçait de rester calme, en vain, comme ça arrivait souvent quand elle était contrariée. Je suppose que j'avais oublié de le noter dans mon agenda. *Merde.* C'était la deuxième fois que je gâchais un rendez-vous avec un client ce mois-ci.

— Je...

Je m'interrompis, cherchant quoi dire. Jillian secoua la tête et se dirigea vers la sortie. Je restai plantée sur le seuil en me demandant ce qu'il s'était passé.

J'essayai de joindre mon père sur son portable tout le reste de la journée. Il ne décrocha pas. La vérité se refermait sur moi comme une enveloppe et se scellait un centimètre après l'autre.

Au moment de quitter le bureau à la fin de la journée, je décidai que la situation désespérée appelait des mesures désespérées et j'appelai ma mère. Elle décrocha à la troisième sonnerie, sur un ton plus glacial que d'habitude.

— Arya. Pour m'appeler comme ça à brûle-pourpoint, je suppose que tu veux me poser des questions sur ton père.

*Bonjour à toi aussi, mère.*

— Je ne me souviens pas non plus que tu m'aies appelée pour prendre de mes nouvelles, répliquai-je, parce que, franchement, j'en avais assez de son attitude. Et, oui. En fait, j'appelle pour demander des nouvelles de papa. Il ne répond pas.

Je l'entendis traverser son grand salon, ses pantoufles de créateur glissant sur le marbre. Son chien format poche aboyait en arrière-plan.

— Ton père s'est terré dans son bureau avec ses avocats toute la journée et ils mènent une réunion à laquelle je ne veux absolument pas participer. Les nouvelles preuves et les plaignantes vont certainement compliquer encore les choses. Est-ce que tu imagines ce que je vais devoir affronter au déjeuner du country-club la semaine prochaine ? J'envisage de tout annuler. Des photos de bite, Arya ! Quelle absolue vulgarité.

*Des photos de bite*. Voilà des mots que je n'aurais jamais cru entendre prononcés par ma mère.

Encore une fois, elle rapportait tout à elle. J'arrivai devant la porte de mon immeuble, entrai le code et poussai la porte.

— Tu penses qu'il est coupable ?

Je répétai ma question du brunch. Mais cette fois, ma question fut accueillie par un silence grave. Je n'avais jamais su déchiffrer ma mère. Pas assez pour savoir ce qu'elle pensait, en tout cas. Si elle avait une réponse évidente à ma question, je ne la connaissais pas.

— Ça n'a pas d'importance, si ? Nous sommes sa famille. Nous devons le soutenir.

*Le doit-on vraiment ? Même s'il a fait autant de mal aux autres ? Avec malveillance ?*

J'entrai dans mon appartement, retirai mes talons et fixai des yeux les étagères anciennes aux murs. Elles étaient remplies de photos de mon père et moi, prises pendant des vacances, des bals de charité, des fêtes. Aucune avec ma mère. Elle ne m'accompagnait jamais où que ce soit. Mon père m'avait élevée tout seul.

— Les conséquences financières sont une chose à prendre en compte, fit la voix de ma mère. La société ira tout droit à la faillite si Conrad ne se retire pas, et même s'il le fait, il sera peut-être trop tard. Sans compter qu'ils le poursuivent pour la plus grande partie de sa fortune. Je ne peux pas croire qu'il nous ait fait ça.

— Laisse-moi y réfléchir ce soir, maman.

— D'accord. Oh ! et Arya ? (Ma mère renifla à l'autre bout du fil. Je restai immobile, attendant la suite.) Tu peux m'appeler aussi, tu sais. Je suis toujours ta mère.

*Pas vraiment.*

*Tu n'as jamais rien été pour moi.*

# Chapitre 16

*Arya*
*Présent*

Je décidai de prendre un jour de congé pour décompresser. Et par « décompresser », je voulais dire « totalement compresser. » Je voulais obtenir des réponses et creuser les accusations portées contre mon père. Avant-hier, j'avais prudemment supposé que mon père disait la vérité quand il niait tout en bloc. Maintenant, je n'en étais plus certaine. Hier soir, j'avais envoyé un message à Louie qui m'avait confirmé qu'ils avaient reçu des demandes de *discovery*. De nouvelles femmes s'étaient jointes à l'action en justice et la somme figurant sur la déclaration de dommages et intérêts récemment déposée était astronomique ; elle dépouillerait mon père de la plupart de ses biens s'il perdait.

Je pensai à Christian pendant tout mon trajet de métro entre mon appartement et celui de mes parents sur Park Avenue. Je le détestais d'avoir raison de vouloir me faire prendre mes distances.

À mon arrivée chez mes parents, ma mère m'attendait.

— Merci d'être venue. Je me disais qu'on pourrait peut-être commander des sushis pour le déjeuner ou quelque chose comme ça ? demanda-t-elle avec un sourire plein d'espoir au coin des lèvres.

— Hmm, quoi ?

Je voulais m'assurer que ce n'était pas une blague. Elle n'avait jamais proposé de faire quoi que ce soit avec moi. Et après avoir été rejetée plusieurs fois pendant ma pré-adolescence, j'avais arrêté d'essayer.

— Des sushis. Toi et moi. Je peux t'aider à fouiller dans les affaires de papa.

Jouer la solidarité avec ma mère n'était pas dans mes projets pour l'instant, mais je reconnaissais qu'elle faisait un effort. Je lui tapotai le bras et me dirigeai vers la chambre principale.

— Désolée. Je travaille mieux quand je suis seule.

Une fois devant la porte de la chambre principale, j'utilisai le coup secret qu'on avait mis en place avec papa. Un coup, un battement, cinq coups, un battement, deux coups.

— Papa ?

Aucune réponse. Maman apparut à mes côtés en tortillant l'ourlet de sa robe.

— Tu sais, il a été de mauvaise humeur toute la journée. Il n'a même pas répondu aux appels de ses avocats.

— Papa ! (Je frappai à nouveau, abandonnant le coup secret.) Ouvre la porte. Je ne peux pas t'aider si tu ne me parles pas. J'ai besoin de comprendre ce qu'il s'est passé.

Je n'avais pas fermé l'œil de la nuit. Imaginer mon père capable de choses pareilles me donnait envie de me jeter dans le Hudson.

Ma mère restait plantée à mes côtés comme une spectatrice curieuse.

— Va-t'en, dit-il à travers la porte.

— Papa, je veux t'aider.

— Vraiment ? Parce que tu n'as pas été d'une grande aide jusqu'à présent.

— J'ai des questions.

Mes soupçons grandissants et son attitude ne faisaient pas bon ménage.

— Si tu ne me crois pas, peut-être que tu ferais mieux de ne pas venir au tribunal.

— Personne n'a dit que je ne te croyais pas. (Même si, il fallait l'avouer, ma confiance en son innocence était *très* fragile.) Je veux seulement...

— Je ne répondrai à aucune de tes questions. Va-t'en ! rugit-il.

Je reculai instinctivement d'un pas et sentis mes joues me brûler comme s'il m'avait giflée.

Mon père ne m'avait jamais crié dessus. Ça ne voulait pas dire que je ne l'avais pas vu se montrer agressif envers autrui. Pour être honnête - ce qui n'était pas le cas, la plupart du temps, quand ça concernait mon père –, il avait des problèmes de gestion de la colère depuis aussi longtemps que je m'en souvenais. Mais, bien sûr, la colère était un cancer. Elle touchait tous les aspects de votre vie. La façon dont on se comporte au bureau se répercute toujours sur la vie familiale. La vie amoureuse. La vie personnelle.

Je me tournai vers ma mère.

— Tu as les clés de ses meubles de rangement ? J'aimerais consulter ses contrats de travail.

Mon père était un homme d'affaire de la vieille école. Il pensait que tout devait être imprimé et conservé en lieu sûr. Toutes les correspondances qu'il avait eues avec des employés étaient classées dans son bureau. Il était trop prudent pour conserver ces documents au travail.

Ma mère se tortilla les mains.

— Tu crois que ça peut aider ?

— Ça vaut la peine d'essayer.

Même si ça ne l'aidait pas, ça m'aiderait à comprendre si l'une ou l'autre des allégations étaient fondée.

Dix minutes plus tard, j'étais assise sur la moquette épaisse du bureau de mon père, une documentation vieille de trente ans étalée devant moi. Tout y était. Des contrats de service aux emails personnels, en passant par les lettres de licenciement. Je me demandais combien de ces documents il avait remis à

Louie et Terrance. Je me demandais s'il leur avait remis *quoi que ce soit.* Il semblait hermétique en ce qui concernait le procès. Une partie de moi avait envie d'appeler Christian pour tenter d'évaluer ce qu'ils avaient exactement sur lui. Mais comme l'avait précisé mon adversaire, son principal objectif était de me sauter, pas de m'aider.

— Arya ?

Trois heures après le début de mes recherches, ma mère frappa à la porte du bureau, munie d'un plateau de limonade et de biscuits. Qu'était-il arrivé à l'ennemie des muffins ? Je suppose que j'avais le droit de manger des glucides maintenant qu'il y avait une réelle possibilité que je devienne la seule famille qui lui reste. Je doutais qu'elle demeure aux côtés de mon père s'il était ruiné.

— Je vais juste les poser là, dit-elle avec précaution en entrant sur la pointe des pieds pour poser l'en-cas à côté de moi. Fais-moi savoir si tu as besoin de quelque chose.

*J'avais besoin que tu sois exactement comme ça quand j'étais jeune. Que tu acceptes ma présence au lieu de la refouler.*

Je n'avais peut-être pas connu Aaron, mais j'avais toujours ressenti sa perte. C'était dans l'air de cette maison, chaque meuble, chaque tableau en était imprégné. Le grand vide qui subsistait là où un autre membre de la famille aurait dû se trouver.

— Merci, dis-je sans relever les yeux des montagnes de dossiers qui m'entouraient.

Elle s'attarda près de la porte. Je sortis un autre email cordial entre Amanda et mon père et l'ajoutai à la pile. J'essayais de comprendre où les choses avaient dérapé entre eux.

— Euh, maman ? J'essaie de travailler, là.

— Oh. Bien sûr. D'accord.

Elle ferma doucement la porte.

— Allons-y. Les admiratrices au cœur brisé. Les opportunistes avides d'argent. Montrez-moi vos vrais visages.

Dites-moi que ce ne sont que des mensonges..., murmurai-je pour moi-même en parcourant les documents.

Ma prière dut être entendue car, deux minutes plus tard, une enveloppe noire tomba d'un dossier en carton. Elle était rembourrée et scellée.

*Qu'est-ce que... ?*

Je levai les yeux, balayai la pièce déserte du regard et tendis l'oreille. La voie était libre. Je pris un coupe-papier et déchirai l'enveloppe. Des papiers jaunis tombèrent sur la moquette. Je ramassai une lettre, le cœur battant. L'écriture me semblait à la fois familière et étrange. Elle était en italique, serrée, comme si la personne essayait d'économiser du papier.

*Cher Conrad,*

*J'ai fait ce que tu m'avais dit. Je n'ai répondu à aucune des lettres et des appels de Nicholai. Je m'en veux. C'est mon fils, après tout. Mais tu sais que ma loyauté est envers toi. Il me manque et j'aimerais le voir bientôt. Penses-tu que je puisse passer Noël avec lui ? Bien sûr, j'aimerais aussi le passer avec toi. Mais seulement si elle ne vient pas. Je ne peux pas supporter sa vue. Elle ne vous mérite pas, ni toi ni Arya.*

*Je t'aime,*

*Ruslana*

La lettre m'échappa des mains. *Nicholai.*

Ruslana parlait de Nicholai. Mais que voulait-elle dire par « J'ai fait ce que tu m'avais dit » ? Pourquoi mon père lui aurait-il demandé de ne pas répondre à Nicky après son déménagement ? Ce n'était pas la version que j'avais eue des années auparavant pour expliquer ce qu'il s'était passé après ce jour honteux.

La conclusion, à laquelle il n'était pas nécessaire d'être détective pour arriver, était leur relation. Je devinai que

« elle » était ma mère, qui avait en effet renoncé aux fêtes de Noël annuelles pour peaufiner son bronzage à Sydney. Il n'était pas inhabituel que mon père et Ruslana m'emmènent pendant les vacances, pour me distraire de mon existence sans mère. Mais Ruslana logeait toujours dans une chambre à part et n'adressait presque pas la parole à mon père. Je ramassai une autre lettre.

*Cher Conrad,*
*Je te soupçonne d'être un menteur. Si ce n'est pas le cas, alors que fais-tu encore avec Beatrice ?*
*Tu as dit que tu la quitterais pour moi. Pourtant, ça fait trois ans, et regarde-nous. Nicholai est un homme maintenant. Il ne me parle même plus. J'ai perdu le lien avec ma seule famille, en pensant rejoindre la tienne. Nicholai était censé s'occuper de moi quand je serais vieille. Maintenant, il ne répond même plus quand je l'appelle. Il y a un dicton que tu connais sûrement. Vous l'adorez, vous les Yankees. « On n'achète pas la vache si on peut avoir le lait gratuitement. » J'ai l'impression d'être du bétail maintenant, Conrad, et je n'aime pas du tout ce sentiment.*
*Toujours tienne,*
*Ruslana*

Mon estomac se retourna violemment. Ruslana et Nicholai n'avaient pas été en contact pendant toutes ces années ? Quel était le rapport avec mon père dans tout ça ? Il avait paru enragé le jour où il nous avait surpris, Nicky et moi, dans la bibliothèque, en train de rejouer la scène d'*Expiation*. Mais il n'aurait pas pu… il n'aurait pas…

Pauvre Nicky. Mon père était-il vraiment capable de telles atrocités ?

*Si ça ressemble à un canard et que ça nage comme un canard…*

Je saisis une autre lettre. Et puis une autre. Les mots se brouillaient, s'estompaient derrière un écran de larmes refoulées.

*Cher Conrad... je n'arrive plus à manger... je n'arrive plus à dormir... mon amour pour toi me ronge de l'intérieur...*
*Cher Conrad... j'envisage de prendre les choses en main et de parler à Beatrice... si tu ne lui dis pas, je le ferai. Tu as dit que tu la quitterais. As-tu menti ?*
*Cher Conrad... je suis désespérée. Quand vas-tu me rappeler ?*
*Cher Conrad... je t'en prie, ne me vire pas. Je me tiendrai. Je te le promets. Je ne dépasserai pas tes limites. Je suis désolée de l'avoir fait. J'étais... confuse. Je ne peux pas me permettre de perdre ce travail. J'ai déjà trop perdu.*

La dernière lettre fut celle qui anéantit le reste de mes espoirs.

*Cher Conrad,*
*Tu ne me laisses pas le choix. Je le dis moi-même à Beatrice. Achète mon silence et paie le prix pour ce que tu m'as fait.*
*Ruslana*

Ruslana n'avait pas démissionné ; elle avait été licenciée. Virée. Cachée là où ma mère ne pouvait pas la voir. Bannie du royaume de mon père, tout comme Nicholai.

Je me souvenais encore de ce que mon père avait dit le jour où Ruslana avait cessé de venir sans prévenir. Alors étudiante, j'étais passée lui dire bonjour.

— Je suppose qu'elle voulait déménager dans un endroit où la communauté russe est plus importante. Fox River correspondait à ses attentes.

À l'époque, il m'avait paru étrange que notre fidèle gouvernante, qui se plaignait de l'hiver dès le mois de septembre, choisisse volontairement de s'installer en Alaska. J'avais également trouvé bizarre de ne pas pouvoir obtenir son adresse. J'aurais pu lui envoyer des fleurs ou un panier garni pour toutes ces années où elle nous avait aidés. Elle avait disparu de la surface de la Terre.

À présent, les pièces du puzzle commençaient à se mettre en place.

*Nicholai.*

*Ruslana.*

*Les liaisons.*

*Amanda.*

Par-dessus tout, la façon dont mon père me traitait maintenant qu'il pensait que j'avais vu clair dans son jeu. La façon dont il m'excluait moi aussi de son royaume.

Je me levai, laissant les papiers éparpillés sur le sol du bureau. Ma mère essaya de m'arrêter à la porte, mais je continuai ma course jusqu'à l'extérieur de l'immeuble, où je me penchai au-dessus d'un buisson pour vomir.

# Chapitre 17

*Arya*
*Passé*

— Où est-il ? demandai-je, le lendemain du jour où Nicholai avait été renvoyé chez lui, debout sur le seuil du bureau de mon père.

Il m'avait fallu une journée entière pour arriver à le regarder sans craindre de me jeter sur lui pour le frapper.

Ruslana avait continué de remplir ses fonctions comme si de rien n'était, mais chaque fois que j'essayais de lui demander des nouvelles de Nicky, elle faisait semblant de ne pas m'entendre, d'être occupée à faire la vaisselle ou à plier le linge, comme s'il lui était impossible de s'acquitter de ses tâches et de parler en même temps.

Mon père releva les yeux de ses papiers, posa son stylo et s'adossa à son siège.

— Chérie, où est ta mère ?

— Devine, rétorquai-je en m'appuyant contre le chambranle de la porte. C'est la *fashion week* quelque part dans le monde. Elle est probablement en train de dépenser ton argent tout en se plaignant de toi.

En fait, elle était partie à une retraite de yoga, mais j'avais envie de dire du mal d'elle. C'était la première fois que je lâchais quelque chose de méchant sur elle pour me sentir mieux.

Bizarrement, ça n'eut pas l'effet escompté. L'amertume qui me nouait la gorge s'accentuait de jour en jour.

— Maintenant, réponds à ma question : où est Nicky ?

Mon père recula son fauteuil et me fit signe de m'asseoir en face de lui. Je m'exécutai, sans me départir de mon expression sévère.

— Écoute, Arya, ce n'est pas facile à dire. Mais je suppose que la vérité est une chose dont, même moi, je ne peux pas te protéger. (Il se gratta la joue.) Laisse-moi commencer par dire que je regrette la façon dont j'ai réagi quand je vous ai trouvés tous les deux. Je n'insisterai jamais assez sur ce point. Tu es ma fille, et te protéger est ma principale préoccupation. J'ai pensé... enfin, je n'ai *pas* pensé. C'est bien le problème. J'ai agi par pur instinct paternel. Je tiens à t'assurer que je suis allé voir Nicholai plus tard et que je lui ai fait part de mes remords pour mon comportement. Je ne suis pas un homme des cavernes. La violence est indigne de moi. Alors, d'abord, mettons les choses au clair. Il avait l'air d'aller bien. Quelques égratignures, mais rien de plus.

Je levai les yeux vers le plafond cathédrale pour m'empêcher de pleurer. Je savais que je ne pouvais pas le laisser s'en sortir avec ce qu'il avait fait. Plus encore, je ne pouvais pas passer outre, même si je le voulais. Ce que j'avais vu, c'était un homme violent et méchant. Un homme dont je ne voulais pas comme père.

— Tu mens, dis-je froidement.

— Tu crois que je te mentirais ?

Il me regarda d'un air désemparé, totalement différent de celui que j'avais vu massacrer Nicky la veille.

— Oui, répondis-je sans ambages. Tu as fait bien pire à Nicholai.

— À ce propos. (Mon père réfléchit à ce qu'il allait dire.) Chérie, c'est juste que... je n'étais pas sûr de ce que je voyais. Je sais que Nicholai et toi étiez proches. Mais après être allé m'excuser en personne auprès de lui, il m'a fait une demande que je ne pouvais pas refuser. Tu dois comprendre que j'ai fait ce qu'il voulait parce que je me sentais coupable. Et... je ne pouvais pas vraiment refuser, au cas où il retournerait ce que je lui avais fait contre moi. Je devais penser à notre famille. Tu ne peux pas rester ici toute seule avec ta mère.

— Qu'est-ce que tu as fait ?

Ma voix était si froide que des frissons me parcoururent le dos.

— Arya...

— Crache le morceau, papa.

Il ferma les yeux et laissa sa tête tomber dans ses mains. Cette semaine, c'était la première fois où je m'étais demandé si mon père était vraiment un homme bon. L'idée était trop difficile à envisager. Après tout, il était ma seule famille.

— Il m'a demandé si je pouvais lui acheter un aller simple pour retrouver son père en Biélorussie. J'ai accepté.

Le monde vacilla autour de moi, même si mes pieds restaient ancrés au sol.

Nicholai. Parti.

— Il voulait repartir de zéro ailleurs. Vivre dans un endroit où il n'aurait pas à se terrer tout l'été à côté de la tentation. Ça le tuait, ma chérie.

J'étais sur le point de vomir. La bile remonta au fond de ma gorge et le goût aigre explosa dans ma bouche. Je ravalai tout. La colère, la honte, la déception. Mais plus que tout, l'humiliation.

C'était donc ça, avoir le cœur brisé. Se prendre mille coups de poignard dans l'âme. Je ne sortirais jamais avec qui que ce soit. Jamais.

— Il a dit qu'il ne voulait plus passer ses étés ici ?

Je clignai rapidement des yeux pour éviter de fondre en larmes. Mon père se couvrit le visage de ses mains et posa les coudes sur son bureau. Il ne pouvait pas me voir dans cet état.

— Je suis désolé, Arya. Je suis sûr qu'il tient beaucoup à toi. Il ne veut seulement pas que les choses soient... compliquées. Je peux respecter ça. Même si j'ai essayé de le persuader de rester. Principalement pour Ruslana. C'est son fils unique, tu vois.

Alors que je digérais tout ça, je sentis mes mains trembler sur mes genoux. Le sentiment de trahison me coupait le souffle. Même si Nicky et moi ne partagions que les étés, ces étés me maintenaient à flot. Ils m'emplissaient de toutes les bonnes choses. Ils me permettaient d'affronter plus facilement le monde.

— Tu l'oublieras. Pour l'instant, tu as l'impression que c'est la fin du monde, mais la vérité, c'est que tous les bonjours se terminent par des au revoir. Tu es si jeune ; tu ne te souviendras même pas de lui.

— Je vais demander son numéro à Ruslana, m'entendis-je dire.

Ma fierté était blessée, mais ne plus jamais parler à Nicky était pire qu'un ego blessé. Mon père passa une main dans sa chevelure poivre et sel et souffla.

— Elle ne te le donnera pas, dit-il brusquement.

Puis, pour atténuer le choc, il expliqua :

— Ruslana essaie de rétablir sa relation avec Nicholai, et pour l'instant, il ne veut pas entendre parler de la famille Roth. À juste titre.

— À cause de ce que tu as fait ?

Mes dents claquaient de rage.

— Non. Parce qu'il pense que tu l'as fait exprès. Il ne veut pas te parler.

J'eus l'impression de recevoir un deuxième coup, cette fois à l'endroit où était nichée mon âme. Entre le sternum et l'estomac.

— Tu as l'adresse de son père ? Pour que je puisse au moins lui écrire ? demandai-je d'une voix ferme en redressant les épaules.

Je n'allais pas abandonner. Nicky devait connaître la vérité.

— Bien sûr. Vas-y doucement quand tu lui écriras, d'accord ? Ne sois pas fâchée. Je me sens très mal de la façon dont les choses se sont déroulées. J'espère qu'il trouvera sa place là-bas.

*Non. Avec un peu d'espoir, il reviendra. Pour moi.*

Je voulais que Nicky échoue.

Qu'il s'avoue vaincu et qu'il revienne.

Je découvrais pour la première fois l'autre aspect de l'amour. Sombre, barbelé. Purulent. Toxique, comme moi.

— Hé, papa ?

— Oui, ma chérie ?

— N'essaie plus de m'adresser la parole. Pour moi, tu es comme mort.

Ce soir-là, j'écrivis ma première lettre à Nicky. Quatre pages d'excuses et d'explication de ce qu'il s'était passé ce jour-là. J'y ajoutai quelques photos de nous. Prises à la piscine et au parc. Pour une raison que j'ignorais, j'étais terrifiée à l'idée qu'il oublie mon visage. Je tendis la lettre déjà timbrée à Ruslana en guettant sa réaction. L'expression de ma gouvernante resta stoïque tandis qu'elle m'assurait qu'elle l'enverrait par la poste.

Deux semaines plus tard, j'envoyai une autre lettre à Nicky. Cette fois, je lui reprochais des choses. De m'avoir ignorée, de m'avoir trahie, d'avoir tourné le dos à notre amitié.

Pendant tout ce temps, mon père essayait de revenir dans mes bonnes grâces et me couvrait de cadeaux - un nouvel appareil photo, des billets pour *Wicked*, un sac à main que la plupart des femmes adultes trouveraient trop somptueux -, mais je ne cédais pas.

La semaine suivante, j'envoyais une troisième lettre à Nicky dans laquelle je m'excusais pour la lettre numéro deux.

Plus le temps passait sans réponse, plus mon désespoir grandissait. Je me sentais nostalgique, paniquée, bouffie de culpabilité et d'indignation. S'il avait décidé de se débarrasser de moi aussi facilement, peut-être méritait-il mon harcèlement. Ma fierté, déjà aussi fragile qu'une couronne d'épines, était en lambeaux. Tout ce que je voulais, c'était parler à Nicky. Entendre sa voix. Voir à nouveau son sourire en coin lorsqu'il me lançait une nouvelle pique.

Je passais les quatre premiers mois de ma première année à lui écrire. Sa réponse arriva sous la forme d'un cadeau importun la veille de Noël : toutes mes lettres, timbrées avec mon adresse de retour, encore scellées et non ouvertes.

C'est ainsi que je finis par craquer.

Il ne voulait pas me parler. Avoir de mes nouvelles. Qu'on lui rappelle mon existence.

Pendant ce temps, mon père était tapi dans l'ombre, attendant de sauter sur l'occasion de se réconcilier.

— Je suis tellement désolé, disait-il, je ferais n'importe quoi pour arranger les choses.

Les mois passèrent, mais pas ma colère. Cette année-là, je vis à peine mon père. Je faisais des projets tous les soirs et tous les week-ends sans l'inclure.

Un jour, alors que le trou laissé par Nicky dans ma poitrine me semblait particulièrement profond, mon père passa devant ma chambre. J'étais affalée sur mon lit, le regard perdu dans le vide.

— Qu'est-ce qu'il y a de si intéressant là-haut ? demanda-t-il. Au plafond ?

— Il n'y a pas de meilleure vue dans cette maison pourrie.

J'avais l'air d'une sale gosse et je le savais.

— Lève-toi. Je vais te montrer une vue.

— Tu m'en as déjà assez montré.

Nous savions tous les deux que je parlais de Nicky. Ce mec continuait de prendre le contrôle de toutes mes pensées.

— Je vais faire en sorte que ça en vaille la peine, dit mon père d'une voix suppliante.

— J'en doute, soufflai-je.

Si ma colère envers lui n'avait pas diminué, je m'étais aussi rendu compte que je n'avais personne d'autre que Jillian sur qui m'appuyer. Mes amis du lycée n'étaient que de passage, et ma famille vivait loin d'ici.

— Donne-moi une chance. (Il s'appuya contre le chambranle de ma porte.) Tu vas me la donner soit aujourd'hui, soit le mois prochain, soit l'année prochaine. Mais je te convaincrai de me pardonner. Tu peux me croire.

— Très bien, me surpris-je à dire. Mais ne crois pas qu'on va être cool ou je ne sais quoi.

Il m'emmena aux Cloîtres du Met pour admirer l'art et l'architecture médiévaux. La promenade se déroula intégralement dans le silence.

— Tu sais, dit mon père au moment d'arriver aux effigies des tombes, il y en a d'autres à l'abbaye de Westminster. Ma préférée est celle de la reine Elisabeth. Je pourrai t'emmener la voir, si tu veux.

— Quand ? demandai-je d'un air hautain.

Cette année, être horrible avec lui était devenu coutumier. Un truc parmi d'autres dans ma journée.

— Demain ? proposa-t-il avec son sourire malicieux de Conrad Roth. Je suis libre demain.

— J'ai cours demain, répondis-je d'une voix qui dégelait rapidement.

— Tu apprendras beaucoup de choses à Londres. Il y a beaucoup d'histoire.

C'est ainsi qu'au bout d'un an, je cédai et réintégrai papa dans ma vie. Nous fîmes des Cloîtres une activité mensuelle.

Londres ne me fit pas changer.

Pas plus que les voyages à Paris, Athènes et Tokyo.

J'étais toujours obsédée par tout ce qui concernait Nicky, avide de miettes d'informations sur lui.

Je changeai de tactique, passant d'une préoccupation constante à des flambées de questions et de harcèlement. Je pouvais passer des semaines sans parler de lui, puis plusieurs jours à poser sans arrêt des questions sur lui.

Ruslana m'expliqua que Nicky était heureux à Minsk. S'il ne répondait pas, c'était à cause de son emploi du temps chargé. Mon père me soutenait, mais chaque fois que j'essayais de lui demander de prendre des nouvelles de Nicky par l'intermédiaire de son détective privé, il refusait, arguant qu'il le faisait dans *mon intérêt*. Que j'avais besoin de tourner la page. Qu'il n'aimait pas voir cette obsession m'accaparer autant.

Il y avait peut-être quelque chose qui n'allait pas chez moi. L'amour pouvait-il rendre malade ? Je suppose que oui. J'avais vu ma mère pleurer mon frère toute ma vie et je ne voulais pas me languir de quelqu'un qui ne reviendrait jamais.

Pourtant, quand j'eus seize ans et que je reçus mon deuxième premier baiser d'Andrew Brawn, tout ce que j'avais en tête, c'était qu'il n'était pas Nicky.

Mais je savais qu'il était impossible de forcer mon père à quelque chose. Et puis, je devais choisir mes batailles. Ma mère n'était presque plus avec nous. Ma seule famille stable était mon père et je ne voulais pas la ruiner en me battant pour un garçon qui ne prenait même pas la peine de m'écrire.

Les années s'écoulèrent comme une rivière, me noyant dans toutes sortes de premières avec des garçons qui n'étaient pas Nicholai Ivanov. Premier jeu des Sept minutes au paradis (Rob Smith.) Première séance de pelotage sous les gradins (Bruce Le.) Premier petit ami (Piers Rockwysz) et premier chagrin d'amour (Carrie et Aidan de *Sex and the City*, parce que, admettons-le, Piers était génial, mais pas autant qu'Aidan.)

Nicky avait toujours flotté à la lisière de ma conscience, me donnant la sensation que chaque garçon avec qui je sortais n'était pas à la hauteur. Je me demandai combien de filles il avait embrassées au fil des ans. S'il pensait encore à moi lorsqu'il touchait d'autres filles, qu'il glissait ses mains sous leurs hauts. Ça me rendait folle de ne pas pouvoir lui demander. C'était peut-être mieux ainsi, car une grande partie de moi ne voulait pas savoir.

Ainsi, à mes dix-huit ans, la première chose que je fis fut d'appeler le détective privé de mon père. David Kessler était le meilleur de Manhattan. David revint vers moi quatre semaines après que je lui avais demandé de rechercher Nicky, pour m'informer de sa mort.

Je ne quittai pas mon lit pendant trois jours, après quoi la peur de devenir comme ma mère l'emporta sur la peine de savoir qu'il n'était plus en vie. À partir de ce moment-là, je me fis la promesse d'oublier l'existence de Nicholai Ivanov.

Si seulement c'était aussi facile...

# Chapitre 18

*Christian*
*Présent*

Arya arriva dans la salle d'audience le premier jour du procès.

De toute évidence, elle avait décidé de faire un bon gros doigt d'honneur à mes conseils.

Au moins, elle choisit de s'asseoir dans la zone publique et non sur le banc de la famille, où elle aurait été visible. Conrad Roth n'avait jamais engagé d'avocate comme je l'avais suggéré à sa fille. Que ce soit par fierté ou parce qu'il savait qu'il ne pourrait pas se sortir de ce pétrin par la ruse, nul ne le savait.

Cinq victimes, accusant Roth de six chefs d'accusation de harcèlement chacune, en quête de deux cents millions de dollars de dommages et intérêts, quarante millions chacune. Contrairement à d'autres prédateurs sexuels de sa position et de sa richesse, il n'avait pas réussi à couvrir ses traces. J'estimai à quatre semaines le délai avant que le juge Lopez ne nous demande nos conclusions.

Je fis ma déclaration liminaire, arborant un costume Brunello Cucinelli et une mine grave. Il me fallut fournir un effort surhumain pour détacher mes yeux de la femme qui se trouvait au dernier rang. Arya avait le dos bien droit, le menton relevé. L'image de l'élégance et de la dignité. Elle n'était pas revenue à la piscine, si bien que j'avais eu une semaine pour ruminer notre dernière rencontre, au cours de laquelle elle m'avait pratiquement dit d'aller me faire voir quand je lui avais proposé de l'emmener dîner. Naturellement, ça ne m'avait donné que plus envie d'elle encore.

Je ne savais pas exactement à quel moment la frontière entre mon envie de l'entuber et mon envie de la baiser avait commencé à s'estomper. Mais je savais que j'étais à cheval sur cette frontière comme une strip-teaseuse en quête de gros pourboires lors d'un enterrement de vie de garçon.

Peu importe l'irrationnalité, l'incohérence, le *danger* (et il ne faisait aucun doute que la toucher compliquerait mon affaire, la perspective d'obtenir mon statut d'associé et ma vie en général), je voulais Arya.

Je la méritais, aussi. Après tout ce qu'elle m'avait fait subir, l'avoir dans mon lit constituerait le lot de consolation ultime.

Elle pourrait poursuivre son bonhomme de chemin quand j'en aurais fini avec elle, probablement pour se marier en dessous de son pedigree, maintenant que papa chéri serait banni de la société qu'il dirigeait et exilé de la société mondaine.

Malheureusement pour Arya, et peut-être pour moi, ma déclaration liminaire comprenait une présentation montrant une photo de l'intimité de son père, qu'il avait envoyée à une stagiaire de vingt-trois ans, et qui était agrandie sur un écran au milieu de la pièce, pubis et érection en berne en gros plan.

Je m'efforçai de ne pas regarder Arya pendant que j'expliquais aux jurés que son père avait envoyé une image de son pénis à quelqu'un de plus jeune que sa propre fille. J'étais mal à l'aise. Je continuai de l'ignorer lorsque ma cliente expliqua en larmes à la barre à quel point elle était marquée par la révélation (tout à fait littérale) que son patron était un couillon.

Le premier jour du procès se déroula sans encombre. Les plaignantes étaient convaincantes. Les jurés leur réservèrent un bon accueil. Je donnai une prestation digne d'un Oscar, en écoutant d'un air concentré et en fronçant les sourcils en signe d'inquiétude à tous les moments opportuns.

Lorsque le juge Lopez abattit son marteau et annonça que l'audience était suspendue, je me retournai vers le siège d'Arya et découvris qu'il était vide.

Accompagné des plaignantes et de Claire, je franchis les doubles portes de la salle du tribunal, décomposant la journée en points digestes pour mes clientes. Je descendis les escaliers du palais de justice et passai entre les grandes colonnes. La pluie martela mon costume. De l'autre côté de la rue, une chevelure châtaine rebelle que j'aurais reconnue n'importe où disparut derrière la porte d'un café.

*Arya.*

— Je te retrouve au bureau, dis-je à Claire en lui touchant le bras, au moment où elle se tournait vers moi en disant :

— Tu veux prendre un café sur le chemin, pour qu'on parle ?

Elle s'arrêta, déglutit péniblement puis hocha la tête.

— Oui. Oui. Bien sûr.

Sans quitter des yeux la porte du café, je traversai la rue et entrai. Arya était déjà assise à une table haute qui faisait face à la fenêtre, une tasse de café entre les mains. Je me glissai sur le tabouret en face d'elle, conscient que je jouais avec des allumettes à côté d'un baril rempli d'explosifs.

— Comment on se sent aujourd'hui ?

Je me rendis compte sur le coup que ce n'était pas la bonne question à poser. Comment diable pouvait-elle se sentir ? Je venais de passer les sept dernières heures à clouer le cercueil métaphorique de son père avant de le jeter dans l'océan.

Arya releva les yeux, un peu désorientée. La pluie frappait la fenêtre devant nous.

— Les avocats ne sont pas censés savoir interpréter les signaux sociaux ? Je vous laisse deviner, grogna-t-elle en se frottant les yeux.

— Je suis plutôt du genre à aller droit au but.

Je posai ma serviette entre nous. Elle porta sa tasse à ses lèvres et la mordilla.

— Vraiment ? Alors prenez-vous cette vérité en pleine tête : je ne veux pas vous parler, Christian. Jamais.

— Pourquoi vous êtes venue aujourd'hui ? lui demandai-je comme si elle n'avait rien dit.

Je n'avais pas l'habitude de harceler les femmes, ni même de leur accorder la moindre attention à moins qu'elles ne la réclament. Mais je savais que le mécanisme de défense d'Arya consistait à repousser les gens – nous étions taillés dans la même étoffe – et je n'étais pas tout à fait certain qu'elle avait envie d'être seule à ce moment précis.

— Il ne vous a même pas regardée.

— Il y avait une photo de son pénis de la taille d'un écran de cinéma au milieu de la salle. C'est un peu difficile de regarder son enfant dans les yeux après ça.

— Exactement. Vous ne pouvez plus croire qu'il est innocent maintenant.

— Je ne suis pas sûre du tout qu'il soit innocent. (Elle reposa la tasse sur la table et la fit tourner distraitement.) Je suis dans la zone du doute raisonnable. Mais vous avez raison. Il m'a ignorée. Il ne me répond même pas au téléphone.

— C'est une forme d'aveu de culpabilité.

Je pris sa tasse entre ses doigts et en bus une gorgée. Elle prenait son café sans sucre et sans lait. Comme moi.

— Ce qui me ramène à mon point de départ : qu'est-ce que vous faites là ?

— C'est difficile de renoncer à sa seule famille. Même si cette famille est horrible. C'est pire que s'il était mort. Parce que s'il était mort, au moins je pourrais encore l'aimer.

En tant que fils de deux salauds de parents, je pouvais m'identifier.

— Et votre mère ? demandai-je.

— Elle n'a pas grand-chose d'une mère, pour être honnête. C'est pour ça que je pense que j'ai réussi à ne pas voir les signaux flagrants chez mon père. Vous avez dit que vous n'étiez pas proches de vos parents, c'est ça ?

Je souris, laconique.

— Pas particulièrement.

— Fils unique ?

Je hochai la tête.

— Vous avez déjà souhaité avoir des frères et sœurs ?

Elle posa son menton sur son poing.

— Non. Moins il y a de gens dans ma vie, mieux c'est. Et vous ?

— J'avais un frère, répondit-elle d'un air songeur en regardant la pluie qui tombait de plus en plus fort. Mais il est mort il y a très longtemps.

— Je suis désolé.

— Parfois, je pense que je serai toujours une moitié de quelque chose. Jamais une personne entière.

— Ne dites pas ça.

*Je n'ai jamais rencontré quelqu'un d'aussi entier que toi, avec ses imperfections et tout le reste.*

Soudain, Arya fronça les sourcils et pencha la tête sur le côté en m'observant.

— Attendez, est-ce que vous avez le droit de me parler ?

— Vous ne faites plus partie de l'affaire. Vous n'avez plus de lien professionnel avec votre père et votre nom ne figure pas sur la liste des témoins.

Même si, d'un point de vue éthique, le fait de parler à la fille de l'accusé n'était, au mieux, pas très orthodoxe, et au pire, un véritable bordel.

Elle haussa un sourcil.

— Ah non ?

Je secouai la tête.

— Il a supprimé toutes les mentions de votre entreprise sur ses sites web quelques jours après ma visite à votre bureau. À votre demande, je suppose.

Arya écarquilla ses yeux aux cils épais. De toute évidence, je m'étais trompé. Elle se leva d'un bond, renversant son café.

Le liquide brun se répandit sur la table. Elle redressa la tasse d'une main tremblante.

— Passez une bonne soirée, monsieur Miller.

Elle ouvrit la porte d'un coup sec et s'enfuit dans la rue. J'attrapai ma mallette et la suivis, conscient de mon acte manqué. À ce stade, on aurait dit que je ne demandais qu'à m'attirer des ennuis. Le juge Lopez aurait tous les droits de me renvoyer de l'affaire s'il découvrait ce que je faisais.

*L'histoire se répète.*

— Arrêtez, stop.

Je fendis la foule du soir de Manhattan. La pluie tombait à verse, alourdissant sa chevelure rebelle. Elle accéléra le pas. Elle courait. Elle me fuyait. Et je la poursuivais.

J'accélérai.

— Arya ! aboyai-je.

Je ne savais même pas ce que je voulais lui dire. Je savais juste que je voulais avoir le dernier mot. La pluie inondait mon visage. Elle s'arrêta à un passage piéton. Prise au piège, elle se retourna, sur la défensive, comme si elle était prête à bondir. Ses yeux verts dansaient dans leurs orbites.

— Quoi ? Qu'est-ce que vous me voulez, Christian ?

*Tout, et rien du tout.*

*Tes larmes, tes excuses, tes regrets et ton corps.*

*Mais surtout, je veux que tu te souviennes. De ce que nous étions. De ce que nous ne pourrons plus jamais être.*

Je passai une main dans mes cheveux trempés.

— Pourquoi n'êtes-vous plus revenue à la piscine ?

Elle rejeta la tête en arrière pour rire. Elle était si belle que j'avais envie de m'étrangler pour avoir accepté cette affaire. Pour ne pas avoir laissé Conrad Roth se faire épingler par quelqu'un d'autre pendant que je vivais une liaison sordide avec sa fille. Remplie de week-ends nus dans des endroits exotiques, de champagne et de sexe dépravé.

— Je voulais obtenir des informations sur vous, grommela-t-elle. Puis j'ai... (Elle s'interrompit à la dernière minute, ne voulant pas terminer sa phrase.) Puis j'ai réalisé que vous n'étiez pas le vrai méchant dans l'histoire.

— En effet.

Mais les mots avaient une drôle de saveur dans ma bouche, parce que, d'une certaine manière, je l'étais. Aucun de nous deux ne se souciait de la pluie qui tombait sur nous, plantés au milieu de la rue. Son parfum, celui des pêches, du sucre, et d'Arya, s'amplifiait sous la pluie. Le feu passa au vert dans son dos. Je me rapprochai et mes doigts me démangeaient de caresser sa joue.

— Épargnez-vous. Tournez le dos à votre père comme il vous a tourné le dos. Dînez avec moi.

Elle secoua la tête et ferma les yeux. Des gouttes de pluie volèrent de ses cheveux. Soudain, nous avions de nouveau quatorze ans. Je collai mon front au sien et la respirai à pleins poumons. Curieusement, elle ne me repoussa pas. Nos cheveux, nos nez étaient collés l'un à l'autre. Son cœur battait contre le mien. J'avais envie de faire des choses auxquelles je n'avais pas le droit de penser.

— Mon Dieu. (Elle serra les poings et les pressa contre mon torse.) Je veux que ça s'arrête.

— Je suis désolé. Vraiment, vraiment désolé.

Je l'étais. Du moins à cet instant. C'était un moment de Nicky pur comme avant, avec sa stupide faiblesse pour cette fille.

— Je me sens tellement perdue, souffla-t-elle.

— Vous vous retrouverez bien assez tôt. Quand le procès sera terminé. Quand la poussière sera retombée.

— Est-ce que baiser un Roth est un de vos rêves de longue date ?

Ses lèvres étaient si proches des miennes que j'aurais pu les goûter.

— Pas en général, non. Mais un en particulier, oui. Ça figure sur ma liste de choses à faire.

— Et vous réalisez toujours ce qui figure sur votre liste ?

Lèvres contre lèvres. Peau contre peau.

— La plupart du temps, admis-je.

— Eh bien, vous ne m'aurez pas.

— Vous êtes déjà à moitié à moi.

Nos corps étaient pressés, nos vêtements trempés, mais elle ne recula pas. Je me souvenais de la fille de douze ans qui ne m'avait pas laissé gagner une seule dispute quand nous étions au cimetière. Cette fille était toujours là.

— Vous voulez parier ?

Des gouttes d'eau perlaient à ses cils et elle n'avait jamais paru aussi belle, aussi destructrice, aussi réelle.

— Bien sûr, dis-je contre ses lèvres. Rendons les choses intéressantes. Si on couche ensemble, vous me paierez rétroactivement tous les dîners où je vais vous emmener.

Quelqu'un nous bouscula dans sa précipitation pour se mettre à l'abri et Arya manqua tomber. Je l'attirai à moi par la taille. Nos regards ne se quittaient pas.

— Quel geste chevaleresque. Et si je gagne et qu'on ne couche pas ensemble, vous répondrez à toutes mes questions sur l'affaire de mon père.

— Je ne peux pas faire ça.

— *Après* la fin de l'affaire, précisa-t-elle. Ce qui est aussi la limite à ce pari.

Je calai ses mèches de cheveux humides derrière ses oreilles.

— Dans la limite du raisonnable, et en gardant à l'esprit mon accord de confidentialité avocat-client, on a un accord.

— Combien de temps durera le procès ? demanda-t-elle.

J'étais fasciné par ses lèvres. Leur voile d'humidité. La façon dont elles s'enroulaient autour des différentes voyelles pendant qu'elle parlait.

— Quatre semaines. Cinq, si l'équipe juridique de votre père se sort la tête du cul et se présente, ce qui semble franchement peu probable.

— Vous feriez mieux de vous mettre au travail.

Elle m'adressa un clin d'œil malicieux. Je la regardai partir avec l'impression d'être dépossédé.

Ari et Nicky.

Nicky et Ari.

À l'époque, je ne lui avais pas suffi.

J'allais lui prouver qu'aujourd'hui j'étais plus qu'elle ne pouvait en supporter.

Plus tard dans la soirée, je me trouvais avec Arsène dans un bar branché de SoHo quand on tomba sur Jason Hatter, un type plutôt sympa avec qui j'étais allé à la fac de droit de Harvard. Il nous repéra de l'autre côté du bar, embrassa la joue de sa compagne et s'approcha de nous. Il nous apprit qu'il était récemment devenu associé de son propre cabinet, mais il avait l'air aussi heureux qu'un homme obligé de lécher des aisselles pour gagner sa vie.

— Tu n'es toujours pas associé ? demanda Jason, plus surpris qu'arrogant.

C'était un bon gars, mais il manquait autant de tact qu'une serviette usagée.

— Christian continue d'exercer son charme sur Papi et Papi, dit Arsène en me tapotant le bas du dos comme si j'étais son rancard ou je ne sais quoi.

Je repoussai sa main avec un regard noir.

— Je serai associé cette année, dis-je à Jason.

— Je n'en doute pas. Tu t'es fait un nom. Ma petite amie me demande si tu vois quelqu'un.

Je songeai à Arya, pas à Claire, avant de secouer la tête.

— Mais sans vouloir te vexer, mon pote, je ne suis pas du genre à faire des plans à trois.

Jason rit.

— Je voulais dire qu'elle souhaite t'arranger un coup avec une amie.

— Oh. (Je fronçai les sourcils.) Ça ne m'intéresse pas non plus.

Après le départ de Jason, Arsène se tourna vers moi, un sourire au coin des lèvres.

— Revenons à ton histoire. Juste pour qu'on soit sur la même longueur d'onde, tu dis que tu l'as *poursuivie* dans la rue ?

Je serrai mon whisky dans ma main et passai le dos de mes doigts sur ma mâchoire.

— Exact.

— Et ensuite, poursuivit Arsène très lentement, en me fixant comme si j'aurais dû porter un casque parce que j'étais un danger pour moi et tous ceux qui m'entouraient, tu as parié avec elle que tu pouvais la faire coucher avec toi, alors que tu n'as même pas son numéro de téléphone ?

— J'ai son numéro de téléphone, rectifiai-je. C'est juste que, techniquement, ce n'est pas elle qui me l'a donné.

— Précise « *techniquement* ».

— J'ai demandé à ma secrétaire de le trouver.

Arsène hocha la tête en silence, me laissant digérer à quel point ça paraissait fou pour quelqu'un de l'extérieur.

— Ensuite tu as failli l'embrasser.

— Mais je ne l'ai pas fait.

— Parce que... ?

— Ça compliquerait les choses.

Ça, c'était un mensonge. En vérité, je savais qu'elle me repousserait et j'attendais mon heure.

— Désolé de le dire, mon pote, mais le train des complications est déjà parti. Tu es dans la zone « gros bordel ». En bref, tu es cuit, dit Arsène d'un ton posé. Tu ne franchis jamais la ligne du professionnalisme. Avec Arya, tu l'as écrasée en Formule 1, et tu as fait des dérapages dessus.

— Ne me fais pas passer pour un saint.

Je fis tournoyer ma boisson dans son verre. Et, puisque apparemment je voulais maintenant prouver mon manque de professionnalisme :

— J'ai couché avec Claire.

— Tu parles, pour ce que ça devait être. Cette fille est plus conventionnelle qu'une glace au caramel. Tu l'as gardée sous le coude par pure commodité et tu as fait tout ce qui était en ton pouvoir pour garder votre liaison secrète. En plus, ça n'a même pas duré trois mois.

— Ce n'était pas bon pour l'image, même après que j'ai informé les RH. (J'agitai la main.) Elle travaille sous mes ordres.

— Elle préférerait sous autre chose. (Arsène leva son verre, le vida et le fit claquer sur le bar en bois.) En plus, il n'a jamais été question de réputation. Arya Roth est ta kryptonite. Tu n'aurais jamais dû prendre l'affaire, et maintenant tu ne peux plus faire machine arrière. À moins, bien sûr, que tu ne veuilles voir ta carrière partir en fumée.

Une rousse plantureuse se glissa entre nous à ce moment-là, vêtue d'une jupe en cuir noir et de ce qui ressemblait à un soutien-gorge rouge auquel il manquait quelques parties. Elle m'adressa un sourire félin et pencha la tête sur le côté.

— Mes amies là-bas ont parié cinquante dollars que je n'arriverais pas à te faire m'offrir un verre. Qu'est-ce que tu en dis ?

— J'en *dis*, fis-je en souriant cordialement et en me penchant pour murmurer à son oreille, que tu viens de t'appauvrir de cinquante dollars.

Le sourire de la femme se transforma en grimace, et elle recula pour retourner vers ses clones. Elle était exactement mon type, mais j'avais besoin d'un peu plus qu'une copie conforme de mon dernier coup d'un soir. Je voulais quelqu'un qui me défie, qui me combatte, qui me rende fou. Et ce quelqu'un était en train de me balader pour m'en être pris à son père.

Je me tournai vers Arsène, qui secouait la tête, plus qu'amusé.

— *Totalement* cuit.

— Quoi ?

— L'ancien Christian ne dirait pas non à une nuit de sexe sans attaches avec Jessica Rabbit.

— L'ancien Christian n'a pas besoin de se réveiller à 6 heures demain pour se préparer au procès.

— Bien sûr. (Arsène me tapota l'épaule en gloussant.) Le nouveau Christian peut se convaincre de ce tas de conneries, si ça le rassure.

Ce soir-là, lorsque je pris un Uber pour rentrer chez moi, je demandai au chauffeur de s'arrêter à l'adresse du travail d'Arya. Je me moquais de l'avis d'Arsène. Tout ce qu'il me fallait, c'était un aperçu avant de renvoyer Arya et son père dans mon passé.

Je savais qu'Arya et moi n'avions pas d'avenir. Non seulement parce qu'elle avait prétendu être une personne de confiance pour ensuite me poignarder dans le dos, mais aussi parce qu'elle me prenait littéralement pour quelqu'un d'autre. Aucune relation n'était envisageable. Arya prendrait ses jambes à son cou dès qu'elle découvrirait qui j'étais vraiment.

De plus, la Arya de quatorze ans m'avait écrasé pour le plaisir. Que ferait la Arya de trente et un ans lorsqu'elle découvrirait le jeu auquel je jouais ?

Les rues humides de Manhattan s'estompaient à travers la vitre, puis le chauffeur s'arrêta devant l'immeuble de briques rouges qui hébergeait la Brand Brigade. Il était dix heures et demie du soir. La lumière du bureau d'Arya était allumée de l'autre côté de sa fenêtre.

Je la regardai déambuler dans son bureau, sortir une feuille de l'imprimante tout en parlant au téléphone.

Adulte, elle était devenue un bourreau de travail. Tout comme moi.

— Monsieur ?

— Hmm ? demandai-je d'un air absent sans la quitter des yeux à travers la fenêtre.

— Ça fait un quart d'heure.

*Vraiment ?*

— Oui. (Je ne savais même pas que je l'avais dit à voix haute.) On peut y aller ?

— Oui. (Je jouai avec ma boîte d'allumettes.) À la maison.

# Chapitre 19

*Christian*
*Passé*

— Plus vite.

Le directeur Plath me donna une claque derrière la tête. Il traversa la cuisine carrelée en croisant les doigts dans son dos. J'étais presque entièrement plongé dans la marmite industrielle que je nettoyais. Mes doigts étaient si secs qu'ils saignaient chaque fois que je me lavais les mains. Ce qui était assez fréquent, vu que j'étais de corvée de vaisselle au moins quatre fois par semaine.

J'aspirai une bouffée d'air en grattant la croûte goudronneuse qui s'était déposée sur les bords et refusait de disparaître.

— M. Roth avait raison. Tu es si laid que tu pourrais détourner la foudre.

Le directeur Plath gloussa en s'arrêtant près d'une fenêtre qui donnait sur l'herbe verte. Des élèves étaient étalés sur une colline près de la fontaine pour profiter du soleil, siroter des granités, se raconter leurs projets pour l'été. Les miens incluaient de trouver du travail dans la ville la plus proche et de faire chaque jour quinze kilomètres à pied pour aller et revenir à l'internat parce que je n'avais pas les moyens de payer les tickets de bus. J'imaginais que Ruslana – il était inutile de l'appeler « maman » à ce stade – jouait les seconds violons pour les Roth. Elle préparait les *açai bowl* d'Arya, lui tressait les cheveux, lui portait son sac de plage sur des dunes dorées dans des endroits exotiques bordant l'océan.

— Il te rend un immense service, tu sais, poursuivit le directeur Plath en regardant distraitement les élèves par la fenêtre.

Ses yeux s'agrandissaient, avides. J'avais toujours eu l'impression qu'il aimait un peu trop ce qu'il voyait quand il regardait certains garçons.

— Tu ne serais rien devenu si tu étais resté à New York.

— Ça aurait été bien d'avoir le choix, marmonnai-je en changeant l'angle de mon bras sans cesser de frotter.

Mes muscles me brûlaient d'épuisement. Il n'était pas rare que mes bras soient engourdis toute la nuit après des heures de travail en cuisine.

— Qu'est-ce que tu as dit ?

Sa tête tourna si vite que je crus un instant que sa nuque allait se briser.

— Rien, rétorquai-je.

Les élèves n'étaient pas censés s'occuper de la cuisine ou de la blanchisserie à moins qu'ils se soient mal comportés. C'était supposé être une sorte de colle, mais ici j'avais l'impression de faire partie du personnel. Arsène et Riggs me disaient toujours que c'était de l'abus, et j'étais d'accord, mais je ne pouvais pas y faire grand-chose.

— Non. (Plath se rua vers moi, désireux d'en découdre.) Répète ça.

Je me retournai pour lui faire face. J'avais le visage rouge et brûlant. J'étais furieux contre lui pour me faire subir ça, et furieux contre moi-même de le supporter. Et contre Conrad, qui continuait à me narguer des années plus tard, bien qu'à bonne distance, juste parce que j'avais osé toucher à sa précieuse et stupide petite fille gâtée.

— J'ai dit que ça aurait été bien s'il m'avait laissé le choix ! dis-je en levant le menton.

Il s'approcha encore d'un pas, et son nez frôla le mien.

— As-tu la moindre idée de ce qu'il paie chaque année pour que tu sois ici ?

— Je parie que c'est moi qui paie le plus, puisque je travaille ici toute l'année.

Plath pressa son nez contre le mien, dressé au-dessus de moi, repoussant mon visage vers l'arrière, ses yeux plantés dans les miens.

— Tu travailles ici toute l'année parce que tu es une ordure incapable d'éviter les ennuis, railla-t-il. Parce que tu es un petit con inutile dont la seule contribution à la société consiste à nettoyer et à repasser les vêtements des bons garçons.

Quelqu'un chose se rompit en moi à ce moment-là. J'étais fatigué. Fatigué de me réveiller à cinq heures du matin pour faire la lessive des autres. Fatigué de faire mes devoirs à deux heures du matin parce que je devais nettoyer et frotter des casseroles. Fatigué de tondre la pelouse pendant les chaudes journées d'été sans faire de pauses pour boire. Épuisé d'être puni pour quelque chose que je n'avais même pas *voulu* faire. En même temps, je savais que Plath me défiait. Il attendait que je réponde. Que je riposte. Il voulait un prétexte pour me frapper. Je le savais capable de lever la main sur moi. Il avait été prudent jusqu'à présent, mais sa méchanceté l'emportait sur tous ses autres traits de caractère.

Alors, même si je savais que j'allais le regretter, je me forçai à sourire.

L'étirement de ma bouche sur mes joues me fit mal au visage, mais je le fis malgré tout, puis je prononçai les mots que j'aurais dû dire à Conrad la fois où il m'avait frappé :

— *Allez vous faire foutre.*

Je lui crachai au visage, mais pas avant d'avoir recueilli une quantité respectable de mucosités. Je savais que j'allais le payer, mais c'était trop bon. La salive atterrit sur la joue droite de Plath et glissa jusque dans son cou. Il ne fit pas un geste pour l'essuyer. Il se contenta de me fixer avec une expression que j'avais trop peur de déchiffrer.

Les quelques secondes qui suivirent furent floues. Le directeur Plath fit bruyamment craquer ses articulations. À point nommé, la porte de la cuisine s'ouvrit et trois élèves de terminale, membres de l'équipe d'aviron, entrèrent.

— Messieurs.

Plath fit un pas en arrière, ma salive encore sur sa joue. Et zut. Ils attendaient depuis tout ce temps. C'était un plan pour me pousser à bout.

— Je dois m'absenter pour nettoyer ce bazar. Veuillez tenir compagnie à M. Ivanov pendant mon absence. Vous voulez bien faire ça pour moi ?

— Pas de problème, monsieur.

L'un des garçons – le plus grand et le plus bête, naturellement – agita la main comme un maneki-neko vers le directeur tout en se dirigeant vers moi à grands pas. La porte de la cuisine se referma avec un clic. Je les regardai tous les trois. Je savais ce qu'il allait se passer. Pourtant, je ne regrettais pas.

Raclure numéro un fit craquer ses articulations tandis que Raclure numéro deux me plaquait contre le mur. Raclure numéro trois montait la garde près de la porte. Je savais que c'était la fin pour moi. Que j'allais probablement mourir.

— Salut à toi, Oliver Twist. Tu t'es frayé un chemin dans la haute société et tu t'es dit qu'on allait te laisser entrer comme si t'avais ta place ici, hein ? demanda Raclure numéro un.

Je ne répondis pas. Il me donna un coup de poing en pleine mâchoire et ma tête vola de l'autre côté tandis que Raclure numéro deux me maintenait fermement en place.

Raclure numéro un éclata de rire. J'avais la bouche en sang. Ma mâchoire était engourdie, mais je sentis quelque chose de chaud dégouliner sur mon menton.

— Et répondre comme ça à ton directeur… où tu as été élevé ? Dans la jungle ?

Il me donna un coup dans le ventre et, quand je me pliai en deux, il m'envoya plusieurs coups de pied au visage en me tenant par les épaules pour m'empêcher de tomber. Il y eut encore plusieurs raclées, mais je n'étais plus qu'à moitié conscient à ce moment-là. Mes paupières étaient trop lourdes pour rester ouvertes et les bruits autour de moi étaient étouffés. J'avais l'impression d'être au fond de l'océan. Je ne sais pas combien de temps s'écoula. Peut-être quelques minutes. Peut-être une heure. Mais à un moment donné, il y eut des cris et des coups de poing autour de moi – des personnes se battaient entre elles, plus seulement moi – puis deux paires de mains m'entraînèrent hors de la cuisine tandis que leurs propriétaires aboyaient l'un sur l'autre. Je reconnus d'abord la voix d'Arsène. Elle resta calme tout au long de la conversation. Flippante. Riggs, lui, avait envie d'y retourner et de leur botter le cul.

— Tu as déjà cassé le nez de ce type, dit Arsène, gémissant sous l'effort alors qu'ils me traînaient dans l'escalier jusqu'à ma chambre.

Je gardai les yeux fermés, trop honteux pour les ouvrir. Je ne voulais répondre à aucune question.

— Ce connard avait déjà l'air d'un opossum écrasé. Je veux infliger des dommages permanents, se plaignit Riggs en me tirant lorsqu'ils arrivèrent à mon étage et tournaient dans le couloir couvert de moquette qui menait à ma chambre.

— Le dommage le plus permanent que ce type subira, c'est d'avoir l'intelligence d'un putain de yaourt, et ça n'a rien à voir avec toi. Laisse tomber. Ils sont de mèche avec Plath.

— On devrait se faire Plath aussi, dit Riggs en ouvrant ma porte d'un coup de pied.

Ils me jetèrent sur mon lit. J'ouvris un œil et vis Riggs enlever sa chemise par le col, la jeter dans mon lavabo et la faire tremper dans l'eau froide.

Arsène s'assit à côté de moi et fit couler de l'eau entre mes lèvres fendues.

— Non. Ce Conrad l'a dans la poche. Il va falloir surveiller Nicky de plus près.

Riggs essora sa chemise, déboutonna mon uniforme et commença à presser sa chemise mouillée en boule comme une compresse contre ma peau chaude et meurtrie. Je gémis de douleur, mais c'était agréable.

— Oh ! regarde. La princesse est réveillée, roucoula Riggs. Comment ça va, petite chérie ?

— Je t'emmerde, Riggs.

Il rit.

— Il va bien. Et si j'allais nous chercher des hamburgers ? Je peux conduire jusqu'au centre-ville.

Je secouai frénétiquement la tête.

— Tu pourrais te faire prendre.

Riggs ne se contentait plus de faire exploser des objets au hasard et de provoquer de petits incendies, il était passé au vol des voitures du personnel et à des incursions en ville. Il n'avait pas le permis de conduire. Ce n'était pas un frein à ses projets.

— Tant mieux.

Riggs me tapota le genou pendant qu'Arsène rédigeait une liste de choses à ramener. Certainement des frites à l'ail.

— Comme ça, c'est moi qui serai de corvée de cuisine, et pas toi. Ou mieux encore, on le sera ensemble. La grande famille dysfonctionnelle que nous sommes.

— Vous ne pouvez pas faire ça, marmonnai-je, trop fatigué pour argumenter.

— On le peut et on le fera. (Arsène me repoussa sur mon lit.) Et t'as intérêt à nous rendre la pareille quand ce sera notre tour de déconner.

Le lendemain, Arsène se fit prendre en train d'acheter de l'herbe qu'il n'avait pas l'intention de fumer à un élève de dernière année, tandis que Riggs ramenait un vrai puma qu'il avait réussi à mettre en laisse et qu'il déclarait être son nouvel animal de compagnie. Mes deux meilleurs amis écopèrent de deux semaines de corvée de cuisine et de blanchisserie.

Après ce jour, Riggs et Arsène s'assurèrent que je ne sois plus jamais seul.

# Chapitre 20

*Arya*
*Présent*

Je décidai d'assister au procès pendant la journée et de rattraper mon travail le soir. Ce n'était pas l'idéal. Mais dans ma situation, rien ne l'était.

Christian Miller n'avait pas tort. Les preuves ne laissaient aucune place au doute. Chaque ligne de défense que Louie et Terrance essayaient de mettre en place était contrecarrée par de nouvelles preuves fournies par Christian et ses clientes. Louie et Terrance ne pouvaient même pas nier le harcèlement. Au moment de présenter le dossier, ils suggérèrent simplement que toutes les avances étaient pleinement consenties. L'une des accusatrices avait vingt-trois ans, pour l'amour du ciel. Plus jeune que moi, et catholique convaincue. L'idée qu'elle puisse se jeter sur mon père était délirante. Et toutes avaient été licenciées par lui après avoir refusé ses avances sexuelles.

Pourtant, je continuai de venir au tribunal tous les jours. Peut-être pour me punir, mais plus probablement pour punir mon père. Je savais à quel point le fait que je sois témoin de tout cela le tuait.

Je ne dormis pas beaucoup ces jours-ci. Je pleurais surtout jusqu'à l'épuisement, mon esprit passant en revue tous les souvenirs des interactions de mon père avec ses employées, comme un disque rayé.

Puis je me réveillais et je me traînais au tribunal, encore et encore et encore.

Après chaque journée de procès, Christian me remettait une réservation imprimée dans l'un des restaurants dont tout le monde parlait en ville. Le Benjamin Steakhouse, le Luthun, le Pylos ou le Barnea Bistro.

— J'y attendrai une heure ce soir. Nous aurons une salle privée, ou au moins un box où personne ne pourra nous voir.

— Oh ! je suis sûre que ça vous ferait le plus grand plaisir de nous faire prendre.

— Pas du tout. Si on se fait prendre, on perd tous les deux.

Il n'insistait jamais, ne suppliait jamais et n'exprimait jamais de déception ou de colère quant à mon absence le lendemain, alors même que je savais qu'il attendait, seul, au restaurant tous les soirs.

Chaque jour où j'ignorais son invitation fissurait un peu plus ma détermination. Un peu plus profondément. Je le regardais en action au tribunal, les tripes remplies de colère et de désir, d'exaspération aussi, car pour la première fois de ma vie j'étais incapable de déterminer si quelqu'un était un allié ou un ennemi.

Surtout, j'observais Christian avec crainte, car je soupçonnais qu'il avait compris que je ne venais plus au tribunal pour papa.

Je venais au tribunal pour *lui*.

Une nuit, je dormais profondément dans ma chambre, vêtue d'un simple sweat-shirt que j'avais volé à Jillian à l'université. J'étais épuisée par une journée passée au tribunal et au travail (j'avais à peu près réussi à rattraper mon retard, mais cela me tuait d'être présente dans deux choses qui prenaient le dessus sur ma vie). J'avais sombré dans un doux sommeil lorsque je sentis une ombre planer au-dessus de mon corps et, quand je levai les yeux, Christian était là, debout au pied de mon lit, toujours dans son costume impeccable.

Il sentait la pluie et les copeaux de crayon, et j'étais fatiguée de le repousser. Tellement fatiguée, en fait, que je ne lui demandai même pas comment il était entré.

— Qu'est-ce que vous faites ici ? demandai-je à la place.

Ma voix n'avait pas ce timbre furieux que j'utilisais chaque fois que nous nous disputions.

Mais Christian ne répondit pas. Il s'assit sur le bord de mon lit, me saisit la cheville et posa mon pied sur ses genoux pour le masser. Je gémis, rejetai la tête en arrière et le laissai accomplir des merveilles.

Mon incapacité à le repousser me consternait.

Ses mains remontèrent jusqu'à l'arrière de mes genoux, me palpant sans relâche, pétrissant les chaires douces et douloureuses de mon corps.

— Ça ne signifiera rien du tout, marmonnai-je en fermant les yeux.

Parce que je savais où cela allait nous mener, et lui aussi.

Un petit rire s'échappa de sa gorge.

— J'annulerai nos invitations au mariage.

— Mais pas la pièce montée. Faites livrer la pièce montée à mon bureau. J'ai eu envie de sucre toute la semaine.

Ses mains remontèrent jusqu'à l'intérieur de mes cuisses, et il me tira vers le bas pour pouvoir me caresser encore, jusqu'à ce que ses doigts soient là, entre mes cuisses, là où aucun homme ne m'avait touchée depuis si longtemps. Je poussai un soupir tremblant lorsque sa main dépassa le bord de la culotte. Il plongea deux doigts dans mon intimité trempée.

— Ce soir, je ne vais me servir que de mes doigts pour que demain, en vous réveillant, vous en vouliez plus et que vous me demandiez la totale. Compris ?

Je rouvris les yeux, fronçai les sourcils. Il avait du culot de paraître aussi sûr de lui et aussi arrogant. Je n'avais pas l'intention de le solliciter demain, mais si je pouvais en tirer un orgasme *ce soir*, j'étais prête à supporter ses idées grandioses.

— Tout ce que vous voulez, Napoléon. Donnez-moi juste du plaisir.

Je pris sa main et l'enfonçai plus profondément dans ma culotte, et il éclata de son rire profond et viril qui vibra au creux de mon estomac.

Puis, la seconde suivante, ses doigts glissaient à l'intérieur et à l'extérieur de moi et touchaient un point profond et sensible. Il massait mon clitoris tout en poursuivant ses va-et-vient, et je dus admettre à contrecœur qu'il n'avait pas tort – il était doué pour tout. Surtout avec ses mains.

Mes hanches se dressèrent et roulèrent pour répondre à son contact.

Ma respiration se fit plus rapide et plus superficielle à la fois alors que je quêtais cette sensation insaisissable d'être satisfaite par quelqu'un d'autre que soi.

— Christian. Je... je... je...

— Vous n'arrivez pas à faire une phrase cohérente ? susurra-t-il au creux de mon oreille en riant doucement.

— Allez vous faire foutre.

— J'ai déjà une longueur d'avance sur vous, chérie.

Il se mit à jouer avec moi plus vite, plus profondément. Ses mains étaient partout, sur mes seins, sur ma nuque, sur mes jambes. Mais il ne m'embrassa pas, et il ne me posséda pas, comme il l'avait promis.

L'orgasme me submergea par vagues. Tout se mit à trembler et je fermai les yeux, incapable de le regarder alors qu'il me procurait un plaisir et une joie si purs.

Lorsque je finis par rouvrir les yeux, Christian n'était plus là.

Il ne me restait que l'humidité entre mes cuisses, des sous-vêtements fichus, et mes doigts encore emmêlés dans l'élastique de ma culotte.

C'était un fantasme.

Un rêve.

Christian n'était jamais venu ici.

— Ton père demande à te voir.

Ma mère m'annonça la nouvelle d'un air morbide. Je suppose que c'était justifié, étant donné que je la fuyais depuis quelques jours. Je ne lui reprochais pas de ne pas venir au tribunal. Il fallait être une masochiste de première classe comme moi pour s'infliger ça. En revanche, je lui reprochais à peu près tout le reste, y compris (mais pas seulement) d'avoir négligé mon existence jusqu'à ces dernières semaines, quand tout avait explosé. Maintenant, elle voulait ma compagnie. Se racheter. C'était trop peu, trop tard.

— Ne peut-il pas me le demander lui-même ? répondis-je en faisant la queue pour acheter un café en face du tribunal, mon téléphone calé entre mon oreille et mon épaule.

Je tapai du pied avec impatience et jetai un coup d'œil à ma montre. Le procès était terminé pour la journée et je n'avais toujours rien mangé.

— Avec tout ce qu'il se passe, il n'était pas sûr que tu veuilles le voir, expliqua ma mère.

Je savais qu'elle n'avait rien à se reprocher, et pourtant, je ne pouvais pas m'empêcher de diriger une partie de ma colère contre elle. Après tout, elle avait participé à l'échec de ce mariage.

— Il t'a donc envoyée comme porte-parole ?

— Arya, personne ne l'a accusé d'excès d'élégance. Tu viens ou pas ? demanda-t-elle.

La file d'attente avançait à une vitesse d'escargot. J'avais désespérément besoin d'un café.

— Je serai là dans trente minutes. Vingt si ça roule bien. (J'éteignis mon téléphone et le rangeai dans mon sac.) Un Grande Americano sans crème, sans sucre. Merci.

Je cherchai mon sac à main avant de sentir une main frôler mon épaule et tendre une American Express noire.

— Elle prendra aussi le wrap du Sud-Ouest végétarien et les grains de café enrobés de chocolat.

Je tournai vivement la tête avec une mine déjà renfrognée.

— Qu'est-ce que vous faites, là ?

— Je gonfle l'ardoise de tous les dîners que vous allez devoir me payer. (Le sourire de Christian ressemblait plus à une caresse des doigts sur ma colonne vertébrale.) Pour l'instant, vous êtes dans le rouge d'environ mille dollars. Tous ces restaurants que j'ai fréquentés seul cette semaine ne sont pas bon marché et j'insiste toujours pour avoir une bonne bouteille de vin.

— Boire seul tous les soirs, ça porte un nom. (Je souris gentiment.) L'alcoolisme.

Un sourire plissa le coin de ses yeux.

— Ne vous inquiétez pas, madame Roth, j'ai fait don du vin à mes voisins de table. Très généreux de votre part, si je puis me permettre.

Il fallait le reconnaître, personne n'était immunisé contre ses charmes. Ni les jurés – hommes et femmes confondus –, ni le greffier, ni son associée junior. Ce qui me poussa une fois de plus à me demander pourquoi il me poursuivait. Certes, j'étais jolie et j'avais du succès dans mon domaine, mais Christian Miller avait le choix. Pourquoi perdre du temps avec quelqu'un qui consacrait toute son énergie à essayer de le haïr ?

— N'oubliez pas que je ne vous dois pas un centime si je ne couche pas avec vous. Ce qui me fait penser… (Je pivotai vers la serveuse en face de nous avec un sourire.) Je prendrai aussi des chips, tous vos biscuits et cinq cartes cadeau d'une valeur de cinq cents dollars.

— Votre optimisme est louable, dit Christian en passant le bout de sa langue sur sa lèvre supérieure.

— Et vos illusions sont inquiétantes, répliquai-je en remerciant la serveuse d'un signe de tête, qui prit ensuite la commande de Christian.

Un café. Je restai à ses côtés jusqu'à ce que mon Americano soit prêt.

— Où est-ce qu'on ne dîne *pas* ensemble ce soir ? demandai-je d'un ton léger pour changer de sujet.

— Je suis content que vous posiez la question. Ce soir, je vous attendrai au Sant Ambrœus. C'est un restaurant italien dans le West Village. On dit que le *cacio e pepe* est à tomber.

— Oh ! c'est vrai ? Une fille a le droit d'espérer.

Il me sourit, et j'eus la sensation d'être une gamine à qui un adulte fait plaisir.

— Arrêtez de sourire, lui ordonnai-je. Ça me met de mauvaise humeur.

— Je n'y peux rien. Votre aversion pour la défaite est adorable.

— Je ne suis pas adorable, répliquai-je, laconique.

Je ne l'étais pas. J'étais une puissante patronne au caractère bien trempé et à la carrière ambitieuse. Et plus encore.

— Si, vous l'êtes, dit-il, presque à regret. Et ce n'était pas dans mes projets.

Une autre serveuse appela mon prénom et je m'approchai pour récupérer ma commande.

— Tout ce que je vous demande, c'est une heure, me rappela Christian. Et cette fois, je prendrai le Château Lafite Rothschild 1995. C'est huit cents dollars la bouteille. Ça ne vous dérange pas, n'est-ce pas ?

Je me retournai et martelai le sol de mes Jimmy Choo tout en commandant un Uber sur mon téléphone.

*Quel crétin.*

— Brand Brigade va devoir me reprendre comme client. Individuellement, pas en tant que membre d'une société.

Mon père s'adossa à son fauteuil en cuir marron devant le feu qui crépitait. Son bureau était en désordre. Des dossiers partout. Y compris les piles que j'avais feuilletées l'autre jour, ce qui avait dû révéler que j'étais au courant de sa liaison avec Ruslana. Mais ça n'avait sûrement aucune importance. Je doutais qu'il avait envie de s'expliquer à ce stade.

— Pourquoi ferions-nous cela ? demandai-je froidement.

Conrad, qui avait perdu au moins cinq kilos au cours des dernières semaines, me regarda comme si j'étais une idiote.

— Parce que je suis ton père, Arya.

— Un père qui ne répond à aucun de mes appels et qui refuse de me voir depuis des semaines, lui fis-je remarquer.

Ma mère entra avec empressement dans le bureau, munie d'un plateau de biscuits sucrés et de thé. Je l'avais vue plus souvent ces dernières semaines qu'au cours des dernières années. Elle ignora complètement son mari et posa le plateau devant moi. Je ne lui avais même pas demandé comment *elle* prenait tout cela. Je me sentis coupable.

— Désolée, je ne voulais pas vous interrompre. J'ai juste pensé que tu apprécierais une petite douceur. Les biscuits au sucre, ce sont tes préférés, non ?

En fait, j'étais plutôt du genre pépites de chocolat, mais ce n'était pas le sujet et c'était super trivial. J'esquissai un sourire tendu.

— Merci, maman.

Après qu'elle eut refermé la porte derrière elle, je me retournai pour regarder mon père.

— Tu disais ?

Conrad se frotta la joue et poussa un soupir grandiloquent.

— Écoute, qu'est-ce que j'étais censé faire ? Tu es mon précieux bébé. Personne ne veut être pris le pantalon baissé devant ceux qu'il aime.

— Donc tu as menti, dis-je sans ménagement.

— Oui et non. J'ai eu des liaisons. Beaucoup de liaisons. Je ne suis pas fier de mon infidélité. Mais je n'ai harcelé personne.

— Ce n'est pas ce que dit ta photo obscène.

Il remua, mal à l'aise.

— C'était réciproque et c'était une période sombre de ma vie. Je ne suis pas un monstre.

— C'est au tribunal d'en décider, pas à moi. (Je croisai les jambes et pris mon genou dans mes mains.) Et tant que je ne connais pas la réponse à cette question, je ne peux pas, en toute conscience, lier ma société à ton nom. D'autant plus que tu nous as lâchées sans même m'en avertir peu avant le début du procès.

— Je l'ai fait pour te protéger !

Conrad frappa le bureau de sa paume, faisant trembler le meuble.

Je secouai la tête.

— Tu l'as fait parce que tu voulais engager quelqu'un de plus gros, avec plus de crédibilité. Mais personne n'a accepté, n'est-ce pas ? Personne ne voulait se salir les mains.

Il se pencha au-dessus du bureau qui nous séparait, se rapprochant de moi, une veine palpitant sur sa tempe.

— Tu crois que c'est un jeu ? Je pourrais perdre tout ce que j'ai, Arya, et te priver de ton héritage. Tu pourrais être pauvre.

Le dernier mot avait été prononcé avec un dédain total.

— Je ne serai jamais pauvre car je subviens à mes besoins. Mais si je perds mon héritage, à qui la faute ?

— À eux ! (Mon père se leva d'un bond et jeta ses bras en l'air d'un geste de frustration.) Bien sûr que c'est leur faute. Pourquoi penses-tu qu'il leur a fallu tant de temps pour se manifester ? Elles ont suivi la plainte d'Amanda Gispen !

— Elles avaient peur que tu ne ruines leur vie. (Je me levai à mon tour en montrant les dents.) Comme tu l'as fait pour Ruslana et Nicky. Que leur est-il arrivé ? Dis-le-moi.

Mon père me regarda avec mépris. Je n'aurais jamais cru voir cette expression sur son visage. De la haine pure et simple. Je me demandais où était passé l'homme qui avait embrassé mes bobos et m'avait lu des histoires pour m'endormir. Comment je pouvais le ramener. Et surtout, s'il avait vraiment existé.

— Tu crois qu'un accord est toujours possible ? demanda-t-il, changeant de sujet.

— Comment le saurais-je ?

— Ce Christian a l'air de s'intéresser à toi.

— Vraiment ? demandai-je pour gagner du temps.

Mon cœur s'emballa dans ma poitrine à la mention de son nom.

— Je vois la façon dont il te poursuit comme un chiot. Il s'y prend mal pour le cacher. Renseigne-toi pour moi.

Je dus faire un effort incommensurable pour ne pas balancer quelque chose contre le mur.

— Il ne se laissera pas influencer. Il veut ta tête sur un plateau d'argent.

— Il te veut encore plus dans son lit.

Il me regarda alors. À l'intérieur, je m'effondrai et je vomis. Tout l'amour qu'il me restait pour lui. Les bons souvenirs, et les mauvais aussi. Et le brin de loyauté qui nous reliait. Parce qu'un homme capable de demander une chose pareille à sa fille était capable de faire bien pire. Il venait de se trahir.

— Waouh. D'accord. C'est le signal pour que je parte.

— Si tu ne m'aides pas..., pesta-t-il en tendant une main pour m'arrêter, mais la retirant avant que je puisse la repousser. Tu n'existeras plus pour moi, Arya. C'est ta chance, ta seule chance de me rendre la monnaie de ma pièce pour m'être occupé de toi quand ta mère n'en avait rien à faire. J'ai besoin de savoir si tu es de mon côté ou non.

Nous étions tous les deux debout maintenant. Je ne savais pas quand c'était arrivé. Je fermai les yeux. J'inspirai profondément. J'ouvris la bouche.

— Sois honnête avec moi d'abord. Est-ce que tu leur as fait du mal ? (Il savait ce que je voulais dire.) Alors ?

Il y eut une pause. La vérité était suspendue dans l'air entre nous, au-dessus de nos têtes. Elle avait un goût, une odeur et un pouls. Je la connaissais avant de l'entendre. C'est pourquoi il savait qu'il serait inutile de mentir.

— Oui.

Le mot résonna à mes oreilles. J'ouvris la bouche, refusant de laisser couler les larmes. Je pivotai et m'enfuis. Je me précipitai hors de l'appartement. Ma mère me suivit. Elle attendait dehors, dans le couloir, et devait écouter notre conversation.

— Arya ! Arya, attends !

Mais je ne l'écoutai pas. Je descendis deux étages avant d'appeler l'ascenseur, juste pour m'assurer qu'ils ne me suivaient pas. Une fois à l'intérieur, je réalisai que j'avais cessé de l'appeler « papa », même dans ma tête. Il était Conrad maintenant, l'homme qui était tombé en disgrâce, entraînant sa famille dans sa chute.

Lorsque les portes s'ouvrirent, mon instinct me poussa à traverser la rue et à me rendre au cimetière. Rendre visite à Aaron. J'avais besoin de parler à quelqu'un. De me décharger.

Mais je ne voulais pas parler à Aaron.

Pour la première fois depuis longtemps, je voulais parler à quelqu'un qui pouvait me répondre.

— Désolé, mon pote.

Je dépassai le cimetière puis hélai un taxi jaune. Je consultai ma montre.

Je pourrais peut-être arriver à temps, après tout.

J'aperçus Christian à travers la fenêtre du restaurant, assis dans l'un des box rouges et capitonnés. Un repas entier était posé devant lui, intact. Il travaillait sur son ordinateur portable. Il se tenait droit, le visage stoïque, ignorant les regards curieux des gens autour de lui. Mon rythme cardiaque s'accéléra. J'essuyai les larmes que j'avais versées sur le chemin et tendis ma carte de crédit à la chauffeuse.

— De quoi j'ai l'air ? demandai-je à la femme d'âge moyen derrière le volant.

Elle me jeta un coup d'œil dans le rétroviseur.

— Vous voulez la vérité ?

*Généralement oui, même si je n'en étais plus aussi sûre, désormais.*

— Vous avez une mine affreuse. Sans vouloir vous vexer.

— Je ne le suis pas.

— Mais vous avez une bonne silhouette et un beau pare-chocs, alors allez le mettre par terre, chérie.

Sur ces puissants mots d'encouragements, je filai.

Il était 8 h 55, mais j'avais réussi. J'entrai dans le restaurant et expliquai au maître d'hôtel que mon compagnon m'attendait, puis je me précipitai dans le labyrinthe de box, submergée par une inexplicable bouffée d'affection lorsque Christian releva les yeux de son écran, une expression de surprise enfantine colorant ses joues.

Il ferma son ordinateur portable et s'adossa, profitant du spectacle. Je me plantai devant lui sans m'asseoir. J'étais essoufflée, mes cheveux étaient en bataille et j'avais désespérément besoin de me laver.

— Peut-on vraiment être vus ensemble comme ça, au grand jour ?

Je voulais que l'important soit dit d'emblée.

— Personne ne nous connaît, ici. En tout cas, si on se voit une ou deux fois en public, sans se toucher, sans flirter, on pourra toujours dire que vous travaillez sur l'affaire, que vous essayez de me convaincre de convaincre mes clients d'accepter un arrangement. Tant qu'on ne se... *bécote* pas.

— On ne va pas se *bécoter*, répliquai-je sèchement.

— Est-ce que ça va ? demanda-t-il sans trace de sarcasme dans la voix.

— Pourquoi ça n'irait pas ? aboyai-je, toujours sur la défensive.

Je ne pouvais pas vraiment lui parler de ma conversation avec mon père, même si, techniquement, j'étais venue ici pour ça.

— Parce que vous êtes là, dit-il gentiment en se levant pour reculer ma chaise.

Je m'assis. Il posa les mains sur mes épaules. Tout mon corps s'anima. Je sentais sa peau chaude à travers mes vêtements. Je n'avais plus l'impression d'être une traîtresse, une salope, parce que je voulais être avec lui. Mon père était un monstre qui méritait d'être puni. Christian avait raison. Il n'était pas responsable de la chute de Conrad Roth.

Il prit place en face de moi, et j'aurais pu jurer que la lueur qui scintillait dans ses yeux d'un bleu glacial était celle du bonheur pur. Il avait l'air surpris, voire un peu étourdi.

— Qu'est-ce qui vous a fait changer d'avis ?

— C'est important ? murmurai-je, sentant les larmes me picoter de nouveau les yeux.

— Oui.

Il tendit la main pour remplir mon verre de vin. Il avait l'air très cher. *J'ai plutôt intérêt à ne pas coucher avec cet homme.*

— Pour moi, ça l'est.

— Pourquoi ?

— Parce que vous ne coucherez pas avec moi tant que vous penserez que je fais du tort à votre père. Je veux donc savoir si ça a fait tilt.

Ses mots me ramenèrent sur terre. Bien sûr que Christian ne s'intéressait à moi qu'en tant que conquête. Un prix étincelant. Un bonus pour avoir gagné ce procès, quelque chose à enlever à mon père. Je dépliai ma serviette d'un coup sec et la posai sur mes genoux, puis je saisis une fourchette et enroulai une bouchée de pâtes. J'étais tellement consciente de ses yeux sur moi, tellement submergée par les émotions que je n'avais même pas touché à la nourriture qui se trouvait sur la table.

— Je suis ici parce que j'avais besoin de respirer et de manger un bon repas. Rien de plus.

Ma voix était ferme, mais je n'arrivais pas à le regarder en face.

— Et moi, je suis là pour la cuisine, ironisa-t-il.

— C'est de la bonne cuisine, soulignai-je en faisant semblant de parcourir la carte.

Je sentis son regard. Je fermai la carte, la reposai et secouai la tête.

— Pourquoi êtes-vous devenu avocat ? demandai-je.

— Pardon ?

Il haussa les sourcils.

— Parmi toutes les professions du monde, pourquoi avez-vous choisi celle-ci ? Vous êtes brillant. Vous êtes vif. Vous auriez pu faire n'importe quoi.

Je m'attendais à une blague, à un changement de sujet, ou peut-être à une réponse générique. Au lieu de cela Christian réfléchit sérieusement avant de répondre.

— En grandissant, j'ai été victime de traitements injustes. Je pense qu'une partie de moi a toujours voulu s'assurer que ça ne se reproduirait plus. Si on connaît ses droits, on sait comment se protéger. Je n'ai pas toujours connu mes droits.

Je déglutis.

— Ça fait sens.

— Et vous ? demanda-t-il avant que je puisse me pencher sur ce qu'il lui était arrivé. Pourquoi les relations publiques ?

— J'aime aider les gens, et le sang me donne la nausée. C'était soit les relations publiques, soit la médecine.

Christian rit. Il avait l'air de me comprendre. Mais... comment le pourrait-il ?

Le reste de la conversation se déroula agréablement. Même si nous voulions tous les deux en savoir plus l'un sur l'autre, nous nous en tînmes à un sujet qui ne pouvait pas faire l'objet d'une dispute ou d'un débat : la nourriture.

Il commença à me détailler chaque plat qu'il avait commandé. Lorsqu'il eut terminé, je pinçai les lèvres en l'étudiant. Je décidai que j'avais déjà rencontré cet homme. Peut-être brièvement, dans un bar, à l'une des fêtes auxquelles j'étais allée à l'université, ou lors d'un événement caritatif, mais j'étais certaine que nous nous connaissions.

— Subjuguée ?

Le sourire arrogant de Christian était de nouveau de mise. Je haussai les épaules et bus une gorgée de vin.

— Je trouve juste que c'est mignon.

— Qu'est-ce qui est mignon ?

— À quel point vous voulez gagner notre pari.

Christian fit tinter son verre contre le mien.

— Il y a une chose que vous devriez savoir à mon sujet, Arya : je ne perds jamais un pari.

# Chapitre 21

*Christian*
*Présent*

Elle était là.

Dans mon domaine, sur mon territoire, entre mes *griffes*.

Que ce soit son père qui l'avait poussée dans mes bras ou le mystère qui m'entourait, Arya avait fini par mordre à l'hameçon. Elle avait l'air épuisé. Le contour de ses côtes apparaissait sous son chemisier. Son visage avait quelque chose d'obsédant. Mais je la prendrais de n'importe laquelle des manières dont je pourrais l'avoir. Ça, au moins, ça n'avait pas changé.

Le dîner fut agréable, même si je voyais bien qu'elle avait l'esprit ailleurs. Je parie que son papa chéri avait fini par reconnaître ses torts et qu'elle avait dû non seulement faire face à la vérité, mais aussi la digérer tout entière. Après avoir payé (je me demandais si le fait de la voir faire un chèque pour tous les repas que j'avais réglés allait être aussi jouissif que de me noyer en elle), je lui proposai une petite promenade.

— Ça me ferait du bien de marcher un peu.

Arya me surprit en se montrant moins provocante qu'à l'accoutumée. Nous nous promenâmes le long de Greenwich Avenue, bourrée de gens, de chiens, de vie. Aussi surréaliste que fut le fait de me retrouver de nouveau avec elle dans les rues de New York, je ne pus m'empêcher d'apprécier le moment. Je m'étais imaginé d'innombrables fois, à l'adolescence, en train de l'accompagner ici et là. J'avais fantasmé sur le fait d'être quelqu'un d'autre. Le fils d'un chirurgien et d'une psychologue pour enfants, peut-être. Emmener la précieuse fille de Conrad Roth manger une glace. Il m'aurait laissé faire.

— Mon père se demandait si vos clientes seraient ouvertes à un arrangement.

Arya enroula ses bras autour d'elle, les joues rougies par le vin et le repas.

Ah. C'était donc de ça dont ce dîner s'agissait. Un sourire sinistre se dessina sur mes lèvres.

— Nous n'étions pas ouverts à un arrangement avant le procès, alors ce n'est clairement pas au programme. Aussi, j'aimerais qu'il utilise ses avocats pour communiquer, la prochaine fois.

Elle pinça les lèvres.

Je lui donnai un coup de coude dans l'épaule pendant que nous marchions.

— Hé, ne parlons pas de ça.

Il y eut une accalmie, puis Arya se força à sourire.

— Parlez-moi de votre enfance. J'essaie toujours de comprendre où je vous ai déjà vu.

C'était l'occasion ou jamais de me confesser. Mais puisque je n'étais pas un crétin fini, je la laissai passer. Mais c'était un rappel que je ne pouvais pas entamer de romance avec cette femme. Je la trompais au plus haut degré en ne lui révélant pas ma véritable identité.

— J'ai grandi à New York. J'ai intégré une école privée à l'âge de quatorze ans. Mes parents et moi ne nous entendions pas vraiment.

— Que font vos parents ?

— Mon père est propriétaire d'une épicerie et ma mère gère un domaine.

Jusqu'ici, pas un seul mensonge. Même si le magasin de mon donneur de sperme se trouvait sur un autre continent et que ma mère avait géré le domaine des Roth en balayant les sols.

— Est-ce que je connais cette école privée ?

— Oui.

— Elle a un nom ?

— Oui, confirmai-je.

— Waouh, vous ne comptez vraiment pas me le dire. (Ses yeux s'accrochaient à mon visage, et la lointaine étincelle d'espoir en eux essayait de me pousser à la contredire.) Vous êtes impossible.

— Et vous aimez ça.

— Alors comment vous êtes-vous retrouvé à la faculté de droit de Harvard alors que vos parents et vous n'êtes pas en bons termes ? Ne me dites pas que vous avez obtenu une bourse complète. C'est presque impossible. Surtout dans votre tranche d'imposition.

Elle croyait encore que je venais d'une famille riche. Je ne corrigeai pas son hypothèse. C'est à ce moment-là que je réfléchis à ce que je pouvais lui dire. Seuls Riggs et Arsène connaissaient mon histoire. Finalement, je réalisai que ça n'avait pas vraiment d'importance.

— Vous promettez de ne pas me juger ?

— Je ne peux pas vous le promettre, maître. Mais en général, je ne suis pas du genre à juger.

J'enfonçai mes mains dans mes poches avant.

— J'avais une... *mécène,* en quelque sorte.

— Ouf, j'avais peur que vous avouiez votre zoophilie. (Elle fit mine de s'essuyer le front.) Qu'est-ce qu'une mécène, dans ce cas ? C'est un code pour « vieille pleine aux as » ? Ou est-ce que le terme correct c'est « cougar », de nos jours ?

— Je ne suis pas sûr de la terminologie, mais c'est elle qui m'a permis de faire des études de droit alors que je ne pouvais même pas me payer un billet de train pour Boston.

— Attendez, elle a déboursé une somme à six chiffres pour votre éducation ? (Arya dégrisa.) Vous êtes *si* bon que ça au lit ?

Je laissai échapper un rire qui s'infiltra dans mes os. C'était la première fois que je riais vraiment depuis des décennies. Mon corps n'était plus habitué.

— Tout d'abord, la réponse est oui, je suis, en effet, très bon au lit. Deuxièmement, vous avez vraiment les idées mal placées. Mme Gudinski avait la cinquantaine quand j'étais au lycée. Elle était très seule. J'étais garçon d'écurie.

— Jusque-là, on dirait une grosse production porno.

Je heurtai de nouveau son épaule et nous rîmes tous les deux.

— Elle avait des chevaux. Des chevaux très chers. Mais elle ne venait que pour leur rendre visite, jamais pour monter. Son défunt mari était un amateur d'équitation. Elle a gardé les chevaux pour lui rendre hommage, mais elle ne s'intéressait pas à eux. Elle avait trop d'argent et personne pour qui le dépenser. Elle avait besoin de quelqu'un pour lui tenir compagnie pendant les vacances. Quelqu'un qui lui rende visite le week-end. Vous savez. Quelqu'un qui s'intéresse à elle.

— Et ce quelqu'un, c'était vous ? demanda Arya en haussant un sourcil sceptique.

Je lui répondis par un froncement de sourcils offensé.

— Mes plus proches amis et moi, que j'ai entraînés là-dedans. Ensemble, on est devenus une grande famille détraquée.

— Huh.

— Ne dites pas « Huh. » Dites-moi ce que vous pensez.

— Vous ne me faisiez pas l'effet d'une personne bienveillante.

— Pourquoi ça ? demandai-je.

— D'abord, parce que tout ce que vous voulez, c'est coucher avec moi. Genre phobique des relations.

Sa jalousie réveilla quelque chose de dangereux au fond de mon ventre. Le genre de sentiment que l'on ressent quand on réalise que l'on vient de survivre à un accident de voiture presque mortel.

— C'est différent. Je ne veux rien de sérieux avec vous parce que je ne peux pas me *permettre* d'être avec vous. Sortir avec la fille de la personne que je poursuis en justice, surtout dans une affaire comme celle-ci, ce n'est pas un geste très sain pour une carrière.

— Y aurait-il une certaine pression dans l'air ?

Son regard s'illumina tandis que nous accélérions le pas pour nous réchauffer.

— Non, c'est une question de professionnalisme et de pragmatisme. Pour vous aussi. Imaginez à quoi ça ressemblerait si ça se savait. *Notre* relation est condamnée. Ça ne veut pas dire que je suis contre l'idée de m'installer quand la bonne se présentera.

— Vous parlez d'une manière de faire sentir à une femme qu'elle est spéciale.

Je ris.

— Vous êtes toujours en contact avec elle ? Votre vieille pleine aux as ? demanda Arya en serrant ses bras autour d'elle pour se protéger du froid.

— Oui. Et vous ? demandai-je.

— Je ne la connais pas, mais bon... je pourrais l'appeler ?

Elle faisait l'imbécile. Je ris encore. Merde. Ça faisait beaucoup de rires.

— Comment étiez-vous, adolescente ? dis-je pour rectifier ma question.

— Rebelle. En crise. Rat de bibliothèque.

Un sourire entendu se dessina sur mes lèvres. Je me souvenais encore d'elle dévorant les livres, au moins un par jour pendant les vacances d'été, comme si les mots allaient s'effacer si elle ne les lisait pas assez vite.

— Rat de bibliothèque, répétai-je en feignant la surprise. Quel est votre livre préféré ?

*Expiation.*

— *Expiation,* de loin. Je l'ai volé à la bibliothèque municipale quand j'avais quatorze ans parce qu'il était osé et que je savais que mes parents ne me laisseraient jamais l'acheter. Il est tragiquement sous-estimé. Vous l'avez lu ?

— Je ne peux pas dire ça, répondis-je avec une grimace.

Par principe, impossible de lire le livre qui avait causé ma perte. Parce que si je n'avais pas embrassé Arya... si je n'avais pas cédé à sa demande...

*Alors quoi ? Tu serais resté dans les bas-fonds, avec une mère qui ne t'aimait pas et une fille que tu convoitais mais qui n'aurait jamais pu être à toi, et tu serais devenu un criminel.*

Les choses auraient pu être bien pires, je le savais, si j'étais resté à la maison et que j'étais allé dans une école pourrie. Car même si ce premier baiser était passé inaperçu, ça n'aurait pas été le cas du deuxième, du troisième ou du quatrième. Et même si tous nos hypothétiques baisers étaient passés inaperçus, je n'aurais toujours pas pu l'avoir. J'aurais dû rester sur la touche et regarder Arya tomber amoureuse de quelqu'un avec qui elle pourrait vraiment être. Un Will, un Richard ou un Theodore. Qui avait un chauffeur, une femme de ménage et un conseiller académique depuis l'âge de dix ans.

— Vous devriez, dit Arya.

— Prêtez-le-moi.

Elle fronça le nez.

— Je ne prête pas mes livres de poche préférés. C'est une règle.

— Les règles sont faites pour être enfreintes.

— Intéressant, dans la bouche d'un *avocat*.

Nous nous arrêtâmes devant la Jefferson Market Library. L'horloge de la tour indiquait cinq minutes avant minuit. Je n'arrivais pas à croire que nous avions passé autant d'heures ensemble à marcher et à parler. C'était comme si les vingt dernières années n'avaient pas eu lieu.

Sauf que si.

Elles étaient là, dans les centimètres qui nous séparaient, froides et solitaires, remplies d'occasions manquées et d'injustices flagrantes.

— Qu'est-ce que vous faites vraiment ici, Arya ? (Je me tournai vers elle, le ton rude, grossier, comme les écailles d'une créature marine.) Et, pitié, épargnez-moi vos conneries de fin gourmet.

Elle humecta ses lèvres et baissa les yeux.

— Je suis venue vous dire que je ne reviendrai plus au tribunal. Aujourd'hui était mon dernier jour. J'en ai fini de me punir pour les choses qu'il a faites. Je ne peux pas supporter d'entendre ce que ces femmes ont subi.

— Vous pensez qu'il est coupable ?

J'avais besoin de l'entendre le dire. De désavouer l'homme qu'elle avait autrefois préféré à moi. Nos corps étaient alignés. On aurait à peine pu passer une aiguille entre nous.

— Oui, dit-elle tout bas.

Je pris son menton entre le pouce et l'index pour le relever. Elle battit des cils. Ses paupières brillaient comme des diamants, pleines de larmes. *Des yeux de la couleur des marécages,* avais-je dit quand on était petits. Mais ce n'était pas vrai. Ils étaient d'un vert velouté que l'on peut regarder pendant des heures. Elle soutint mon regard avec audace.

*Petite princesse privilégiée.*

L'horloge sonna minuit derrière son épaule.

— L'heure des sorcières. (Elle ferma les yeux et laissa deux larmes couler sur ses joues.) Dans les livres, des choses étranges se produisent à cette heure-là.

Je pris son cou entre mes mains et l'attirai contre moi en inspirant.

— Dans la réalité aussi.

Et c'est comme ça que, deux décennies plus tard, je commis la même erreur que Nicholai Ivanov et j'écrasai mes lèvres sur celles d'Arya Roth, conscient que le monde pourrait exploser et que ma mort en vaudrait la peine.

Mes mains étaient dans ses cheveux, que je tirai légèrement, comme j'avais rêvé de le faire pendant toutes ces années. Mon sang se mit à bouillonner de désir. Je voulais ravir cette femme et ne rien laisser à l'homme qui viendrait après moi. Elle ouvrit la bouche avec impatience, nos langues jouèrent ensemble, un petit gémissement s'échappa de quelque part au fond de sa gorge. J'enfonçai mes dents dans sa lèvre inférieure, l'attirai plus près, léchai sa lèvre avant de plonger dans un baiser profond et sauvage. J'enroulai mes doigts autour de la taille d'Arya, pressant son corps contre le mien. Il n'y avait pas assez d'elle, et soudain je me sentis un peu paniqué. Il n'y avait qu'une seule Arya au monde. Une seule chance de l'avoir. Je retirai ma bouche de la sienne, repoussai les boucles de son visage. Ses yeux étaient avides. Emplis de choses. De mauvaises choses. De bonnes choses. De choses d'Arya.

— Rentre avec moi.

Putain. Ça ressemblait plus à un ordre qu'à une demande. Elle se raidit dans mes bras, redescendant sur terre, le brouillard de dopamine se dissipant de son corps.

Elle posa une main sur ma poitrine.

— Je ne coucherai pas avec toi, Christian.

— C'est à cause du pari ? Parce qu'on s'en fout du pari.

Je faillis broyer mes propres dents jusqu'à les réduire en poudre, outré par mon propre désespoir. J'avais couché avec des dizaines de femmes au fil des ans et j'avais toujours été aux commandes. De la narration, de la rhétorique, des petits caractères, de la situation.

— Ce n'est pas le pari. Tu as raison. On ne peut pas être ensemble, et je ne suis pas sûre que ce soit une bonne idée de plonger là-dedans avec toi alors que je me sens si...

— Vulnérable ?

— *Confuse,* répondit-elle fermement. Je traverse une période difficile. Alors si tu cherches plus que de l'amitié, ne me contacte pas. Je ne fais pas dans l'interdit.

*C'était interdit quand je n'avais pas les moyens de m'acheter des vêtements et que tu m'as demandé de te plaquer contre les étagères de ta bibliothèque. Tu aimais ça, à l'époque, quand tu voulais me détruire.*

— Tu changeras d'avis, dis-je avec plus d'assurance que je n'en avais.

— Qu'est-ce qui te fait dire ça ?

— On est bien, ensemble. On a des atomes crochus, de l'alchimie. Ça fait sens. Les choses vouées à l'échec sont toujours plus douces, tu ne le sais pas ? Ce truc - je nous désignai tous les deux - n'ira nulle part tant qu'on ne sera pas passés à l'acte. Tu veux un ami ? Je te donnerai un ami. Mais tu voudras plus. Je te le garantis.

Elle laissa sa tête tomber sur mon épaule en gloussant doucement.

— Je suis trop vieille pour ça.

— Pour quoi ?

J'appuyai ma main au bas de son dos et inspirai avidement son parfum, conscient de son départ imminent.

— *Ça*. C'était plus facile de te détester quand je ne te connaissais pas du tout.

— Tu m'as toujours connu, murmurai-je dans ses cheveux.

— Tu sais, je crois que tu as raison. Mon âme... je me sens calme quand je suis à côté de toi.

Je souris d'un air sombre.

Si seulement elle savait.

Le lendemain, j'arrivai au palais de justice en proie à un mélange d'irritation et de soulagement. Arya n'était pas là, ce qui signifiait que, pour une fois, je pouvais faire mon travail sans avoir une semi-érection permanente et sans me demander en boucle ce qui se passait dans sa tête, mais aussi que je n'avais pas le luxe de me repaître de sa présence. De savoir qu'elle n'était qu'à quelques pas.

C'est pourquoi, aussitôt après avoir rattrapé ma paperasse au bureau, je lui passai un coup de fil.

— Comment as-tu eu mon numéro ?

Elle tapait sur son ordinateur à l'autre bout du fil.

— Tu m'as donné ta carte de visite, tu te souviens ?

— Oui. Je me souviens aussi que tu l'as jetée.

— Aucune importance. Je suis un homme aux ressources illimitées.

C'était une façon détournée de dire que j'avais demandé à ma secrétaire de la chercher dans l'annuaire.

— Tu veux dire aux conneries illimitées.

— Que dirais-tu d'un hot-dog à la bibliothèque publique de New York ? J'ai un livre à emprunter, 7 h 30, ça te va ?

— Premièrement, la bibliothèque ferme à 5 heures. Deuxièmement, non, en fait.

Elle s'arrêta de taper pendant une seconde avant de reprendre son travail. Étais-je le seul à être obsédé par ce baiser ? Apparemment oui. Arya semblait avoir d'autres choses en tête.

— Je ne peux pas. Je dois aller quelque part.

— Tu veux de la compagnie ?

*Putain, offre-lui tes couilles, tant que tu y es. Et ton appartement aussi, Christian.*

Si c'était ainsi que je réagissais à un seul baiser, je n'avais vraiment pas intérêt à coucher avec cette femme.

— Je ne suis pas sûre que tu veuilles me tenir compagnie là où je vais.

— Où tu vas ?

— Au cimetière.

Je laissai tomber le stylo que je tenais, reculai et me tournai vers le calendrier accroché à mon mur. Merde. Le 19 mars. L'anniversaire d'Arya et Aaron. Je repoussai ma chaise jusqu'à mon bureau où mon téléphone était sur haut-parleur.

— Le cimetière, ça me va. Lequel ?

Je fis semblant de ne pas savoir. Il y eut une pause à l'autre bout du fil.

— Pourquoi tu aurais envie de m'accompagner au *cimetière ?*

— Ce n'est pas ce que font les amis ? Être là l'un pour l'autre ?

— C'est ce qu'on est maintenant ? Des amis ?

— Oui, répondis-je, même si lui donner mon amitié en échange de ce qu'elle m'avait fait était fou, même selon mes critères. On est amis.

Un autre silence. Je n'avais aucune idée de ce que je faisais.

— Le Mount Hebron Memorial.

— À qui on va rendre visite ?

— Mon frère.

— Tu crois qu'il va m'aimer ?

C'était un truc qu'on faisait, à l'époque. Faire comme si Aaron était toujours là. Se disputer, se moquer et rire avec lui.

Arya cessa de taper et soupira.

— Je pense qu'il *t'adorerait*.

Le Mount Hebron Memorial n'avait pas changé. Le saule pleureur géant était toujours là, planant au-dessus de la tombe d'Aaron. Je vis la silhouette d'Arya penchée au-dessus de la pierre tombale de son frère comme un point d'interrogation et je dus m'arrêter pour la contempler. Toute en jambes, élégante dans sa jupe crayon de créateur et ses talons à semelles rouges. Elle était hors du commun, et pourtant c'était la même Arya que j'avais rencontrée près de vingt ans plus tôt. Une luciole ; petite mais brillante. Je poussai la grille en fer forgé, un luxe que je n'avais pas eu en tant qu'enfant intrusif. Arya sentit ma présence et se retourna pour m'adresser un sourire las.

— C'est bizarre. Que tu sois venu.

— Tu as l'habitude que les gens ne viennent pas quand ils le devraient ? lui demandai-je.

— Plutôt, oui. En plus, je ne suis pas ton problème.

— Je ne t'ai jamais vue comme un problème. Tes vêtements, peut-être. Mais toi, jamais.

— Qu'est-ce qu'il y a, dans le sac ? demanda-t-elle pour changer de sujet.

Je lui tendis sans mot dire. Je m'étais arrêté à l'épicerie en bas de la rue pour voir si le type qui m'avait nourri toutes ces années y était encore. Il n'était pas là, mais son fils, si. Je lui avais demandé de me vendre tous ses produits périmés. Après avoir eu l'air un peu méfiant, il avait cédé.

— Dîner pour deux. J'espère que tu n'es pas difficile.

— Pas du tout. (Elle prit le sac et jeta un coup d'œil à l'intérieur.) Oh. Des Takis. Super.

— Il y a des boulettes de fromage et des Almond Joys, tu sais, histoire d'avoir un repas complet et nutritif.

Je me dirigeai vers la tombe de Harry Frasier, sur laquelle j'avais l'habitude de m'asseoir lorsque nous étions enfants. Je m'arrêtai en voyant une nouvelle pierre juste à côté de lui. D'une certaine Rita Frasier. Épouse, mère, grand-mère et médecin.

— Tu n'es plus seul, mon pote.

Je passai la main sur la pierre tombale de Harry avant de m'y appuyer. Lorsque je me retournai vers Arya, je la surpris à me regarder étrangement. Une fois de plus, j'eus envie de me faire prendre. Qu'Ari me démasque. Une lueur passa dans ses yeux. Je me demandais ce qu'elle ferait alors. Ce qui sortirait de sa jolie bouche.

*Nicky, comme tu m'as manqué.*

*Nicky, je peux t'expliquer.*

*Nicky, Nicky, Nicky.*

Mais elle se contenta de cligner des yeux et de secouer la tête, puis se retourna vers la tombe devant elle.

— Salut, Ar. C'est l'autre Ar. Je... par où commencer ? C'est le bordel, comme tu le sais. Pas seulement avec Conrad. Maman s'intéresse soudain à moi, sans doute parce qu'elle a peur de se retrouver à la rue dans un avenir très proche. (Elle secoua la tête.) C'est stupide de me plaindre auprès de toi, alors que tu as la vie tellement plus dure. Parfois, j'envie ton manque de conscience. D'autres fois, ça me terrifie. J'ai encore des conversations entières avec toi dans ma tête. Je continue de te voir partout. Dans mon esprit, tu as grandi avec moi. Tu as une autre vie. Tu es marié, maintenant. Avec un enfant en route. Aaron... (Elle laissa échapper un petit gloussement, entre le rire et les larmes.) Je *déteste* absolument ta femme, Eliza. Je l'appelle Lizzy juste pour l'énerver. Elle est *tellement* coincée.

Je me mordis la lèvre. Arya avait été et restait une fille merveilleusement bizarre. Mais, pour la première fois, je me rendais compte aussi que nous n'étions pas si différents. Nos deux parents avaient beaucoup péché, même si c'était de manières différentes.

— Dans cet univers parallèle, j'ai hâte que tu me donnes un neveu. Tu sais que j'aime les enfants. J'envisage d'en avoir un moi-même. Qu'est-ce que tu dis ? Si j'ai rencontré quelqu'un ?

Elle fronça les sourcils et me jeta un rapide coup d'œil. Je me redressai comme un élève.

— Non. Personne qui vaille la peine d'être mentionné. Enfin, il y a bien ce type, mais c'est interdit. Il dit que l'alchimie est plus forte que nous. Mais, comme tu le sais, j'ai raté cette matière au lycée.

Elle parla encore quelques minutes à Aaron avant de venir s'asseoir à côté de moi. J'ouvris un paquet de chips et le posai entre nous. Elle les grignota tout en étirant les jambes et en croisant ses chevilles.

— Comment il est mort ? demandai-je, parce qu'il le fallait.

Je n'étais pas censé être au courant.

— Mort subite du nourrisson.

— Je suis désolé.

— Au moins, je n'ai pas appris à le connaître. Ça aurait été un million de fois plus douloureux, j'imagine.

Ça dépend de la personne. Ma mère ne me manquait pas.

— Tu lui rends souvent visite ? demandai-je.

Nous regardions tous les deux la tombe d'Aaron. Se regarder l'un l'autre semblait trop… intense.

— Plus souvent que je ne le devrais. C'est du moins ce que les gens me disent. Une partie de moi lui en veut de réchapper à ce foutoir. J'aurais besoin que quelqu'un soit là, tu vois ?

— Tu as quelqu'un qui est là, dis-je, avec une honnêteté et une transparence qui auraient dû m'effrayer.

Je me souvins soudain de quelque chose. Je passai le paquet de chips à Arya, me levai, trouvai deux petites pierres près d'un pot de fleurs et les posai sur la tombe d'Aaron.

— Pour qu'il sache que nous sommes venus lui rendre visite. (J'entendis le sourire d'Arya derrière moi et me tournai vers elle.) Je faisais ça tout le temps, avant. Comment tu le savais ? demanda-t-elle, les yeux brillants.

— Qui a dit que je n'étais pas juif ? fis-je en haussant les sourcils.

— Ton prénom. *Christian,* dit-elle en riant.

Mon faux prénom, plutôt.

*Fais gaffe, maintenant,* m'avertit une voix intérieure. Mais j'étais trop lancé pour m'écouter.

— Quelqu'un m'a parlé de cette tradition un jour.

Je retournai m'asseoir à côté d'elle et nos épaules se frôlèrent.

— Hé, Christian ?

— Oui ?

— C'est mon anniversaire aujourd'hui.

*Je sais.*

— Joyeux anniversaire, Arya.

Je déposai un baiser au sommet de son crâne tandis qu'elle posait la tête sur mon épaule, regardant droit devant elle le défilé d'hommes d'affaires le long de Park Avenue.

— Et bon anniversaire à Aaron aussi.

# Chapitre 22

*Arya*
*Présent*

Nous ne nous étions pas embrassés, cette fois.

Ça, je ne pouvais pas le permettre. Pas si je voulais survivre à Christian Miller. Et déjà je savais que mes jours seraient plus gris, plus sombres, une fois qu'il serait parti.

Il me raccompagna chez moi dans un silence digne. Nous soufflions tous les deux de la condensation dans l'air, comme des enfants.

Je savais que j'aurais dû être terrifiée à l'idée de m'ouvrir, de lui donner un aperçu exclusif de ma folie. Après tout, les adultes de trente-deux ans n'étaient pas censés fêter leur anniversaire dans un cimetière avec des hommes qu'ils connaissaient à peine. Surtout pas des hommes comme Christian, qui s'acharnaient à détruire ce qui restait de ma famille dysfonctionnelle.

Une fois devant ma porte, il passa une main sur ma joue. Elle était chaude et rugueuse. Je n'avais pas été avec un homme depuis plus d'un an.

Depuis un rendez-vous Tinder qui avait commencé par une partie de jambes en l'air maladroite et s'était terminée avec le type qui pleurait sur mon épaule parce que son ex ne voulait pas le reprendre. Je sentis la chair de poule apparaître sur ma nuque. J'inspirai le parfum de Christian. Expirai mes inhibitions.

— Merci de m'avoir permis d'être là pour toi aujourd'hui, dit-il.

— Merci de ne pas avoir pris tes jambes à ton cou en hurlant.

Je lui donnai un petit coup d'épaule, comme il l'avait fait après notre dîner. Honnêtement, j'avais oublié la dernière fois que quelqu'un d'autre que Jillian avait fait quelque chose d'aussi gentil pour moi.

— Tu n'es pas aussi brisée que tu veux me le faire croire, Arya, dit Christian avec un sourire.

Bon sang, comme j'aurais pu m'habituer à ce sourire !

— Oh ! que si.

— Eh bien, je suis pire !

— Prouve-le, le défiai-je. Dis-moi dans quelle catégorie de traumatisme tu te classes.

— Peut-être. Plus tard.

Mais cette réponse ressemblait tellement à *jamais* que je ne voulus pas insister davantage.

— Tu as changé d'avis sur nous ?

Sa voix avait une de ces façons de se déplacer sur ma peau, comme si c'était le bout de ses doigts.

— Pas le moins du monde.

— Ça viendra.

— N'y compte pas trop.

— Pourquoi pas ? J'ai tout mon temps.

Sur ces mots, Christian embrassa le bout de mon nez et s'éloigna dans la nuit, emportant avec lui un petit morceau de mon cœur.

Le lendemain, au travail, ce vide me creusait la poitrine. Je voulais revoir Christian, lui demander de me rendre ce qui me manquait. Peut-être était-ce parce qu'il m'avait accompagnée au cimetière. Ou peut-être à cause de notre baiser de la veille. Peut-être que Christian n'était qu'une distraction du véritable désastre qui s'emparait de ma vie. L'affaire de mon père échappait à tout contrôle.

J'avais renoncé aux réseaux sociaux, aux journaux, aux sites d'information, et je déclinais toutes les invitations. J'étais même allée jusqu'à ne plus communiquer avec ma mère que par texto. Ce qui, en fin de compte, n'était pas un plan à toute épreuve.

— Coucou. (Whitley se posa sur le bord de mon bureau et balança ses magnifiques cheveux blond cendré avec un sourire.) Tu as un visiteur en bas.

— Ah oui ?

Je me ragaillardis instantanément, honteuse de me sentir aussi excitée, puis je me raclai la gorge en réajustant ma position.

Le sourire dégoulinant de gloss de Whitley s'agrandit.

— Oh ! chérie, je trouve ça merveilleux que tu renoues avec elle. Même si la raison de ces retrouvailles est le procès de ton père. Je la fais monter ?

Je clignai rapidement des yeux en comprenant. Je dus prendre sur moi pour ne pas gémir de frustration.

— Non, je vais descendre la voir, merci.

— Arya ! Je suis si contente d'avoir trouvé la bonne adresse. Il me semblait bien que ton père avait dit que tu travaillais dans cette rue.

Ma mère tira sur chaque doigt de son gant de cuir blanc avant de le retirer complètement. Elle était vêtue d'une des robes les plus emblématiques de mon enfance.

— Oui, maman. Je travaille ici depuis quatre ans, environ. On organise deux fois par an des fêtes pour nos clients sur le toit. Conrad avait l'habitude de venir.

Il m'aidait aussi à nettoyer, après. Ma mère, elle, jetait systématiquement mes invitations à la poubelle. Elle eut le bon sens de prendre un air gêné et d'esquisser un sourire d'excuse.

— Arya, on peut parler ?

Je désignai d'un signe de tête le café le plus proche et me mis en route.

Je laissai ma mère payer, sachant qu'elle allait faire tout un foin si je refusais. Après s'être assise, elle sortit quelque chose de son sac Chanel.

— Je t'ai acheté un cadeau pour ton anniversaire.

— C'est une première, ne pus-je m'empêcher de marmonner, mais j'ouvris la boîte malgré tout.

Elle était très jolie. En velours bleu. Peut-être un bracelet ou un tour de cou en diamants ? Ma mère avait un faible pour les bijoux. Mais en retirant le papier de soie, je découvris quelque chose de tout à fait inattendu. C'était une photo encadrée d'Aaron et moi quand nous étions bébés. Nous étions tous les deux sur le ventre, fixant l'appareil photo, les yeux écarquillés.

Je toussai pour masquer mon émotion.

— On a l'air tellement différents l'un de l'autre.

J'avais les yeux verts, lui marron foncé. J'avais les cheveux bruns, et lui, blonds.

— Oui. (Ma mère serra sa tasse de café entre ses doigts.) J'ai suivi des traitements de fécondations in vitro. Quand je suis tombée enceinte, c'était de triplés. Mais ton père ne voulait que deux enfants, et c'était une grossesse à haut risque, alors les médecins se sont rangés à son avis. Tu étais censée avoir un autre frère ou une autre sœur.

Je relevai la tête de mon cadeau et écarquillai les yeux.

— Tu ne me l'as jamais dit.

Elle haussa les épaules.

— Tu ne me l'as jamais demandé.

— Tu t'attendais à quoi ? *Salut, maman, on mange quoi au petit déjeuner aujourd'hui ? Oh ! au fait, est-ce que tu as procédé à une réduction sélective quand tu étais enceinte de nous ? Oui, les pancakes, c'est très bien.* (Mais avant qu'elle puisse répondre, je fronçai les sourcils.) Attends. *Conrad* ne voulait pas plus d'enfants ?

J'avais toujours trouvé bizarre que ma mère ne soit pas retombée enceinte dans les années qui avaient suivi la perte d'Aaron.

— J'ai eu du mal à lui faire accepter de vous avoir tous les deux. Bien sûr, ça s'est bien terminé, étant donné que tu es sa joie et sa fierté maintenant.

*J'étais*, fus-je tentée de corriger. Étonnamment, je n'avais pas de mal à croire ma mère sur le fait que Conrad ait contrôlé le nombre d'enfants qu'ils avaient eus. Ce n'était qu'une autre révélation horrible à ajouter à la série de preuves qui s'accumulaient contre lui.

Je supposais que nous allions donc avoir cette conversation maintenant.

— Pardonne ma franchise, maman, mais tu n'as pas vraiment agi comme si tu étais impatiente d'élever le seul enfant qu'il vous restait.

Je bus une gorgée de mon café. Je remarquai que mes doigts tremblaient.

Ma mère reposa sa tasse et me prit les mains par-dessus la table.

— Regarde-moi, Arya.

Je m'exécutai. Pas parce que j'en avais envie, mais parce que je devais lui donner la chance de s'expliquer après toutes ces années.

— C'était un mécanisme de défense, d'accord ? Ton père menaçait souvent de t'emmener. En fait, chaque fois qu'on se disputait, il utilisait cette carte contre moi. Il disait qu'il obtiendrait la garde complète, parce que j'étais un mauvais parent, avant même que j'aie l'occasion d'essayer. Puis j'ai réalisé que ça n'aurait pas d'importance. Il aurait fait ce qu'il voulait, avec ou sans mes efforts. C'était un cercle vicieux. J'ai été conditionnée pour ne pas être trop proche de toi, parce que je ne savais jamais s'il me laisserait te garder. Et c'est un homme très persuasif et manipulateur, comme tu commences à le comprendre, j'en suis sûre. Je ne voulais pas m'attacher à toi. Je ne voulais pas que mon cœur soit plus brisé encore après Aaron.

Ma poitrine me faisait tellement mal que j'étais surprise d'arriver encore à respirer. J'avais l'impression que mes murs s'effondraient brique par brique, et je n'avais aucun moyen de l'arrêter. J'avais toujours soigneusement construit ma réalité. Papa était le saint, maman la pécheresse. Elle était la méchante de mon histoire, pas la victime, et ma réalité, la seule chose que je croyais stable et vraie, n'avait plus de sens.

— Je pensais que tu ne m'aimais pas, dis-je, les mains molles entre les siennes.

Elle secoua la tête et ses yeux s'emplirent de larmes.

— Je voulais te serrer dans mes bras tous les jours. Parfois, je m'empêchais physiquement de t'enlacer, parce que je savais que ça le mettrait en colère. Il aurait dit que j'essayais de te manipuler. Que je manigançais quelque chose. Je voulais qu'on s'enfuie ensemble. Mais il y avait toujours une menace au-dessus de ma tête. Je ne voulais pas te perdre complètement.

— C'est arrivé quand même.

— C'est vrai, convint-elle. Mais au moins, je te voyais tous les jours. Et puis quand tu es partie à l'université, et après ça, j'ai essayé de me convaincre que je m'en fichais.

— Pourquoi tu me dis ça aujourd'hui ? (Je retirai mes mains.) Sans crier gare. Qu'est-ce qui a changé ?

Elle remua sur son siège et lissa sa robe sur ses genoux d'un air pudique.

— Hier, commença-t-elle en tripotant son collier de perles, j'ai essayé de te joindre toute la journée pour te souhaiter un bon anniversaire. Tu n'as pas répondu. Je voulais aller à ton appartement pour te faire une surprise et j'ai réalisé que je ne savais même pas où tu habitais. J'ai découvert l'adresse de ton bureau parce que ton père avait une de tes cartes de visite. J'ai appelé pour te demander l'adresse, mais Jillian m'a dit que tu n'étais pas là. Que tu avais... un rendez-vous. Alors j'ai été frappée par le peu de choses que je savais de ta vie. De tes loisirs, de ce que tu aimes et de ce que tu n'aimes pas. Les choses qui te rendent heureuses et celles qui te font pleurer. Je suis rentrée chez moi, malade de honte. Ton père était dans l'une de ses interminables réunions avec Louie et Terrance. Je me suis fait une tasse de thé en me disant que je n'avais plus de Ruslana pour le faire à ma place, car après son départ j'avais trop peur d'amener quelqu'un d'autre dans notre maison de crainte qu'il ne couche avec elle aussi. J'ai pris mon thé sur le balcon, avec vue sur le Mount Hebron Memorial, et je t'ai vue rendre visite à Aaron. Tu n'étais pas seule.

Un sourire pensif se dessina sur ses lèvres.

— Il y avait un homme avec toi. Vous aviez l'air… proches. J'ai vu la façon dont tu as posé ta tête sur son épaule. Comment tu parlais. Et j'ai pensé… que je voulais être cette personne pour toi. Ce roc. Quelqu'un sur qui tu pouvais compter, à qui tu pouvais parler. Quelqu'un avec qui passer ton anniversaire. Puis j'ai repensé à tous tes anniversaires au fil des ans. Celui des cinq ans, avec la nounou numéro huit. Celui des quatorze ans, que nous avons oublié jusqu'à trois jours plus tard, parce que ton père était à Genève. J'ai raté tellement de choses. Je le sais bien. De simples excuses ne suffiraient pas… (Elle inspira.) Mais je pense que, peut-être, vu que notre monde est en train de voler en éclats et que tout ce qui nous entoure s'effondre, on devrait au moins essayer ? Qu'est-ce que tu en dis, Arya ? S'il te plaît ?

Il y avait tant de choses que je voulais dire. Demander. Mais je commençai par la plus évidente, et elle n'avait rien à voir avec moi.

— Pourquoi le laisses-tu rester avec toi ? Conrad. Pourquoi ne pas divorcer ? Ça donne une mauvaise image. Tu restes avec lui après tout ce qu'il a fait.

— Je ne vais même pas au tribunal avec lui. Il me l'a demandé de nombreuses fois. Apparemment, ses avocats pensent que ce serait une bonne chose.

Quand elle comprit que j'attendais qu'elle développe, elle retira sa main de son collier pour jouer avec sa boucle d'oreille.

— Je suppose que j'ai peur de ce qui va suivre. Il faut que tu comprennes que j'ai passé les trente et quelques dernières années dans une forme d'isolement. Une prison. Il a réussi à tout chambouler dans ma vie, y compris en ce qui concerne mes médicaments. Il y a quelques années, j'ai découvert qu'il était en contact étroit avec mon psychiatre et qu'il lui disait ce qu'il devait me prescrire. J'ai immédiatement coupé les ponts avec le psychiatre, mais le mal était fait, et aujourd'hui je ne peux même pas prendre un Xanax sans me demander si la personne qui me l'a prescrit n'avait pas d'arrière-pensées. Chaque fois que nous allions à des événements mondains, il se liait délibérément avec mes amies féminines – généralement celles dont j'appréciais le plus la compagnie – et disparaissait avec elles pendant de longues périodes. Je me demandais s'il ne couchait pas avec elles. Il menait des liaisons très courtes, très efficaces et *très* stratégiques avec toutes les personnes qui, selon lui, étaient susceptibles de m'aider à me libérer de la cage dorée qu'il m'avait imposée. Je n'ai pas d'amis, d'associés, d'avocats ou de famille. Conrad est ma seule famille, même si elle est très mauvaise.

— Tu m'as, moi, dis-je, sans trop savoir pourquoi ces mots sortaient de ma bouche.

Les yeux de ma mère s'illuminèrent.

— Vraiment ?

— Oui. Nous ne sommes pas proches, mais je serai toujours là pour toi quand tu auras besoin de moi.

Bien que je comprenais pourquoi elle ne le savait pas, étant donné que je l'ignorais depuis quelques semaines. Depuis que la nouvelle de Conrad était tombée et qu'elle avait commencé à m'appeler.

— La vie est si courte. (Elle secoua la tête.) Je pense à tous les bisous que je ne t'ai pas faits. Tous les câlins qu'on n'a pas partagés. Toutes les soirées cinéma, les virées shopping et les disputes qui donnent envie de s'étrangler mutuellement et pourtant de nous aimer encore plus. Je pense à tous les « si ». Les « presque ». Comme ils s'empilent dans la pièce vide de ma mémoire. Et ça me tue, Arya. C'est tellement plus douloureux que ce qu'il se passe avec ton père.

Je songeai à tous les moments que j'avais partagés avec Conrad. Petits, précieux, comme des chocolats emballés individuellement. Je ne les échangerais pour rien au monde, même après tout ce qu'il s'était passé. Et peut-être surtout à cause de cela.

Et Christian. Je pensais aussi à Christian.

Combien je le désirais. J'avais envie de lui. Chaque fibre de mon corps savait qu'il allait me briser le cœur. Ce qui n'était pas tâche facile, car aucun homme n'avait réussi à le faire depuis Nicholai Ivanov.

— On peut peut-être se créer de nouveaux souvenirs, dis-je avec un petit sourire.

— Oh ! fit-elle d'une voix tremblante. Ça me plairait énormément.

Je sortis du café d'un pas chancelant et cherchai mon téléphone. Il me fallut une seconde pour trouver son numéro et deux autres pour me ressaisir et l'appeler. Il décrocha à la première sonnerie d'une voix sèche.

— Oui ?

Le bruit de fond était révélateur. Des documents qu'on déplace ; des voix feutrées qui parlent de l'EEOC, de présentation erronée et de charge de la preuve. Il était manifestement en réunion. Pourquoi avait-il décroché ?

— Christian ?

— À l'évidence.

— C'est Arya.

— Je peux faire quelque chose pour toi ?

Il n'avait pas l'air aussi enthousiaste que je l'avais imaginé.

Est-ce que je m'attendais à ce qu'il tombe à genoux et me supplie de me voir ? Peut-être pas, mais je ne pensais pas qu'il aurait l'air aussi... *peu surpris.*

— Tu as l'air occupé.

Il y eut un silence. Peut-être saisissait-il enfin que je l'avais appelé.

— De quoi s'agit-il, Ari ?

*Ari.* Ce surnom fit bredouiller mon cœur.

— Peu importe.

— Si, ça m'importe.

— Tu es manifestement en train de faire quelque chose d'important.

— Je préférerais me faire *quelqu'un* d'important, insista-t-il, juste au moment où j'entendis le clic d'une porte qui se ferme.

J'inspirai à pleins poumons. Il n'y avait pas assez d'air frais à Manhattan pour me permettre de respirer correctement. Mais ma mère l'avait parfaitement formulé - la vie était trop courte. Si demain ne venait jamais, je voulais passer aujourd'hui avec lui.

— Arya.

La voix de Christian était beaucoup plus chaleureuse maintenant. Je me rendis compte qu'il avait dû prendre ce ton laconique à cause des gens qui l'entouraient, qu'il avait une certaine attitude à maintenir.

— Est-ce que tu envisages ce que je pense que tu envisages ?

C'était le problème avec les bons avocats. Ils flairaient la vérité à des kilomètres à la ronde.

— Peut-être.

— Qu'est-ce qui a changé ?

— Ma perspective.

Je fermai les yeux et me balançai d'un pied sur l'autre dans la rue. Je me sentais complètement ridicule.

— Toute ma vie, j'ai évité les complications. Et pourtant, les complications m'ont trouvée. Je commence à comprendre qu'il est peut-être temps que j'assume ce que je désire, car certaines conséquences sont inévitables.

— Je viens.

— Tu veux dire tout de suite ? (Les choses allaient trop vite.) C'est le milieu de la journée. J'ai un emploi du temps surchargé. Je suis sûre que toi aussi.

— Je vais décaler des choses. (La ligne fut coupée.)… en route. (Une autre coupure.)… là-bas. Allô ? Tu m'entends ?

— Tu ne captes plus, marmonnai-je en titubant vers le métro.

Étais-je vraiment en train de sécher le travail ? C'était une première. Je n'avais même pas séché de cours au lycée. La dernière fois que j'avais pris un congé maladie, c'était six ans auparavant. La spontanéité n'était pas mon truc.

La vie trépidante de Manhattan résonna dans la ligne. Les sirènes des ambulances, les klaxons des voitures, les cris des gens.

— Désolé, j'étais dans l'ascenseur. Je viens d'arrêter un taxi. Je suis en route.

— Tu es fou. Ça pouvait attendre.

— Non, ça ne peut pas. Oh, et, Ari ?

— Oui ?

— Ton chéquier a intérêt à être prêt, parce que tous ces repas où tu m'as posé un lapin n'étaient pas donnés.

Quand j'arrivai sur le pas de ma porte, Christian était déjà là et faisait les cent pas devant l'escalier. L'air autour de lui crépitait d'une énergie sombre. Il se tourna vers moi et m'attrapa la main par surprise pour la presser contre son cœur.

L'expression de son visage en disait plus long que n'importe quel mot. Il y avait de l'attente, mêlée à de l'espoir, de la nostalgie et quelque chose d'autre. Une étrange fragilité qui n'existait pas auparavant. Ça me rappelait la fois, près de deux décennies plus tôt, où Nicky et moi avions failli nous faire prendre par Ruslana.

J'enfonçai mes ongles rouge sang dans le tissu de sa chemise.

— Heureux de me voir ?

— Je serai plus heureux quand je te verrai *en entier.*

On monta les marches des trois étages quatre à quatre. Mon adrénaline était à son comble. Lorsque j'ouvris la porte, je lui dis que j'allais chercher un verre d'eau et lui en proposai un.

— D'accord ?

Il me regarda d'un drôle d'air, qui semblait vouloir dire « Ah, c'est comme ça que tu veux la jouer ? » Je lui indiquai ma chambre et lui dis de se mettre à l'aise. Quand j'eus la certitude qu'il était parti, j'avalai plusieurs verres d'eau et me mis la tête dans le congélateur pour essayer de faire baisser ma température.

En entrant dans ma chambre, je le surpris en train d'étudier ma bibliothèque, le dos tourné. Des années auparavant, j'avais engagé un menuisier pour transformer l'un des murs de ma chambre en bibliothèque. C'était extravagant et totalement injustifié, cet appartement étant une location, mais il me donnait la sensation d'être chez moi, plus que n'importe quel autre meuble que je possédais. Christian passa un doigt sur le dos des livres d'une manière que je trouvai étrangement érotique.

— Le précieux *Expiation,* dit-il, conscient de ma présence même si je n'avais pas fait le moindre bruit. Édition originale, reliée.

— N'y pense même pas.

Je m'approchai, lui arrachai le livre des mains et le caressai affectueusement.

Il se retourna pour me regarder, un sourire au coin des lèvres.

— Penser à quoi ?

— Me l'emprunter.

— Pourquoi pas ? murmura-t-il. Ce ne sont que des mots sur du papier.

— C'est absurde de dire ça. Et la mort n'est qu'une longue sieste dans un tiroir. (J'enfonçai le livre plus profondément entre les deux autres qui l'encadraient.) Si tu tiens tant à le lire, prends une carte de bibliothèque.

Il s'appuya contre mes étagères, m'examinant pour voir si je réagissais.

— Pourquoi ce livre en particulier ?

— Parce que.

— Je vais reformuler. À quel événement associes-tu ce livre en particulier qui t'empêche de t'en défaire ? J'ai du mal à croire qu'un autre exemplaire d'*Expiation*, que je pourrais commander tout de suite sur Amazon, aurait le même impact émotionnel.

Je repensai aux yeux bleus arctiques et scintillants de Nicky lorsqu'il m'avait dit qu'il ferait ça pour moi. Défier nos parents. Rejouer cette scène.

Nicky qui me presse contre ma bibliothèque et m'embrasse.

Allongé sous le soleil de plomb, à compter la constellation de taches de rousseurs sur mon nez et mes épaules.

*Nicky. Nicky. Nicky.*

Une agréable douleur se répandit dans mon ventre. Christian secoua la tête.

— Laisse tomber. C'est trop personnel. J'ai compris.

— Ce n'est pas...

Il prit le verre d'eau que j'avais oublié dans ma main et le posa délicatement sur l'une des étagères derrière ma tête. Il entrelaça nos doigts et me plaqua les bras au-dessus de la tête, comme dans *Expiation*. Il fit glisser sa bouche jusqu'à la base de ma gorge et effleura doucement ma peau sensible.

L'espace d'une seconde, je me demandai si Christian n'était pas *véritablement* Nicky. Pourquoi, sinon, aurait-il choisi de faire ça ? Mais non. C'était impossible. Nicky était mort. D'ailleurs, peut-être que Christian avait vu le film et qu'il avait pensé qu'il serait sexy de rejouer la scène.

Je gémis, laissai tomber ma tête en arrière et fermai les yeux.

— Arya, tu es une adorable petite menteuse. Depuis le temps que j'attends de te faire ça.

Ses lèvres remontèrent le long de mon cou, ses dents blanches effleurèrent mon menton, puis il plongea sa langue dans ma bouche. La mienne s'ouvrit et je me tortillai, cambrai le dos, pressai mon corps contre lui en savourant la douleur sourde du désir.

— Belle... douce... adorable Arya.

Chaque mot était un baiser. Il lâcha mes doigts, me saisit l'arrière des cuisses et enroula mes jambes autour de sa taille. Nos baisers étaient profonds, brûlants, et emplissaient mon bas-ventre d'une chaleur insoutenable.

— Comme tu es insupportablement parfaite, murmura-t-il contre ma bouche.

Des mèches de mes cheveux tombaient sur nos yeux. Les compliments n'étaient pas empreints de sarcasme ou de mépris. C'étaient de doux murmures qui s'enroulaient autour de mon cou, de mes poignets comme des bijoux délicats.

Il y avait une urgence dans ses mouvements alors qu'il dévorait ma bouche et me plaquait contre la bibliothèque chargée de livres. Un sentiment d'inachevé. Une continuation de quelque chose que nous avions déjà commencé. Mais bien sûr, ce n'était pas possible. L'érection de Christian se pressa contre mon ventre et quelque chose s'enflamma en moi. Je roulai mes fesses, nouai mes chevilles autour de sa taille et répondis à son érection par des coups de hanche déterminés. L'état de ma culotte indiquait qu'une longue séance de préliminaires n'était pas au programme pour moi.

— *Christian.*

Je passai mes ongles sur sa mâchoire saillante tandis que ma langue dansait avec la sienne. Il se figea, puis s'écarta comme si je l'avais giflé.

— Quoi ? demandai-je, haletante, tandis qu'il reculait d'un pas, me laissant en équilibre sur mes talons aiguilles. Qu'est-ce qu'il se passe ?

Ça ne pouvait pas être quelque chose que j'avais dit. Je n'avais fait que prononcer son prénom. Les hommes aimaient ça, surtout derrière des portes closes. Et pourtant, il me dévisageait comme si j'avais commis un grand péché. *Comme un amant trahi.*

La confusion m'envahit.

Il ferma les yeux et, quand il les rouvrit, il avait l'air complètement différent. D'un seul geste, il me plaqua contre lui, me souleva par les fesses et me projeta sur mon lit. Mes jambes furent projetées en l'air et un grand bruit de déchirure perça le silence. Ma jupe crayon s'était déchirée et la moitié de mes fesses s'offrait à son regard.

— Qu'est-ce que... (J'étais à la fois excitée, énervée et surprise.) C'était une Balmain toute neuve !

— Envoie-moi la facture.

Il inséra un genou entre mes jambes sur le lit, attrapa l'ourlet de ma jupe et la déchira entièrement jusqu'à ce qu'elle retombe sur le côté.

— Mieux encore, disons qu'on est quittes pour tous ces dîners. J'ai l'impression que ta famille n'aura pas les moyens de faire des dépenses imprévues après la facture que vous allez vous payer.

C'était bas, et Christian n'avait pas l'habitude de viser sous la ceinture. En fait, jusqu'à présent, il s'était bien gardé de me narguer. Je ne comprenais vraiment pas pourquoi le fait d'avoir prononcé son prénom avait eu cet effet sur lui.

— Qu'est-ce qu'il te prend ?

Toute envie d'insister s'envola quand il se pencha entre mes jambes et plaqua son corps puissant contre le mien.

Il m'embrassa brutalement, frottant délibérément sa barbe mal rasée et irritante sur ma peau.

Il déboutonna mon chemisier blanc avec ses dents. Sans expertise ni finesse. Au contraire, il les arracha pour les recracher un par un à mesure que ma peau se dévoilait devant lui.

Lorsqu'il vit mon soutien-gorge en dentelle crème, il plaqua sa bouche ouverte sur un de mes seins et le suça avec force. La chaleur humide de sa bouche me donna de violents frissons.

Mes doigts s'enfoncèrent dans ses cheveux pour le tirer sans vergogne vers le sud.

— Tu es impatiente, souffla-t-il contre mon nombril.

Ma peau se hérissa de chair de poule.

— Tu es un expert, n'est-ce pas...

Je m'apprêtais à répéter son nom, mais je me retins. Sans comprendre pourquoi, quelque chose me disait qu'il ne voulait pas l'entendre. Christian ne sembla pas remarquer que je n'avais pas achevé ma phrase.

— Ce n'est pas une conversation que j'ai envie d'avoir maintenant.

Et puis il fut *là*. Ses dents frôlèrent le bord de ma culotte - malheureusement des sous-vêtements noirs, sans couture, coupe *boyfriend* - qu'il retira avec urgence tout en m'écartant les cuisses. Je ne savais pas ce qui était le plus sexy - regarder ses mains fortes et bronzées, et ses avant-bras musclés contre ma peau pâle, ou observer ses cheveux noirs de jais, sachant ce qui allait se passer.

Il jeta mes sous-vêtements derrière son épaule ; lui était toujours entièrement vêtu.

Il s'arrêta pour dévorer des yeux mon corps nu pour la première fois. Comme s'il étudiait une carte, calculant par où commencer, où attaquer en premier.

— Mon Dieu, Arya.

Il passa son pouce sur mon clito, puis plus bas, avant de plonger un long doigt à l'intérieur de moi. Je fermai les yeux en gémissant.

— Tu es trempée. (J'entendis le claquement de ses lèvres et j'ouvris les yeux juste à temps pour voir qu'il était en train de goûter le doigt qu'il avait mis en moi.) Dis-moi ce que tu veux, Arya.

Lui refusant le plaisir de m'entendre le supplier, j'enfonçai mes ongles dans ses épaules et ramenai son visage au niveau de mon sexe. Il passa sa langue le long de ma fente et je frémis en refermant les yeux. Manifestement, il voulait contrôler la situation. Et manifestement, il échouait.

— *Putain,* grogna-t-il en me léchant de nouveau, plus profondément maintenant, avidement. Je recommence.

*Je recommence ?* Comment cela ?

Ses mains enserraient les os de mes hanches, me pressant contre le matelas tandis qu'il me dévorait, me caressait avec sa langue, s'arrêtant parfois pour aspirer mon clito dans sa bouche et le mordiller doucement. Il savait ce qu'il faisait. Normalement, j'aurais trouvé ça louable. L'expérience n'était pas toujours synonyme de bonnes performances. Mais cette fois-ci, mon cœur se serra. Comme si le Christian du passé était censé savoir que le Christian du présent me rencontrerait, d'une manière ou d'une autre, et qu'il devait attendre. Ce qui était absolument, atrocement stupide.

Une petite voix au fond de mon esprit me disait que je faisais tout de travers. C'était New York, et nous avions la trentaine. D'habitude, j'avais une routine. J'avais besoin de voir un bilan de santé *clean.* D'avoir la Grande Conversation. De m'assurer qu'il était venu avec un paquet de préservatifs. Avec Christian, j'avais passé outre les détails techniques comme s'ils n'existaient pas.

— Un préservatif, haletai-je, sentant mon premier orgasme monter en moi. Dis-moi que tu as un préservatif.

Il secoua la tête, toujours enfoui entre mes cuisses, juste au moment où mes yeux se fermaient et que mon corps commençait à trembler sous l'effet de l'orgasme. Je tremblais de tous mes membres et lorsque je rouvris les yeux, je le vis, appuyé sur ses coudes, qui me fixait, absorbé dans ses pensées.

— Je suis *clean.*

*Je ne veux pas tomber enceinte.*

Pendant une seconde, j'imaginai ce qui se passerait. Si je tombais accidentellement enceinte de Christian. Que penserait Conrad ? Beatrice aussi. Un petit rire paniqué monta dans ma gorge, mais je parvins à le ravaler.

— Je ne prends pas la pilule, dis-je.

Il commença à embrasser mon ventre, sa bouche chaude et humide, son haleine portant mon odeur féminine.

— J'en ai un, dans mon portefeuille.

Il s'équipa puis remonta le long de mon corps jusqu'à ce que nos visages soient alignés. Ses yeux étaient hypnotiques. Bleu clair et glacés. De l'eau calme sur des icebergs aux pointes brillantes.

Christian entra en moi.

Il portait toujours son costume lorsqu'il me pénétra. Il était grand, plus grand que la moyenne, et il ferma les yeux, sans bouger, savourant simplement le moment. Je le regardai avec admiration. Tout ce que nous faisions me semblait monumental.

Il commença à bouger en moi, fit passer une de mes jambes par-dessus son épaule tandis qu'il me fixait profondément dans les yeux. L'intensité me surprit. Après tout, nous ne nous connaissions pas depuis si longtemps. J'enroulai mes bras autour de son cou pendant qu'il m'emplissait totalement. Je roulai les hanches vers l'avant chaque fois qu'il s'enfonçait en moi. Un autre orgasme monta en moi.

— Arya. (Il posa son front sur ma poitrine tandis qu'il accélérait le rythme.) S'il te plaît, dis-moi que tu es proche, parce que je le suis.

— Oui, acquiesçai-je en déglutissant avec difficulté. Je suis très proche.

Christian gémit, se retira de moi et s'empoigna très fort, repoussant son orgasme. Il détourna les yeux vers le sol, se concentrant sur un point avant de replonger en moi. Déjà excitée et sensible à cause de la friction, c'était tout ce dont j'avais besoin pour m'effondrer dans ses bras et jouir à nouveau. Dès qu'il sentit que je me serrais contre lui, il marmonna « Merci » et jouit. Il me fallut quelques instants pour redescendre sur terre et réaliser ce que nous avions fait. Christian roula à côté de moi sur le lit. Nous fixâmes tous les deux le plafond. Nous avions la nette impression d'être des adolescents qui venaient de faire quelque chose de mal.

— Tu n'as même pas enlevé tes vêtements.

Je regardai mon plafond, hébétée, en me demandant s'il allait m'appeler le lendemain.

— Non, dit-il avec étonnement en tournant le visage pour me regarder. On va rectifier ça. Une douche ?

— Première porte à gauche.

Il me prit la main.

— Viens avec moi.

Je souris et il me tira doucement de mon lit.

— Nous y voilà. Un pas. Puis un autre. Ce n'est pas si mal, si ?

Notre douche fut brûlante. Une séance de pelotage qui s'intensifia lentement. On s'embrassa sous l'eau chaude. Là, je pus l'apprécier dans son intégralité. Ses abdominaux bien dessinés, les poils bruns sur son torse, ses épaules larges. Nos baisers étaient passionnés, prolongés, bouche ouverte, et j'essayai de me souvenir de la dernière fois où je m'étais sentie aussi heureuse et comblée. Pas au cours de cette décennie, c'était sûr.

À notre sortie, Christian se rhabilla.

— Je vais descendre chercher des capotes. Je ramène des plats à emporter ? Du chinois, ça te dit ?

Il boutonna sa chemise, perché sur le côté de mon lit, laissant sa cravate de côté.

— Quelle heure est-il ?

Je consultai ma montre en fronçant les sourcils. Il était 8 heures. Jilly était censée être rentrée, à l'heure qu'il était. Autrement dit, elle voulait nous laisser seuls. Je lui avais envoyé un message en rentrant, mais je n'avais pas pensé qu'elle se ferait aussi discrète. Je levai les yeux vers lui et allumai mon ordinateur en m'installant contre mes oreillers. Ça ne servait à rien de rester là à me languir de lui pendant qu'il était sorti. Je pourrais envoyer quelques emails et peut-être même une proposition de contrat.

— Dans ce cas, tu pourrais aller chercher quelque chose au restaurant philippin ? C'est juste en bas de la rue. Des calamars frits et des Crispy Pata. Oh ! et un Boba à la noix de coco, s'il te plaît. Avec supplément de perles de tapioca. Tiens, prends ma carte.

J'ouvris mon sac à main et jetai ma carte de crédit sur le lit.

Il s'arrêta de lacer ses chaussures et se contenta de me regarder quelques instants.

Je souris fermement.

— Désolée, je peux être autoritaire. On peut commander. Tu n'es pas obligé d'y aller.

— Non, c'est bon. (Il se leva en secouant la tête.) Je pourrais en profiter pour répondre à quelques emails.

Il avisa mon ordinateur portable.

*Oups*. J'aurais dû attendre qu'il soit parti.

— Tu es vraiment quelqu'un, Arya Roth, tu le sais ?

— Comment ça ?

— Tu es la femme la plus autonome, la plus indépendante, la plus déterminée...

— Tu ferais mieux d'arrêter, avant de craquer pour moi.

Je l'interrompis avec un clin d'œil, car ses mots étaient trop intenses. Il ferma la bouche, secoua la tête et s'en alla, nous laissant seules, ma carte de crédit, mes pensées extrêmement dangereuses et moi-même.

Quarante minutes plus tard, nous étions assis sur mon lit, en tailleur, en train de nous goinfrer de calamars frits, de frites, de viande rôtie et de légumes variés. Nous échangeâmes des anecdotes sur nos années d'études et nous constatâmes avec surprise que nos chemins avaient failli se croiser à plusieurs reprises au cours de ces années, à l'occasion de fêtes et de festivals. Christian me dit qu'il n'était pas du genre à faire la fête, que les trublions de leur trio étaient Arsène et Riggs, et qu'il s'était concentré sur le fait de finir premier de sa classe parce qu'il savait que la compétition serait serrée une fois qu'il aurait obtenu son diplôme. Je lui confiai que j'étais à peu près dans la même situation. Que j'avais déçu beaucoup de gens en étant si stricte et en ne libérant pas la Paris Hilton que tout le monde avait prédit qu'ils verraient en moi.

— Et Jillian a toujours été ta meilleure amie ?

Christian mordit dans un morceau de calamar et suça ses doigts. Je me doutais bien qu'avec un corps pareil, la friture ne faisait pas partie de son régime habituel.

— À peu près. (J'enfournai un morceau de concombre.) Les gens prennent souvent mon assurance pour de la méchanceté. Je n'ai pas pour vocation de faire des ronds de jambe et d'être gentille. Certaines personnes apprécient cela. Peu, mais certaines. C'est son cas, c'est pourquoi on est restées proches.

— Les hommes doivent être intimidés, fit Christian en haussant un sourcil malicieux.

— Pas ceux qui valent la peine qu'on les fréquente.

— Et pourtant, tu ne me sembles pas être le genre de femme à avoir beaucoup de rendez-vous.

Je haussai les épaules.

— Tout le monde ne mérite pas mon temps.

Je savais en le disant que c'était mon amour-propre qui parlait.

— Qui est celui qui s'est enfui ? demanda Christian en s'adossant à la tête de lit, piochant un morceau de carotte avec ses baguettes.

Sa chemise était déboutonnée et il y avait chez lui un air de prédateur paresseux qui me maintenait sur le qui-vive, tout en me donnant envie de me repaître de cette attention.

— Il y a toujours une personne qui s'enfuit.

— Hmm.

Je fronçai le nez. Je n'eus pas vraiment besoin d'y réfléchir, cependant. La réponse était claire. Seulement, elle sonnait mal. Heureusement, je n'étais pas censée me soucier de ce qu'il pensait de moi. C'était au mieux temporaire et, au pire, déjà terminé.

— Ne ris pas, mais ça remonte à loin.

— Un amour de lycée. (Il fit une moue adorable, bien que moqueuse.) Où t'a-t-il embrassée pour la première fois ? Sous les gradins ou contre ton casier ?

— En fait, c'était avant le lycée.

Je me sentis rougir et baissai les yeux vers mon assiette, dans laquelle je déplaçai la nourriture avec mes baguettes.

— Nous avions tous les deux quatorze ans. Il était... eh bien, c'était un sacré mec. C'était mon meilleur ami. J'étais un peu obsédée par lui. On a eu une petite histoire pendant l'été. Sa mère travaillait pour ma famille. C'est lui qui s'est enfui.

Quand je relevai la tête, l'expression sur le visage de Christian me fit tressaillir. On aurait dit qu'un semi-remorque rempli de sentiments lui était tombé dessus d'un seul coup. Il laissa tomber sa nourriture sur mon lit – par accident – sans même s'en rendre compte.

— Merde, ne t'inquiète pas pour ça. Je détestais ces draps de toute façon.

Je tentai vaguement de récupérer les frites huileuses sur mon linge. C'était faux. C'était du linge belge flambant neuf de West Elm.

Il me regardait toujours bizarrement.

Je me redressai et sentis mes joues s'échauffer malgré moi.

— Je t'avais prévenu que c'était bizarre. (Je calai mes cheveux derrière mes oreilles.) Mais bon, ce n'est pas comme si j'étais encore amoureuse de lui ou je ne sais quoi. Bref...

— Non, c'est intéressant. Donc, c'était ton petit ami ? demanda Christian, très sérieux.

Je le regardai.

— Euh, tu es sûr que tu ne viens pas d'avoir une attaque ? Tu avais l'air... *ailleurs*.

— Désolé. Je pensais à un email que je dois écrire à quelqu'un demain. Je suis tout à toi maintenant.

Il sourit.

Sympa. Il pensait donc au travail pendant que je m'épanchais. J'en pris bonne note. Je revins au sujet, gênée.

— Non. On a échangé un baiser. C'est tout. Mais on était proches.

— Et pourquoi ça s'est arrêté ?

Les yeux de Christian plongèrent dans les miens avec une intensité qui aurait pu illuminer une fête foraine.

— Il a déménagé.

— Vraiment ?

— Oui.

— Où ?

J'humectai mes lèvres, sentant les larmes me piquer le nez. Qu'est-ce qu'il m'arrivait, bon sang ? C'était il y a des années.

— Il est allé vivre avec son père en Biélorussie.

— Je vois. (Il hocha la tête d'un air laconique et prit une autre bouchée de calamar.) C'est lui qui t'a dit ça ?

— Euh. Non.

Je me frottai le visage, essayant de comprendre pourquoi j'étais aussi bouleversée et, plus important encore, pourquoi Christian me regardait comme si je venais de lui dire que j'avais assassiné son chien.

— C'est mon père qui me l'a dit. C'était très... (*abusif et fou*) soudain.

— Tu as déjà essayé de le contacter ?

L'intérêt qu'il portait à mon histoire semblait particulier. Tant d'années s'étaient écoulées. De plus, comme il l'avait dit, nous n'étions pas là pour le long terme, alors pourquoi s'intéressait-il à mon passé ?

— En fait, oui. (Je récupérai les calamars et les frites sur mon drap et les remis dans le bol de Christian.) Mais en voyant qu'il ne me répondait pas, je me suis dit que je l'avais échappé belle. Un type qui sort de votre vie sans même vous laisser un mot ne mérite pas mon temps, mes pensées et mes efforts.

C'était un mensonge pur et simple. Je savais exactement pourquoi Nicky ne m'avait pas contactée - parce que je ne méritais rien de sa part après ce que mon propre père lui avait fait.

— Et toi ? demandai-je. Quelqu'un qui a eu une place spéciale au fil des ans ?

Christian sourit, l'air de s'être ressaisi, tendit la main pour prendre la bouteille d'eau que nous partagions et en but une gorgée.

— Aucune, en fait.

— Quelle chance tu as.

— Quel chanceux, oui.

Trois fois supplémentaires, on se sauta dessus, entre les draps emmêlés, en lutte pour la domination, la peau de l'autre, le contact. Nous apprîmes les formes, les goûts et les aversions de l'autre. Nous apprîmes à nous mouvoir comme un courant. Christian était un amant généreux. Il semblait savoir exactement ce que je voulais, quand je le voulais, à quelle profondeur et à quel rythme.

Enfin, lorsque nous nous effondrâmes vers une heure du matin, en sueur et épuisés, il était en quelque sorte entendu - peut-être même attendu - qu'il resterait pour la nuit. Nous voulions tous les deux repousser l'inévitable.

— Mais tu ne seras pas en retard au tribunal ? Le temps de retourner chez toi, te doucher et t'habiller ? demandai-je.

Christian me fit remarquer que tout bon avocat savait qu'il devait garder un costume de rechange frais et repassé à son bureau, et ce fut tout.

C'est pourquoi je ne m'attendais pas à me réveiller le lendemain dans un lit vide. Le côté où Christian avait dormi était froid, le linge bien tiré comme s'il n'avait jamais été là. La seule preuve de sa présence la nuit précédente était son parfum persistant d'après-rasage coûteux et de sexe décadent. Oh !

et le pouls entre mes cuisses, un battement léger et insistant, et les marques de morsures sur mon corps.

Je jetai un coup d'œil au réveil sur ma table de nuit. Huit heures et demie. Je gémis, fermai les yeux et enfouis mon visage dans mon oreiller. Lorsque je les rouvris, je roulais sur le ventre et attrapai mon téléphone. Il y avait quatre messages et sept emails. Tous provenaient de clients. Il y avait aussi un appel manqué de ma mère.

*Il t'a dit que ce n'était pas sérieux. Tu t'attendais à un petit déjeuner romantique avec des câlins ?*

Pendant une seconde, je m'émerveillai de l'ironie de la situation. Mon père avait insinué que je devais coucher avec Christian pour l'aider, et j'avais fini par coucher avec lui, mais uniquement pour moi.

Je clignai des yeux pour m'adapter à la lumière qui provenait de la fenêtre. En levant la tête, je remarquai quelque chose de particulier dans ma bibliothèque. Un espace vide qui n'existait pas auparavant. Je quittai mon lit en traînant les pieds, toujours entièrement nue, et m'approchai des rayonnages. Je parcourus de la main les tranches des livres classés par ordre alphabétique. Mes doigts s'arrêtèrent sur l'espace vide. Je savais ce qui manquait. C'était un livre inscrit dans mon ADN. Mon bien le plus précieux.

*Expiation.*

Voilà pourquoi il n'avait pas laissé de mot ou de message. Pourquoi il n'était pas resté. Il savait que c'était moi qui ferais le premier pas. Après tout, il avait pris en otage quelque chose qui m'appartenait.

Ce salaud avait volé mon livre préféré.

Je tins bon.

Je ne l'appelai pas et ne lui envoyai aucun message.

Au bureau, Jillian m'examinait derrière sa tasse de café. Elle haussa un sourcil complice et s'appuya contre l'imprimante pendant que j'attendais qu'elle crache un contrat pour un nouveau client.

— La nuit a été longue ?

Je me sentis devenir écarlate en réalisant que je n'étais même pas sûre qu'elle était rentrée à la maison ou non. Au moins, je savais que j'étais à jour dans mon travail ces jours-ci, donc ce n'était pas une plaisanterie.

— Cet espace est une zone de non-jugement, dis-je en récupérant les feuilles encore chaudes.

Jilly leva une main en signe de reddition et but une autre gorgée.

— Je ne juge pas, je suis curieuse. Et un peu jalouse, évidemment. C'est sérieux ?

— Non. Cette relation est vouée à l'échec dès le départ.

J'agrafai les pages et me dirigeai vers mon fauteuil. Elle me suivit comme un piranha qui flaire le sang.

Le fait que Christian et moi n'ayons pas abordé le sujet tabou (ou plutôt, le procès) ne signifiait pas que je n'en étais pas consciente.

— Pourquoi t'infliger ça, alors ?

— La vie est trop courte.

Je haussai les épaules, pris place devant mon ordinateur et débouchai mon marqueur pour relire le contrat une dernière fois.

— Ça ne te ressemble pas, dit-elle en riant. Bien. J'y reviendrai quand on sera rentrées à la maison. Mais, Ari ?

— Oui ?

— Fais attention si tu vois Christian. Aussi charmant qu'il puisse être, tu ne sais rien de l'un des célibataires les plus convoités de New York.

# Chapitre 23

*Christian*
*Présent*

Je glissai l'exemplaire d'*Expiation* sous la lame de parquet qui s'était détachée sous mon lit. Il paraissait impensable de trouver une latte de parquet véritable mal fixée dans un immeuble flambant neuf de Manhattan. Mais si elle était lâche, c'était parce que je l'avais arrachée à mains nues pour avoir un endroit où cacher tous les documents légaux que je voulais que personne ne trouve, jamais. Un coffre-fort était très prévisible. Il appelait quasiment à l'effraction. Mais personne n'allait décoller les morceaux de plancher sous mon lit.

Je me demandais pourquoi Arya n'avait pas encore appelé. Ou mieux encore, fait irruption dans mon bureau avec une machette et l'intention de s'en servir sur ma tête.

J'irais en enfer, mais pas avant d'avoir profité au maximum de mon séjour sur la planète Terre. Ce que je faisais à Arya était, en l'absence de termes juridiques, un coup tordu d'envergure internationale.

Le mensonge grossissait de jour en jour, nourri par le temps, l'intention et des émotions qui n'avaient rien à faire dans le mélange.

J'avais passé toute ma vie à trier mes partenaires sur le volet. J'avais le physique, l'aura, le travail et le portefeuille pour attirer n'importe qui dans ma toile. Mais avec Arya, même quand je la possédais, elle ne semblait pas vraiment mienne, et c'était un problème.

Quelqu'un frappa à la porte de ma chambre. La tête de Riggs, fraîchement (et entièrement) rasée après un nouveau voyage Dieu sait où, apparut dans l'entrebâillement.

— Les plats sont arrivés.

Je traversai ma chambre et me dirigeai vers la cuisine, où Arsène vidait des cartons de sashimis. Riggs s'assit sur un tabouret à côté de lui.

— Revenons-en à nos moutons, avant que Christian ne retourne dans sa chambre écouter son album de Sinead O'Connor en pleurant parce qu'Arya n'a pas appelé.

Arsène appuya sur un bouton de son téléphone pour rejeter une certaine Penny, dont la photo représentait un putain de top model. Si je gagnais un centime chaque fois qu'il rejetait une Penny parfaitement valable, je pourrais acheter cet immeuble entier, et pas seulement un deux-pièces.

— Tu as deux choix : soit tu la lâches, puisque tu t'es bien amusé et que c'était le plan initial, soit tu lui dis la vérité et tu en subis les conséquences. Faire traîner les choses, c'est explosif.

— Tu es fou ? éructai-je en fouillant dans les boîtes. Il est trop tard pour lui dire. Je vais être dessaisi de l'affaire, radié du barreau, éventuellement poursuivi en justice – non, *définitivement*, vu que ce procès est une putain de victoire assurée pour moi – sans compter que je vais la perdre, de toute façon.

Arsène me sourit comme si j'étais un adorable petit chiot qui venait de commencer à pisser sur son tapis d'apprentissage.

— Je croyais que tu avais dit que ce n'était pas comme ça que ça marchait. Que – et je te cite directement – tu n'avais pas obtenu ton diplôme dans une pochette-surprise.

Il me tenait. Mais c'était avant qu'Arya et moi ne couchions ensemble. J'avais pensé pouvoir garder mon merdier – et ma bite – pour moi-même. La regarder souffrir et passer à autre chose.

— Merci pour le « Je te l'avais bien dit. » C'est vraiment utile, là tout de suite.

Je séparai les baguettes en bois d'un geste sec.

— Tu pourras lui dire une fois le procès terminé ? demanda Riggs en prenant une autre bière au réfrigérateur.

Il avait l'air en pleine forme ces jours-ci, mais je savais que, contrairement à Arsène et moi, il n'était pas du genre à faire de la musculation. Au lieu de ça, il escaladait des montagnes. Professionnellement. Il avait un tas d'entreprises qui le soutenaient. Je n'avais jamais compris sa fascination pour les expériences de mort imminente. La vie avait un taux de mortalité de cent pour cent. Pourquoi cet empressement à se jeter d'une falaise à quatre mille mètres d'altitude ?

— Le procès sera terminé dans quelques semaines. Et puis, même si je lui dis après, elle pourra dévoiler mon identité par la suite, ce qui signifierait que tout mon travail n'aura servi à rien.

J'avais révisé les règles de déontologie. Rien ne m'empêchait spécifiquement de baiser Arya. Mais ça ne donnait pas une bonne image. Et, bien sûr, il y avait ces règles fourre-tout pour des situations comme celle-ci. Un avocat compétent pourrait déposer une plainte alléguant que ma conduite était destinée à perturber le tribunal. Et, putain, compte tenu de mon comportement, il pourrait bien gagner. Amanda Gispen me ferait la misère pour avoir ruiné son affaire, et Conrad Roth aussi. D'une manière ou d'une autre, être avec Arya était tout simplement impossible. Ils avaient raison. Je devais la laisser partir. Mais comment aurais-je pu me retenir, quand j'ai appris qu'elle avait essayé de m'écrire ? Qu'elle pensait que j'avais déménagé à l'autre bout du monde ? Que c'était moi qui m'étais enfui ?

J'avais été tellement sûr qu'elle était complice de ce que Conrad Roth m'avait fait qu'il ne m'était jamais venu à l'esprit qu'il lui avait menti pour adoucir le coup. Ça m'avait retourné. La révélation qu'elle ait pu ne pas savoir. Ça m'avait fait perdre le sommeil, certaines affaires, et ma putain de tête. Tout ce temps – toute cette *rage* –, et ce n'était même pas sa faute.

Le fil soigneusement construit de ma vie et de ma situation n'était plus qu'un tas de cendres à mes pieds. Et je ne pouvais m'en prendre qu'à moi-même pour avoir tiré des conclusions hâtives.

Quant à Arya, elle avait été trompée par tous les hommes auxquels elle était attachée de près ou de loin. Je me sentais mal, mais pas au point de gâcher toute ma vie pour lui faire amende honorable.

— Très bien, dans ce cas, laisse tomber Arya et passe à autre chose, dit Arsène, sur le même ton sensé qu'il pourrait employer pour me suggérer de diversifier mon portefeuille d'investissements.

Je jetai un morceau de thon cru dans ma bouche.

— Je n'ai même pas besoin de faire ça. Il me suffit de ne plus jamais l'appeler, puisqu'elle ne me passe pas le moindre putain de coup de fil, elle.

Riggs sourit derrière sa bouteille.

— Et ça ne te dérange visiblement pas du tout.

*Connard.*

Arya n'appela pas le lendemain.

Ni le jour d'après.

Je disséquai notre dernière interaction.

Ses confidences à propos de Nicky. La douleur dans sa voix. Les scintillements dans ses yeux.

On aurait dit qu'elle se souciait sincèrement du sort de Nicky. Mais encore une fois, comme cela avait été démontré, Arya était une très bonne actrice quand elle le voulait.

Mes doutes qu'elle n'ait pas remarqué la disparition du livre s'étaient évaporés. Il était impossible qu'une telle chose ait pu échapper à une femme comme Arya. Pendant ce temps, *Expiation* brûlait le bois du parquet de ma chambre. Je refusais de le lire. Pour une raison étrange, j'estimais que ce serait un aveu d'échec.

Je ne cessais d'essayer de me convaincre qu'il valait mieux qu'Arya n'ait pas appelé. Je pouvais toujours lui envoyer le livre par coursier et en finir avec ce foutoir. Je ne pouvais plus la revoir. Chaque minute supplémentaire passée avec elle la rapprochait de la vérité. Et même si ce n'était pas le cas, à quoi bon ? J'avais voulu me la sortir de la tête. C'était chose faite. Affaire classée.

Le procès se déroulait bien. Ma carrière était bien remplie. Alors pourquoi encore cette soif ?

Une semaine s'était écoulée.

J'allais à la salle de sport et au Brewtherhood. Elle n'y était jamais. Elle ne se présenta pas non plus au tribunal. Je commençais à regretter la compassion temporaire dont j'avais fait preuve en lui conseillant de prendre ses distances avec l'affaire.

Cette femme ne bougerait pas. Était-ce par fierté ou par instinct de conservation ? Quoi qu'il en soit, elle n'en gagnait que davantage mon admiration.

J'aurais très bien pu continuer ainsi pendant un mois ou deux. J'étais un enfoiré compétitif, tout comme elle. Nous faisions toujours de tout un jeu à remporter. Même quand on était enfants. Mais un jour, alors que je faisais de la muscu à la salle de sport, je l'aperçus sur l'un des écrans plats. Elle était l'invitée d'une émission matinale.

Elle était à tomber. À tel point que les premières secondes je n'écoutai même pas ce qu'elle disait. Je me délectai seulement du fait que je l'avais eue sous moi, il n'y a pas si longtemps, se tortillant et suppliant pour en avoir plus.

Elle portait une robe aux épaules dénudées, au décolleté ajusté orné de papillons. Je laissai tomber les poids que je tenais et m'approchai de la télévision pour mieux l'entendre.

L'hôtesse, une femme dont l'âge se situait entre trente-huit et cinquante-neuf ans, qui portait un carré blond et beaucoup trop d'auto-bronzant, l'interrogea sur la crise de relations publiques à laquelle un certain couple royal britannique était confronté. Arya répondit à toutes les questions de manière approfondie et professionnelle. Je me demandai ce qui l'avait motivée à passer à la télévision, mais une fois l'interview terminée, l'animatrice fit la promo de Brand Brigade qu'elle ne cessa de vanter, proclamant qu'elle était l'une de leurs très heureuses clientes.

*Publicité gratuite. Mystère résolu.*

Le même jour, je me rendis chez Barnes & Noble pour acheter un exemplaire d'*Expiation*. Ils n'avaient que celui avec l'affiche du film en couverture et du papier blanc au lieu de crème. Mais c'était suffisant pour ce dont j'avais besoin. Je déchirai une page du livre, la trempai dans du thé et la laissai sécher sur la fenêtre de mon bureau pendant quelques heures avant de la glisser dans une enveloppe avec un petit mot.

> J'ai quelque chose qui t'appartient. Si tu veux revoir ce livre vivant, suis les étapes et n'essaie pas de prévenir la police.
> Étape 1 : Retrouve-moi au Hayden Planetarium ce soir à six heures et demie. Ne sois pas en retard.
> C

Je décrochai le téléphone sur mon bureau et appelai ma secrétaire.

— J'ai besoin que vous envoyiez quelque chose en ville. *Tout de suite.*

À 6 h 20, j'aperçus Arya à l'extérieur du planétarium. Elle arrêta de faire les cent pas, baignée dans une flaque de lumières bleu glacé qui se reflétaient sur le bâtiment derrière elle.

Dans les films, et peut-être même dans les livres qu'Arya aimait tant, l'héroïne avait toujours l'air incertaine et réservée, attendant l'arrivée de son fiancé. Ce n'était pas le cas d'Arya Roth. La petite diablesse était au téléphone et disait à son interlocuteur qu'elle lui ferait la peau pour le transformer en sac Birkin s'il ne lui trouvait pas le journaliste qui avait divulgué cet article croustillant sur l'un de ses clients. Je me tenais à l'écart, l'oreille tendue, et je compris enfin pourquoi je n'arrivais pas à garder mes distances - parce que nous nous ressemblions terriblement.

On était des battants. Assoiffés de sang. Nous étions nés dans des circonstances différentes, mais notre essence était la même. Nous étions tous les deux prêts à nous salir pour les choses qui nous tenaient à cœur. Prêts à sortir les griffes à tout moment.

La question était de savoir à quel point Arya tenait encore à son père. Je n'avais aucun moyen de le savoir et je n'étais pas assez naïf pour le lui demander directement. Je continuai de m'approcher. Elle tourna les talons et s'immobilisa en me voyant. Ses pupilles se dilatèrent.

— Je dois y aller, Neil. Tiens-moi au courant.

Elle jeta son téléphone dans son sac et s'élança vers moi.

— Où est mon livre, Miller ? aboya-t-elle, mode casse-couilles activé.

Je m'arrêtai à quelques mètres d'elle, appréciant le regard qu'elle posait sur moi.

— C'est tout ? Pas de « Bonjour, comment ça va ? »

— Je me fiche de savoir comment tu vas. Tout ce qui m'intéresse, c'est que tu as volé mon livre.

— Et je te le rendrai, répondis-je d'un ton égal. Si tu joues bien tes cartes.

— Avec une page en moins.

Elle sortit de son sac la page que je lui avais envoyée plus tôt dans la journée et la brandit devant moi. En m'efforçant de ne pas rire, je sortis de mon propre porte-documents le nouvel exemplaire d'*Expiation* que j'avais acheté, auquel il manquait une page.

— L'original est sain et sauf.

Arya porta une main à sa poitrine et ses épaules s'affaissèrent.

— Bien. Je pensais devoir t'assassiner. La vie en prison me semblait très peu attrayante et pourtant tout à fait inévitable, ces dernières heures. Même si je tiens à souligner que tu es quand même une personne horrible pour avoir déchiré un livre, *quel qu'il soit* et *quelle qu'en soit la raison*.

— Même si cette raison était d'obtenir une réaction de ta part ?

— Particulièrement.

— Vous m'avez manqué, mademoiselle Roth.

— Oh ! arrête ça, Miller.

Nous entrâmes dans le planétarium. Elle ne demanda pas pourquoi j'avais choisi cet endroit. C'était inutile. Ce fut évident à l'instant où nous entrâmes dans l'exposition « La Nature de la couleur ».

— Tu sais, les animaux sont connus pour utiliser la couleur pour se camoufler, fis-je remarquer.

On passa devant un mur d'un blanc immaculé sur lequel nos ombres se reflétèrent dans toutes les nuances de l'arc-en-ciel. Autour de nous, des enfants dansaient avec leurs propres ombres tandis que leurs parents regardaient l'explication de l'exposition sur un écran.

— Ils s'en servent aussi pour attirer des partenaires, dit Arya en serrant la veste qu'elle tenait contre sa poitrine. Où veux-tu en venir ?

On s'arrêta devant la vidéo d'une fleur blanche qui s'ouvrait la nuit, et on la regarda fixement.

— Les choses ne sont pas toujours ce qu'elles semblent être.

— Pourquoi j'ai l'impression qu'il y a quelque chose que tu veux me dire, mais que tu ne dis jamais vraiment ?

Elle se tourna et pencha la tête.

*Parce qu'il y a quelque chose.*

*Parce que c'est moi.*

*Parce que si c'est moi qui me suis enfui, comment se fait-il que tu ne puisses même pas me reconnaître alors que je suis à moins d'un mètre de toi ?*

Mais je me contentai de sourire et lui tendis le deuxième mot. Je les avais écrits à l'avance, ce qui, il faut bien le dire, n'était pas dans mes habitudes. Jusqu'à présent, ma principale forme de séduction, les rares fois où je me donnais un minimum de mal pour poursuivre quelqu'un, consistait à lui offrir à dîner. Elle le lissa dans sa paume en fronçant les sourcils.

*Étape 2 : Présente-moi ta street food préférée.*

Ses yeux croisèrent les miens, emplis d'une soudaine bienveillance dont je doutais qu'elle fut réellement capable. La princesse au sac Chanel et à la coupe de cheveux à cinq cents dollars, qui n'avait jamais connu la faim et le désespoir de sa vie.

— Qu'est-il arrivé au fait que toi et moi ne pouvions pas sortir ensemble ? Là, j'ai l'impression qu'on est bien partis pour dormir en cuillère et adopter un bouledogue français.

— Tout d'abord, je n'adopterai jamais de chien. Je te le garantis. Si je voulais que quelqu'un ruine mon appartement, je prendrais ton architecte d'intérieur. Sans vouloir t'offenser.

— Pas du tout. Je me fiche pas mal de ce que tu penses de mon appartement.

Et fait, c'était un demi-mensonge, mais évidemment, je ne voulais offenser personne.

— Ensuite, je suis avant tout un gentleman. Troisièmement, la seule chose un tant soit peu romantique dans cette soirée est le fait que nous allons tous les deux nous envoyer en l'air à la fin.

Arya hocha la tête, mais au moins elle eut l'intégrité de ne pas me contredire. Nous savions tous les deux où cela allait nous mener, à quel point nous étions empêtrés dans cette toile de désir.

L'instant suivant, nous étions sur les marches de la bibliothèque publique de New York, en train de manger des gaufres couvertes de chocolat crémeux, de Nutella et de pâte à tartiner.

Nous offrions probablement une image idyllique d'un rendez-vous urbain classique. Deux fringants trentenaires partageant un dessert au pied de l'un des meilleurs établissements d'Amérique. Un mensonge enrobé de sucre.

— Comment n'es-tu pas morte d'une crise cardiaque à l'heure qu'il est ? demandai-je après trois bouchées.

Je n'avais rien consommé d'aussi obstruant pour les artères depuis que j'avais atteint la trentaine et que j'avais réalisé que, pour garder ma forme actuelle, je devais commencer à faire attention à mon alimentation.

Arya tapota sa fourchette en plastique sur sa lèvre inférieure, faisant mine d'y réfléchir.

— Tu prends tes désirs pour des réalités ?

— On peut arrêter de prétendre qu'on se déteste. Tout prouve le contraire.

— Je n'ai jamais vraiment adhéré aux régimes à la mode. Quand j'ai envie de manger quelque chose, je le fais. (Elle haussa les épaules.) Peut-être que je suis téméraire.

J'ai lâché un petit rire.

— Une femme téméraire m'aurait appelé à la minute où elle aurait découvert que son livre avait disparu. Au fait, quand est-ce que tu t'en es rendu compte ?

— Environ une demi-seconde après avoir ouvert les yeux. À peu près.

— Pourquoi *Expiation* ? demandai-je à nouveau. Parmi tous les livres du monde, tu as choisi celui-ci. Pourquoi pas Austen ? Ou Hemingway ? Woolf, Fitzgerald, ou même Steinbeck ?

— La culpabilité. (Elle pinça les lèvres et plissa les yeux devant l'obscurité.) *Expiation* parle de culpabilité. Un petit acte irréfléchi commis par un enfant, et comment il fait basculer tant de vies. J'imagine... enfin, je suppose... (Elle fronça de nouveau les sourcils.) Je ne sais pas. Je crois que plus je grandissais, plus ce livre grandissait avec moi. Chaque fois que je le lisais, je trouvais une nouvelle signification à laquelle je pouvais m'identifier.

— Est-ce que ça a quelque chose à voir avec celui qui s'est enfui ? demandai-je timidement.

Je m'approchais trop près de la vérité. Je ne me reconnaissais plus quand j'étais avec elle.

Arya se redressa, arrachée à une pensée qui l'ébranlait.

— Qu'est-ce que je fais ici, Christian ? (Elle posa sa fourchette sur sa gaufre à moitié entamée et se tourna vers moi.) Tu voulais coucher avec moi, et tu l'as fait. Tu es parti sans un mot, sans un message, sans un coup de fil - mais avec la seule chose qui, tu l'espérais, me ferait ramper vers toi. À quel genre de jeu joues-tu ? Tu es chaleureux un moment, glacial celui d'après. Tendre, puis lunatique. Je ne sais pas si tu es mon ami ou mon ennemi. Tu ne fais que passer de l'un à l'autre. Je n'arrive pas à te cerner et, pour être tout à fait honnête, j'en arrive à un point où le mystère l'emporte sur l'attrait.

Je pris sa gaufre et emportai nos deux assiettes jusqu'à une poubelle proche, où je les jetai pour gagner du temps. À mon retour, je m'assis à côté d'elle. Elle serrait un gobelet de café à emporter entre ses mains.

— Je n'en ai pas fini avec toi, avouai-je. J'aimerais bien, mais ce n'est pas le cas.

— Tu t'y prends comme un gamin de quatorze ans.

*Parce que c'est l'âge que j'avais quand tu m'as rejeté.*

— Dans ce cas, pourquoi ne pas recommencer ce soir ? Le procès sera terminé dans quelques semaines. Si on garde tout ça secret, ça peut marcher. On pourra profiter de l'autre pendant ce temps, puis on repartira chacun de son côté.

Arya réfléchit. Je gardai mon sourire décontracté. Elle avait tout pouvoir. Elle pouvait dire non, me tourner le dos et poursuivre son chemin. Mais je ne cesserais jamais de la désirer. J'avais fait le premier, le deuxième et le troisième pas. Je continuais à la chercher.

— Très bien, finit-elle par dire.

C'était le moment de lui sortir mon dernier mot. Je le lui tendis.

— Encore un ?

Ses sourcils touchèrent la racine de ses cheveux, mais elle s'en empara malgré tout.

— Le dernier, précisai-je en observant son visage pendant qu'elle dépliait le papier.

*Étape 3 : faire l'amour avec moi dans une bibliothèque.*

Cette fois-ci, quand elle se retourna vers moi, il n'y avait pas d'amusement dans ses yeux.

— Tu es fou ?

— C'est une possibilité, admis-je.

— Je veux dire, commençons par l'évidence – la bibliothèque est fermée à l'heure qu'il est.

Plongeant la main dans la poche de mon caban, j'en sortis la clé d'une des portes latérales.

— Problème résolu. Quoi d'autre ?

Les yeux d'Arya s'agrandirent.

— Comment ?

— Je connais quelqu'un qui connaît quelqu'un qui travaille peut-être ici, ou pas.

*Et je l'ai payé très cher pour obtenir ce privilège,* m'abstins-je d'ajouter.

— La deuxième raison pour laquelle c'est insensé, c'est que c'est illégal.

— Si un arbre tombe dans la forêt mais que personne n'est là pour l'entendre, est-ce que ça fait un bruit ?

— Oui. Ça va avoir le son d'un scandale en double page d'un journal à scandale. (Elle me jeta un regard qui m'intimait de ne pas essayer de minauder.) On pourrait se faire prendre.

— On ne se fera pas prendre. (Je me levai.) Fais-moi confiance. J'ai une affaire à deux cents millions de dollars et un statut d'associé en jeu. Je ne vais pas tout gâcher pour une partie de jambes en l'air, aussi amusante et cochonne soit-elle.

Mais maintenant que je l'avais dit à voix haute, le poids de la stupidité de cet acte me pesait sur la poitrine. Arya se redressa instantanément et bondit sur ses pieds. Peut-être que la seule possibilité que je foire ma carrière lui redonnait le sourire.

— Ça m'a tout l'air d'être un défi.

Ouaip. *Aucun doute là-dessus.*

Nous fîmes le tour du bâtiment jusqu'à ce que je trouve la porte que je cherchais.

Je tournai la clé dans le trou et poussai. Il faisait nuit noire à l'intérieur. La chaleur de la bibliothèque associée à l'odeur des vieilles pages, du cuir usé et du chêne nous assaillit tous les deux. Arya me prit la main. Je la serrai fort et l'entraînai dans la salle d'étude.

— Tu sais, j'ai vécu dans cette ville toute ma vie et je n'ai jamais visité la section des livres rares, entendis-je Arya dire dans mon dos.

Je ne pouvais pas la lui montrer aujourd'hui, car il fallait une autre clé, mais j'avais sur le bout de la langue la promesse de l'emmener là-bas. Mais je ne pouvais pas. Être vu en public avec elle, en plein jour, serait désastreux. Ce serait signer l'arrêt de mort de nos carrières, sans parler de sa relation quasi inexistante avec sa famille. Nous ne pouvions exister que dans l'obscurité, tels deux voleurs de plaisir.

La salle d'étude n'en finissait pas. Toutes les lampes de table étaient éteintes. Dans l'obscurité, elle ressemblait presque à une usine déserte. D'idées, de rêves et de potentiels. Je tirai Arya par la main. J'avais de nouveau l'impression d'avoir quatorze ans.

— Pitié, ne me dis pas que tu as caché mon livre quelque part ici.

Elle jeta un regard dans la salle, cernée de rayonnages chargés.

Je laissai échapper un rire métallique.

— Je ne suis pas aussi sadique.

— Ça reste à voir.

Elle s'approcha d'une étagère et examina les livres. Je l'observai. Je l'observais toujours. Ses cheveux - la seule chose indomptée de son apparence - bouclaient autour de son visage comme ceux d'un ange. Je me demandai si elle aurait un goût aussi doux, aussi immoral, aussi charmant, si elle était ouvertement à moi. Si je pouvais l'afficher aux yeux de tous. L'emmener aux événements du cabinet. Si ma progéniture grossissait dans son ventre. Je me demandais si mon obsession pour elle provenait de la vengeance pure ou de quelque chose de plus. Un sentiment d'ayant droit, de propriété, après tout ce qu'elle m'avait fait subir.

— Christian ? demanda-t-elle, et je réalisai que dans mon hébétude je n'avais pas remarqué qu'elle me parlait.

Je secouai légèrement la tête. C'était toujours troublant quand elle m'appelait ainsi.

— Oui ?

— Tu as écouté ce que je t'ai dit ?

Elle souriait, un livre serré contre sa poitrine, une lueur malicieuse dans les yeux.

— Pas un mot, admis-je. J'étais distrait.

— Par quoi ?

— Par l'image de mes mains sur ton cul pendant que je te prends par-derrière sur cette table.

Elle s'approcha langoureusement de moi en caressant paresseusement la longue table en bois à côté d'elle. Une fois devant moi, elle me tendit un livre.

— Ouvre-le au hasard et lis-moi un paragraphe.

— Pourquoi ?

— Parce que je te le demande.

— C'est ton argument de vente ? Parce que *tu le demandes ?*

Elle me jeta un regard noir et je me mis à rire.

— Alors d'accord.

Pour la première fois, j'eus l'impression qu'elle voyait clair dans mon jeu. Qu'elle savait qui j'étais. Parce que la Arya de quatorze ans savait très bien que le Nicholai de quatorze ans ferait tout ce qui était en son pouvoir si elle lui donnait un ordre. Je pris le livre, feuilletai les pages sans la quitter des yeux. Très bien. Nous allions jouer selon ses termes. Je m'arrêtai sur une page au hasard et posai les yeux sur le texte. Je lus à voix haute. Il était question de femmes vicieuses.

Je retournai le livre. *Premier Amour*, d'Ivan Tourgueniev.

— Pourquoi tu as choisi ce livre ? demandai-je.

— Pourquoi tu as choisi ce paragraphe ? répliqua-t-elle tout de go.

— Je ne l'ai pas choisi.

— Moi non plus. (Elle sourit.) Je voulais juste voir si tu jouerais aussi à mes jeux.

Je posai le livre et m'approchai d'elle. Elle recula d'un pas.

— J'ai l'impression d'être toujours client pour tout ce que tu proposes.

Elle recula encore. À moins d'un mètre de l'une des tables.

— Pourquoi ça, Christian ? Tu ne m'as pas l'air d'être un grand romantique.

Je fis un pas en avant.

— Je ne le suis pas.

— Alors pourquoi ?

Elle recula encore et l'arrière de ses jambes heurta la table. Je souris et fis un dernier pas pour réduire l'espace qui nous séparait.

— Parce que, malheureusement, mademoiselle Roth, personne d'autre ne vous conviendra.

Je la plaquai contre la table en posant mes mains de part et d'autre de ses cuisses, baissai la tête et pressai ma bouche contre ses lèvres chaudes. Elle s'ouvrit à moi, avec un goût de sucre en poudre, de Nutella et de thé à la menthe. De poison, de destruction et d'inévitabilité. Elle posa une main sur ma poitrine, passa l'autre sur mon épaule et agrippa mes cheveux. Je gémis, pensant qu'elle allait s'écarter, mais sa main descendit le long de mes abdominaux jusqu'au bouton de mon pantalon. Mon érection était impossible, attendant d'être prise en considération.

Sa main glissa vers le bas pour m'empoigner à travers mon pantalon. Je ne pouvais plus l'embrasser et me concentrer en même temps, alors je laissai tomber ma tête sur le côté de son cou en le couvrant de baisers paresseux. Mon corps se tordait, se contractait pour voir ce qu'elle allait faire ensuite.

Arya m'attrapa par la queue – et les couilles – et me projeta en avant, jusqu'à me plaquer contre elle. Puis elle disparut. Je regardai à gauche et à droite, confus, et la trouvai à genoux devant moi, en train de défaire mon bouton et de baisser ma fermeture Éclair.

*D'accord. D'accord.*

Je lissai ses cheveux en arrière pour les écarter de son visage. Pas d'un geste affectueux, mais pour mieux voir ses lèvres enroulées autour de ma queue. Cette dernière se libéra juste au moment où je parvins à me pencher en avant pour allumer l'une des lampes sur la table derrière elle.

Arya ne me regardait pas timidement, ni même de façon séductrice, comme le font les femmes une seconde avant de prendre une bite dans leur bouche. Elle m'attrapa, me donna un vigoureux coup de langue, de la base à l'extrémité, en faisant rouler sa langue autour de mon gland pour faire bonne mesure. Je laissai échapper un sifflement grave en détournant les yeux. C'était trop. La vue d'Arya en train de me donner du plaisir.

Comme si elle avait lu dans mes pensées, Arya choisit ce moment pour essayer d'engloutir la plus grande partie de mon sexe. Elle prit dans sa main la partie qui ne rentrait pas, à la base, et commença à pomper. J'étais prêt à lui céder le reste de ma vie et tout ce qui m'était cher, y compris Arsène et Riggs, si c'était pour qu'elle ne s'arrête jamais.

— Arya. (J'enfouis ma main dans ses cheveux pour les caresser, incapable de la quitter des yeux.) C'est tellement bon.

Elle ne répondit pas, pas même pas un petit gémissement, et maintenant j'avais encore plus envie de ses mots que de ma queue dans sa bouche. Et puis j'étais presque sûr que j'allais jouir comme un gamin de quatorze ans si elle continuait pendant vingt secondes de plus, et je voulais m'épargner cette forme particulière d'humiliation. C'est pourquoi je tirai sur le col de sa robe pour la remettre sur les pieds et je fourrai ma langue dans sa bouche.

— On est vraiment des catastrophes ambulantes.

Son souffle chatouilla mon menton, ma langue, tandis qu'elle parcourait mon corps de ses mains. Elle m'empoigna les fesses, puis fit glisser ses doigts sur mon dos, mes épaules, ma clavicule.

— Ça va mal finir.

Je l'attrapai par la taille, la retournai et relevai sa robe. Encore une fois, alors qu'Arya incarnait totalement *Sex & The City*, ses sous-vêtements incarnaient *Jane the Virgin*.

— Encore une culotte de maternité ?

Je l'écartai sur le côté sans prendre la peine de la baisser. La vie était trop courte, tout ça.

— Je te signale que c'est du cent pour cent coton et que c'est très bon pour l'équilibre de mon pH.

Le rire que sa réponse provoqua en moi fit trembler mes os.

— Arya, tu es fantastique.

— Et toi, tu ne portes pas de préservatif. Fais en sorte d'y remédier.

J'en déroulai consciencieusement un tandis qu'elle m'attendait dans une position arrière parfaite, pianotant sur la table.

Je m'enfonçai en elle, les élastiques de sa culotte appuyant sur mon sexe.

*C'est comme ça que je veux mourir.*

Regarder le dos d'Arya pendant que je la prenais par-derrière était suffisant pour me tuer. Pourtant, je me retirai, puis je recommençai. C'était bon, profond, mais je parvins à tenir plus longtemps que la dernière fois. Parce que je n'avais pas le visage d'Arya en face de moi, pour me rappeler qui était ma partenaire. Je passai mon bras autour de sa taille et jouai avec son clito en léchant le lobe de son oreille. Elle poussa de petits cris de plaisir qui me firent oublier mes prénoms. L'ancien et l'actuel.

— Je vais jouir, dit-elle dans un souffle.

Je n'eus pas le temps de la couvrir de paroles d'encouragement. Elle se mit à trembler et se comprima autour de moi en laissant échapper un sifflement, chacun de ses muscles se crispant contre moi. Je la martelai plus fort, plus vite, cherchant ma délivrance. Je la trouvai quelques secondes plus tard et restai profondément enfoui en elle, savourant chaque seconde avant que ce ne soit terminé.

— Eh bien, c'est exactement ce dont j'avais besoin. (Arya se redressa, réarrangea sa culotte et baissa sa robe.) Maintenant, Christian, il est temps de me rendre mon livre.

Elle réappliqua du rouge à lèvres devant un petit miroir, de nouveau toute professionnelle. Je jetai le préservatif et rangeai ma bite, toujours à demi dressée. C'était peut-être ainsi que ça allait se passer entre Arya et moi jusqu'à la fin du procès.

— Absolument. Que dirais-tu de venir le récupérer demain soir ? Je ne peux pas te promettre des gaufres – je dois continuer à rentrer dans mes costumes –, mais je peux te préparer mon célèbre blanc de poulet au quinoa. Et même ajouter un verre de vin, si tu es sage.

Je m'attendais à une réaction violente de sa part, rien de moins. Après tout, je retenais toujours son livre en otage. Mais au lieu de me traiter de tous les noms que je méritais – arnaqueur, menteur, *fuckboy* –, elle se contenta de sourire.

— Tu sais quoi ? Tu peux le garder tant qu'on se divertit mutuellement. Qu'est-ce que quelques semaines, dans le grand ordre des choses ? Tant que nous avons certaines règles.

— Expose-moi ces règles.

Je lissai ma veste en m'appuyant au bureau opposé au sien. Elle rangea le petit miroir et le rouge à lèvres dans son sac.

— Numéro un : pas de sorties publiques ensemble. C'est trop risqué. Numéro deux : pas de rencontre avec la famille, les amis et les collègues de l'autre, et garder tout ça complètement cloisonné.

— D'accord. Numéro trois : pas de mot en *a*. Aucun des deux, précisai-je.

— Il y en a deux ?

— *Apprécier* est un mot aussi.

Elle acquiesça, l'air de rien.

— Et numéro quatre : si l'un de nous rencontre quelqu'un, l'autre s'effacera sans culpabiliser ou essayer de convaincre l'autre de changer d'avis. C'est censé n'être que temporaire, après tout.

J'avais envie de frapper quelque chose, de préférence le connard sans visage qui allait me voler mes précieux moments avec elle. Je lui concédai néanmoins.

— C'est bon. Autre chose ?

— Oui, en fait, dit Arya en se raclant la gorge. Notre relation se terminera le jour où le procès prendra fin. Nous n'aurons pas de rupture officielle. Ça fait désordre et ce n'est pas nécessaire. Je m'attendrai simplement à retrouver ma précieuse copie d'*Expiation* dans ma boîte aux lettres, soigneusement emballée, entière et intacte.

Elle me tendit le bras pour échanger une poignée de main. Ça me donnait au moins deux semaines supplémentaires avec Arya.

Et c'était tout ce dont j'avais besoin.

# Chapitre 24

*Arya*
*Présent*

Je retrouvai ma mère trois jours plus tard, dans une librairie, alors que j'achetais un nouvel exemplaire d'*Expiation*. Elle entra, enveloppée d'une brume de laque coûteuse du brushing qu'elle venait de s'offrir.

Beatrice Roth m'embrassa sans contact sur les deux joues, comme si nous étions des connaissances du club de bridge, et renifla l'air de la petite librairie comme si quelqu'un y avait oublié un sac d'ordures.

— Comme c'est pittoresque. Je ne savais même pas qu'un tel endroit existait dans ce quartier. Le loyer doit être *astronomique*.

— Tu sais, on peut faire un don en ligne pour participer au loyer. Je t'enverrai le lien. J'ai mis en place un virement automatique.

— Oh ! chérie. Ton sentiment de culpabilité est *adorable*.

Elle osa m'ébouriffer les cheveux, comme si nous étions proches ou je ne sais quoi.

Reprendre contact avec ma mère après des années de silence radio n'était certainement pas ce que les téléfilms mièvres du dimanche m'avaient promis.

Je me promenai dans les allées étroites entrecoupées d'étagères en balançant mon panier. J'aurais pu ajouter trois ou quatre livres supplémentaires. Pour ma défense, je travaillais dur pour gagner ma vie. En plus de ça, je commençais à m'impatienter. J'étais allée à l'appartement de Christian deux jours auparavant. C'était tout ce à quoi je m'attendais - moderne, magnifique, et d'un froid clinique - et j'avais essayé de chercher mon exemplaire d'*Expiation*, mais je ne l'avais trouvé nulle part. Et ce n'était pas comme s'il y avait beaucoup de cachettes. Les lieux étaient quasiment vides. J'avais bien repéré un coffre-fort dans son dressing, mais Christian, qui était toujours au lit, à peine couvert par le drap, avait laissé échapper un petit rire lorsqu'il m'avait vue caresser la serrure du coffre-fort en fixant les chiffres.

— Ce n'est pas là, Ari. Je ne serais jamais aussi prévisible.

— Comment va Conrad ? demandai-je à ma mère, en essayant de me convaincre que la réponse ne m'intéressait pas particulièrement.

Mais ce n'était pas le cas. Ça m'intéressait beaucoup. C'était une source de honte et d'agacement pour moi de ne pas pouvoir le haïr jusqu'au bout. De savoir qu'il allait perdre la majeure partie de sa fortune en frais de justice et en dédommagements.

— Je ne sais pas. Il se tient à l'écart et je reste dans mon coin du *penthouse*. Franchement, je commence à m'inquiéter de ce qu'il va se passer le jour J.

Elle sortit un livre de l'étagère, se rendit compte qu'il était un peu poussiéreux, puis le remit en place avec une expression d'horreur et de dégoût.

— Pourquoi ? Est-ce qu'il te semble mentalement instable ? demandai-je en penchant la tête pour l'étudier.

Elle s'essuya les mains et me regarda avec incrédulité.

— Pardon ? Non. Je parle de l'état financier dans lequel il va me laisser. (Elle frémit à cette idée.) Je vais peut-être devoir vendre l'appartement.

— Bien.

Je glissai un autre livre dans mon panier. Un nouveau, d'un jeune auteur. J'aimais bien la couverture. Cette romance semblait du genre à mettre mon cœur en lambeaux et à passer le reste de mon corps au mixeur.

— Le *penthouse* était bien trop grand pour trois personnes. Sans parler d'une seule.

— Mais, et Aaron ? demanda ma mère, scandalisée. J'habite si près du cimetière.

— Il restera chez lui, bien sûr.

Je me dirigeai vers la caisse. Mon sarcasme était plus fort que moi. L'égocentrisme de cette femme me rendait folle. La dernière fois que nous nous étions vues, elle m'avait dit que la vie était trop courte. Aujourd'hui, elle se plaignait de la possibilité d'être déclassée de l'un des endroits les plus chers du continent.

— Écoute, est-ce que je peux faire quelque chose pour t'aider ? soupirai-je, choisissant de ne pas tourner ça en dispute, tout en tendant mon panier à la propriétaire de la librairie, une gentille dame à la crinière grise.

— Je me disais que tu pourrais peut-être parler à ton père...

— Non, dis-je catégoriquement. Désolée, mais je ne ferai pas ça.

— Pourquoi ?

— Parce que c'est un homme violent et horrible qui ne mérite ni mon aide ni mon attention, et parce qu'il m'a menti toute ma vie.

*Pour ne citer que ces quelques raisons*. Le procès faisait également resurgir de vieux sentiments amers. Comme par exemple le pardon que je lui avais accordé pour ce qu'il avait fait à Nicky, alors que je n'aurais pas dû.

Je réglai avec ma carte de crédit, puis je glissai un billet de cinq dollars dans le pot à pourboires lorsque la femme me rendit mes livres dans un sac en papier. Ma mère et moi sortîmes de la librairie.

— Tu sais comment est ton père. Affreusement instable.

— Il a aussi abusé de toi sur le plan émotionnel pendant un certain temps. Pourquoi voudrais-tu lui demander des faveurs ?

Je pris la direction du café près de chez moi. Ma mère me suivit.

— Pourquoi ? Parce que je ne peux pas vraiment me permettre d'avoir mon propre appartement, si ? Même si je divorce, ce que je ne crois plus utile à ce stade, nous devrons tout partager moitié-moitié. Tu sais, son expert-comptable m'a dit qu'il me resterait probablement… (elle prit une inspiration dramatique) moins de deux millions de dollars. Tu y crois, toi ??

— Eh bien… oui. (Je poussai la porte du café.) Il a passé les dernières décennies à agresser des femmes innocentes en pensant qu'il était à l'épreuve des balles. Saigner de l'argent semble être une punition appropriée pour ce qu'il a fait.

— Ce n'est pas *moi* qui les ai agressées ! (Ma mère se frappa la poitrine du poing.) Pourquoi *mon* niveau de vie devrait en pâtir ?

— C'est vrai, en convins-je. Mais tu as épousé un homme à qui on ne pouvait pas faire confiance en ce qui concerne l'argent, ou l'appareil photo de son téléphone. Maintenant, tu pourras louer un bel endroit une fois que tout sera terminé, ou mieux encore, acheter quelque chose qui sera dans tes moyens, qui restent toujours honorables, et te trouver un travail.

— Un travail ?

Ma mère écarquilla les yeux. On aurait dit que je venais de lui suggérer de devenir escort-girl. Je passai une commande pour nous deux. Thé à la menthe pour elle, Américano glacé pour moi. Cette fois, je réglai l'addition.

— Oui, maman. Je ne savais pas que le simple fait de travailler était aussi scandaleux.

— Bien sûr que non, souffla ma mère, dont la fausse sincérité ne convainquait à peu près personne dans la pièce. Mais qui va m'embaucher ? Je n'ai aucune expérience à faire valoir. J'ai épousé ton père à l'âge de vingt-deux ans, tout juste sortie de l'université. La seule chose qui figure sur mon CV, c'est l'été qui a précédé l'université. J'ai travaillé dans un bar

Hooters. Tu crois qu'ils vont m'accepter trente-six ans plus tard ? demanda-t-elle en haussant un sourcil.

Je lui tendis son thé, pris mon café et ressortis sous le soleil. Le printemps se frayait un chemin en ville, apportant cerisiers en fleur, rayons de soleil et allergies saisonnières. Le procès approchait de la fin à chaque jour qui passait, et avec lui mes adieux à Christian.

— Tu étais à la tête du comité de ton country-club, n'est-ce pas ? demandai-je en enjambant la laisse d'un bouledogue français.

— Oui, mais...

— Et tu étais directrice du comité de bienfaisance de mon école ?

— Et alors ? Ça ne veut pas dire...

Je m'arrêtai devant ma porte. Je n'allais pas l'inviter à monter. Principalement parce que je devais me préparer pour retrouver Christian dans quelques heures à la piscine. Ce péché prenait de plus en plus de place dans ma vie.

— Viens travailler pour moi, annonçai-je sans même me rendre compte de ce que je disais. Tu as le sens de l'organisation, tu présentes bien et tu sais comment convaincre les gens d'investir de l'argent. C'est ce que tu as fait toute ta vie. Viens travailler pour moi comme assistante marketing.

— Arya. (Ma mère posa une main sur son cœur.) Tu n'es pas sérieuse. Je ne peux pas prendre un emploi de bureau à mon âge.

— Tu ne *peux pas* ? Joli choix de mot. Parce que j'avais l'impression que tu peux et que tu dois, vu la situation financière dans laquelle tu es sur le point de te retrouver.

— Je ne suis pas comme les autres.

— N'est-ce pas ce que nous pensons tous ? demandai-je d'un air songeur. Que nous sommes différents ? Spéciaux ? Destinés à des choses plus grandes ? Peut-être, maman, que tu es comme moi. Juste un peu moins bien organisée. Et beaucoup plus sujette aux surprises.

J'entrai dans mon immeuble et lui claquai la porte au nez.

Christian m'attendait dans la piscine couverte du gymnase, étalé sur le bord de la piscine. Éblouissant de paresse, il ressemblait au tableau de *La Création d'Adam*. Abdominaux saillants, biceps gonflés. Je notai que le haut de son corps était encore sec.

Il m'avait attendue.

Je jetai ma serviette sur l'un des bancs et m'approchai de lui en roulant des hanches. La piscine était généralement déserte à l'heure où nous nous retrouvions, ce qui nous accordait une certaine intimité. La sécurité de savoir que personne n'allait nous surprendre. Et quand bien même ce serait le cas ? Nous n'étions que deux inconnus qui nageaient dans des lignes, des directions et des courants de vie différents.

— Magnifique.

Il releva les yeux. Pendant une seconde, je m'autorisai à imaginer que nous étions un vrai couple. Tout était normal, familier, prometteur. Puis je me souvins. Je me souvins de ce qu'il avait fait avant de venir ici. Je me souvins que ce n'était qu'une mascarade. Une distraction. Un moyen de satisfaire un besoin très sauvage. J'enfonçai mon bonnet de bain sur la tête.

— Miller.

Je plongeai la tête la première dans le couloir voisin du sien. Je refis surface quelques instants plus tard et nageai vers lui jusqu'au bord de la piscine.

— Comment avance le procès ?

— Vite.

Il glissa dans l'eau sans effort. L'eau était chaude, parfaite, et dégageait une intense odeur de chlore et d'eau de Javel.

— On fera nos conclusions dans le courant de la semaine prochaine. Tu n'as pas l'intention de venir, n'est-ce pas ?

Je secouai la tête. Une partie de moi faisait comme si mon père était mort. D'une certaine manière, il l'était. Parce que la version de lui que j'aimais tant était partie, ou n'avait peut-être jamais existé.

Christian plongea la tête dans l'eau et en ressortit avec des gouttes perlant sur ses cils épais.

— Bien.

— On fait la course ou quoi ? demandai-je.

Cinquante mètres en crawl. Il gagnait toujours, mais je continuais d'essayer.

D'habitude, Christian me jetait un regard amusé. Mais pas aujourd'hui. Aujourd'hui, l'expression dans ses yeux ressemblait à de la culpabilité. Mais comme ce salaud m'avait clairement fait comprendre qu'il n'avait aucun remords à clouer le cercueil de mon père, peut-être que c'était juste dans ma tête.

— Tu veux *refaire* la course ? demanda-t-il. Quand est-ce que tu vas t'arrêter ?

— Quand je gagnerai.

— Tu ne gagneras peut-être jamais.

— Alors peut-être que je ne m'arrêterai jamais.

— Je plains l'homme qui t'épousera.

— J'applaudis les nombreuses femmes après moi qui te largueront.

Nous nous mîmes en position prêt-feu-partez. Je donnai tout, me battis de toutes mes forces, nageai plus vite que je n'avais jamais nagé. Au moment de terminer ma longueur et d'atteindre le bord de la piscine, je vis que Christian était derrière moi.

Pour la première fois, il m'avait laissée gagner. Volontairement. Ça ne me plaisait pas.

*Ne le laisse pas avoir pitié de toi.*

Mais comment aurait-il pu faire autrement, quand il savait ce qui m'attendait ? Moi, et ma famille ?

Soudain, je me sentis très bête. Folle d'avoir couché avec cet homme qui s'en était pris à mon père, même si ce dernier le méritait. Idiote d'avoir cédé après avoir parié avec Christian qu'il ne me mettrait pas dans son lit.

Idiote parce qu'il restait un mystère, soigneusement emballé dans un costume chic et un sourire rusé.

Quand il toucha le bord, il secoua les cheveux. Son sourire vacilla dès qu'il vit ce qui devait ressembler à une grimace sur mon visage.

— Quoi ? demanda-t-il.

— Tu m'as laissée gagner.

— Non, pas du tout.

— Si, absolument.

On aurait dit des gamins.

— Et alors ? railla-t-il.

— Alors arrête. N'oublie pas que je suis ton égale.

— Ça veut dire que je ne peux pas être gentil avec toi ?

— Gentil, si. (Je sortis de la piscine sans lui.) Mais déloyal, jamais.

# Chapitre 25

*Christian*
*Présent*

Après cette soirée à la piscine, les jours parurent plus courts. Bien plus courts que vingt-quatre heures. Le matin suivant la victoire d'Arya, le juge Lopez me convoqua, ainsi que les avocats de Conrad, pour discuter de la fin des témoignages. D'après mes estimations, il nous restait environ une semaine avant que toute cette affaire ne soit bouclée. Le jury, j'en étais sûr, ne prendrait pas plus de deux jours pour rendre son verdict.

Ce soir-là, Arya ne pouvait pas me voir. Elle avait prévu de dîner avec un client et, de toute façon, m'avait-elle expliqué, Jillian ne connaissait pas l'étendue de notre relation. Ou de notre absence de relation. Le fait qu'Arya décide de la cacher à Jillian n'aurait pas dû me déranger. Merde alors, après tout, n'était-ce pas le but recherché ?

La situation me turlupinait malgré tout. La fin approchait. Et coincer Conrad ne me semblait plus aussi important que de pouvoir profiter de sa fille.

Le lendemain soir, Arya ne pouvait pas me voir. *Encore une fois.* Cette fois, parce que Jillian ne se sentait pas bien.

— Je pense que je vais lui préparer un bouillon de poulet et regarder des épisodes de *Friends* avec elle, soupira Arya au téléphone.

Je souris et pris sur moi. Que pouvais-je faire d'autre ? Je n'avais pas le droit d'exiger son temps, ses ressources, son attention. Nous étions convenus que notre relation serait occasionnelle, et une relation occasionnelle signifiait des attentes faibles, voire inexistantes.

Le troisième jour, quatre jours avant la fin du procès, Arya m'envoya un message pour m'annoncer que ses parents voulaient la voir, qu'elle ne savait pas combien de temps ça lui prendrait et qu'il était donc préférable de ne rien prévoir ensemble. À ce stade, j'étais sûr qu'elle m'évitait. Je quittai le tribunal pendant une brève pause, hélai un taxi jusqu'à chez moi, soulevai la latte de parquet mal fixée et sortis son livre. Je le pris en photo et la lui envoyai.

Christian : Trop, c'est trop. Retrouve-moi ce soir et personne ne sera blessé.

Arya : Tu es donc capable d'extorsion.

*Je suis capable de tout quand il s'agit de toi.*

Christian : Nous avions un accord.

Arya : Je ne me souviens pas avoir signé des papiers.

Je ressortis en hâte de chez moi ; je devais être au tribunal dans vingt minutes. En fait, il était temps pour moi de contre-interroger personnellement l'un des témoins de Conrad. Ce n'était pas le moment de courir les jupons.

Christian : Qu'est-ce qu'il s'est passé ?

Arya : Je ne vois tout simplement pas l'intérêt d'être tous les soirs de la semaine avec toi alors que ça va se terminer dans quelques jours, de toute façon.

Christian : Parlons-en.

Je profitai du temps qu'elle mit à répondre pour appeler un Uber. Au cas où, j'envoyai un message à Claire pour trouver une bonne excuse si j'arrivais en retard. Le juge Lopez était tatillon, même s'il aimait mes mouvements de golf.

Arya : De quoi ?

*De la météo.* À son avis ?

Christian : Je passerai chez toi à 6 heures ce soir.

Arya : Non. Jillian ne doit pas te voir.

Encore des conneries. Je n'eus pas le cœur de lui dire que Riggs et Arsène étaient au courant de tous les orgasmes que nous avions partagés au lit – ou dans ma cuisine, ma douche, mon jacuzzi, ou son coin-lecture – depuis qu'on avait commencé à se fréquenter. J'en avais assez d'être un secret, même si j'étais le trou du cul qui l'avait suggéré en premier lieu.

*Et pour une bonne raison.*

Christian : J'en déduis que tu ne veux pas récupérer ton livre.

Arya : Je te poursuivrai en justice.

Christian : Je connais un bon avocat.

Arya : Il y a une place spéciale en enfer réservée aux gens comme toi.

Christian : J'ai entendu dire que les avocats ont des appartements avec vue sur lave. Sois gentille et je te laisserai peut-être partager ma chambre dans l'au-delà. À quelle heure je peux t'attendre ?

Arya : 7 heures.

Christian : Ne sois pas en retard.

Mais, bien sûr, elle le fut. En retard.

Arya arriva à 19 h 23, sans la moindre trace de remords ou d'embarras sur son visage de pierre. En la faisant monter, je dus me rappeler qu'elle avait toutes les raisons de vouloir couper les ponts avec moi. J'incarnais le rappel douloureux de tout ce qu'elle avait perdu.

Elle entra, jeta son sac sur le canapé en cuir noir, ignorant le dîner pour deux que j'avais préparé et qui refroidissait dans le coin-repas.

— Tu voulais qu'on parle ?

Elle ne prit pas la peine de retirer ses chaussures Jimmy Choo, ce qui était louche, étant donné que c'était la première chose que faisait Arya quand elle entrait dans mon appartement après une longue journée.

— J'ai préparé à dîner.

Je me dirigeai vers la cuisine et pris deux verres de merlot. Je lui en tendis un. Elle hésita avant de le prendre. Elle n'avait pas prévu de rester longtemps.

— Je vois ça, dit-elle en regardant par-dessus mon épaule. Désolée d'être en retard. J'étais en ligne avec un client en Californie. Il n'était pas pressé de raccrocher.

— Pas de problème. J'ai toujours eu un faible pour le steak froid. Ça te va, de passer à la cuisine ?

Je suppose que c'était ma version de l'humilité. Je n'aimais pas du tout le goût qu'avait tout ça. Je n'avais jamais couru après une femme de ma vie et je n'avais pas l'intention de faire une exception pour Arya, mais je ne pouvais pas accepter l'idée que tout cela allait se terminer dans quatre jours. J'avais besoin de plus de temps. Quelques mois de plus d'une liaison illicite n'allaient tuer personne. À part peut-être les cellules de mon cerveau encore en état de marche. Je n'arrivais pas à raisonner correctement quand j'étais avec cette femme.

— Tu sais quoi ? Je préfère faire ça ici, si ça ne te dérange pas.

Elle s'installa sur l'accoudoir de mon canapé en cuir noir, croisa les jambes, tenant son verre par le pied. J'avais envie de m'étrangler pour m'être mis dans cette situation. Tout cela aurait pu être évité si j'avais résisté à l'envie de rencontrer Amanda Gispen.

Ou si j'avais simplement confié l'affaire à quelqu'un qui n'avait pas une dent contre les Roth.

Ou si je n'avais pas parié avec Arya, poussant à bout une femme déjà provocante.

Ou si je ne l'avais pas séduite.

Ou si elle ne m'avait pas séduit, *moi.*

Ou si je lui avais simplement dit la *vérité.* Que moi, Nicholai Ivanov, j'étais vivant (en grande partie), en bonne santé, et (exaspérément) obsédé par l'idée de me faufiler sous sa jupe crayon.

Mais j'estimais que Nicholai ne méritait pas une fille comme Arya, et encore moins la femme qu'elle était devenue.

— On sort, dis-je en me levant brusquement.

Arya me suivit des yeux, un peu confuse. Ça me revenait maintenant. Arya, l'adolescente. Petite, effrontée et farouchement indépendante. Tout ce qu'elle avait toujours voulu, c'était être vue. Et je lui avais fait vivre l'enfer. D'abord le procès de son père, qui n'était toujours pas terminé, puis tous ces jeux. Les paris. Les règles. Elle voulait se sortir de là avec les restes de sa fierté. Ma seule chance de l'arrêter était de renoncer à ma propre vanité.

— Pour aller où ?

Elle se pencha pour poser son verre de vin sur ma table basse.

— C'est une surprise.

Je pris ma veste. L'endroit où je l'emmenais était clair pour moi. Un seul endroit pouvait faire l'affaire. J'envoyai un message à Traurig pendant que nous prenions l'ascenseur. Il disposait d'une limousine et d'un chauffeur personnel disponible vingt-quatre heures sur vingt-quatre, sept jours sur sept. Ces jours-ci, sa fille adolescente et ses amis étaient les principaux bénéficiaires de ce luxe impopulaire, mais il me devait plus d'une faveur.

Puis je me souvins que Traurig était en vacances à Hawaï. J'envoyai un SMS à Claire, qui travaillait d'arrache-pied pour devenir son associée préférée en lui servant d'assistante personnelle chaque fois qu'il était absent, et je demandai la limousine. Claire me répondit rapidement qu'elle était en route.

Une soirée de détente en perspective ? Je peux me joindre à vous ?

Merci, mademoiselle Lesavoy.

Ça ne répond pas à ma question.

Ça aurait dû, pourtant.

Désolé. Raisons personnelles.

— Ce sera long ? demanda Arya en enfilant sa veste, ayant toujours l'air d'une otage sous la menace d'une arme.

Je secouai la tête.

— Je veux te montrer quelque chose.

À l'arrivée de la limousine noire, je lui ouvris la portière.

— Un peu dépassé, mais ça fonctionne généralement comme un charme, dis-je en me souvenant de la promesse qu'Arya m'avait faite il y a vingt ans, à savoir qu'elle m'enverrait une limousine à la première de son film lorsqu'elle deviendrait une grande star de cinéma.

Elle se glissa à l'intérieur, se retourna et me jeta un regard sauvage qui disait « Grillé. » Avait-elle enfin fait le lien ?

— Qu'est-ce que tu as dit ? demanda-t-elle lentement.

— J'ai dit que les limousines étaient un peu dépassées. Pourquoi ?

Je lui jetai un regard significatif.

*Démasque-moi. Dis-moi que tu sais qui je suis. Finissons-en. Je suis prêt.*

Mais Arya se contenta de se mordre la lèvre inférieure, l'air perdue dans ses pensées.

— Peu importe.

Darrin, le chauffeur de Traurig, croisa mon regard dans le rétroviseur.

— Monsieur Miller, dit-il avec un signe de tête en guise de salut. C'est un plaisir de vous revoir. Où allons-nous ?

— Comme d'habitude, indiquai-je avant d'appuyer sur un bouton pour relever l'écran de séparation, afin qu'Arya et moi puissions parler.

Elle ne demanda pas où se trouvait ce « Comme d'habitude. » Elle regarda par la fenêtre en croisant les bras sur sa poitrine. L'air était dense et étouffant à l'intérieur de la limousine. Je pouvais sentir le goût du désastre imminent, la fin, le cataclysme.

— Ça n'est pas obligé de se terminer dans quatre jours, finis-je par déclarer, avec l'impression d'être...

Quel était le mot pour décrire l'atroce tempête qui bouillonnait dans ma poitrine ?

Sans défense, peut-être. C'était un sentiment de merde, que j'évitais depuis ma sortie de la Andrew Dexter Academy.

— Et quel en serait l'intérêt ? (Arya pencha la tête pour m'observer pour la première fois de la soirée.) On ne pourra pas sortir en public...

— On pourrait, l'interrompis-je. À un moment donné. Dans un an, peut-être deux. Il faudra d'abord laisser la tempête médiatique du procès se calmer. Mais il y a des moyens. Il n'existe aucune loi nous interdisant d'avoir une relation.

Arya laissa échapper un rire ironique.

— Oh ! et ensuite, quoi ? Je t'inviterai à dîner avec mes parents ?

— Tu n'es pas proche d'eux, lui fis-je remarquer.

— Mon père, surtout...

— Il n'est plus dans le tableau, la coupai-je de nouveau, un sourire commençant à se dessiner sur mes lèvres. Tu te fiches éperdument de ce qu'il pense. Moi aussi.

J'avais l'impression d'être au tribunal, mais sans juge. J'avais presque oublié à quel point je pouvais être persuasif.

— Je t'en prie, continue ; quels autres obstacles imaginaires avons-nous à surmonter ?

— Eh bien, souffla Arya et, à ce moment-là, elle me fit penser à Beatrice, froide et dédaigneuse. Je ne sais rien de toi. Pas vraiment. Tu as pris bien soin de me laisser dans l'ignorance.

— Je suis en train d'y remédier. Nous allons dans mon endroit secret.

Je pris le risque d'entrelacer mes doigts avec les siens. Elle me laissa faire. Son froncement de sourcils s'estompa.

— À t'entendre, c'est là que tu caches les corps de tes victimes.

— Pas du tout. (Mon pouce effleura l'intérieur de sa paume.) Ce serait mon *deuxième* endroit secret, et je ne t'y emmènerai jamais avant de t'avoir découpée en morceaux.

Elle sourit d'un air penaud.

— Combien de victimes as-tu fait jusqu'à présent ?

— Aucune, admis-je en réalisant que nous ne parlions plus de corps découpés. Personne ne m'a jamais paru digne d'être... (sauvé) *Tué*.

— Et maintenant ? demanda-t-elle.

— Et maintenant, répondis-je en la regardant dans les yeux, je ne suis plus très sûr de ce que je ressens.

Quelques minutes plus tard, nous arrivâmes à notre destination et je demandai à Darrin d'attendre.

— Ferme les yeux, dis-je à Arya.

Elle rit en secouant la tête.

— Ce n'est pas la peine. Si c'est à New York, alors je le connais déjà. Il n'y aura pas d'élément de surprise.

— Fais-moi plaisir, alors.

Je souris ; je me faisais une idée rapide et exagérément optimiste de ce à quoi la vie avec cette femme pourrait ressembler. Le culot, l'entêtement, la détermination. Elle allait me tuer.

Arya fit une grimace.

— D'accord.

Elle ferma les yeux. Quand je fus certain qu'elle ne regardait pas, je me glissai hors de la limousine et la pris par la main. Elle s'agita un peu tandis que je la guidais sur les quelques marches qui menaient à notre destination finale. Elle pouvait probablement deviner, par le bruit de fond, que nous étions toujours au centre-ville.

— Ouvre-les, dis-je.

Arya cligna des yeux et regarda autour d'elle.

— C'est mon endroit préféré à New York. Ce tunnel en verre en forme de cascade. On a l'impression d'être à l'intérieur d'une chute d'eau. C'est calme. Paisible. Et c'est au beau milieu de la Grosse Pomme.

L'eau cascadait autour de nous à travers la vitre. Le visage d'Arya ne trahissait rien. Elle se tourna vers moi.

— Quand as-tu commencé à venir ici ?

— Dès que je suis revenu à New York après avoir quitté Boston.

Je n'avais alors qu'Arsène et Riggs dans ma vie. Arsène avait loué un appartement de trois chambres dans le centre et m'avait laissé y vivre sans payer de loyer pendant que je me faisais un nom au bureau du procureur. Je ne gagnais pas ma vie et j'avais vécu au crochet de mes amis pendant quelques mois. Mais même au plus bas, lorsque je ne pouvais même pas me payer un abonnement à la salle de sport, je venais ici.

— Tu adores l'eau, dit Arya.

Elle me regarda avec curiosité, comme si elle découvrait quelque chose de précieux, comme un archéologue qui enlève la poussière d'une momie. Je me demandais si elle allait enfin me reconnaître.

— Christian ?

— Oui ?

— Est-ce que tu me caches quelque chose ?

— Je cache ton livre, dis-je sans perdre une seconde.

Ce n'était techniquement pas un mensonge, mais pas toute la vérité non plus.

— J'ai l'impression qu'il y a plus que ça. Tu me le dirais si tu étais...

Elle ne termina pas sa phrase. Aucun de nous ne parla pendant un moment. Arya fut la première à faire un pas en avant. Elle appuya sa main sur ma poitrine.

— J'ai été écorchée par le passé. Je ne sais pas si tu comprends ce que tu m'offres, mais ma confiance dans les autres, surtout les hommes, est mise à mal en ce moment. Mon frère, mon jumeau, mon sang, est mort avant que je puisse le connaître. Le premier garçon que j'ai aimé s'est enfui, puis est mort. L'homme qui était censé me protéger, mon père, m'a menti toute ma vie. Entre les deux, il y en a eu d'autres. Des hommes, des garçons, des mecs. Ça s'est toujours terminé sur une mauvaise note. Si je te laisse entrer dans ma vie, tu dois me promettre de ne pas en profiter. D'être complètement honnête et sincère, comme j'ai l'intention de l'être avec toi. C'est le seul moyen pour que ça fonctionne. Parce que, dans quatre jours, mon monde va basculer et j'aurai besoin de stabilité. D'équilibre.

J'étais *mort ?* C'était une putain de nouvelle pour moi. Cela dit, ça ne m'étonnait pas de Conrad qu'il ait inventé quelque chose pour que sa fille arrête de parler de moi.

*Ah. Mais ça voulait dire qu'elle parlait* effectivement *de toi.*

Je serrai sa main et utilisai ma main libre pour sortir quelque chose de ma poche.

— Croix de bois, croix de fer, si je mens, je vais en enfer, mentis-je, sachant très bien que je ne remplissais pas ma part du marché.

Que je n'étais pas sincère. Je lui dirai qui j'étais, mais pas maintenant. Pas tout de suite. Pas comme ça. Alors que j'étais si près de la perdre. Et je ne pouvais pas la perdre.

Parce qu'au fond de moi, je savais que Nicky était toujours là, effrayé d'être rejeté par la fille en or assise au piano, le dos bien droit, qui lui adressait des sourires furtifs quand personne ne regardait.

J'écartai sa main de ma poitrine et y fourrai quelque chose. La clé de mon appartement. C'était ce qu'elle pouvait obtenir qui se rapprochait le plus de mon cœur.

— Je te retiendrai quand tu tomberas.

Elle sourit et mon cœur se brisa un peu, car je savais à ce moment-là que j'étais destiné à la perdre.

— Je te crois.

# Chapitre 26

*Arya*
*Présent*

— Chérie.

Ce matin-là, au travail, Jillian posa sa main sur la mienne quand je lui racontai que Christian m'avait donné la clé de chez lui et que, oh, au fait, j'avais aussi couché avec lui pendant le procès de mon père. Vous savez, ce détail.

— Je ne sais pas comment le dire sans paraître blessante et insolente, alors laisse-moi l'être pendant deux secondes - sur une échelle de un à dix de la folie, où le un représente la normalité et le dix représente Christopher Walken dans un film primé, tu es actuellement à douze. Qu'est-ce qui t'est passé par la tête ? Cet homme est sur le point de faire exploser le compte en banque de ton père et d'entraîner dans sa chute toute une entreprise.

Elle se pencha par-dessus mon bureau et me prit la température. Heureusement que Whitley et Hailey n'étaient pas encore arrivées au bureau. Jillian et moi étions des lève-tôt.

— Mon père l'a bien cherché.

Je cliquai rapidement sur le stylo que je tenais à la main en m'éloignant d'elle.

— Il a envoyé des photos de ses parties génitales à une stagiaire et a demandé à son ancienne secrétaire si elle voulait bien le sucer pour cent mille dollars. Et il a licencié Amanda pour le grand péché de ne pas vouloir coucher avec lui. Son compte en banque est le dernier de mes soucis.

— Bon sang, papa Conrad. Je ne l'avais pas vu venir.

— Ouais. Moi non plus.

Jillian descendit de mon bureau avec un soupir et se dirigea vers son fauteuil.

— Tout ce que je dis, c'est que tu avais un drôle de pressentiment quand tu as rencontré ce type, et ton instinct ne t'a encore jamais fait défaut. Je ne défends pas les actions de ton père. J'ai vu de mes propres yeux comment tu t'es effondrée quand tu as découvert ses fautes. Seulement, je ne suis pas sûre qu'il soit recommandé d'entamer une relation avec l'homme qui demande des comptes à Conrad. Ou conseillé. Ou, tu sais, *sain.*

En vérité, je n'en étais pas sûre non plus. Mais Christian m'avait fait ressentir ce qu'aucun autre homme n'avait réussi à faire depuis des années, alors cela valait la peine d'essayer. J'avais passé des années à refuser de me rapprocher d'aucun homme. Il était peut-être temps d'accorder ma confiance à quelqu'un.

J'étais allongée sur la tombe d'Aaron lorsque le verdict final tomba. Recroquevillée sur moi-même comme une crevette contre la roche froide, mes cheveux s'étalaient comme les racines du saule pleureur sur la pierre tombale. Quelques minutes avant l'arrivée du message, je m'étais demandé distraitement à quoi ressemblerait Aaron s'il était encore en vie.

Je savais que j'avais hérité de la personnalité de ma mère – taciturne, indifférente, avec un air pudibond – mais aussi de l'appétit vorace de mon père pour la vie. Le besoin de planter mes dents dans l'Univers comme s'il s'agissait d'un morceau de grenade juteuse dont les gouttes cramoisies dégoulinaient sur mon menton.

Aaron aurait-il été plus rêveur ou plus réaliste ? Aurait-il hérité de la fine chevelure blonde de ma mère ou de la crinière sombre de mon père ? Aurions-nous fait des *double-dates* ?

Aurions-nous partagé des poignées de main secrètes ? Ou des souvenirs doux-amers de genoux écorchés, de glaces fondantes et de roulades sous le soleil étouffant de l'été...

Ma mère aurait-elle été différente ? Plus heureuse ? Plus présente dans ma vie ? Aurait-elle été capable de tenir tête à mon père ?

Et Nicky, serait-il encore là ? Après tout, Aaron aurait été le genre de frère protecteur qui ne m'aurait jamais laissée convaincre Nicky de m'embrasser. Ruslana serait-elle là aussi ?

Un tintement dans ma poche me tira de mes pensées.

Papa : Nous avons perdu. J'ai perdu deux cents millions de dollars. Ton petit ami a l'air heureux. Je suppose que maintenant que tout est fini, il va pouvoir t'acheter tout ce que ton cœur désire. Tu as toujours été une déception, Arya. Mais je n'aurais jamais cru que tu étais aussi une traîtresse.

Un cri se logea dans ma gorge. Je le ravalai et composai le numéro de mon père. Il me bascula directement sur la boîte vocale. Je rappelai. Il méritait que je lui dise ce que je pensais. Une troisième fois. Puis une quatrième. Toujours rien. J'écartai mon téléphone de mon oreille en fronçant les sourcils.

*Une déception. Une traîtresse.*

Comment mon père avait-il su pour Christian et moi ? Les doigts tremblants, je tapai mon nom et celui de Christian dans la barre de recherche de mon téléphone. Je supposais que Christian n'avait pas déclaré publiquement notre relation au tribunal, ce qui signifiait que tout ce qui avait été publié à notre sujet était de notoriété publique. Et en effet, le premier résultat m'amena sur un site d'informations locales couvrant la vie nocturne de Manhattan, où était affichée une photo de Christian et moi, debout sous le tunnel de la cascade, ma main pressée contre sa poitrine.

La trahison des Roth : comment Arya Roth s'est retournée contre son père… en tombant amoureuse de son ennemi.

Par : Cindi Harris-Stone
Il semblerait qu'Arya Roth, 32 ans, femme du monde choyée et consultante en relations publiques, fille du magnat des fonds spéculatifs Conrad Roth, 66 ans, actuellement en procès pour harcèlement sexuel, n'ait aucun mal à dormir la nuit à l'approche de l'apocalypse qui frappe son père. La belle a été vue en train de bécoter Christian Miller en personne, le célibataire convoité de 32 ans, qui n'est autre que l'avocat plaidant qui représente les accusatrices de son père. Le couple a été vu mardi en train de s'enlacer à Manhattan.

Bécoter.
Le mot était un gros panneau rouge.
Celui que Christian avait utilisé pour décrire ce que nous ne *devions pas faire*. Je n'avais pas entendu ce mot depuis des lustres avant qu'il ne le prononce, et maintenant il était là, étalé sur la page. En soi, ce n'était pas une preuve irréfutable. Mais si l'on ajoutait à cela le fait qu'il avait assurément un motif et un intérêt à divulguer ce point, c'était à glacer le sang.

C'était lui qui les avait renseignés. C'était forcément lui. La nuit où je lui avais accordé ma confiance, il n'avait pas hésité à la piétiner.

Le nom de Jillian s'afficha sur mon écran. Je la basculai sur ma messagerie et appelai Christian à la place. Je ne sais pas à quel moment exactement je me levai et me mis en mouvement. Je me retrouvai sur le chemin du cimetière sans m'en rendre compte. Je tombai sur la boîte vocale de Christian. Je rappelai. Puis encore une fois. Après la sixième fois, alors que j'errais dans les rues autour de Park Avenue, sans direction ni plan, j'appelai la ligne fixe de son bureau, le cou et les joues brûlants de rage et d'humiliation. Personne ne m'avait jamais fait un tort pareil. Aussi profond, aussi malveillant.

— Allô ? répondit une voix enjouée.

Je reconnus Claire, l'associée qui travaillait avec Christian sur le dossier de mon père. Même si elle était la dernière personne à qui j'avais envie de parler, je n'étais pas en position de faire la fine bouche.

— Bonjour, Claire. Je cherche Christian. Je me demandais si vous pouviez me le passer ?

En arrière-plan, j'entendis des applaudissements, des bavardages, le bruit d'un bouchon de champagne qui saute. Le bureau était à la fête, sans doute grâce à l'énorme succès de Christian et Claire. Une bouffée de dégoût de moi-même m'envahit. Comment avais-je pu être aussi stupide ?

— Qui le demande, je vous prie ? ronronna Claire.

Je pouvais pratiquement distinguer son sourire félin. Je m'arrêtai de marcher et enfonçai mes doigts dans mes orbites.

— Arya. Arya Roth.

Il y eut un silence. J'entendais Christian qui riait au loin. Les gens le félicitaient à tour de rôle. Le cri logé dans ma gorge remonta vers le haut, vers ma bouche.

— Je suis désolée, madame Roth. (La voix de Claire devint froide.) Il n'est pas disponible pour le moment. Puis-je vous suggérer de prendre rendez-vous avec lui ? Vous pouvez appeler sa secrétaire. Même numéro, mais son poste est le 703.

— Écoutez, je...

Elle raccrocha.

Je regardai mon téléphone. Pour la première fois, je me sentis vraiment déstabilisée. Je n'arrivais pas à anticiper la prochaine action, ni à me faire confiance pour ne pas commettre un acte regrettable. Débordante de rage, je sortis la clé que Christian m'avait donnée – peu de temps avant de se retrouver de nouveau entre mes cuisses – et commandai un Uber.

Pourquoi m'avait-il donné la clé, d'ailleurs ? Oh ! mais la réponse était claire : pour me narguer. Pour me faire chercher mon livre. Pour me voir transpirer. Je n'avais toujours été qu'un jeu pour lui.

Eh bien, devinez quoi, j'allais récupérer le livre qu'il m'avait volé. Même si je devais retourner tout son appartement bon chic bon genre. Je ne repartirais pas sans lui. Et sa seule chance de m'arracher ce livre des mains, ce serait si je devais l'assommer avec en partant.

Je parcourus les gros titres sur mon téléphone pendant tout le trajet jusqu'à chez lui.

Coup bas : Conrad Roth a tout perdu à cause de sa photo obscène. Le tribunal condamne le magnat de Wall Street à 200 millions de dédommagement.
Va Rothir en enfer, Conrad !

Les médias s'en donnaient à cœur joie. Au début, je parcourus chaque article pour voir si mon nom était mentionné. Une fois qu'il fut clair que c'était le cas dans pratiquement *chacun* d'entre eux, j'arrêtai de vérifier. Expert en gestion des médias. *Ha !* Christian m'avait bien terrassée sur ce coup, et il avait brillamment réussi à me faire passer pour une idiote. Jillian continuait d'appeler et d'envoyer des messages, tout comme ma mère, dont la pire crainte était devenue réalité – elle était maintenant fauchée et dépourvue de *penthouse*. Après une telle humiliation publique, je devrais espérer être également à nouveau célibataire.

Le Uber s'arrêta devant l'immeuble de Christian. Je sortis, passai rapidement la réception et le portier – comme si j'étais chez moi –, et me rendis jusqu'à son appartement. J'ouvris la porte et entrai. Son odeur imprégna immédiatement mon organisme et y prit racine. Copeaux de bois, cuir fin, virilité. Seulement, elle ne me procurait plus de plaisir. Maintenant, je voulais l'éliminer de mon système.

*Si j'étais un beau sociopathe d'une intelligence supérieure, où cacherais-je un livre ?*

Je vérifiais d'abord les tiroirs de la cuisine, que j'ouvris les uns après les autres en renversant leur contenu au sol. Les ustensiles volèrent et se répandirent sur le parquet coûteux. Je passai ensuite aux placards, que je vidai à leur tour, puis arrachai les coussins du canapé, ouvrant les housses pour en inspecter également l'intérieur.

Je poursuivis au cellier méticuleusement ordonné et passai les bras sur les étagères. Condiments, protéines en poudre et épices roulèrent par terre. Je renversai les meubles, vidai les placards de tous les dossiers de travail qu'il conservait à la maison et – *d'accord,* c'était un bonus – je brisai la porcelaine délicate à laquelle il n'était pas nécessairement utile de toucher.

Une fois certaine que le livre ne se trouvait pas dans le salon, je passai à la chambre. Je commençai par déchirer certains de ses costumes de marque, non pas parce que je pensais y trouver *Expiation,* mais parce que je considérais cet acte comme une thérapie particulièrement efficace. Ensuite, je retirai les draps de son lit, qui sentaient encore son odeur, et regardai dans les tiroirs de sa table de nuit et même sous le lit.

Je m'étais redressée, prête à passer à la salle de bains, quand quelque chose me poussa à regarder de nouveau en bas. Je fronçai les sourcils en remarquant la bosse sur son parquet. Une latte légèrement irrégulière, curieusement mal placée. Ça ne semblait pas du tout correspondre à Christian, qui vivait et respirait la perfection.

*Bingo.*

Je tendis le bras sous le lit et me servis de mes ongles pour faire levier. Mon vernis s'écailla, mais plus j'arrivais à éloigner la latte de ses voisines, plus j'étais persuadée de tenir quelque chose.

Avec un claquement et un bruit sourd, suivis d'un grincement qui s'échappa de ma bouche, la cachette secrète de Christian fut exposée. Je tapotai l'espace au-dessous, incapable d'y jeter un œil depuis l'angle dans lequel je me trouvai. Mon cœur se serra de déception lorsque je sentis une enveloppe en papier. Je la retirai néanmoins, où cas où quelque chose se cacherait au-dessous. En effet, c'était le cas. Je sentis l'épaisseur délicieuse et ferme d'une couverture rigide. Je l'extirpai avec un soulagement enfantin, même après tout ce qu'il s'était passé aujourd'hui, parce que je l'avais enfin retrouvé.

Je le saisis, me dégageai de sous le lit et le serrai contre ma poitrine avant de l'ouvrir et de le renifler profondément.

*Briony. Robbie. Cecilia. Paul. Mes bons vieux amis.*

Il me fallut quelques minutes pour faire redescendre mon rythme cardiaque. Après quoi, je jetai un coup d'œil à l'enveloppe en papier. J'avais trouvé ce que j'étais venue chercher. Certes. Mais il y avait encore un besoin en moi, une graine de désespoir qui s'épanouissait en vengeance, exigeant d'être assouvi. Récupérer ce qui m'appartenait légalement n'était pas suffisant. Christian avait un ascendant sur moi depuis le jour de notre rencontre. Il me faisait toujours miroiter quelque chose. Le procès de mon père. Le livre. Le mystère qu'il représentait. Normalement, je n'aurais jamais trahi quelqu'un de cette façon. Normalement. Mais rien dans ma relation avec Christian n'était normal.

Avec précaution, j'attrapai l'enveloppe en papier et la fis glisser vers moi sur le sol immaculé. Je m'assis contre sa table de nuit et sortis l'épaille liasse de papiers qu'elle contenait.

*Devant la Cour supérieure du comté de Middlesex*

*État du Massachusetts*

*Action civile*

*En ce qui concerne le changement de nom de : Nicholai Ruslan Ivanov numéro de dossier : 190482873983*

*DEMANDE DE CHANGEMENT DE NOM D'ADULTE*

*Le requérant demande respectueusement à cette Cour de changer son nom de Nicholai Ruslan Ivanov en Christian George Miller.*

Un glapissement s'échappa de ma bouche. Rien ne pouvait me préparer à la douleur que je ressentis à ce moment-là. Comme si quelqu'un avait plongé la main dans ma poitrine, me brisant la cage thoracique au passage, arraché mon cœur pour le tordre impitoyablement dans son poing.

Christian était Nicholai.

Nicholai était Christian.

Nicky n'était pas mort. Il était là depuis le début. Tapi dans l'ombre, préparant sa grande vengeance pour ce que ma famille lui avait fait, sans aucun doute. Le procès. La sentence. La conquête. La fille qui s'était transformée en femme, qui s'était transformée en pion.

*Moi.*

Je rassemblai les morceaux déchiquetés. La façon dont il avait parlé de mon père… la voracité avec laquelle il s'était battu dans cette affaire.

Cette première fois, lorsque je l'avais rencontré dans l'ascenseur, j'avais eu un sentiment particulier. L'air était chargé de sentiments qui n'auraient pas dû exister entre deux inconnus.

Cette étrange sensation dans mon ventre, cette impression de l'avoir toujours connu, de l'avoir en quelque sorte gravé dans ma peau, n'était pas une fausse alerte. Il savait qui j'étais et m'avait caché son identité.

L'homme en qui j'avais placé ma confiance m'avait brisé le cœur. *Deux fois.*

Et dans la foulée, il avait aussi réussi à dépouiller ma famille de tout ce qu'elle possédait, à mentir au monde entier sur son identité, et à nous démasquer en tant que couple.

*Middlesex, Massachusetts.* Christian avait changé de nom pendant ses études à Harvard, ou juste avant. Avait-il prévu tout ça depuis le début ? Devenir avocat pour pouvoir faire tomber mon père, et moi avec lui ? Avait-il été chercher Amanda lui-même ?

J'étais trop curieuse pour m'effondrer. J'aurais le temps de le faire plus tard, une fois que j'aurais quitté l'appartement de cet homme. Je continuai à fouiller dans les papiers contenus dans l'enveloppe. Tous les documents relatifs au changement de nom de Nicholai à Christian, ses anciens et actuels passeports et l'acte de décès de Ruslana Ivanova.

Ruslana était morte.

C'était une nouvelle pour moi. Cela dit, tout ce qui concernait cette situation était nouveau pour moi. Maintenant, tout prenait un sens. Pourquoi Christian avait révélé notre relation à la presse, et au bon moment. Juste après le procès de mon père. Il avait fait d'une pierre deux coups - ou deux *Roth*. Il n'y avait qu'une seule chose qu'il n'avait pas anticipée - que j'allais découvrir son secret.

Je pris des photos des documents accablants avec mon téléphone en m'assurant qu'elles étaient claires et nettes. Puis je pris mon livre et me précipitai hors de son appartement.

Ma réaction instinctive était d'aller voir mon père. Lui montrer les preuves contre Christian et commencer à travailler sur un appel, maintenant qu'il était clair que Christian n'aurait jamais dû travailler sur l'affaire. Il connaissait trop bien ma famille et avait mené une vendetta contre nous.

Je me glissai dans un taxi et j'étais sur le point de prononcer l'adresse de mes parents quand je réalisai que je n'avais pas envie de le faire non plus.

Certes, Christian était une enflure de proportions gigantesques, mais mon père aussi. En fin de compte, ils étaient aussi mauvais l'un que l'autre. Je voulais utiliser les informations que je détenais contre Christian pour le ruiner, mais pas nécessairement de manière à ce que mon père s'en sorte aussi.

Conrad Roth méritait vraiment d'être dépouillé de sa réputation, de son argent et de son statut social. Il avait fait des choses terribles et utilisé son pouvoir contre des femmes sans défense.

Il fallait que j'y réfléchisse longuement. Pour trouver un plan.

— Mademoiselle ? Excusez-moi. (Le chauffeur agita les doigts dans le rétroviseur.) Non pas que ce ne soit pas agréable de vous voir parler toute seule, mais quelle adresse ?

Je lui donnai celle de chez moi.

J'allais ruiner Nicky. Mais à ma façon à moi.

# Chapitre 27

*Christian*
*Présent*

— Même pas en rêve, gros malin, s'esclaffa Claire, à bout de souffle, en m'arrachant le téléphone des mains.

Nous venions de sortir du tribunal. J'avais fait mes adieux à Amanda Gispen et aux autres plaignantes, ignorant les journalistes et les photographes qui me suppliaient de faire un commentaire, et je m'apprêtais à héler un taxi pour me rendre au bureau d'Arya. Tout d'abord, je devais m'assurer qu'elle allait bien, compte tenu de tout ce qu'il s'était passé. Aussi bien que possible, du moins, compte tenu des circonstances. Deuxièmement, je devais lui dire la vérité.

Elle devait savoir qui j'étais.

Je ne pouvais pas repousser plus longtemps.

Claire, apparemment, avait autre chose en tête.

— Rends-moi mon téléphone, dis-je en montrant presque les dents, la paume tendue dans sa direction.

Claire se mordit la lèvre, rayonnante de fierté. Elle portait un tailleur tout neuf aujourd'hui au tribunal. Un Alexander McQueen à veston croisé qui avait dû lui coûter un bras, une jambe et son loyer mensuel.

— Je ne peux pas, monsieur Miller. (Elle me fit un clin d'œil en empochant mon téléphone.) C'est un ordre venu d'en haut. Traurig a dit : pas de distraction. Il a une surprise pour toi.

— Donne-moi mon téléphone, Claire, insistai-je. J'ai quelqu'un à appeler.

— Ce quelqu'un peut attendre dix minutes. On travaille à deux rues d'ici. (Claire passa son bras autour du mien et me tira en avant.) Mince, ne sois pas rabat-joie. Trinque avec tout le monde, remercie Traurig et Cromwell et passe ton chemin. Tu es arrivé jusqu'ici, tu comptes sérieusement ne pas assister à la célébration de ta propre nomination ?

Claire haussa un sourcil soigneusement épilé. Je n'étais pas facilement influençable. C'est ainsi quand on connaît le prix que peut coûter la tentation. Je m'apprêtais à lui répondre que j'allais effectivement renoncer à ma propre fête, parce que ce n'était pas aussi important que de m'assurer que la femme avec laquelle je sortais était toujours, justement, en couple avec moi. C'est alors que je sentis deux mains fermes me donner une tape de chaque côté du dos.

*Merde.*

— L'homme du moment, dit Cromwell en se tripotant la moustache comme un méchant de deuxième catégorie.

— La reine du bal. (Traurig écarta Claire.) J'ai un cigare cubain à ton nom et les lettres dorées que nous devons ajouter au nom du cabinet. Le gars de la maintenance est déjà là, il nous attend. Dépêche-toi.

L'agent d'entretien était là, prêt à poser mes lettres. Au putain de poil. Claire me lança un regard qui disait « Ne t'avise pas de partir. » Elle n'avait pas tort. Si je me défilais maintenant, j'aurais l'air d'un idiot dérangé – ce qui n'était pas la meilleure décision. De plus, l'issue du procès n'était pas inédite pour Arya. On en parlait depuis des semaines.

Toutefois, les dix minutes s'éternisèrent. Il fallut près d'une heure à l'agent d'entretien pour ajouter les lettres dorées à l'entrée du cabinet, peut-être parce que Cromwell et Traurig n'arrêtaient pas de lui crier que mon nom de famille n'était pas symétrique. On me traîna ensuite dans l'une des salles de conférences où tout le cabinet m'attendait avec des gâteaux, des cigares, de l'alcool et un énorme cadeau enveloppé d'un nœud de satin rouge.

— Je suis tellement fière de vous. Je ne peux même pas vous dire à quel point, pleurnicha mon assistante personnelle.

Ensuite, toutes les personnes présentes dans la salle ressentirent le besoin de me féliciter et de me serrer la main, l'une après l'autre.

Je me dis que si Arya voulait absolument me parler, elle pourrait toujours appeler au bureau.

À la fin de la cérémonie des oscars – deux fichues heures plus tard – Traurig me demanda d'ouvrir mon énorme cadeau. Il s'agissait de nouvelles cartes de visite portant le nouveau nom complet du cabinet : *Cromwell, Traurig & Miller.* Des lettres grasses et dorées sur d'élégantes cartes noires. J'attendais que l'euphorie submerge mes sens. Mais tout ce qui me venait à l'esprit, en regardant mes nouvelles cartes de visite, c'était que j'avais vraiment envie de voir Arya. Pas ce soir. Pas dans une heure. *Tout de suite.*

— Merci, dis-je d'une voix ferme en saisissant le bras de Claire pour l'entraîner hors de la salle de conférences.

Je consultai de nouveau ma montre sur le chemin de mon bureau. Des siècles semblaient s'être écoulés depuis que nous avions quitté la salle d'audience. Le fait que je n'aie pas appelé Arya jusqu'à présent était au mieux mal élevé, au pire une insulte.

Une fois dans mon bureau, je fermai la porte derrière nous. Mon sixième sens me disait qu'il allait y avoir beaucoup de cris dans mon futur proche.

— Donne-moi mon téléphone, Claire.

Elle grimaça.

— Si vite ? On n'a même pas encore déjeuné. Je me disais que je pourrais peut-être t'offrir un verre. On a beaucoup de choses à se dire et je...

— Mon téléphone !

Je frappai le mur derrière elle du plat de la main et elle sursauta en couinant. Je n'étais pas quelqu'un de violent, mais je commençais à perdre patience et je ne voulais pas que mon premier geste en tant qu'associé soit de renvoyer une collaboratrice qui venait de m'aider à gagner une grosse affaire.

— Ou alors vous dégagez d'ici escortée par la sécurité, mademoiselle Lesavoy.

Avec une moue, Claire sortit mon téléphone de sa poche. J'y jetai un coup d'œil et sentis mon pouls s'accélérer. J'avais plus de cinquante appels manqués d'Arya. Ainsi que quelques messages. Dès la reconnaissance faciale activée, les textes commencèrent à défiler chronologiquement sur l'écran, un par un.

Arya : Comment as-tu pu me faire ça ?

Arya : Tu as BRISÉ ma carrière. Je ne pourrai plus jamais montrer mon visage. Et ma relation inexistante avec ma mère est terminée. Sans parler de mon père (qui n'existe plus pour moi, mais ça aurait été bien de pouvoir faire ce choix moi-même.)

Briser sa carrière ? Ses relations ? Mais qu'est-ce qu'elle racontait ?

Arya : Ce que je ne comprends pas, c'est comment tu as pu être aussi cruel. Comment tu as pu faire ça le même soir où tu as promis de ne pas briser ma confiance.

Arya : Je te l'accorde, c'était un coup de génie. Tu t'es probablement bien marré au tribunal. Maintenant, tu peux aller retrouver Claire. Je sais que c'était une relation sans engagement, mais vous vous méritez l'un l'autre.

Claire dut voir la confusion sur mon visage, car je remarquai qu'elle se léchait les lèvres du coin de l'œil en se déplaçant d'un pied sur l'autre.

— Tout va bien ?

— Je...

Je m'interrompis, essayant de comprendre ce qu'il se passait, jusqu'à ce que le déclic se produise. La limousine. Claire qui parle à Darrin. Au courant du lieu où je m'étais rendu avec Arya. La façon dont elle me poursuivait sans relâche.

*La presse.* C'était la seule chose qu'Arya et moi étions convenus de ne pas impliquer. Nous ne voulions pas être vus ou pris sur le fait.

Mes yeux se détachèrent de mon téléphone. Je sentis mon regard se durcir en observant le visage de Claire.

— Qu'est-ce que tu as fait ?

— Je... je...

Elle essaya de reculer d'un pas, mais elle était plaquée contre le mur, sans nulle part où aller. Je ne m'étais jamais considéré comme capable de faire du mal à une femme, mais à ce moment-là, je sus que j'étais capable d'en faire à Claire. Pas physiquement, non. Mais je pouvais la renvoyer. La bannir. Faire d'elle une *persona non grata* dans le cercle juridique de Manhattan.

— *Explique-toi.*

Claire baissa la tête, la secoua et se couvrit le visage de ses mains.

— Je suis désolée. J'en ai juste parlé à une amie qui travaille au *Manhattan Times*. C'est tout. Ça m'a échappé.

Elle fit la grimace. Mais elle ne trompait personne, et elle le savait. Je reculai d'un pas, conscient de ne plus me contrôler. Arya devait penser le pire de moi en ce moment.

— Va-t'en.

J'inspirai par le nez et enfonçai mon pouce et mon index dans mes orbites.

— Dans... mon bureau ?

— Dans *le putain de trou à rat d'où tu viens*. (J'imitai son ton avec dérision en rouvrant les yeux.) Et ne reviens pas. Jamais.

— On vient de gagner une affaire.

— Tu as perdu toute crédibilité à la minute où tu as divulgué une histoire sur moi à un journaliste.

— Tu ne peux pas faire ça ! (Claire leva les bras au ciel.) Tu ne peux pas prendre une telle décision sans consulter Traurig et Cromwell. Tu es associé depuis cinq minutes.

— Très bien. (Je souris cordialement.) Allons tout de suite au bureau de Cromwell et racontons-lui ce que tu as fait. Voyons comment ça va se passer pour toi.

Son visage pâlit. Qu'est-ce qui avait bien pu lui traverser l'esprit ? Pensait-elle que je n'allais pas le découvrir ? Claire se serra les bras en regardant le sol.

— Qu'est-ce que tu croyais ? éructai-je, curieux de connaître ses raisons.

— Je pensais qu'une fois le procès terminé, tu allais la larguer. Mais je n'étais pas sûre et je ne voulais pas prendre de risques. Et ce qui est sûr, c'est que je ne pensais pas que tu y accordais autant d'importance. Sans compter que... (Elle souffla, les yeux brillant de larmes contenues.) Je n'ai tout simplement pas réfléchi. C'est ça le problème. C'est ce qui arrive quand on est amoureux. Tu as déjà été amoureux, Christian ?

Je m'apprêtais à répondre que non, et que cela n'avait rien à voir, quand je réalisai... que je ne pouvais pas l'affirmer avec certitude.

— Bonne chance pour votre départ, mademoiselle Lesavoy.

Je dépassai Claire et quittai le bureau. Je ne dis rien à personne. Mon assistante se leva d'un bond pour me demander où j'allais. Elle n'obtint aucune réponse. Mon premier arrêt fut au bureau d'Arya. Je sonnai à l'Interphone de l'immeuble où je parvins à joindre Whitney ou Whitley, ou quel que soit son nom. La réceptionniste ne me répondit pas verbalement. Elle sortit le haut de son corps par la fenêtre de son bureau et me versa son café tiède sur la tête avant de terminer en claquant sa vitre.

Bien que conscient d'être devenu l'ennemi public numéro un dans le camp d'Arya, je pensais encore pouvoir sauver la situation. Si elle me laissait le temps de m'expliquer et que je lui parlais de Claire, elle comprendrait. Arya était une personne très pragmatique avec un excellent détecteur de conneries. Elle saurait que je disais la vérité.

Mon arrêt suivant fut à son appartement. Cette fois, j'allai un peu plus loin que la sonnerie. Jusqu'à la porte de son appartement, en fait. Je frappai frénétiquement. Jillian ouvrit la porte et s'appuya contre le montant, le visage recouvert d'une sorte de masque vert.

— Oui ?

— Je suis venu voir Arya.

— C'est ambitieux. (Elle fit mine d'examiner ses ongles.) Vous savez, compte tenu des circonstances.

— Elle n'est pas là ?

Je plissai les yeux. Par un jour pareil, je ne pouvais l'imaginer nulle part ailleurs que chez elle. Peut-être chez sa mère. Mais c'était peu probable.

— Oh ! elle est là. Mais elle ne veut pas vous voir.

— Pourquoi ?

— Parce que, pour elle, vous n'existez plus.

Je serrai les dents.

— Je peux expliquer.

— J'en suis sûre, *Nicholai*. N'hésitez pas à le faire à la porte pendant que j'appelle la police. Ce que je m'apprête à faire si vous n'évacuez pas les lieux dans les trois secondes.

Sur ce, elle me claqua la porte au nez.

*Nicholai.*

*Nicholai.*

*Nicholai.*

Jillian m'avait appelé Nicholai. Alors que je rentrais chez moi en taxi, j'essayai d'évaluer ce à quoi j'étais confronté. Arya semblait au courant de bien pire que le fait que quelques-uns de nos baisers aient été publiés sur des sites d'information.

Elle paraissait savoir la vérité.

Et la vérité était insupportable, pour nous deux.

En arrivant à mon appartement, il n'y avait plus de place au doute. Arya avait ravagé les lieux pendant mon absence, probablement après avoir essayé de m'appeler en vain et avoir réalisé que nous avions été démasqués par les médias. L'endroit était mis à sac, mais pas un sac de marque. Le plus tragique, c'est que je savais que ce n'était pas cette vérité qu'elle s'attendait à trouver. Elle avait cherché son livre. Elle l'avait cherché partout. Y compris dans la poubelle. Ou peut-être que la mise à sac n'avait été que la touche finale, pour me faire payer. Comme une fleur exotique sur un joli dessert au restaurant.

Quoi qu'il en soit, ce qu'elle avait voulu était clair : m'enlever la partie d'elle qui m'avait temporairement appartenu et s'assurer que je n'y aurais plus jamais accès.

Je me dirigeai vers ma chambre, l'âme en peine. Avant même d'entrer, je savais ce que j'allais trouver. L'enveloppe en papier que j'avais gardée secrète pendant toutes ces années était ouverte, les documents éparpillés un peu partout. Je n'eus pas besoin de m'accroupir et de chercher le livre pour savoir qu'il n'était plus là. *Expiation* ne m'appartenait plus.

*J'en suis sûre, Nicholai.*

Arya savait.

Elle l'avait dit à Jillian.

Il n'y avait aucune raison de penser qu'Arya ne l'avait pas dit à ses parents aussi. Aux *avocats* de son père. Mais d'une manière ou d'une autre, je n'arrivais pas à me résoudre à me préoccuper de cette partie. Ma disgracieuse seconde chute.

Tout ce qui m'importait, c'était qu'elle l'avait découvert, et pas de la façon dont je l'aurais voulu.

Il était inutile de l'appeler. Elle ne décrocherait pas. Tout ce que je pouvais sauver de notre relation – de ma *vie* – devrait attendre demain.

Elle avait besoin de temps, et je devais le respecter, même si ça me tuait.

Je pris le téléphone et appelai l'une des rares personnes sur terre qui savait.

— Quoi ? aboya Arsène d'une voix ensommeillée.

— Elle a tout découvert, dis-je, toujours figé à l'entrée de ma chambre.

C'était le moment où il allait me dire qu'il me l'avait bien dit, qu'il m'avait prévenu.

— Merde, dit-il, étonnamment.

— En effet.

— Je prends mes clés et j'arrive. Une bière ?

Je me frottai les paupières.

— Plus fort. Bien plus fort.

— Du brandy ?

— Plutôt une balle.

— Une bouteille de A. de Fussigny et un gilet pare-balles arrivent illico.

Cette nuit-là, je ne fermai pas l'œil. Je n'étais même pas assez bête pour essayer. Je finis par boire le cognac qu'Arsène avait apporté, puis je me rendis à la salle de sport de mon immeuble. Je pris une douche, m'habillai pour le travail, effectuai les mêmes gestes prévisibles...

Sauf que je ne me rendis *pas* au travail.

Le cabinet - celui que j'avais voulu reprendre plus que toute autre chose dans ma vie - était devenu insignifiant, ridiculement insignifiant.

Un jouet brillant qui m'avait occupé pendant que la vie se déroulait à ma périphérie. Chaque fois que j'essayais de rassembler la motivation nécessaire pour me rendre à l'endroit qui déposait chaque année sept chiffres sur mon compte en banque, je ne pouvais m'empêcher d'avoir l'impression d'être un hamster qui s'apprête à sauter dans une roue. Le fait de tourner sans cesse ne me menait nulle part. Plus d'argent.

Plus de victoires. Plus de dîner que je n'appréciais pas avec des clients que je détestais.

Je me rendis compte que je n'étais pas seulement blasé, mais que j'avais le vertige à force de résoudre sans cesse les problèmes des autres. Eh bien, j'avais maintenant mon propre problème à résoudre. Arya savait que j'étais Nicky et que je le lui avais caché. Pire encore, elle savait que j'étais Nicky et donc que je ne valais rien.

Ce matin-là, je me rendis directement au bureau d'Arya, où j'arrivai à 8 heures précises. Une heure avant l'ouverture. J'avais passé suffisamment de matinées avec elle pour savoir qu'elle était matinale et qu'elle aimait être au bureau avant que les oiseaux ne se lèvent.

Il se trouve que ce matin-là Arya avait décidé de faire la grasse matinée. Je vis Whitley et son acolyte franchir la porte à 9 heures, en me lançant des regards meurtriers, puis Jillian les rejoindre à 9 h 30. Arya resta invisible jusqu'à 10 heures, heure à laquelle je l'aperçus, tournant vivement le coin de la rue en direction de son bureau tel un orage d'été. Une reine de glace inébranlable prête à conquérir le monde.

Je me levai de la marche qui menait à la porte de son immeuble. Elle ne ralentit pas en m'apercevant à travers ses lunettes de soleil. Elle s'arrêta lorsque nos corps se retrouvèrent au même niveau, recula son bras et me gifla si fort que j'étais presque certain qu'une partie de mon cerveau fut éparpillée sur le trottoir.

— Je le méritais.

— Tu mérites bien plus que ça, après la vengeance que tu as complotée contre ma famille et moi, Nicky.

*Nicky*. Je n'avais pas entendu ce prénom depuis des années. Seule Arya m'avait appelé ainsi. Ruslana avait essayé plusieurs fois de l'employer et l'avait trouvé déplaisant. Ça me manquait.

— Il ne s'agit pas d'un complot de vengeance.

Je me frottai la joue. Elle me fascinait. Comme si je ne l'avais pas vue des dizaines de fois dans des positions compromettantes, entièrement nue et en train de sucer différentes parties de mon corps. C'était ça, l'amour ? Vouloir embrasser et protéger la femme que l'on a envie de prendre par-derrière ? Comme c'était étrange. Et écœurant. Et si terriblement prévisible de ma part. Tomber amoureux de la seule femme que je ne pourrais jamais avoir. Qui avait tout gâché, et moi, en retour, qui lui avais fait la même chose.

Et cette fois, je n'avais même pas envie de lui faire payer.

— Crois-le ou non, Amanda Gispen est entrée un jour dans mon bureau par hasard. Je ne peux pas dire que je n'ai pas vécu chaque jour avec l'envie de me venger de ton père pour les années qu'il m'a fait subir, mais ce n'était pas la première chose à mon ordre du jour.

En revanche, c'était la deuxième, avant qu'Arya ne bouleverse ma vie, à sa manière bien à elle.

— Il n'y a aucune excuse pour ce qu'il a fait ce jour-là. Crois-moi, j'ai passé une année entière à refuser de le regarder. Puis une vie entière à remettre en question chaque décision que je prenais. En le laissant s'en tirer, j'ai toujours eu l'impression d'être du mauvais côté de l'histoire. Mais il s'est excusé et a fini par t'envoyer vivre avec ton père, comme tu le voulais.

— C'est ce qu'il t'a dit ? (Je souris avec lassitude.) Avant ou après ma prétendue mort ?

Ses lèvres roses firent une moue, mais elle ne répondit pas.

— Crois-moi, me mettre une raclée devant la fille que j'aimais était le moindre de ses péchés. Il a fait en sorte que ma mère me jette dehors le soir où je t'ai embrassée. J'ai dû dormir sur le canapé des voisins. Puis il m'a mis à la Andrew Dexter Academy et t'a dit que j'étais mort.

Arya retira ses lunettes de soleil. Ses yeux brillaient de larmes.

— Je t'ai pleuré pendant des années. Chaque jour.

— Je t'ai pleurée aussi, et je ne pensais même pas que tu étais morte, répliquai-je d'un ton bourru.

— Tu ne voulais pas partir ?

Sa voix était douce à présent. Je secouai la tête. J'aurais choisi de vivre dans la pauvreté si cela m'avait permis d'être près d'elle.

— Ce n'est pas Conrad qui m'a dit que tu étais décédé. J'ai engagé un détective privé pour te retrouver quand j'ai eu dix-huit ans, tu sais. (Elle paraissait vaincue.) C'est lui qui m'a annoncé la nouvelle.

Je souris.

— Laisse-moi deviner.

Je fis un pas en avant. Je voulais la sentir, enfouir mes mains dans ses cheveux, embrasser à la fois notre passé et notre présent, maintenant qu'elle savait qui j'étais.

— Ce détective privé, il travaillait pour ton père, n'est-ce pas ?

Au regard qu'elle me lança, je compris que j'avais vu juste.

— Ouais. C'est ce que je pensais. Mais je n'ai pas fini de te raconter l'enfer que Conrad m'a fait vivre.

— Dépêche-toi, parce que je vais te présenter ma propre version de l'enfer quand tu auras fini.

— Quand j'étais à Andrew Dexter, ton père a soudoyé le directeur pour me redresser, si l'on peut dire. De temps en temps, je recevais une raclée simplement parce que j'existais. Le directeur lui-même ne me touchait pas, mais il faisait en sorte que d'autres élèvent me frappent. Conrad a également veillé à ce que ma mère n'ait plus aucun contact avec moi. Je ne l'ai plus vue qu'une seule fois après le jour où elle m'a mis à la porte. Ni pendant les vacances d'été ou de printemps, jamais. Je restais toujours dans cette institution. C'est là que j'ai rencontré Riggs et Arsène. C'est là que j'ai créé ma propre famille.

Arya déglutit. Elle était aux prises avec des émotions contradictoires. Son désir de me tuer pour ce que je lui avais fait et son désir de mutiler son père pour ce qu'il m'avait fait.

— Ruslana... elle est morte ?

Je hochai la tête.

— J'ai une théorie là-dessus aussi.

— Ah oui ?

— Quand j'étais en première année à Andrew Dexter, j'ai trouvé un emploi de garçon d'écurie et j'ai rencontré Alice - ma cougar, comme tu aimes l'appeler. Soudain, je me suis retrouvé dans un univers de riches et j'ai vécu une vie de riche, même si c'était par procuration. Pendant les vacances d'été, alors que j'étais à New York, je suis tombé sur Ruslana. Je roulais dans la Bentley d'Arsène et je portais la panoplie du gosse de riche, des pieds à la tête. Ruslana s'est jetée sur moi pour m'embrasser. Elle a fait une scène. Je l'ai écartée et lui ai dit que j'essaierai de la caser dans mon emploi du temps, mais, bien sûr, ça n'est jamais arrivé. Après ça, elle a commencé à m'écrire. Je ne lui ai jamais répondu. Elle a dû prendre mon silence pour un test de sa détermination, car plus le temps passait, plus elle se sentait obligée de me raconter tout ce qui lui était arrivé. J'ai encore ses lettres. Elles étaient dans le dossier. Je ne sais pas si tu les as lues. Elle disait qu'elle avait eu une longue liaison avec Conrad. Qu'il lui avait promis de quitter Beatrice pour elle. Elle a dit que lorsqu'elle avait commencé à douter de ses intentions, de ses assurances, elle lui a dit qu'elle allait tout raconter elle-même à Beatrice. Il s'est montré brutal avec elle et l'a bousculée. Apparemment, ce n'était pas la première fois qu'il levait la main sur elle.

— C'est comme ça que tu as su que tout ce qui le concernait était vrai. (Arya pressa une main contre sa poitrine.) Tu savais qu'Amanda et les autres accusatrices disaient la vérité.

J'acquiesçai.

— Ruslana et Conrad ont tergiversé comme ça pendant quelques mois. Finalement, il l'a renvoyée et lui a donné de l'argent pour qu'elle se taise. Un chèque de dix mille dollars. Elle l'a dépensé en une semaine et m'a écrit qu'elle était retournée le voir pour lui demander plus. C'était sa dernière lettre avant que la police ne m'appelle pour m'annoncer sa mort.

— Comment est-elle morte ? demanda Arya.

— La cause médicale officielle fait état d'une fracture du cou. En pratique, elle a été jetée de la falaise des Palisades. Le policier qui m'a annoncé sa mort a dit qu'ils ne soupçonnaient aucun acte criminel. Qu'il s'agissait d'un suicide classique. Ma mère n'était pas connue pour être un joyeux luron, et elle avait perdu son emploi le même mois. Mais ce n'était qu'un ramassis de conneries. Ruslana avait le vertige. Elle n'avait pris l'avion qu'une seule fois dans sa vie, et même si elle était suicidaire, ce qui n'était pas le cas, elle aurait préféré n'importe quelle mort à celle-là. Se noyer, se taillader les veines, se mettre une balle dans la tête. Le choix est vaste.

— Tu penses que c'est mon père qui est derrière tout ça ? demanda Arya en écarquillant les yeux.

— La réponse courte, oui. La réponse longue ? Dans une certaine mesure, oui, mais je ne suis pas sûr de savoir qui étaient les acteurs principaux.

— Alors il devrait être jugé pour ça aussi.

Elle n'avait pas tort. Mais dans le cas de Conrad, je savais que perdre tout ce qui l'entourait - son argent, son statut, sa fille - était une punition suffisante. Pour un homme comme lui, errer dans le monde comme un rebut sans le sou serait une punition pire encore que de rester en prison avec des criminels comme lui.

— Je n'ai aucun moyen de le prouver, pas sans révéler ma véritable identité, en tout cas, répondis-je.

— Quoi qu'il en soit, je suis désolée pour sa mort.

— Pas moi. C'était une mère de merde.

— Et tu veux me faire croire qu'après tout ce que Conrad t'a fait, ce coup avec Amanda Gispen n'était pas calculé ?

Elle croisa les bras sur sa poitrine.

— C'est exact.

Je fis un pas de côté pour laisser passer une femme avec une poussette, et mon esprit dériva immédiatement vers Arya avec un bébé. Bon sang. Les vannes étaient ouvertes à présent et même un sandwich me faisait penser à elle.

— Je crois que Conrad a fait quelque chose à ma mère – ou du moins a envoyé quelqu'un pour le faire –, mais de mon point de vue, ça n'a jamais été mon problème. Le jour où elle m'a abandonné, je l'ai abandonnée. Je suis allé de l'avant et j'ai trouvé de nouveaux amis, une nouvelle famille, une femme qui m'a donné ce que ma mère ne m'avait jamais offert, et je ne parle pas d'argent. Je parle de courage, de confiance, de force mentale. Quelqu'un qui m'a dit que ce que je voulais, dans la vie, était à ma portée.

Lorsque je repris ma place sur le trottoir, je m'assurai d'être un peu plus près d'Arya qu'auparavant. Juste un peu.

— Je n'avais absolument pas envie de revenir à New York. Je voulais rester à Boston. Peut-être aller à Washington et m'essayer à la politique. New York m'a toujours rappelé les Roth, ma mère qui me tournait le dos, et ce premier baiser désastreux. Mais le destin a voulu qu'Arsène soit originaire de New York et qu'il aimait ce trou à rats. Riggs vient de San Francisco, mais il semblait vouloir ne plus jamais y mettre les pieds. Il était trop heureux d'emménager dans le monstrueux appartement gratuit d'Arsène. Je ne voulais pas rester derrière. C'était la seule vraie famille que j'avais connue, alors je l'ai suivie. Crois-le ou non, j'ai travaillé dur pour garder mes distances avec toi et les tiens. Mon pire cauchemar était que Conrad et toi entriez à nouveau dans ma vie et veniez la gâcher. Mais quand l'affaire est tombée sur mon bureau, c'était plus fort que moi. On sait tous les deux que je cède à la tentation de temps en temps.

— Alors tu n'as pas cherché à te venger, ça t'est juste tombé dessus.

— Oui.

Jusqu'à ce qu'il devienne clair que c'était Arya que j'avais toujours voulu avoir *dessus*.

— Toutes ces années, je croyais que tu étais mort… bredouilla Arya en essayant encore de tout reconstituer. C'est pour ça que je ne t'ai pas reconnu. C'est la seule raison pour laquelle je n'ai pas pensé que tu étais toi. Parce que je m'étais convaincue de ne pas y croire. De ne pas espérer.

Et j'avais eu la bêtise de lui en vouloir. Chaque fois qu'on s'observait l'un l'autre. Qu'on se caressait. Qu'on s'embrassait. Je m'étais toujours dit qu'elle méritait l'enfer que je lui infligeais parce qu'elle n'était même pas capable de reconnaître le garçon qui avait été follement amoureux d'elle. Qui était prêt à tout abandonner pour elle et qui, d'une certaine manière, l'avait fait.

— J'ai passé toute la journée d'hier à essayer de démêler un sentiment de l'autre, et je n'y arrive toujours pas, dit Arya en se frottant le front.

— Laisse-moi t'aider, dis-je.

Je n'avais aucun droit de lui demander quoi que ce soit, mais plus particulièrement encore, sa confiance.

— C'est ça le problème.

Elle fronça les sourcils, toujours aussi pragmatique. Aucune larme ni menace en l'air chez cette femme.

— Je ne te fais plus confiance pour rien, certainement pas pour ma vie, mes décisions, mes sentiments. Je te déteste, Nicky, de toute mon âme. Tout ce temps, tout ce désir… j'ai eu envie de toi pendant plus d'une décennie. On était Cecilia et Robbie.

Je n'avais aucune idée de qui elle parlait, n'ayant jamais rencontré de Cecilia et seulement un Robbie, qui se trouvait être un avocat fiscaliste de Staten Island. Mais j'avais envie d'étrangler ces deux personnes pour s'être immiscées dans ma relation.

Arya se frotta la joue, se remettant de la gifle virtuelle qu'elle venait de prendre.

— Tout ce qui te rendait éblouissant et intouchable a disparu hier quand j'ai vu la photo de nous en train de nous *bécoter* sur ce site web.

— Ce n'était pas moi.

Je m'approchai encore et osai lisser une de ses mèches de cheveux. Elle repoussa ma main. Ce fut plus douloureux que la gifle. Que le jour où le directeur Plath avait envoyé ces garçons pour me tuer.

— C'était Claire. C'est Claire qui nous a envoyé la limousine le jour où je t'ai fait ma promesse. Elle a prévenu la presse.

— *Bécoter*, souligna Arya avec de grands yeux. Ils ont utilisé ce mot.

Je secouai la tête.

— C'est une coïncidence. Je ne te ferais jamais ça, Ari. Jamais.

— Tu te trompes.

Arya recula, les yeux de nouveau remplis de larmes. Je voulais qu'elles coulent. Qu'elle craque. Qu'elle cesse d'être aussi têtue et meilleure que moi tout le temps. Parce qu'au fond, c'était ce que j'avais toujours ressenti. Que j'étais indigne de son temps, de ses sourires, de son existence.

— Tu l'as déjà fait. Tu as dit que tu ne me trahirais pas. (Un sourire triste se dessina sur ses lèvres.) Tu as menti.

— J'avais l'intention de te le dire.

— Quand ?

— Je ne sais pas. (Je passai mes doigts dans mes cheveux en tirant dessus.) Après le procès ? Une fois que j'aurais été certain que tu étais tombée amoureuse de moi ? Qui sait ? J'avais peur que tu me jettes parce que Nicky n'était pas assez bien.

Bien sûr, si je lui disais maintenant que je l'aimais, elle ne me croirait pas. Ma carrière était en jeu. Elle était à un coup de fil de ruiner ma carrière et nous le savions tous les deux. Lui déclarer mes sentiments pour elle paraîtrait calculé, fourbe, et surtout, humiliant pour elle. Sans compter que je ne voulais pas commencer une relation en pensant que j'étais enchaîné à elle parce que j'avais quelque chose à perdre. Non pas que ce ne fût pas le cas. Mais ce quelque chose, c'était elle. Pas mon travail.

Arya secoua la tête.

— Nicky a toujours été assez bien. C'est Christian en qui je n'ai pas confiance.

— Alors laisse-moi y remédier. (Je haussai un sourcil.) Je peux te donner plus. Bien plus. Et tout ce que tu dois me donner en retour, c'est une chose.

— Quoi donc ?

— Une chance.

— Pourquoi Christian ? (Elle changea de sujet avec un regard glacial.) Pourquoi Miller ?

— J'ai changé mon nom légalement avant de faire mon premier semestre à Harvard. Je ne voulais pas que ton père me retrouve. Je savais qu'il allait garder un œil sur moi. Nicholai Ivanov ne s'est inscrit dans aucune université. Il a acheté un aller simple pour le Canada et s'est enfui. Après tout, dès qu'on a eu dix-huit ans, tout était possible, et il savait que tu pouvais me chercher, et que je pouvais en faire de même.

Elle se mordit la lèvre. Elle comprenait. Après tout, elle m'avait *effectivement* cherché par l'intermédiaire du détective privé de son père. Et la seule chose qui m'avait empêché de l'imiter, c'était de savoir que je n'avais rien à lui offrir.

— Il fallait que je disparaisse. J'ai donc choisi l'un des noms de famille les plus courants en Amérique, Miller, et Christian, qui est l'un des prénoms les plus populaires de la langue anglaise et qui évoque également la renaissance, le baptême d'une autre identité. En gros, j'ai tout fait pour que ton père ne me retrouve jamais. Le jour où Nicholai a disparu à la frontière, un inconnu est né.

Elle secoua la tête et se dirigea vers la porte d'entrée. Elle était sur le point de partir. Je ne pouvais pas la laisser faire. Non pas parce qu'elle pouvait me faire radier ou parce que mon statut d'associé était en jeu. Mais parce que je n'étais pas prêt à lui dire au revoir. Pas plus à trente-deux ans qu'à quatorze.

— Arya, attends.

Elle se tourna de nouveau vers moi.

— Tu sais, Nicky, la première chose que j'ai faite quand j'ai découvert qui tu étais, c'est le dire à Jillian. C'était plus fort que moi. Ma vindicte a pris le dessus. J'avais envie de... *témérité.* (Elle inspira.) Mais je ne pouvais pas en parler à mes parents. Viser l'endroit le plus douloureux pour toi. Je ne pouvais pas leur dire la vérité. Comme c'est triste, n'est-ce pas ? Que je déteste mon père presque autant que je te déteste ? Et que je vous aime tous les deux aussi. Je suppose que mon amour sera toujours teinté de haine, et rendra chaque relation importante de ma vie douce-amère. Mais je veux que tu saches que je suis bien consciente du pouvoir que j'ai sur toi, et ne pense pas une seconde que je ne m'en servirai pas. Si tu t'approches de moi, quelle qu'en soit la raison, je m'assurerai que le juge Lopez et les associés de ton cabinet apprennent tes liens avec la famille Roth. Ainsi que le barreau de New York. Alors assure-toi de rester loin de moi, parce qu'il suffirait d'un appel, d'un message, d'une visite malvenue pour que je ruine ta vie. Et crois-moi, *Christian,* je ruinerai ta vie sans sourciller.

Elle ne dirait rien.

Je ne savais pas si j'avais envie de rire ou de pleurer.

Je ne pensais pas qu'il y ait de grandes chances pour qu'Arya garde le secret. Je supposais que me dénoncer semblait la chose la plus naturelle à faire. C'est pourquoi j'étais plus préoccupé par le fait qu'elle me pardonne que par le fait qu'elle révèle mon secret. N'importe quel autre homme aurait pris ce qu'elle voulait bien donner et serait parti. Et peut-être avais-je été cet homme, deux mois plus tôt. Mais je ne l'étais plus aujourd'hui, et je ne le serais plus jamais.

— Tu es en train de dire que la prochaine fois que je te contacterai, tu me feras radier du barreau ?

— Au minimum.

— Très bien. Merci, Ari.

— Va brûler en enfer, Nicky.

# Chapitre 28

*Christian*
*Présent*

Je ne voulais pas prendre l'avion pour la Floride au beau milieu de la semaine. Cela n'avait rien à voir avec la pile de travail qui s'accumulait et qui m'attendait au bureau, ni avec les deux associés perplexes qui ne comprenaient pas pourquoi ma première décision avait été de licencier l'une de leurs collaboratrices les plus prometteuses. Je savais que Claire n'essaierait pas d'utiliser la carte du harcèlement sexuel contre moi, principalement parce que nous étions tous deux des personnes très prudentes et calculatrices, et qu'elle savait que j'avais conservé tous les messages qu'elle m'avait envoyés dans le passé et dans lesquels elle me suppliait de coucher avec elle. Me traîner, moi ou le cabinet, devant les tribunaux anéantirait la seule chose à laquelle Claire tenait par-dessus tout : sa fierté.

De plus, j'avais *effectivement* prévenu les ressources humaines dès le début.

Je n'aimais pas l'idée de quitter New York alors que les choses entre Arya et moi n'étaient pas réglées. Mais comme Arsène et Riggs l'avaient fait remarquer lorsque je leur avais raconté ma conversation avec Arya, ce genre de choses dépassait leurs compétences et j'avais besoin d'une femme pour savoir où j'allais à présent.

Alice Gudinski vivait dans un vaste appartement à Palm Beach. Arsène, Riggs et moi lui rendions visite de temps en temps, surtout pendant les vacances, mais les deux dernières années avaient été très chargées sur le plan professionnel et je n'avais pas assuré.

J'avais réservé un restaurant de fruits de mer avec vue sur l'océan.

Bien sûr, j'avais dix minutes de retard car j'arrivais directement de l'aéroport.

Alice m'attendait sur la terrasse qui donnait sur le coucher du soleil. Elle portait un kimono et buvait un bloody mary de la taille d'un seau à champagne.

— Ah, mon jeune amant platonique préféré.

Elle m'embrassa sur les deux joues, puis sur mon nez et mon oreille. Alice était radieuse et ne paraissait pas plus de quarante ans. Pour une personne extérieure, nous pouvions sans difficulté passer pour un couple. Un jeune amant fringant dont la petite amie millionnaire lui avait acheté un petit bureau sur la plage. Moi seul savais qu'elle ne prendrait jamais d'amant après avoir perdu Henry.

— Tu as l'air décadent.

— Et toi tu es ravissante, comme toujours.

Je déposai un baiser au sommet de son crâne avant de l'aider à s'asseoir et de m'installer en face d'elle.

Une serveuse se précipita vers nous avec un verre de sherry, sans doute après avoir reçu les instructions de Chef Alice.

— Dommage qu'Arsène et Riggs n'aient pas pu venir.

Elle sirota son bloody mary, le coucher de soleil orange et rose embrasant le ciel en toile de fond.

— Riggs est actuellement en Angleterre, où il prend des photos pour un article sur les baleines échouées, et Arsène a quitté la civilisation peu après l'obtention de son diplôme. Je crains que tu ne sois coincée avec moi.

— Tu es mon préféré, de toute façon. Les deux autres ne sont que des bonus. (Alice but une nouvelle gorgée en faisant un clin d'œil.) Mais tu n'as pas trop de temps libre non plus, ce qui m'amène à penser que ce n'est pas une simple visite de courtoisie. Qu'est-ce que je peux faire pour toi ?

Elle voyait clair dans mon jeu à des kilomètres. Ça me surprenait de ne pas voir Alice plus souvent. Ça me mettait en colère aussi. Parce que, pendant mes années à Andrew Dexter et ensuite mes années Harvard, j'avais l'habitude de passer autant de temps que possible avec elle. Elle avait été ma bouée de sauvetage, qui m'orientait, me conseillait, m'expliquait les tenants et les aboutissants de la haute société. Elle m'aidait à me fondre dans la masse.

— J'ai l'intention d'y remédier et de faire en sorte qu'il y ait beaucoup plus de visites à l'avenir, lui dis-je en faisant signe à la serveuse de venir prendre notre commande.

Alice secoua la tête en riant.

— Oh ! petit idiot. J'ai déjà passé commande pour nous. Tu crois vraiment que je vais laisser un petit voyou de Manhattan me dire quel est le poisson du jour ?

— Tu es à Palm Beach depuis moins de deux ans, fis-je remarquer.

— Il n'empêche. (Elle tapota sa chevelure sophistiquée.) Quoi qu'il en soit, où en étions-nous ? Oh oui. Tu as des ennuis. C'est Traurig ou Cromwell ? Je parie que c'est Cromwell, ce vieux con. Il souffre d'une sérieuse jalousie de la jeunesse.

Le défunt mari d'Alice était avocat d'affaires, elle s'y connaissait donc un peu.

Les plats arrivèrent. Plus précisément la moitié des créatures de ce foutu océan. Alice avait un solide appétit pour une femme avec son physique.

— Ça ne concerne pas le travail.

Je découpai une noix de Saint-Jacques nageant dans l'huile d'olive, le beurre et l'origan, et la fourrai dans ma bouche.

— Ton portefeuille d'investissement ?

— Non.

— Tu vas enfin vendre et déménager ? Tu pourrais avoir plus grand pour ton budget.

Je secouai la tête.

— Alors de quoi s'agit-il ?

— D'Arya, répondis-je. Arya Roth.

Quarante minutes et cinq entrées plus tard, Alice était au courant de la situation. Elle connaissait Arya depuis que j'avais dix-sept ans, mais pas l'évolution récente de notre histoire.

Alice s'adossa en sirotant un cocktail fruité et hocha la tête d'un air grave.

— Tout d'abord, laisse-moi te dire que je n'arrive pas à croire qu'il t'ait fallu autant de temps pour la retrouver.

Ses yeux pétillaient de bonheur. Je me renfrognai. N'avait-elle rien entendu de ce que j'avais dit ?

— Je ne l'ai pas retrouvée. C'était une coïncidence.

— Les coïncidences n'existent pas. Seulement une intervention divine. Et il était clair, dès tes dix-sept ans, que ton cœur appartenait à cette fille, tout comme le reste de ton corps. Tu as erré sans but pendant assez longtemps, mais malheureusement, les gens – surtout les jeunes – ont vraiment besoin de vivre les choses en personne pour que la raison s'impose enfin.

Préférant faire abstraction du fait qu'elle savait depuis le début ce que, moi, je venais de découvrir ce mois-ci, à savoir mon amour pour Arya, je décidai d'en venir directement à l'essentiel.

— Qu'est-ce que je dois faire ?

— Eh bien, dit Alice en riant, tu as *effectivement* merdé.

— Je sais, répliquai-je avec impatience.

— De manière spectaculaire.

— Si je voulais entendre à quel point je suis nul en tant que petit ami, j'irais voir Arsène, Riggs ou, encore mieux, Arya elle-même. Je suis venu ici parce que j'ai besoin de conseils.

Comment lui faire comprendre que rien d'autre ne compte ? Rien qu'elle ?

Alice sourit, bouche fermée, m'indiquant que la réponse était dans la question. Elle semblait s'amuser à me voir dans l'embarras.

— Quoi ? *Quoi ?* aboyai-je.

— Répète ce que tu viens de dire, s'il te plaît, Christian.

Je fronçai les sourcils.

— Comment lui faire comprendre que rien d'autre ne compte ?

— Oui, dit-elle en joignant les mains avec enthousiasme. Exactement.

— Ce n'est pas une réponse, grognai-je. Serais-tu ivre, par hasard ?

Elle aspira la cerise de son cocktail dans sa bouche.

— La réponse est encore oui.

J'étais sur le point de la ramener chez elle et la dégriser jusqu'à pouvoir obtenir une réponse, quand je compris soudain. Le sens de sa suggestion. Je levai les sourcils. Alice s'esclaffa, ravie que j'aie enfin compris.

— Après tout ce temps ? dis-je en gémissant.

— Après tout ce temps.

— Tu es sûre qu'il n'y a pas d'autre moyen ?

— Tu as pris tout ce que cette fille avait. Le père qu'elle adorait et qu'elle considérait comme ses deux parents.

J'ouvris la bouche pour répondre, mais elle m'interrompit.

— Pitié, ne me dis pas qu'il le méritait. Je sais que c'est le cas. Mais *elle* ne le savait pas, jusqu'à ce que tu fasses éclater la vérité au grand jour. Maintenant, elle est obligée de regarder l'image souillée de sa vie. À cause de toi. Non seulement ça, mais tu lui as menti. Même après avoir couché avec elle. Même quand elle a eu le courage de te demander de ne pas lui mentir. Alors oui, il va falloir faire des sacrifices, et il faudra qu'ils aient un sens pour toi. Si tu ne perds rien, tu ne peux rien gagner, chéri.

Je laissai ma tête retomber en avant, puis je levai la main avec ma carte de crédit pour que la serveuse nous apporte l'addition.

— Excuse-moi, Alice, je dois prendre un billet d'avion pour Manhattan afin de me licencier.

— Si c'est une sorte de blague, je ne la comprends pas ; explique-moi, s'il te plaît.

Traurig me dévisageait comme si j'avais fait irruption dans son bureau vêtu de la tenue de prostituée de Julia Roberts dans *Pretty Woman*. Cromwell, assis à côté de lui, avait un visage de marbre.

— D'abord, tu renvoies Claire sans notre consentement, sans même nous consulter, et maintenant tu nous remets ta *démission* ?

— Ah, ne te rabaisse pas comme ça, *petit*. (Je souris, assis de l'autre côté du bureau, parfaitement à l'aise avec le fait qu'ils allaient gratter les lettres dorées sur ma porte après un peu moins de trois jours.) Tu m'as l'air en possession de tes moyens. Oui, vous m'avez bien compris. Je démissionne. Avec effet immédiat.

— Mais… pourquoi ? bafouilla Traurig en brandissant les bras, exaspéré.

— La liste des raisons est longue, mais je vais vous donner les grandes lignes : j'aurais dû devenir associé il y a trois ans ; je suis surchargé de travail et sous-évalué ; Cromwell est un connard – sans vouloir te vexer, mon pote – (j'envoyai un clin d'œil à Cromwell avant de reporter mon regard sur Traurig) et tu ne vaux pas beaucoup mieux. Tu m'as fait faire des pieds et des mains et tu t'es amusé à me voir transpirer pour en arriver là. Et pendant un certain temps, j'ai respecté tes règles. Jusqu'à ce que ça n'en vaille plus la peine. Ce qui s'est produit il y a environ… (je jetai un coup d'œil à ma montre-bracelet) trois jours.

— Tu es en train de balancer toute ta carrière à la poubelle, me prévint Traurig.

— Je t'avais dit que ce garçon nous poserait des problèmes dès le départ, cracha Cromwell en coulant un regard à Traurig avec un geste de la main comme s'il conjurait un esprit. Il quitte le navire pour aller ailleurs. Où ça, petit ? Dis-le-nous tout de suite.

Cromwell posa son index sur la table entre nous, comme si je lui devais quelque chose.

Je bâillai. À quand remontait la dernière fois où j'avais laissé tomber mes bonnes manières et agi comme le vaurien de Hunts Point que j'étais ? Près de vingt ans, je parie. Mais ça faisait du bien.

— Même si un autre emploi m'attendait, tu serais la dernière personne à qui je répondrais, Cromwell. Tu te moques de moi depuis le premier jour et tu viens à peine au bureau. Je serai heureux de te voir te salir un peu les mains avec du vrai travail, maintenant que je m'en vais.

Je me levai et commençai à me diriger vers la porte.

— Nous allons réembaucher Claire. Juste pour que tu le saches, lança Traurig dans mon dos.

Je m'arrêtai et me retournai. Je vis son sourire carnassier.

— C'est à cause de ça ? demanda-t-il. Tu as eu une liaison avec la petite et ça a dégénéré ? Et tu veux limiter les dégâts, au cas où elle s'en prendrait à toi ? Qu'elle te colle un procès pour harcèlement sexuel ?

Il était tellement à côté de la plaque qu'il me fallut prendre sur moi pour ne pas rire.

— Mlle Lesavoy a été licenciée parce qu'elle a trahi ma confiance professionnelle et personnelle. Si vous voulez une moucharde dans votre cabinet, ce que je suppose, puisque vous êtes tous les deux des insectes, je vous encourage vivement à lui reproposer le poste.

Sur ce, je leur claquai la porte au nez.

Et, bon sang, ça faisait du bien.

Ce soir-là, j'attendis Arya devant son bureau. N'ayant pas l'habitude de me comporter comme un chiot et de me sentir comme tel, mon ego encaissa son premier coup depuis des années.

D'accord, c'était plus une coupure qu'un coup.

D'accord, mon ego était complètement décapité. Bien fait pour cet abruti. Il m'avait attiré beaucoup d'ennuis au fil des ans.

— Dois-je te rappeler que je vais te radier du barreau si tu ne me laisses pas tranquille ? se plaignit Arya dès qu'elle franchit la porte, sautant les civilités.

Elle portait une jupe crayon en cuir rouge associée à un chemisier blanc élégant et ressemblait à une déesse. C'était à se demander comment j'avais pu la laisser sortir de mon lit.

Je la rattrapai facilement tandis qu'elle se dirigeait vers le métro.

— Radie-moi, lançai-je tout de go en frôlant son épaule.

Elle émit un son exaspéré et secoua la tête.

— Laisse-moi tranquille.

— Tu as parlé à tes parents depuis le procès ? demandai-je.

Nouvelle moue.

— Comment si ça t'intéressait.

Je posai une main sur son épaule. Elle s'arrêta, se retourna brusquement vers moi et repoussa ma main, des flammes dans les yeux.

— Ça m'intéresse. (Je plantai mon doigt dans ma poitrine.) Chaque jour, j'essaie de te parler. Ne me dis pas que je m'en fiche, Arya, alors qu'il se peut que je sois le seul con dans ta vie qui ne s'en fiche pas.

— Je ne *veux* pas que tu t'intéresses à moi. (Sa voix se brisa.) C'est juste ça. Je t'ai dit que je te ferais radier du barreau si tu ne me laissais pas tranquille, parce qu'il n'y a pas une seule parcelle de mon être qui veut de toi dans ma vie.

— Pas une seule parcelle ? répétai-je.

— Pas une seule.

— Menteuse. (Je fis un pas en avant et pris son visage entre mes mains.) J'ai démissionné.

Elle écarquilla ses yeux verts.

— Tu as démissionné ? répéta-t-elle.

— Oui. (Je posai mon front contre le sien et inspirai son parfum une seconde.) J'ai renoncé à mon statut d'associé. Je leur ai dit d'aller se faire voir. Mais pas avant d'avoir viré Claire pour ce qu'elle nous avait fait. Je suis peut-être un pauvre orphelin, mais toi aussi, chérie. J'aurais préféré que tu ne le sois pas. J'aurais aimé que tes parents soient là pour toi comme tu le méritais. Mais je suis là, moi, et je vais faire de mon mieux pour te suffire.

Et alors, les vannes s'ouvrirent.

— Je t'aime, Arya Roth. Je t'ai toujours aimée. Depuis ce premier jour au cimetière quand on était petits. Quand tout ce qui nous entourait était mort, et que tu étais si vivante que j'avais envie de t'avaler tout entière. Quand tu as posé cette petite pierre sur la tombe d'Aaron pour qu'il sache que tu venais lui rendre visite. Je t'ai aimée ce jour-là, pour ton bon cœur, et tous les jours suivants. Je n'ai jamais cessé de t'aimer. Même quand je te détestais. *Surtout* quand je te détestais, en fait. C'était une torture de penser que tu m'avais oublié. Parce que, Arya, il n'y a pas eu une minute dans ma vie où je n'ai pas pensé à toi.

Il y eut un moment – une fraction de seconde, en tout cas – où je crus qu'elle allait céder. Qu'elle allait enfin accepter ce truc entre nous. Mais Arya fit un pas en arrière, rajusta la sangle de son sac à bandoulière et releva la tête d'un air de défi.

— Je suis désolée.

— Pour quoi ?

— Pour être en partie responsable de ta décision de démissionner. Parce que ça ne change rien.

Elle n'était pas en partie responsable. Elle était entièrement responsable. Mais il était inutile de le souligner, car maintenant que j'avais démissionné, je savais que j'aurais dû le faire il y a des années. Indépendamment d'elle. Quand on fait quelque chose de juste, on le sent dans son âme.

— Oh ! que si. (Je souris.) Ça change une chose fondamentale, Arya.

— À savoir ?

— Maintenant je peux te poursuivre autant que je veux. Parce que l'affaire de ton père ne signifie rien pour moi et tu sais très bien que je me fous pas mal d'être radié du barreau, vu que je viens de démissionner. C'est parti, Ari. Je te gagnerai.

— Je ne suis pas un prix.

Je tournai les talons et m'éloignai.

— Non, tu n'es pas un prix. Tu es *tout*.

# Chapitre 29

*Arya*
*Présent*

Tandis que la ville glissait vers un printemps coloré, un vaste trou noir se forma dans l'appartement de mes parents.

Aucun signe de vie n'en sortait ou n'y entrait. Les Roth avaient disparu de la surface de la Terre.

C'était ma mère que j'avais essayé de joindre à plusieurs reprises. Je me sentais obligée de m'occuper d'elle, maintenant que je savais que mon père avait abusé d'elle sur le plan émotionnel. Elle était injoignable par téléphone, par courrier électronique ou par message. Quant à mon père, je n'avais plus jamais essayé de le contacter après la série de messages cinglants qu'il m'avait laissés le jour de sa condamnation. Sa capacité à annuler ses sentiments pour moi comme s'il s'agissait d'un abonnement à un service de streaming prouvait qu'ils n'avaient jamais vraiment existé.

Enfin, après sept jours de silence radio, je me rendis au *penthouse* de Park Avenue. Tandis que l'ascenseur montait jusqu'au dernier étage, une inquiétude me tiraillait l'estomac. Je réalisai qu'ils n'étaient peut-être même plus là.

Et s'ils avaient déménagé ? Mes parents étaient propriétaires, mais ils ne pouvaient pas garder l'appartement, compte tenu de la somme qu'ils devaient payer à l'issue du procès. Je n'avais aucune idée des détails. Combien de temps ils avaient pour réunir la somme. Je suppose que Christian aurait pu répondre à toutes ces questions, mais je ne pouvais pas lui demander. Je ne pouvais pas entrer en contact avec lui. Mes défenses étaient déjà épuisées, mon mental à vif.

Je sortis de l'ascenseur et frappai à la porte de la maison de mon enfance. Je ne sais pas pourquoi, mais pour une raison inconnue je fis le coup secret que mon père et moi utilisions quand j'étais petite.

*Un coup, silence, cinq coups, silence, deux coups.*

Le silence me répondit de l'autre côté. Peut-être qu'ils n'étaient pas là. Je pourrais probablement appeler l'un des amis du country-club de ma mère et lui demander s'ils leur avaient donné une nouvelle adresse. Je m'apprêtai à rebrousser chemin quand je l'entendis, venant de l'autre côté de la porte en bois.

*Un coup, silence, cinq coups, silence, deux coups.*

Conrad.

Je me figeai, essayant de forcer mes pieds à bouger. Ces choses traîtresses avaient pris racine dans le sol en marbre et refusaient de coopérer. Le doux cliquetis du verrou qui tourne retentit dans mon dos. Un frisson me parcourut l'échine. La porte s'ouvrit.

— Ari. Ma douce.

Sa voix était tellement mielleuse, tellement placide. Elle me ramenait à mon enfance. Au jeu du morpion devant une piscine de Saint-Tropez. À la tresse qu'il avait ratée et qui me donnait l'air d'avoir été électrocutée. À notre fou rire. Les souvenirs s'écoulaient comme une rivière en moi, et j'étais incapable de les arrêter malgré mes efforts.

*Papa qui m'entourait d'un bras, m'embrassait sur la tête et me disait que tout irait bien. Que nous n'avions pas besoin de maman. Que nous formions une super équipe à nous deux.*

*Papa qui dansait avec moi sur* Girls just want to have fun.

*Papa qui m'assurait que je pourrais entrer dans n'importe quelle université.*

*Papa qui m'achetait une batte de base-ball pour mes seize ans parce que « On ne sait jamais. »*

Des miettes de bonheur qui jonchaient une vie de douleur et de de désirs.

— Arya, regarde-moi, s'il te plaît.

Je pivotai sur mes talons et le regardai fixement. Il y avait tant de choses que je voulais dire, mais les mots s'étouffaient dans ma gorge. Finalement, je réussis à formuler la seule chose qui brûlait en moi depuis le début de ce cauchemar.

— Je ne te le pardonnerai jamais.

Plus question d'être du mauvais côté de l'histoire.

C'était ce que j'avais fait à Nicky. Je ne recommencerais pas.

Mon père baissa la tête. Toute la colère et le courroux qui brûlaient en lui avaient disparu. Il avait l'air vaincu. Ratatiné. L'ombre de lui-même.

— Pourquoi tu as fait ça ? demandai-je. Pourquoi ?

En tant que femme évoluant dans le monde de l'entreprise, je m'étais toujours demandé ce qui donnait aux hommes le sentiment d'être invincibles. Ce n'était pas comme si des hommes plus célèbres, plus puissants qu'eux ne s'étaient jamais fait prendre. Il semblait stupide de croire que ça ne vous arriverait pas. La vérité avait une façon de vous surprendre avec le pantalon baissé...

— Tu entres ? demanda-t-il avec un visage déformé, suppliant.

Je refusai en secouant la tête. Il poussa un soupir et laissa sa tête tomber sur sa poitrine.

— Je me sentais seul. Très seul. Je ne sais pas dans quelle mesure ta mère s'est confiée à toi. J'ai remarqué que vous vous étiez rapprochées ces dernières semaines...

— Non. Ne t'avise pas d'essayer de me manipuler. Réponds à ma question.

— Je ne fuis pas la responsabilité de ce qui s'est passé dans notre mariage. Nous avons tous les deux fait des choses terribles après la mort d'Aaron. Mais la vérité, c'est que je n'avais pas d'épouse dans les domaines importants. J'ai donc commencé à chercher certaines choses ailleurs. Au début, ce n'était que du sexe. Toujours consenti. Toujours avec des femmes que je connaissais du travail. J'étais jeune, beau, et je gravissais les échelons de ma carrière. Mener des aventures de courte durée n'était pas difficile. Mais mes besoins ont grandi. Je voulais aussi un soutien émotionnel. Et lorsqu'on cherche un soutien émotionnel, on attend de vous que vous en apportiez aussi. C'est ce qu'il s'est passé avec Ruslana. Elle voulait un conte de fées, et moi, je voulais avoir ce faux sentiment de rentrer chez moi chaque jour auprès de quelqu'un. Quelqu'un qui me masserait les pieds, réchaufferait mon lit et m'écouterait. Tu m'avais, moi, et j'avais Ruslana.

— Tu lui as dit que tu quitterais maman pour elle.

Il leva les yeux vers moi et sourit tristement.

— Je lui ai dit tout ce que je devais lui dire pour la garder. Et quand j'ai réalisé qu'elle allait tout raconter à ta mère, j'ai perdu la tête. J'aime toujours ta mère. Je l'ai toujours aimée.

*Tu as seulement une drôle de façon de lui montrer.*

— Ruslana est morte de façon très inattendue.

Je devais faire attention à ce que je lui disais. Il ne savait pas que Christian était Nicky ni que j'avais vu le certificat de décès. Quels que soient mes sentiments sur la trahison de Nicky, je n'allais jamais le livrer sur un plateau d'argent à Conrad. Je n'aurais pas pu me regarder en face.

— Oui, en effet

— Certains diraient que ça ressemble à un accident maquillé, ajoutai-je.

Les yeux de mon père s'agrandirent et ses sourcils broussailleux se froncèrent.

— Non, non. Ruslana s'est fait ça toute seule. Elle avait beaucoup de problèmes financiers. Je n'ai rien à voir avec sa mort. Je le jure.

— Tu te souviens quand tu m'as dit qu'elle avait décidé de démissionner sans prévenir et de partir en Alaska ? Qu'est-ce que c'était que cette histoire ? demandai-je, décidée à ne pas lâcher l'affaire.

Mon père se hérissa.

— Oui, d'accord. C'est vrai. J'ai fini par apprendre qu'elle s'était suicidée, mais je ne voulais pas que *toi*, tu le saches. Je ne voulais pas te faire de la peine. Je me sentais déjà assez mal à propos de ce qui lui était arrivé sans avoir le fardeau de savoir que tu aurais toi aussi le cœur brisé.

— Et Amanda Gispen ? Les photos ? Tout ça ?

Il souffla, ferma les yeux, comme s'il se préparait au pire.

— À un moment, au cours de ma liaison avec Ruslana, on a commencé à avoir… des problèmes. Des problèmes liés à Beatrice. Je voulais lui faire comprendre quelque chose. Qu'elle n'était pas la seule. Qu'il y en avait d'autres. Elle n'avait aucun droit de me demander toutes ces choses qu'elle me demandait. J'ai commencé à chercher d'autre femmes. À avoir des aventures. Mais ce n'était pas aussi facile. Je n'étais plus le même jeune homme que lorsque tu étais enfant. Il y avait d'autres directeurs de fonds spéculatifs, plus séduisants, plus enclins à faire des folies, à loger leurs maîtresses dans de beaux appartements, à leur remettre leur carte Amex quand ils les envoyaient sur la Côte d'Azur. Je n'étais pas l'un de ces hommes. Amanda a été ma dernière erreur. Mais ces autres femmes… elles m'ont toutes donné des signaux contradictoires, Arya, je le jure. Elles riaient un jour et agissaient froidement le lendemain. Je ne savais pas comment me comporter avec elles. Je suis devenu arrogant. Je pensais que si je persistais, elles céderaient.

— Tu les as harcelées, dis-je à voix basse, les joues humides.

Je m'étais promis de ne pas pleurer. Mais il y avait un air d'adieux. C'était définitif, douloureux, purificateur et insupportable. Le simple fait de le *regarder* me transperçait les os.

— Oui, dit Conrad, qui ressemblait beaucoup à cet homme transpirant, à l'expression pâle, que j'avais rencontré aux Cloîtres peu de temps avant que tout ça ne commence. Il y avait beaucoup de pression pour être là pour toi. Pour garder ta mère sous contrôle. J'avais besoin d'un exutoire.

C'était ainsi qu'il avait construit l'histoire dans son esprit malade. Il devait tenir ma mère en laisse et être mes deux parents, pour avoir le droit d'abuser des autres. Il poursuivit :

— Et quand tu l'as découvert… eh bien, c'était trop. Tu étais la seule personne qui me respectait et la seule femme à laquelle je tenais. Je ne voulais pas que tu sois témoin de tout ce que je faisais. Je t'ai repoussée. L'avocat d'Amanda était une bonne excuse.

— Il n'a rien à voir avec tout ça, dis-je avec véhémence.

Je me demandais s'il y aurait un jour où je ne défendrais pas Nicky comme si ma propre vie en dépendait.

Mon père sourit.

— Ma chérie, je sais.

— Tu sais quoi ?

Mon pouls s'accéléra et mon cœur remonta dans ma gorge.

— Qui est Christian.

— Je ne sais pas de quoi tu parles.

Je me redressai.

— Mon détective privé, Dave, s'est intéressé à lui peu après le début du procès. Il y avait quelque chose chez lui. Une voracité que j'ai reconnue. Ces foutus yeux bleus.

— Ça n'a aucun sens, dis-je. Tu n'arrêtais pas de demander ce qui le poussait à agir comme il le faisait.

Conrad haussa les épaules.

— J'ai arrêté à la minute où Dave est revenu avec l'information.

— Mais… mais… si tu savais, tu aurais pu…

Il baissa les yeux.

— Et ensuite, quoi, Arya ? Nicholai aurait été disqualifié, radié, et son histoire aurait été révélée. L'histoire dans laquelle j'ai ruiné sa vie, en détails. Ça aurait été encore pire pour moi. Il n'aurait été qu'une de mes victimes supplémentaires. Amanda et les autres auraient pris un nouvel avocat, et j'aurais quand même été reconnu coupable. Tous les chemins menaient à la même destination. Et il faut le dire – il eut un sourire sardonique –, j'ai apprécié le fait qu'il ait bouclé la boucle. Il a fait du bon travail, ce gamin. Si je tombais, je voulais tomber en beauté, et il l'a fait. C'est pourquoi j'ai dit à Terrance et Louie de ne pas faire appel.

— Tu voulais ruiner sa vie, répétai-je, abasourdie.

Même dans les pires moments, l'année suivant ce qu'il avait fait à Nicky, j'avais pensé que mon père avait des problèmes de gestion de la colère, et non qu'il était malveillant.

— Pourquoi ?

— Parce qu'il a touché la seule chose pure que j'avais dans ma vie, dit-il simplement. Toi.

— Tu ne dois jamais le dire à personne, le prévins-je en sentant chaque nerf de mon corps s'enflammer alors que je faisais un pas vers lui. Tu m'entends ? Personne. Promets-le-moi. Promets-le-moi.

Il me fixa intensément.

— Tu n'as jamais cessé de l'aimer, n'est-ce pas ?

*Non. Même pas un instant.*

Je reculai et me ressaisis. Mais il savait. À ce moment-là, il savait. Il appuya son front contre le cadre de la porte. Derrière lui, je pouvais voir que l'appartement n'était plus qu'à moitié meublé. Quelqu'un avait dû emporter la plupart des affaires. J'attendais de sentir le pincement dans mon cœur, mais la vérité était que la maison n'avait jamais été un endroit pour moi. La maison, c'était un sentiment. Un sentiment que je n'avais ressenti qu'avec mon père avant ce qu'il s'était passé, et avec Nicky.

— Me pardonneras-tu un jour ? demanda-t-il, les yeux fermés, la bouche contre le chambranle de la porte.

— Non, dis-je simplement. Tu as pris la seule personne que j'aimais plus que quiconque au monde, et tu l'as brisée, tu me l'as enlevée. Tu dois quitter la ville. C'est mieux ainsi.

— C'est ce que je vais faire. (Il me fit un petit signe de tête.) La semaine prochaine.

Je ne lui demandai pas où il partait. Je ne voulais pas le savoir. Je ne me faisais pas confiance pour ne pas le recontacter.

— Au revoir, *papa*.

— Au revoir, ma chérie. Sois prudente et prends soin de ta mère.

— Elle ne va jamais me répondre, n'est-ce pas ?

J'écrasai mon téléphone contre mon bureau avec une rage à peine contenue.

— C'est du Beatrice Roth tout craché, de disparaître une fois que le navire a coulé. Je me demande ce qu'elle va faire, maintenant qu'elle n'a plus ni appartement ni argent. Elle est trop vieille pour se trouver un *sugar daddy*.

Jillian m'observa par-dessus sa tasse de thé. Son regard perçant m'indiquait que ma démence échappait à tout contrôle, ce matin. On m'avait dit qu'à partir de quarante ans on ne se souciait plus de ce que les autres pensaient de nous. Peut-être que j'étais en avance sur mon âge, parce que je m'en moquais complètement.

— Tu ne t'es jamais dit qu'elle pourrait ne pas vouloir que tu règles ses problèmes, cette fois-ci ? suggéra Jillian. Elle sait que si elle te répond, tu essaieras de limiter les dégâts et que tu arrangeras tout. Tu as toujours été l'adulte dans cette relation.

— Je n'avais même *pas* de relation avec elle jusqu'au mois dernier.

Je me levai et commençai à fourrer des choses dans mon sac. Il était 7 h 30 et j'avais fait attendre Christian suffisamment longtemps devant mon immeuble. Il venait me voir tous les jours, à présent.

— Oui, c'est vrai, mais je pense que si vous n'avez jamais eu de relation, c'est parce que tu l'intimidais et qu'elle te dégoûtait, expliqua Jillian en allant se resservir du thé à la cuisine. Je pense donc qu'elle refera surface quand elle sera prête et qu'elle aura un plan.

— Elle n'aura jamais de plan. (Je hissai mon sac sur mon épaule.) Elle a traversé la vie en comptant sur mon père pour régler tous ses problèmes.

Jillian sourit, ajouta une cuillère à café de sucre dans la tasse de thé antique que je lui avais offerte pour Pâques dans une boutique d'occasion. L'odeur de menthe poivrée embauma l'air.

— On verra bien, n'est-ce pas ?

— Tu as l'air de savoir quelque chose que j'ignore, dis-je, les yeux plissés.

Jillian rit.

— Je sais beaucoup de choses que tu ignores. Permets-moi de commencer par la plus importante : ce n'est pas seulement ta mère qui t'inquiète. Tu es pétrifiée par Christian, ou Nicky, ou quel que soit le prénom que tu lui donnes aujourd'hui. Tu t'es barricadée au bureau tous les jours jusqu'à 8 heures depuis que tu as découvert qu'il t'attendait tous les soirs.

— C'est du harcèlement. (Je me dirigeai vers la porte d'un pas déterminé pour faire valoir mon point de vue.) J'essaie de le décourager.

— Tu es tellement amoureuse de ce type que c'en est gênant. Pourquoi ne lui donnes-tu pas une chance ?

Comment étions-nous passées du sujet de ma mère à celui-là ? Je levai les yeux au plafond, sortis mon gloss de mon sac et en appliquai distraitement.

— Parce que je ne ferai plus jamais confiance à cet homme, alors ça ne sert à rien.

— Continue de te répéter ça, chérie.

Elle vint me tapoter le bras en retournant à son bureau.

Je fronçai les sourcils.

— Qu'est-ce que tu fais ici, d'ailleurs ? Au moins, j'avais une bonne raison de rester tard ces derniers jours, mais pas toi. (Je fis une pause.) Ou alors si ?

Je souris.

Jillian se rassit, attrapa une pince à cheveux et la jeta dans ma direction.

— Va-t'en maintenant !

J'esquivai la pince à cheveux en riant.

— Comment il s'appelle ?

— Ouste !

— Hmm. *Ouste.* C'est un peu excentrique. Ses parents sont sains d'esprit ?

— Je jure devant Dieu, Arya… (Elle agita le doigt vers moi.) Au fait, tu te souviens de notre réunion de demain, n'est-ce pas ? Avec la femme de Miami ? Neuf heures et demie ?

— Oui. (Je fis la moue.) Je ne sais toujours pas comment on peut l'aider. Son idée commerciale semble solide, mais elle n'a même pas encore créé sa société.

Puis je sortis en gloussant à l'idée de recroiser Nicky.

Sauf qu'il n'était pas là.

Pour la première fois depuis une semaine, Nicky ne faisait pas le siège devant mon bureau. La déception m'envahit. Je détestais les effets secondaires dus à son absence. Les genoux tremblants, le cœur qui se serre et les épaules qui s'affaissent. Je m'efforçai de redresser ma colonne vertébrale et me dirigeai vers le métro en plaquant un sourire dérangé sur mon visage. C'était une preuve supplémentaire que Nicky n'était pas fiable. Il avait renoncé à moi en moins d'une semaine.

*En même temps, tu l'as engueulé et lui as demandé de ne plus jamais te contacter,* raisonna une voix en moi. *Plusieurs fois, en fait. De plus, tu as été une vraie garce quand il a précisé qu'il avait quitté son boulot pour toi.*

Logiquement, je n'avais pas le droit de lui en vouloir de ne pas avoir attendu trois heures devant la porte de mon bureau. Et tout aussi logiquement, il était vrai qu'il n'était pas obligé de quitter son travail. Il aurait pu continuer sa vie, puisqu'il savait que je n'allais pas le dénoncer. Il avait choisi de se repentir de sa supercherie. Mais peut-être que mon problème n'était pas de faire confiance à Nicky. Peut-être que mon problème était ma confiance en moi-même. Après tout, il était l'apogée de tout. L'amour désirable, ultime, non partagé. Depuis tant d'années.

Peut-être que je ne voulais tout simplement pas confier les vestiges de mon cœur à l'homme qui me l'avait volé il y a près de vingt ans et ne me l'avait pas rendu. Je passai le voyage en train à ruminer mes pensées sur la situation avec Nicky. Le gamin qu'il avait été. L'homme qu'il était aujourd'hui. En arrivant à mon immeuble, je vis une silhouette dans l'escalier. Mon pouls s'accéléra.

*Il est là.*

Mes pieds avancèrent plus vite. Mais à mesure que j'approchais, je me rendis compte que ça ne pouvait pas être lui. La personne qui attendait dehors était trop petite, trop mince. Je ralentis ma foulée jusqu'à m'arrêter complètement.

— Maman ?

La silhouette tourna la tête et me regarda.

Elle avait l'air épuisé, avait perdu cinq kilos, mais était encore très bien habillée.

Elle épousseta de la saleté invisible comme si sa simple présence dans un autre quartier que Park Avenue l'avait salie.

— Bonjour, ma chérie, dit-elle d'un ton enjoué, son sourire en plastique inébranlable. Désolée d'avoir manqué tes appels. J'avais quelques affaires à régler. Ce n'est pas le bon moment ? Je peux revenir demain, si tu le souhaites.

Je secouai lentement la tête.

— Non. Maintenant, c'est très bien. Monte.

En arrivant, je retirai mes talons et jetai mes clés dans l'horrible bol près de ma porte, en réalisant que c'était la première fois que ma mère entrait dans mon appartement. J'allumai la machine à café et sortis deux tasses.

— Assieds-toi. Comment tu vas ? demandai-je en essayant de ne pas laisser transparaître ma colère dans ma voix.

Elle avait recommencé. Elle avait de nouveau disparu de la circulation. Après quelques semaines où elle avait ressemblé à une mère, même de loin et en plissant les yeux, elle s'était enfuie. Encore une fois. J'aurais dû m'en douter. M'y attendre. Alors pourquoi était-ce aussi douloureux ?

Beatrice se percha sur le bord de mon canapé Anthropologie, occupant le moins d'espace possible.

— Bien. Toutes proportions gardées, bien sûr.

— Du café, ça te va ?

— Oh ! très bien, merci.

— Du lait ? Du sucre ?

C'était fou que je ne sache pas une chose aussi banale au sujet de ma mère.

— Je ne sais pas, dit-elle pensivement. Je n'ai pas l'habitude de boire du café. Mets ce que tu mets d'habitude dans le tien. Je suis sûre que ça me plaira.

Je versai deux cuillérées de sucre et un supplément de lait dans sa tasse. J'avais l'impression que ces calories supplémentaires ne lui feraient pas de mal. Je portais nos deux cafés au salon et m'assis dans un fauteuil inclinable en face d'elle. Elle but une gorgée avec précaution. Je me surpris à l'observer attentivement. Son visage se détendit après la première gorgée. Elle avait peut-être craint que je ne l'empoisonne.

Et dix ans plus tôt, j'en aurais éventuellement été capable.

— C'est bon, en fait.

— Le café est le nectar des gens de bureau. Alors, pourquoi tu es venue ?

Ma mère posa sa tasse sur la table basse et se tourna vers moi.

— Il y a une raison pour laquelle je n'ai répondu à aucun de tes appels, Arya. J'en ai parlé à ton amie, Jillian, mais je lui ai demandé de ne pas te le dire.

Je faillis lâcher mon café. Ça ne ressemblait pas à ma mère de contacter mes amies. En fait, je ne savais même pas qu'elle était au courant de l'existence de Jillian. Ma mère humecta rapidement ses lèvres, son discours mesuré et bien répété.

— J'ai beaucoup réfléchi ces derniers temps. Je sais que je n'ai pas été la meilleure des mères, ni même une mère tout court. J'en assume l'entière responsabilité. Mais quand les choses ont commencé à se gâter avec Conrad, la dernière chose que je voulais, c'était devenir un boulet pour toi en plus de perdre tout ce que j'avais. Alors... eh bien, je me suis trouvé un travail.

Mes yeux faillirent sortir de leurs orbites.

— Tu vas commencer à travailler pour nous ?

Ma mère secoua la tête en riant.

— Tu vois ? C'est exactement pour ça que j'avais besoin d'un peu de temps pour me ressaisir. Non, je n'accepterai pas de poste à Brand Brigade. J'ai trouvé un travail de mon côté. Enfin, plus ou moins. (Elle plissa le nez.) Tu as devant toi la nouvelle assistante administrative et marketing de mon country-club ! Certes, un country-club que je ne peux plus m'offrir, mais le poste est excellent et l'assurance maladie très bonne, du moins c'est ce qu'on m'a dit.

Un sentiment étrange m'envahit. Comme si j'étais sous un filet d'eau chaude. De l'exaltation. De la fierté. Et de l'espoir. Tant d'espoir.

— Maman. (Je lui pris la main et la serrai.) C'est incroyable. Je suis si heureuse pour toi.

Ses yeux se mirent à briller et elle acquiesça en buvant une nouvelle gorgée de café.

— Oui, et ce n'est pas tout. J'ai demandé le divorce hier. C'est fini, Arya. Je quitte ton père et il part vivre dans le New Hampshire avec sa sœur et son mari.

— Oh ! maman !

Je me jetai sur elle et enfouis mon visage contre son épaule. Il me fallut quelques secondes pour réaliser que j'étais assise sur ses genoux. Je pesais alors bien plus lourd qu'elle, mais lorsque j'essayai de me relever, elle me ramena contre elle et me prit le visage à deux mains. Des larmes coulaient sur mes joues. Je ne pouvais pas me retenir. Elles n'arrêtaient pas de couler. Mais elles me faisaient du bien. Elles étaient purifiantes.

— Je suis tellement désolée, Arya. Tout ce temps, je t'ai ignorée. Je t'ai négligée. Je me suis donné des excuses. Je me disais que, tous les deux, vous vous aviez l'un l'autre. Que j'étais en travers de ta route. C'est fini, maintenant. J'ai un nouvel appartement, un nouveau travail, une nouvelle vie. Je sais que c'est tard, mais j'espère que ce n'est pas *trop* tard pour être ta mère.

Je secouai vivement la tête.

— Non. Non.

Je reniflai et posai de nouveau ma tête sur son épaule.

— Mais ne recommence plus. Ce truc où tu disparais pendant des jours et des semaines. Même si tu me dis des choses que je ne veux pas entendre. Même si c'est pour me dire de ne pas me mêler de tes affaires. Sois mon parent, maman.

— Je le serai, ma chérie. Je le serai.

# Chapitre 30

*Arya*
*Présent*

Le lendemain matin, je consultai ma montre et ajustai ma jupe sur mes cuisses pour la millième fois. Il était dix heures et demie et j'étais sur le point de me lever pour quitter le restaurant où j'étais censée rencontrer la cliente potentielle et Jillian.

Le fait qu'elle ne soit pas venue était déjà assez grave. Ce n'était pas du tout professionnel. Mais ce qui m'énervait, c'était que Jillian non plus ne s'était pas montrée. Elle n'avait même pas répondu au téléphone. Elle m'avait juste envoyé un petit message pour me prévenir qu'elle avait eu un empêchement et qu'elle serait ravie d'avoir un résumé du rendez-vous à mon retour au bureau.

Il nous faut cette affaire, Ari. C'est le jackpot.

Gros calibre ou non, cette Goodie ne s'était pas montrée.

Je faisais signe au serveur de me donner l'addition quand Mme Goodie finit par faire sa grande entrée. Ou plutôt, quand elle fit irruption dans le petit restaurant dans une explosion de rires et de couleurs. En pleine conversation téléphonique, elle repoussa la serveuse d'un geste lorsque celle-ci lui demanda si elle rejoignait quelqu'un ou si elle voulait une table.

Elle était, faute de meilleure description, un Technicolor humain.

— Je dois te laisser, chérie. On rattrapera le temps perdu pendant que je suis en ville. Tout à fait. Oups, voilà mon rendez-vous de la matinée. (Mme Goodie me fit signe du bout de ses ongles, tout sourires.) Je te laisse. Oui, demain, parfait. Je demanderai à mon assistante de contacter la tienne. J'ai hâte de te voir. Mouah !

Elle s'assit sur la chaise en face de moi et soupira, attrapa mon verre d'eau et le vida d'un trait.

— Comme si j'allais revoir cette garce hypocrite. Vous vous rendez compte ? J'ai arrêté d'essayer de comprendre pourquoi les gens qui me détestent recherchent ma compagnie. La frontière entre l'amour et la haine est bien mince, mais il est inutile de la chevaucher.

Je la regardai d'un œil vide.

— Oh !

Elle rit et secoua la tête en faisant signe au serveur. J'étais presque sûre qu'elle avait envoyé un baiser à un parfait inconnu.

— Je suis en retard, n'est-ce pas ? Toutes mes excuses. J'avais oublié à quel point la circulation est difficile en ville.

— Pas de problème, dis-je platement, en me rappelant que j'avais fait échouer plusieurs affaires ces derniers mois et que je devais celle-ci à Jillian.

Le serveur arriva avec la carte et Mme Goodie le gronda.

— Je n'ai même pas encore goûté votre assortiment de pâtisseries ! Apportez-le immédiatement. C'est ce que cette ville a de mieux à offrir. Et du café. Beaucoup de café. Sous forme d'irish coffee ! Il est bien 5 heures quelque part dans le monde.

— À Saint-Pétersbourg, ajoutai-je, comprenant qu'elle ferait ce qui lui plaisait quoi qu'il arrive, y compris se bourrer la gueule de bon matin.

Je fis claquer ma serviette sur mes genoux pour m'installer confortablement.

Mme Goodie pencha la tête de côté et sourit.

— Vous êtes une cérébrale, observa-t-elle.

— Je n'en sais rien, mais j'aime à croire que je suis cultivée.

— Pas étonnant qu'il soit fou de vous, marmonna-t-elle en tirant sur sa robe estivale colorée.

Je fronçai les sourcils.

— Je vous demande pardon, madame Goodie ?

— Je vous en prie, appelez-moi « Alice ». (Elle rit en me tapotant la main par-dessus la table.) Et ce n'est pas Goodie. C'est Gudinski.

Ce nom de famille m'évoquait quelque chose, mais je n'arrivais pas à mettre le doigt dessus.

— Que voulez-vous dire par « Il est fou de vous » ? De qui parlez-vous ?

Le sol s'ouvrit sous mes pieds à ce moment-là. J'aspirai une grande bouffée d'air. Un étrange mélange de jalousie, de colère et de gratitude m'envahit. Le dernier de ces sentiments étant simplement dû, je suppose, au fait que j'étais assise en face d'une personne proche de Nicky. Alice dut voir la lutte que je menais à l'intérieur car elle éclata d'un rire bruyant et peu féminin, et soudain, je sus *exactement* ce que Nicky avait vu chez cette femme.

— Oh ! béni soit votre petit cœur, Arya, n'ayez pas peur. Je ne mords pas. Christian m'a dit que vous n'accepteriez sûrement pas de me voir si vous saviez qui j'étais, alors Jillian et moi avons dû vous donner un petit coup de pouce.

Elle m'adressa un clin d'œil accompagné d'un mouvement d'épaule.

— Et vous vous êtes quand même dit que ce serait une bonne idée ?

J'allais tuer Jillian pour la façon dont elle avait comploté dans mon dos deux fois de suite cette semaine.

Alice me sourit gentiment.

— Absolument. J'étais moi-même une femme assez têtue quand j'avais votre âge, mais mon défunt mari a réussi à me faire plier. Je suis heureuse qu'il l'ait fait, car sinon, je ne serais pas ici, à manger dans un restaurant chic de New York en plein milieu de la matinée.

— Je suis désolée pour sa disparition, dis-je en baissant d'un ton.

Elle rejeta ses (magnifiques) cheveux en arrière. Quelques années plus tôt, en regardant cette femme, je me serais dit : *J'aurais aimé qu'elle soit ma mère.* Aujourd'hui, après tout ce que Beatrice et moi avions traversé, je voulais seulement m'en faire une amie.

— Vous savez, ce n'est qu'après l'avoir perdu que j'ai réalisé à quel point j'étais reconnaissante de tout ce que j'avais. Ça a tout remis en perspective. La vie est incertaine, Arya. Mais pas l'amour. L'amour, c'est le béton sous nos pieds. C'est l'ancre quand on est dans l'œil du cyclone. Se débarrasser de l'amour à cause de quelques complications, c'est de la folie. C'est ce que je suis venue vous dire, en fait.

Elle me tendit la main et la serra fermement.

— Quand j'ai appris pour Nicky et vous, je ne pouvais pas rester les bras croisés et vous laisser rater la chance d'aimer à nouveau. Je veux que vous sachiez qu'il vous aime. Il vous a toujours aimée. Il détestait vous aimer, mais il vous aimait quand même, c'était plus fort que lui. Au fil des ans, je l'ai vu lutter. S'efforcer de comprendre pourquoi il n'arrivait pas à tomber amoureux de quelqu'un d'autre. Votre nom revenait sans cesse. À chaque fois. Il pensait que vous l'aviez traumatisé. Mais la vérité, c'est que vous n'avez jamais quitté son esprit. Son cœur. Vous le connaissez, Arya. (Elle parlait doucement, à voix basse.) Vous savez mieux que moi quel genre de personne il est. Il a fait quelques erreurs, certes, la plus importante étant de ne pas vous avoir dit qui il était. Mais il renoncerait à tout pour avoir une seconde chance avec vous. Réfléchissez-y, s'il vous plaît.

J'ouvris la bouche pour lui dire que j'y avais déjà pensé. Que je désirais Nicky autant qu'il me désirait. Et Christian aussi. Je voulais ce qu'il avait été et ce qu'il était devenu. Chaque jour passé sans lui me semblait un terrible gâchis. Mais Alice me devança, se leva et fit un pas en arrière.

— Non. (Elle leva la main pour m'interrompre.) Ne me le dites pas à moi. Dites-lui, à lui.

Et soudain, il était là. Vivant, beau, mais malheureusement pas à moi. Il portait un jean et une chemise blanche. Tous les nerfs de mon corps étaient en alerte et mon réflexe fut de me jeter sur lui en éclatant en sanglots.

Le serveur s'approcha avec l'assortiment de pâtisseries. Alice le repoussa.

— Sérieusement ? Vous ne voyez pas que c'est leur moment ? Posez ça sur le bar, je m'occupe de ces douceurs dans une seconde.

Je notai mentalement de ne plus jamais revenir ici. On allait cracher dans mes plats.

Alice donna un petit coup de coude à Nicky pour le pousser dans ma direction, avant de se retourner pour se diriger vers le bar. Il s'assit en face de moi. Mes mains tremblaient. Je n'arrivais pas à croire que j'avais été en colère contre lui pour quoi que ce soit. Cet homme qui avait traversé tant d'épreuves à cause de moi. *Pour* moi. Qui avait fait tant de sacrifices dans sa vie alors que je vivais dans ma tour d'ivoire, nichée dans un cadre de créateur et dans mes propres privilèges.

— Je comprends maintenant, dit-il, l'air sombre et un peu contemplatif.

Christian sortit quelque chose de sa mallette en cuir et le déposa sur la table. Un exemplaire d'*Expiation*. La couverture était froissée, les bords abîmés.

— Le livre, expliqua-t-il. Je l'ai lu. Deux fois, en fait. D'affilée. Quand j'ai fini, Jillian m'a dit que tu avais déjà quitté ton bureau.

— Je vois que Jillian a fait beaucoup de choses en coulisses, marmonnai-je.

— Eh bien... (Christian esquissa un sourire en coin.) Elle savait que si elle ne prenait pas certaines mesures, tu me jetterais comme un malpropre.

— Ça t'a plu ? (Je déglutis.) Le livre, je veux dire.

*Bien sûr que tu parlais du livre. Qu'est-ce qu'il aurait pu penser d'autre ? Les mesures de Jillian ?*

Il secoua la tête gravement.

— Non.

Mon cœur s'alourdit, mou, sombre.

— Je l'ai *adoré*, putain. J'avais déjà vu le film – la scène de la bibliothèque faisait passer Keira Knightley et James McAvoy pour des amateurs, mais je n'avais pas encore lu le livre. Ça m'a permis de te comprendre. Il parle des classes, de culpabilité, de la perte de l'innocence. Toutes ces choses qu'on a vécues ensemble. Ce qui nous a liés. Mais il y a une chose que je ne comprends pas.

Il planta ses yeux bleus dans les miens, et les poils fins sur ma nuque se hérissèrent. Il posa les coudes sur la table et se pencha en avant.

— Comment peux-tu ne pas me pardonner alors que tu sais que Cecilia et Robbie devaient finir ensemble ? Tu es en train d'altérer ta propre fin heureuse, Arya. Et je ne l'accepterai pas. C'est inacceptable. Pas seulement pour moi, mais pour toi.

Les larmes me montèrent aux yeux. Pour la première fois de ma vie, je pleurais en public, et je m'en moquais. Moi, la grande Arya Roth, symbole de l'indépendance et du féminisme.

— Espèce d'imbécile, gémis-je, peinée. De crétin absolu. Je t'ai toujours aimé. J'ai toujours été obsédée par toi. Je t'ai *embobiné* pour que tu m'embrasses, pour l'amour du ciel. (Je riais et pleurais en même temps, maintenant, ce qui était toujours du plus bel effet.) À chaque étape, c'est moi qui ai initié les choses entre nous. La seule raison pour laquelle je ne t'ai pas poursuivi jusqu'en Biélorussie, quand on avait quatorze ans, c'est parce que j'avais trop honte. J'avais l'impression de te harceler. J'étais mortifiée après ce que Conrad avait fait. Même à ce moment-là, je ne pouvais pas rester à l'écart. Pas complètement. J'ai continué à t'écrire, à espérer, à prier.

Il y avait encore cette stupide table entre nous. J'avais envie de la saisir et de la balancer à travers la pièce comme Hulk. Chaque moment passé loin de ses bras était un gâchis.

Un grondement parcourut le restaurant. Nos regards se tournèrent vers Alice, qui cassait les oreilles du serveur au bar en léchant la cuillère de la tarte qu'elle était en train de dévorer.

— J'ai rencontré ta vieille pleine aux as, dis-je avec un sourire.

— Arya... (Christian fit une grimace de regret.) La dernière chose dont j'ai envie de parler en ce moment, c'est de ma vieille pleine aux as. Viens ici. Je veux te montrer quelque chose.

Il me guida à l'extérieur. On se tenait par la main. Je n'avais jamais réalisé comme ça me paraissait naturel. Ma paume dans la sienne. À quel point nous étions parfaitement adaptés l'un à l'autre. La rue bruissait du mélange habituel de circulation, de touristes et d'hommes d'affaires. Christian m'entraîna dans une ruelle nichée entre deux immeubles.

— Comme c'est romantique, dis-je en avisant la poubelle industrielle à côté de nous. Et intime.

Il rit.

— J'aime l'intimité. La dernière fois que j'ai essayé de t'embrasser en dehors de ma zone de confort, ton père m'a mis une raclée.

— Aucune chance que ça se reproduise, répondis-je avec un sourire.

Il prit mon visage entre ses mains comme si j'étais précieuse. Que je lui appartenais.

— Non. (Il secoua la tête en effleurant mon nez à chaque mouvement.) Parce que je ne laisserais plus rien nous séparer. Plus jamais.

— Je t'aime, Nicky.

— Je t'aime, Cecilia.

Il se pencha pour m'embrasser. Je frappai sa poitrine et sentis son rire gronder sous ses pectoraux fermes.

— Ne m'appelle plus jamais par un autre prénom quand tu m'embrasses.

— Pareil pour toi. C'est Christian maintenant.

— Je croyais que tu n'aimais pas que je t'appelle Christian.

Les pièces du puzzle s'étaient assemblées. La façon dont il m'avait regardée quand nous nous étions retrouvés au lit pour la première fois. Quand je l'avais appelé par son nouveau prénom et qu'il s'était comme rétracté.

Christian secoua la tête.

— C'était avant que tu saches.

— Que je sache quoi ?

— Que je suis né de nouveau.

C'est là que Christian Miller m'embrassa de nouveau.

Et cette fois, je savais que personne n'allait me l'enlever.

# Épilogue

*Christian*
*Six mois plus tard*

— Pas si mal, pour un bureau.

Riggs se tapote la lèvre inférieure et hoche la tête en parcourant l'espace de réception de Miller, Hatter & Co, mon tout nouveau cabinet d'avocats.

— Ça ne vaut pas la somme que tu as dépensée pour l'architecte d'intérieur, mais ce n'est pas aussi démoralisant que d'autres bureaux que j'ai déjà visités.

— Merci pour le soutien. Ton opinion compte beaucoup. Maintenant, tu peux dégager.

J'insère mon mocassin entre les portes de l'ascenseur pour m'assurer qu'il ne parte pas sans Arsène et lui à l'intérieur. Je consulte de nouveau ma montre de luxe : 3 h 5. Elle sera là d'une minute à l'autre.

— C'est quoi l'urgence, Miller ? Est-ce que Mlle « Je te tiens par les couilles » doit venir ?

Arsène passe la main sur le marbre noir du comptoir de la réception.

— C'est bientôt Mme « Je te tiens par les couilles », si j'arrive à mes fins.

Quelques semaines après avoir démissionné de Cromwell & Traurig, j'ai croisé Jason Hatter et découvert qu'il cherchait lui aussi à quitter son cabinet. Nous avons rapidement réalisé que nous pouvions établir une fructueuse association en combinant nos deux portefeuilles. C'est ainsi que Miller, Hatter & Co a vu le jour.

— Dehors, j'ordonne. Tous les deux. Avant que je balaie le sol avec vos tronches.

— La belle affaire. Ton sol est plus propre que le casier judiciaire de Hermione Granger. D'abord, dit Riggs en s'arrêtant devant le mur crème, vérifiant un par un chaque tableau accroché dans la salle d'attente comme si son rapport à l'art ne se limitait pas à faire défiler quelques conservatrices entre ses draps de temps à autre, dis-nous pourquoi tu transpires comme une pute dans un confessionnal.

— Je ne transpire pas, je grommelle.

— Si, tu transpires, affirme Arsène avant d'émettre un bruit de haut-le-cœur. Tu vas faire ta demande en mariage, c'est ça ?

Incapable de supporter plus longtemps la puérilité de mes amis, je me jette sur eux, les attrape par l'oreille et les entraîne dans l'ascenseur.

— Fripon, peste Riggs en plantant les talons de ses Blundstones sur le sol pour me compliquer la tâche. Maintenant, dis-moi des choses cochonnes à l'oreille que tu es sur le point d'arracher. J'aime quand c'est brutal.

Arsène arrache ma main de son oreille mais se rend de bonne grâce, prétextant qu'il ne veut pas être là quand je tapisserai ma nouvelle moquette de mon sperme à l'arrivée de ma copine. Je les jette dans l'ascenseur et me frotte les paumes en voyant les chiffres au-dessus de ma tête indiquer qu'ils descendent.

Trois minutes plus tard, Arya sort du deuxième ascenseur. Elle porte un tailleur élégant. Ses cheveux rebelles sont retenus en chignon désordonné. Elle s'arrête devant moi, ses yeux verts grands ouverts, troublants.

— Salut, toi, lance-t-elle avec un sourire lent, espiègle, unique.

— Mademoiselle Roth. (Je cale une mèche de ses cheveux derrière son oreille et dépose un baiser sur son nez.) Que penses-tu de ma nouvelle piaule ?

— Elle est magnifique.

Elle s'illumine, effectue une petite visite. Nous sommes déjà opérationnels, mais le bureau ouvrira la semaine prochaine. Nous aurons deux réceptionnistes, cinq assistants juridiques et plusieurs nouveaux collaborateurs. Ce sera beaucoup de travail, mais ça en vaudra la peine.

— En tant que porte-parole de Brand Brigade, nous sommes ravies que vous ayez choisi de travailler avec nous.

*En tant que porte-parole de mon cœur, j'espère que tu ne vas pas le piétiner dans quelques secondes.*

Arya s'appuie contre le bureau de la réception et y pose les mains.

— Est-ce que Cromwell et Traurig se sont calmés ?

— Pas le moins du monde. (Je me dirige vers elle en enfonçant les mains dans les poches.) Ils continuent de traîner mon nom dans la boue dans toute la ville.

— Bien, réplique Arya avec un sourire. J'aime quand tu es un peu sale.

Je glousse et lui fais signe d'entrer dans mon bureau d'angle.

— Viens, je veux te montrer la meilleure partie des locaux.

Je lui prends la main et la conduis vers la pièce dont la conception a pris le plus de temps. À la décharge de l'architecte d'intérieur, elle ne disposait que de quelques encadrements tirés d'un film. Rien de plus. Je pousse la porte en bois et Arya se fige.

— Ce n'est pas contemporain.

Je baisse la tête vers son cou derrière elle et y dépose un baiser tandis que mes mains se posent sur sa taille. Elle frissonne contre moi en inspectant la vaste pièce, une réplique de la bibliothèque du livre et du film qu'elle aime tant.

Les étagères en acajou. L'échelle. Les livres. Le tapis persan. Les livres. La lampe vintage. Les livres.

Les livres.

*Les livres.*

— Christian...

*Christian.* C'est ainsi qu'elle m'appelle maintenant. Elle accepte l'identité que je me suis choisie. Nicky n'est pas mort. Mais je ne suis plus le garçon sans défense qu'elle a connu. Maintenant, je peux la protéger. Et me protéger moi-même. J'ai l'intention de faire les deux.

— C'est... époustouflant.

— C'est à toi.

Elle se tourne vers moi et me regarde curieusement.

— Qu'est-ce que tu veux dire ?

Et cette fois, je lui montre.

Je la plaque contre la bibliothèque la plus proche et, deux décennies plus tard, à trente-trois ans, je fais ce que Nicky, à quatorze ans, n'a pas pu faire. Je l'embrasse longuement, intensément, en commençant à la base de sa gorge, en remontant, en entrelaçant nos doigts. Elle se tortille contre moi en marmonnant mon nom. Je la sens se dénouer contre moi, un fil après l'autre. Nous savons tous les deux que personne ne peut nous surprendre. Personne ne peut nous arrêter.

— Est-ce qu'on... est-ce qu'on... ? (Les halètements d'Arya sont bref tandis que ma langue emplit sa bouche avec possessivité.) Est-ce qu'on est en train de rejouer... ?

— Non. (Je m'écarte et pose un doigt sur ses lèvres.) On crée quelque chose de nouveau, ma chérie. Quelque chose qui nous appartient.

Sur ce, je lui enlève sa jupe, puis sa culotte, la laissant en chemisier et talons hauts. Je me mets à genoux et commence par embrasser l'intérieur de ses chevilles, puis je remonte. Je m'arrête pour donner un coup de langue sur le côté de son genou, un point sensible chez elle, et je fais glisser mes dents le long de l'intérieur de ses cuisses. Je les embrasse lentement, avec révérence, en prenant mon temps. Elle me tire les cheveux. Elle commence à perdre pied. C'est ce que je veux.

— Christian. (Son doux gémissement prend une autre sonorité à mes oreilles.) Nicky.

Je fais une pause, je lève les yeux. Elle ne m'a pas appelé comme ça depuis un moment. Mais je comprends que la situation la trouble. La dernière fois qu'on s'est retrouvés comme ça...

— Oui ?

— S'il te plaît, gémit-elle. Fais-le.

— Faire quoi ?

Elle regarde autour d'elle pour s'assurer qu'on est seuls. Je souris intérieurement.

— Embrasse-moi là.

Je dépose un baiser doux et chaste au centre de son corps en souriant.

Elle gémit en poussant ma tête plus fort vers son sexe.

— Tu es impossible.

Mais alors, je l'envahis avec ma langue, je l'ouvre à moi et elle se contracte. Je la tiens fermement par la taille tout en lui donnant du plaisir, et elle est proche, si proche que lorsqu'elle explose, je peux sentir chaque muscle de son corps céder à la sensation.

Je me relève, je baisse ma braguette et je m'enfonce en elle.

Arya me serre contre elle en gémissant.

— Christian, murmure-t-elle dans un souffle en parsemant mes joues, ma gorge et mes lèvres de baisers. Christian, je t'aime tellement.

Ensuite, je m'y prends avec précaution. J'entrelace à nouveau mes doigts avec les siens, comme dans le film. Mais contrairement au film, j'ajoute ma propre touche. Une bague de fiançailles, sertie à la française, avec un diamant de deux carats. Je la glisse à son doigt pendant que je commence à bouger en elle et, dans son étourdissement passionné, Arya ne le remarque pas. Je lui fais l'amour et elle explose à nouveau. Cette fois, moi aussi. Je jouis profondément en elle. Lorsqu'on relève la tête pour reprendre notre souffle, elle s'en aperçoit enfin.

Son visage change, son expression passe de l'ivresse à l'alerte.

— Oh. (Elle déploie ses doigts, étire son bras et bouge sa main pour laisser le diamant capter la lumière provenant de la baie vitrée.) Est-ce que c'est... ?

— Oui, je confirme.

— On n'est ensemble que depuis six mois.

Elle me sourit et je dois dire que, pour une femme qui est nue jusqu'à la taille, elle arrive quand même à faire sa maline.

— Exact, dis-je sèchement en refermant ma braguette, et j'ai à peu près cinq mois de retard. C'est ma faute. Pour ma défense, j'avais un cabinet à ouvrir.

Elle secoue la tête en riant. Puis elle se jette sur moi pour m'enlacer et embrasser mon visage entier. Je l'attrape par la taille.

— Ça veut dire oui ?

— Je ne sais pas, murmure-t-elle contre ma mâchoire mal rasée. Que dirait Cecilia ?

— Un putain de oui.

## *Arya*

— Je ne comprends toujours pas le but de tout ça, dis-je en soupirant, assise, les yeux bandés, sur le siège passager de la berline de ma mère.

Ce n'est plus exactement la Bentley dans laquelle elle paradait dans Manhattan, avec son chauffeur, avant son divorce, mais elle semble étrangement satisfaite de son déclassement. Elle a laissé tomber les séances de shopping coûteuses et les vêtements de marque pour des maxirobes fleuries et des baskets à la mode.

Elle a même un nouveau petit ami, Max, qui n'est pas seulement très séduisant, mais aussi professeur de géographie au lycée, qui la traite comme une déesse et s'est juré de lui faire goûter tous les currys de New York. Si j'ai bien suivi, ils en sont à leur vingtième restaurant.

— Personne ne t'a demandé de comprendre, chérie. Juste de ne pas regarder.

Ma mère me tapote la cuisse en riant comme le font les mamans.

— Ça fait une éternité qu'on roule. On est encore à Manhattan ?

J'essaie de me faire une idée de ce qui m'attend. Il y a environ trente minutes, elle est venue me chercher au travail en disant qu'elle avait une surprise à me montrer. Ça ne l'a pas dérangée quand je lui ai dit que j'avais l'intention d'aller trouver des robes de demoiselle d'honneur avec Jilly. Elle m'a entraînée dans sa voiture en ignorant mes projets.

Beatrice fait claquer sa langue.

— Désolée. On m'a strictement ordonné de ne pas te donner d'indice.

— Qui te l'a ordonné ? j'insiste.

Elle rit.

— Christian ?

Le tissu du bandeau me chatouille le nez et je le remue pour me soulager.

— Chérie, tout ne tourne pas autour de ton beau fiancé.

Je grommelle une faible réponse et croise les bras. Maman se met à jacasser au sujet des tas d'offres d'emploi auxquelles elle a postulé dans la région de Brooklyn, maintenant qu'elle a emménagé avec Max. Elle dit que c'est idiot, mais qu'elle a envie de retourner à l'école et peut-être devenir enseignante.

Je lui réponds que ce n'est pas idiot du tout. Que l'amélioration de sa vie, de sa situation, l'élargissement de ses connaissances ne seront jamais une source de honte. Puis soudain, je la sens freiner et se garer. Nous devons être arrivées à sa destination secrète.

— Garde le bandeau pendant que je passe un coup de fil.

Elle emploie son tout nouveau ton de maman. Celui qui m'avertit de ne pas la chercher. J'aime secrètement ce ton.

Il compense toutes les années où je n'ai pas eu de mère. Sa voix douce mais sérieuse lorsqu'elle s'adresse à la personne à l'autre bout du fil.

— Oui. (Une pause.) Elle est là. (Nouvelle pause.) Non, rien du tout. Je l'ai gardée dans le noir. *Littéralement*. Mais je suis garée en double file, alors tu ferais mieux de venir.

Une minute plus tard, la portière passager s'ouvre et je sens deux mains me tirer doucement à l'extérieur. Je n'ai pas besoin de demander de qui il s'agit. Je le sais. Les callosités de ses doigts. La rugosité de ses grandes paumes. C'est mon futur mari.

— Merci, Bea, je m'occuperai bien d'elle.

— Allez, au revoir ! gazouille ma mère en redémarrant.

— Ça a intérêt à en valoir la peine, monsieur Miller, l'avertis-je tandis qu'il m'emmène quelque part en me tenant les mains.

Je lui fais entièrement confiance, mais je n'aime pas ne pas savoir.

Christian glousse mais ne répond pas. Nous passons des portes tournantes pour entrer dans un lieu climatisé qui nous sauve de la chaleur estivale. Un souffle d'air frais balaie mes pieds et mes cheveux et me procure une sensation agréable. Comme si je l'avais déjà ressentie. Mes talons claquent sur le marbre. Cet environnement sent le neuf. Les fleurs. Le luxe. Nous sommes dans un immeuble. Christian appelle l'ascenseur et j'attends à côté de lui.

— Comment s'est passée ta journée au boulot ? me demande-t-il.

Il fait la causette alors que j'ai toujours les yeux bandés. Incroyable.

— Bien. Et toi ?

— Bien.

— Dis-moi, combien de personnes me regardent en ce moment, avec les yeux bandés, escortée par un bel homme en costume chic ?

— Environ… (Il compte tout bas.) Dix-sept. Et je te signale que je ne porte pas de costume mais une robe tutu.

— Chic.

— Si on veut. Je crois que ça me grossit un peu les genoux.

L'ascenseur carillonne et je crois reconnaître le son, sans savoir d'où il vient. On entre. Christian ne me lâche pas la main. Je compte les étages à chaque bip de l'ascenseur. On s'arrête au septième. Christian sort et me tire par la main. Puis il s'arrête, lâche ma main pour entrer un code afin d'ouvrir une porte. Il pose la main au bas de mon dos et on entre tous les deux. Il se place derrière moi et me retire le bandeau.

— Ta-da.

Après avoir été dans le noir aussi longtemps, je dois cligner des yeux pour m'adapter à la lumière du soleil, et j'inspire immédiatement une bouffée d'air. Pas étonnant que les bruits et les odeurs m'aient semblé familiers en entrant.

Je me tourne vers lui.

— Non.

— Eh si, dit-il.

— On a les moyens ? je demande avec une grimace.

Il se penche en avant et frotte son nez contre le mien.

— Absolument. Ce n'est pas ton ancien *penthouse*. Ça, on n'en aurait jamais eu les moyens. Mais je voulais que tu vives dans l'immeuble de ton enfance. Quelque part près d'Aaron. Où tu peux le voir de ta fenêtre à ta guise. J'ai demandé au gérant de l'immeuble de m'appeler dès que quelque chose se libérerait. Et… quelque chose s'est libéré il y a trois semaines.

Je parcours l'espace vide, le bruit de mes talons résonnant entre les murs. Tout est nu, propre et sent l'opportunité, le potentiel. Des souvenirs que nous pouvons créer ici. Un appartement dans mon immeuble de Park Avenue. Un endroit qui sera rien qu'à nous. Je suis tellement submergée par les émotions, par le bonheur, qu'il me faut quelques instants pour le remarquer. Un sac en plastique sur le comptoir de la cuisine. Le seul objet des lieux.

— Hé, je dis en m'approchant. Qu'est-ce que c'est ?

— Ce sont nos maillots de bain, répond Christian dans mon dos, et je l'entends me rejoindre. Tu veux aller faire quelques longueurs à la piscine ?

Il pose le menton au sommet de ma tête, et tout va bien dans le meilleur des mondes.

— C'est moi qui vais gagner, je le préviens en sortant mon maillot du sac.

Il m'enlace dans ses grands bras.

— J'aimerais bien te voir essayer.

# Remerciements

Cette série est en développement depuis un certain temps. D'aussi loin que je m'en souvienne, je voulais écrire les histoires de Christian, Riggs et Arsène, mais il a fallu le soutien de nombreuses personnes pour me permettre de vous offrir ce livre.

Tout d'abord, un grand merci à mon agent, Kimberly Brower, de Brower Literary, pour son aide, son soutien et sa direction.

Un autre merci à la formidable équipe de Montlake Publishing, qui a aidé ce livre à atteindre son plein potentiel, notamment Anh Schluep, Lindsey Faber, Riam Griswold et Susan Stokes.

Et à l'incroyable Caroline Teagle Johnson, pour la magnifique couverture.

À mon assistante personnelle, Tijuana Turner, pour son soutien constant et ses conseils inestimables, ainsi qu'à Vanessa Villegas, Ratula Roy, Amy Halter, Marta Bor et Yamina Kirky. Un million de mercis pour avoir lu le livre avant tout le monde et pour m'avoir donné des conseils et des indications utiles.

Aux RP Social Butterflies, et en particulier à Jenn et Catherine, vous êtes incroyables et je vous aime.

À mon groupe de lecture sur Facebook, les Sassy Sparrows, merci d'avoir été là. Je vous suis incroyablement reconnaissante.

Aux blogueurs, instagrammeurs et TikTokeurs qui parlent de mes livres – je n'aurais pas pu réussir sans vous. Et à ma famille, mon compagnon de route – votre soutien est ce que j'ai de plus précieux.

Merci, merci, merci.

Édité par HarperCollins France.

Composition et mise en pages
Nord Compo à Villeneuve-d'Ascq

Achevé d'imprimer : octobre 2025.

CPI
FIRMIN-DIDOT

à Mesnil-sur-l'Estrée (Eure)

Dépôt légal : novembre 2025.

---

Pour limiter l'empreinte environnementale de ses livres, HarperCollins France s'engage à n'utiliser que du papier fabriqué à partir de bois provenant de forêts gérées durablement et de manière responsable.

---

FSC
www.fsc.org
MIXTE
Papier | Pour une gestion forestière responsable
FSC® C108412

N° d'impression : 184796

Imprimé en France